KB265692

한국 전후소설의 서사기법과 주제론

역락

한국 전후소설의 서사기법과 주제론

구 수 경

역락

머리말

　올해는 6·25 한국전쟁 정전(停戰) 60년이 되는 해이다. 지난 6월 택시 안의 라디오에서 정전 60년 관련 뉴스가 나오자, 나이 지긋한 택시기사분이 6·25 때 우리를 위해 파병해준 나라들이 곱씹을수록 고마워서 눈물이 난다는 말씀을 하셨다. 6·25를 겪지 않은 세대라서 머리로만 그 사실을 알고 있던 나도 순간적으로 울컥 눈물이 올라왔다. 세계 각지의 이백만 명이나 되는 젊은이들이 잘 알지도 못하는 나라를 구하기 위해 죽음을 감수하며 고국을 떠나는 모습이 상상되었기 때문이다. 그래서 집에 오자마자 인터넷을 통해 6·25 전쟁에 참전한 16개국을 찾아보았다. 미국, 영국, 캐나다, 터키, 호주, 필리핀, 태국, 네덜란드, 콜롬비아, 그리스, 뉴질랜드, 에티오피아, 벨기에, 프랑스, 남아프리카공화국, 룩셈부르크. 잘 알고 있는 나라도 있었지만 에티오피아, 룩셈부르크 등 낯선 나라도 있었다. 특히 전체 병력이 1만이 안 되는 뉴질랜드가 절반 이상인 6천 명을 보내주었다는 사실을 알았을 때는 경이감마저 들었다.

　그들에게 6·25 전쟁은 어떤 의미를 지닐까. 정전 60년을 맞이하여 각 언론매체가 기획한 특집기사에 따르면 6·25는 세계사적으로 유엔의 집단안보 이념이 처음 실현된 전쟁이자 공산화 시도에 맞서 민주주의를 수호한 최초의 전쟁이다. 특히 참전용사들은 전후의 폐허더미에서 세계 15위 경제대국으로 우뚝 선 대한민국의 기적을 보면서, 지킬 가치가 있는 국가를 목숨 바쳐 지킨 데 감격하고 자랑스러워하고 있었다. 한국전

참전용사들이 주축이 되어 세계 곳곳에서 벌어지고 있는 정전 60년 기념행사를 접하면서, 우리에겐 잊고 싶은 전쟁이 세계인에겐 자랑스럽고 기억하고 싶은 전쟁이 되고 있는 현상이 낯설고 아이러니하게 느껴졌다. 우리에게 6·25는 이념의 전쟁이자 동족살상의 전쟁이다. 또한 남북 분단, 이산가족, 미군의 주둔, 북의 위협 등 전쟁의 망령이 여전히 잠복해 있는, 아직 끝나지 않은 전쟁이다. 그로 인한 이데올로기의 양극화는 사고의 경직성과 편향성을 조장하고 있으며 남북의 구성원들 간에 마음의 장벽은 여전히 견고한 채로 남아 있는 것이 우울한 현실이다.

내가 전후문학에 관심을 갖게 된 것은 '인간이란 어떤 존재인가'에 대한 오랜 고민과 철학적인 탐색의 여정에서였다. 처음 접한 전후소설인 손창섭과 장용학의 작품들은 전쟁이라는 극한 상황에 놓인 인간의 맨얼굴과 치유가 불가능한 내면의 상처, 존재론적 불구의식을 불친절한 화법으로 전경화하고 있었다. 거기에는 평온한 일상에서는 결코 경험할 수 없는 인간과, 인간을 둘러싼 환경과의 갈등이 치열하게 길항하고 있었다. 이후 10년 동안 나는 전후의 폐허화된 공간으로 시간여행을 계속했다. 이데올로기가, 전쟁이, 남성성이 개인의 운명과 기존의 가치체계를 와해시키는 집단의 폭력에 치를 떨었고, 살아남기 위해서는 상대방을 죽여야 하는 극한 상황에서 드러나는 인간의 본능적 생존욕구가 곤혹스러웠다. 또 인간에 대한 환멸과 이성에 대한 회의로 자기 파괴를 감행하는 전후 젊은이들의 내면풍경을 접하며 많이 고통스러웠다. 또 그 과정은 나를 포함한 '인간'에 대해 사유하는 시간이기도 했다. 기실 인간은 그리 고상한 존재가 아니라는 것, 자신의 연약함을 감추기 위해 위악적인 행위를 감행하곤 한다는 것, 집단의 논리와 질서 앞에서 개인의 신념과 의지는 한없이 무력하고 보잘것없다는 것을 확인해야 했다. 그래서일까. 전후 실존주의 소설에서 주인물이 선택한 '주체적 죽음'이 용기 있고 비장한 행위로서 돌올하게 빛나보였다.

문학 연구자로서 1950년대 전후소설 연구는 1930년대 모더니즘 소설 연구의 연장선에 있는 작업이다. 작가들은 자신이 경험한 전쟁의 충격과 윤리적 파탄, 경제적 궁핍을 어떻게 소설로 형상화하고 있는가, 그를 위하여 그들이 고안한 창작방법 및 실험적인 형식은 무엇이었는가를 구명하고 싶었다. 전후세대 작가들이 충격적인 전쟁체험을 고발문학적인 방식으로 폭로하기보다는 기존 서사문법을 비틀고 파괴하는 문학적 실험을 통해서 자신의 괴로움과 자학적인 정서를 표현하고 있었기 때문이다. 바로 이 책은 1950, 60년대 전후소설의 서사기법 연구를 통하여 전후세대 작가들의 정신적 혼란과 창작을 통한 자기 치유과정을 탐색했던 오랜 시간의 산물이다.

먼저 제1부는 총론에 해당하는 부분으로, 전후세대 작가들의 작품에서 발견되는 독창적이고 실험적인 서사기법을 기형적 인물 창조, 의식의 흐름, 복수 시점, 서술의 객관화를 중심으로 고찰하였다. 아울러 전쟁 상황 및 전후의 현실을 배경으로 작가들이 천착하고 있는 다양한 작품세계를 주제별로 유형화하였다.

제2부는 모더니즘적인 실험성과 서사기법의 독창성을 추구한 전후세대 작가들의 서사전략을 작가별로 고찰하고 있다. 신체적, 정신적 불구성을 지닌 작중인물과 인간 모멸적인 상황의 창출에 천부적인 능력이 있는 손창섭은 나로 하여금 전후소설의 매력에 눈뜨게 해준 작가이다. 이데올로기의 폭력성을 실존적 아이러니와 관념적 사유를 통하여 천착하고 있는 장용학의 소설을 만나고는 오랫동안 실존주의와 상징의 시학에 매달렸다. 김성한은 전쟁모티프에서 벗어나 인간과 신, 인간과 권력 등 인간 존재에 대한 지적이고 보편적인 탐색을 하고 있다는 점에서, 그리고 풍자와 알레고리 등 우회적인 서사를 택하고 있다는 점에서 전후

소설의 지평을 넓힌 작가로서 각별한 의미를 지닌다. 그리고 전후 젊은 이들의 내적 분열과 절망적 몸부림을 공간의 상징성을 통해 세련되게 표현하고 있는 서기원과, 사랑에 대한 낭만적 동경과 전쟁의 비극성을 탁월한 스토리 구성력과 문체의 실험을 통해 형상화하고 있는 이문희는 텍스트 분석의 즐거움을 알게 해 준 작가들이다.

제3부는 서사기법보다는 모티프 및 주제를 중심으로 전후소설의 특성을 구명하고 있는 논문들이다. 손창섭의 <인간시세>와 ≪낙서족≫은 가해국가 여성과 독립투사 등을 초민족적인 시각에서 다루는 발상의 전환을 통해 남성들의 성적 폭력과 자기기만을 폭로함으로써 나를 사고의 경직성에서 탈피하게 해준 작품들이다. 또 관조적 현실순응주의와 저항적 행동주의 사이를 줄타기하면서 참된 휴머니즘의 세계를 찾아가고 있는 선우휘의 소설과, 전후소설의 보편적 특질인 갈등의 시학에서 벗어나 식물적 상상력과 원시적 생명력을 통해 순응과 상생의 인생관을 제안하고 있는 오영수의 소설은 개인의 실존을 위협하는 현실에 대응하는 다양한 방식을 통찰하는 기회를 주었다. 이범선의 소설 <오발탄>과 유현목 감독의 영화 <오발탄>을 대상으로 매체적 표현방식 및 주제의 변화를 고찰하고 있는 논문은 소설을 넘어서서 다양한 서사매체의 표현방식에 대한 연구자로서의 최근의 관심이 반영되어 있다.

제4부에서 다루고 있는 박상륭, 황석영, 이외수는 전후작가는 아니다. 하지만 인간의 실존적인 조건 및 존재 완성에 대한 지속적인 탐색을 보여주고 있다는 점에서, 신화적 상상력과 관념적 사유, 환상문학적 요소, 패러디 등 실험적인 서사기법을 추구하고 있다는 점에서 전후의 모더니즘 소설과 맥을 같이하고 있다고 생각하여 함께 실었다. 이는 '인간이란 어떤 존재인가'에 대한 오랜 고민과 철학적인 탐색의 여정에서 전후소설을 만난 것처럼, 박상륭과 이외수, 그리고 황석영의 최근 소설을 만난,

나의 개인적인 동질의식에 기인한 것이기도 하다.

　천성적인 게으름 탓에 책을 묶어내기로 마음먹고 몇 해가 지난 이제야 행동으로 옮기게 되었다. 나이 오십을 넘기면서 문학 연구의 길을 열어주셨던 선생님들의 가르침과 발자취가 새록새록 가슴에 스며든다. 평생 학자로 살아가는 일이 단호한 주체적 선택이어야 한다는 사실을 새삼 깨닫고 있는 요즘이다. 무한한 사랑과 성숙한 인품의 다른 이름이신 아버지·어머니, 그리고 인생 선배로서 따뜻한 울타리가 되어준 오빠, 언니들에게 이 책을 바친다.

2013년 11월 30일
반야산 자락의 연구실에서
구　수　경

차례

제1부

전후소설의 지형도

1950년대 전후소설의 서사기법 연구

1. 서론

1950년대 전후 문학에 대한 연구는 최근 다각적이고 지속적으로 진행되고 있다. 그 과정에서 전후의 대표 작가들에 대한 작가론, 1950년대 전후문학과 서구 문예사조와의 관련성, 전쟁문학으로서의 특성, 전후문학과 분단문학과의 관계 등을 구명하는 주목할 만한 연구성과[1]가 있었다.

그러나 1950년대 전후문학 특히 전후소설에 대한 연구가 주로 내용 중심의 작품 분석이나 작가론 중심의 개별 연구, 그리고 문학 외적인 요

---

1) 대표적인 연구논저에는 다음과 같은 것이 있다.
   신경득, 『한국전후소설연구』, 일지사, 1983.
   한국현대문학연구회 편, 『한국의 전후문학』, 태학사, 1991.
   문학사와 비평 연구회 편, 『1950년대 문학연구』, 예하, 1991.
   엄해영, 『한국전후세대소설연구』, 국학자료원, 1994.
   송하춘·이남호 편, 『1950년대의 소설가들』, 나남, 1994.
   구인환 외 공저, 『한국전후문학연구』, 삼지원, 1995.
   박동규, 『전후 한국소설의 연구』, 서울대학교출판부, 1996.
   한양어문학회 편, 『1950년대 한국문학연구』, 보고사, 1997.

소와의 상관관계를 밝히는 외재적 분석에 치우쳤던 한계를 드러내고 있는 것도 사실이다. 즉 전후소설들의 공통된 특징인 전쟁과 이데올로기의 폭력 앞에서 가차 없이 유린되는 개인의 불행이나 극한적인 경제적 궁핍상 등 내용의 비극성을 드러내거나, 손창섭·장용학·김성한 등 몇몇 개별 작가의 독특한 문학 세계를 부각시키는 연구들이 주를 이루어왔다. 그 결과 전후소설의 내적 구조 및 문학적 기법에 대한 내재적 연구는 상대적으로 미비한 실정이다.

이제는 기존의 연구성과를 아우르면서 1950년대 전후소설이 지닌 미적 특질 및 문학사적 가치를 논의할 시점이 되었다고 생각한다. 이를 위해서는 작품세계와 함께 전후소설에서 새롭게 발견되는 서사기법[2] 및 형식적 특성이 검토되어야 함은 물론이다. 특히 체험 내용이 달라지면 그것을 형상화하는 방식 혹은 형식도 달라진다고 할 때, 충격적인 전쟁 체험을 담아내기 위해 전후의 작가들이 어떤 문학적 형식 혹은 기법을 사용하고 있는지를 밝히는 일은 매우 중요한 작업이다.

따라서 본 장에서는 1950년대 전후소설의 폭넓은 검토를 통하여 그들에게서 공통적으로 나타나는 서사기법 및 구조적 특성을 밝혀보고자 한다. 이를 위하여 다음과 같은 절차와 방식으로 연구를 진행할 것이다.

첫째, 전후의 신진작가인 손창섭, 장용학, 오상원, 김성한, 서기원, 이문희, 이범선[3]의 대표작품들을 대상[4]으로, 그 작품들에서 공통적으로

---

2) 서사기법(narrative technique)은 화자가 스토리를 전달하기 위하여 선택한 서사행위의 방식을 의미한다.

3) 이들은 일제하가 아닌 해방 후에 등단하여 작품활동을 한 신진 작가들이다. 김상태는 1950년대에 발표된 작품의 수로 따져서 상위 30위까지의 작가 55명 중 37명(67%)이 해방 후에 작품활동을 시작한 신진작가들임을 밝힌 바 있다(김상태, 「1950년대 소설의 문체 연구」, 한국현대문학연구회 편, 『한국의 전후문학』, 태학사, 1991, 40~42면 참조). 바로 50년대 소설의 고유한 기법과 특성은 이들 "신세대 작가들"이 충격적인 전쟁 체험을 문학적으로 형상화하는 과정에서 형성되고 있음에 주목하고자 한다.

4) 본고에서 주로 논의한 작품들은 손창섭의 〈생활적〉(1954), 〈혈서〉(1955), 〈유실몽〉

나타나는 서사문법이나 구조적 특질 등을 귀납적으로 도출한다. 둘째, 소설의 내적 분석 방법을 제공하고 있는 구조주의 시학에 근거하여, 구체적으로 ① 인물 구성 및 성격 창조의 방법, ② 플롯 구성의 원리, ③ 화자의 서사행위 및 서사기법, ④ 문체적 특성 등이 어떠한 양상을 띠고 있고, 그것이 주제의 전달 및 미학적 효과를 창출하는 데 어떻게 기여하고 있는지를 밝힌다.

이러한 연구는 1950년대 신진작가들이 기존의 창작방식을 거부하면서 자신만의 독창적인 기법과 형식을 창출하고 있다는 사실을 전제로 하고 있다. 즉 그들은 충격적인 전쟁 체험과 전후의 폐허화된 삶의 풍경을 고발문학적 차원에서 재현해내는 리얼리즘의 창작방식보다는 문학의 형식과 서사기법의 실험이라는 문학적 의장을 통하여 간접적으로 드러내는 모더니즘의 창작방식을 지향한다. 그러므로 본고는 작가들이 직접 체험한 전쟁과 전후의 삶을 문학적으로 형상화하는 과정에서 미적 거리를 유지하기 위해 어떤 창작방식을 선택하고 있는지를 고찰하는 작업이 될 것이다.

2. 기형적 작중인물, 비극적 현실의 환유

1) 감각적 이미지에 의한 인물 창조

1950년대 전후소설의 주된 특성으로 개성적인 작중인물을 들 수 있

(1956), 장용학의 <요한시집>(1955), <현대의 야>(1960), 오상원의 <유예>(1955), <모반>(1957), 김성한의 <오분간>(1955), <바비도>(1956), 서기원의 <암사지도>(1956), <이 성숙한 밤의 포옹>(1960), 이문희의 <하아모니카의 계절>(1961), 이범선의 <오발탄>(1959) 등이다. 위에서 신진작가의 대표작품을 논의하려다 보니 1960년대의 작품들이 몇 편 함께 다루어졌다.

다. 전후소설에는 정신적 기형성 혹은 육체적 불구성을 보이는 반영웅(anti-hero)적인 인물들이 주류를 이룬다. 따라서 그들은 독자에게 동일시의 환상을 불러일으키지 않는다. 대신에 독자의 상상력을 넘어서는 불행한 인간 군상들의 충격적인 모습과 대면해야 하는 고통과 낯설음을 경험하게 만든다.

독자가 전후소설의 인물들을 접하면서 느끼는 곤혹스러움과 역겨움은 대개 시각, 청각, 후각 등 감각적 이미지를 통한 인물들의 성격 창조방식에 의해 배가된다. 손창섭, 이범선, 서기원은 이러한 방식을 통해 강렬한 인상의 작중인물들을 창조하는 대표적인 작가이다.

① 아침이 되어도 東周는 일어날 생각을 하지 않는다. 송장처럼 그는 움직일 줄을 모른다. 그만큼 그의 몸은 지칠 대로 지쳐버린 것이다. 몸뿐이 아니다. 마음도 곤비(困憊)한 대로 곤비해 있었다. 심신이 걸레 조각처럼 되는 대로 방 한 구석에 놓여져 있는 것이다. 걸레 조각처럼![5]

② 姜老人은 언제나 마찬가지로, 요 위에 사지를 펴고 엎드려서는 죽는 소리를 내고 있었다. "으으으, 으으으" 하는 그 신음 소리는 꼭 무슨 짐승의 소리 같았다.[6]

③ 그건 꼭 솜 누더기에 싸 놓은 미이라였다. 흰 머리카락은 한 오리도 제대로 놓인 것이 없었다. 그대로 수세미였다. 그 어머니는 벽을 향해 돌아누워서 마치 딸꾹질처럼 어떤 일정한 사이를 두고, 가자 가자 하는 외마디 소리를 지르고 있었다. 그 해골 같은 몸에서 어떻게 그런 쨍쨍한 소리가 나오는지 이상하였다.[7]

---

5) 손창섭, <생활적>, 『현대한국문학전집(3)』, 신구문화사, 1981, 152면.
6) 손창섭, <유실몽>, 위의 책, 233면.
7) 이범선, <오발탄>, 『한국현대문학전집(6)』, 신구문화사, 1981, 359면.

④ 쉰 땀 냄새 대신에 아린 매연이 콧구멍 속과 목젖을 쏘았다. 광물
질의 날카롭고 차디찬 냄새였다. 땀과 때기름이 섞인 짐짓 내 치부(恥部)
에서 풍길 성싶은 자기 혐오와 아득한 향수가 얽힌 손수건의 냄새와는
몹시도 대조되고 이질적인 것이었다.[8]

위의 인용에서 확인되듯이 전후소설의 작중인물들은 강렬한 인상을
중심으로 비유적인 표현을 통해 감각적으로 제시된다. 이때 그들의 모습
은 ①, ③처럼 송장, 걸레, 미이라, 해골, 수세미처럼 괴기적이고 비천한
대상에 비유된다. 또 ②, ③처럼 병자나 정신 이상이 된 인물의 특성은
"으으으, 으으으" 하는 신음 소리의 반복이나 "가자, 가자"라는 외마디
소리의 반복만으로 각인된다. 그런가 하면 관념적인 대상도 감각적인 이
미지를 통해 구체화하고 있는데, ④에서 탈영병인 '나'의 이미지는 땀과
때기름이 섞인 자신의 손수건의 냄새로, 탈영 후 처음 접한 후방의 이미
지는 기관차의 매연이라는 광물질의 차갑고 이질적인 냄새로 후각적으
로 대비시키고 있다.

작중인물을 총체적으로 묘사하지 않고 시각·청각·후각 등 단일한
감각적 이미지를 중심으로 묘사하는 수법은 전후의 인물들의 절망적인
현실을 강렬하게 드러내는 효과를 준다. 전쟁의 파괴력에 기존의 가치와
질서는 붕괴되고, 그 폐허가 된 현실에서 그들이 할 수 있는 일은 병자
처럼 누워 있거나, 신음소리를 내고 있거나, 자신의 냄새에서 위안을 찾
는 것 밖에 없다. 결국 단일한 이미지에 의한 인물창조는 삶의 방향성도,
내적 질서도 상실한 채 파편화된 존재로서 무력하게 살아가는 전후 인
물들의 실존적 상황을 환기시키고 있다.

---

8) 서기원, <이 성숙한 밤의 포옹>, 『현대한국문학전집(7)』, 신구문화사, 1981, 374면.

2) 인물 및 인간관계의 기형성을 통한 절망감의 표출

1950년대 전후소설의 두드러진 특징 중의 하나가 신체적, 정신적 결함을 지닌 인물들을 그리거나 혹은 비정상적인 남녀관계를 그린 작품이 많다는 점이다. 이는 전후의 정신적 공황상태가 낳은 자포자기적이고 인간 모멸적인 삶의 풍경에 다름 아니다.

첫째, 충격적이고 비정상적인 인물을 전경화하고 있는 작품으로는 손창섭의 <生活的>, <혈서>, 장용학의 <요한시집>, 이범선의 <오발탄>을 들 수 있다.

먼저 손창섭의 소설에는 대체로 세 유형의 인물이 공존한다. <생활적>의 순이나 <혈서>의 창애처럼 병을 앓고 있거나 신체적 결함을 지닌 인물들, <생활적>의 동주나 <혈서>의 달수, 준석, 규홍처럼 우울함과 권태, 생의 무의미에만 집착하는 정신적 불구성을 보이는 인물들, 그리고 <생활적>의 춘자와 봉수, <혈서>의 창애 아버지처럼 성적 쾌락이나 물질적 욕망만을 추구하는 정신적으로 타락한 인물들이 그것이다. 이 세 부류의 인물들은 각 작품에서 처음부터 끝까지 자신들의 불구적인 이미지를 지속적으로 강화할 뿐 결코 변화를 보이지 않는 평면적 인물들이다. 한 쪽은 점점 악화되는 병의 증세와 자기방어적인 공격심리로, 또 한 쪽은 감당할 수 없는 삶에의 허무와 무기력으로, 다른 한 쪽은 세속적인 욕망에 맹목적으로 매달리는 속물근성으로 일관한다. 그 결과 이 대조적이고 이질적인 세 인물유형들은 그로테스크한 작중세계를 몽타주하는 데 각각 기여한다. 하지만 현상적으로 그들의 삶이 어떠한 변별성을 보이든 간에, 그들이 각자의 방식으로 전후의 불행한 현실을 견뎌내고 있다는 점에서는 다르지 않다.

장용학의 <요한시집>은 인물들의 충격적인 행동과 삶의 방식으로 독자를 경악케 한다. 철조망에 매달려 자살한 누혜, 죽은 누혜의 시체에 보복—눈알을 빼고, 다리를 절단하는—을 가하는 인민군 포로들의 광적인 행동, 중풍을 앓으며 60일 동안 고양이가 잡아온 쥐를 먹고서 목숨을 이어온 누혜 어머니 등은 인간에 대한 상식을 뒤엎는 모습을 보여준다. 특히 목숨은 붙어 있으나 자신의 生을 감당할 능력이 없는 누혜 어머니의 상황은 전쟁의 재난 앞에서 속수무책인 인간의 무력함을 닮아 있다. 그럼에도 불구하고 쥐를 잡아먹으면서까지 목숨을 유지하려는 누혜 어머니의 생존 본능—그것은 자식이 돌아오기 전에는 눈감을 수 없는 모성애의 발로이기도 하다—은 독자에게 인간의 체면을 이렇게까지 모독할 수 있나 하는 의문과 함께 분노와 구역질을 동시에 불러일으킨다. 작가는 이를 통해 그녀가 처한 인간 이하의 모멸적 상황이 개인의 비극이 아니라 전후의 인물들이 처한 집단적, 존재론적 위기임을 환기시킨다.

<오발탄>은 전쟁 중에 월남한 가족이 극한적인 가난으로 인해 겪는 현실의 비극을 처절하게 그리고 있는 작품이다. 이 작품의 각 인물들은 전쟁으로 인해 삶의 기반을 잃어버린 사회 구성원들의 전형적인 이미지를 대변한다. 다시는 돌아갈 수 없는 고향을 그리워하다가 끝내 미쳐버린 어머니, 상이군인이 된 뒤 취직도 못하고 술과 울분으로 세월을 보내다가 마침내는 강도 혐의로 경찰서에 잡혀 들어가는 남동생 영호, 가족을 부양하기 위해 양공주 생활을 하면서 밤이면 남몰래 오열하는 여동생 명숙, 가난한 집안의 맏며느리로 힘겹게 살다가 결국 아이를 낳는 과정에서 죽는 철호의 아내, 가난한 현실을 타개할 능력도, 가족에 대한 책임감을 외면할 용기도 없이 장남 콤플렉스에 걸려 자책하며 살아가는 주인공 철호가 그들이다. 이 작품은 어느 누구도 전쟁의 파괴력을 피해 갈 수 없음을 온 가족이 불행의 극한으로 빠져드는 절망적인 결말을 통

해서 증명해 보인다. 철호가 자신을 삶의 패배자, 조물주의 오발탄이라고 절규하는 마지막 장면은 방향 감각을 상실한 전후의 인간상을 그대로 드러내고 있다.

둘째, 전후의 인물들의 정신적 공황상태를 비정상적인 남녀관계의 설정을 통해 암시하고 있다. 서기원의 <암사지도(暗射地圖)>와 이문희의 <하아모니카의 계절>은 그 대표적인 작품이다. 먼저 <암사지도>는 세 젊은이가 "폭탄에 지붕이 뚫어진"[9] 집에 우연히 함께 살게 되면서 형성된 미묘한 삼각관계와 비윤리적인 사랑을 그리고 있다. 이 작품에서 '암사지도'는 윤리의식이나 인간적 가치가 사라져버린 전후의 폐허화된 현실을 상징한다. 이 작품의 주인공들은 전쟁이라는 충격적 재난이 야기한 내적 파탄과 가치관의 혼란을 극복하지 못한 채, 원초적 본능과 감각적 쾌락에 기대어 살아간다. 그 결과 상덕과 윤주는 사랑도 없이 생활의 편리를 위해 동거를 하고, 상덕과 형남은 윤주의 의사와는 상관없이 그녀를 섹스 상대로 공유하는 퇴폐적이고 충격적인 삶을 연출한다. 이러한 비윤리적인 관계방식은 윤주가 임신을 함으로써 절정에 이른다.

이문희의 <하아모니카의 계절> 역시 전쟁으로 인한 정신적 충격이 초래한 비정상적인 삶의 양상을 그리고 있는 작품이다. 주인물인 영규는 전장에서 전사한 친동생의 아내인 옥희와 함께 살고 있고, 옥희의 딸인 난이는 '큰아버지'인 그를 아빠라고 부른다. 본인 스스로 난륜(亂倫)이라 일컫는 이 不貞한 가족 관계 속에서 영규는 자포자기의 심정으로 살아간다. 전쟁을 체험한 후 生에의 의욕도 잃어버렸고, 삶의 의미도 상실했기 때문이다. 하지만 옥희가 자신의 아이를 임신하자, "난이와 영규 자기와의 관계, 그리고 오는 가을이면 또 세상에 나올 잔악한 핏덩어리와 난이

---

9) 서기원, <암사지도>, 『현대한국문학전집(7)』, 신구문화사, 1981, 333면.

와의 <관계>"10)라는 그로테스크한 상황이 떠오르면서 지금의 현실을 묵인할 수 없는 정신적 괴로움에 젖는다. 결국 영규는 더 큰 불행을 초래하지 않는 방법으로서 자신의 죽음을 선택한다.

위 작품들에서 기형적인 작중인물들과 비윤리적인 남녀관계는 기존의 정상적인 삶의 방식과 도덕적 권위를 상실한 전후의 세계를 상징한다. 이처럼 전후소설에서 전쟁 자체의 체험은 소설의 중심 소재로서 구체적으로 다루어지지 않는다. 그것은 주로 전후 인물의 잠재의식 속에 잠복해 있는 상처의 근원으로서, 또는 현재의 삶을 위협하는 과거의 시·공간으로서 파편화된 이미지를 통해 암시될 뿐이다. 대신에 이 작품들은 전쟁의 후유증을 앓고 있는 기형적인 인물들과 기존의 윤리를 부정하는 남녀의 관계방식을 통해 전쟁이 인간의 삶의 방식과 정신적 질서를 얼마나 심각하게 훼손시킬 수 있는가를 충격적으로 드러내고 있다.

3. 느슨한 플롯11)과 주관적인 시간의식

1) 의식의 흐름의 기법과 시간의 공간화

전후소설은 대부분 타인과의 갈등을 중심으로 한 외적 세계보다는, 한 인간의 내적 세계의 재현에 초점을 맞추는 심리소설적 경향을 보인다. 전쟁으로 인한 정신적 충격과 후유증을 앓고 있는 인물의 불안정한 내

---

10) 이문희, <하아모니카의 계절>, 『현대한국문학전집(11)』, 신구문화사, 1981, 300면.

11) 이스트먼(Richard Eastman)은 플롯의 유형을 '팽팽한 플롯(tight plot)'과 '느슨한 플롯(loose plot)'으로 구분한다. 팽팽한 플롯이 단일한 사건을 '발단-분규-정점-대단원'의 완결된 형태로 다루는 플롯이라면, 느슨한 플롯은 소위 '정점'이 없는 형태로서 뚜렷한 중심 사건이 없이 여러 에피소드들이 무질서하게 다루어지는 플롯을 말한다(김천혜, 『소설 구조의 이론』, 문학과지성사, 1991, 174~177면 참조).

면세계가 주된 소설적 공간을 이루는 것이다. 때문에 1950년대 전후소설의 서사기법은 작중인물의 내면의식을 효과적으로 드러내는 방식에서 창출되고 있다. 특히 장용학의 <요한시집>, 오상원의 <유예>, 이문희의 <하아모니카의 계절> 등은 무질서하고 유동적인 내면의식의 추이과정을 있는 그대로 재현하는 '의식의 흐름의 기법'을 사용하고 있다.

의식의 흐름(stream of consciousness)이란 통제된 연상이 아니라 어떠한 자극에 의해 한 대상에서 다른 대상으로 확산되는 자유연상을 말한다. 소설에서 '의식의 흐름의 기법'은 "작가가 '정신의 직접적인 인용' — 단순히 언어의 영역만이 아니라 의식 전체를 포함하는— 을 제시하기 위해 시도하는 서사적 방법 전체"12)를 의미한다. 여기에는 언어화된 사고— 고유한 의미의 '내적 독백' — 의 기록뿐만 아니라 등장인물의 마음속에 일어나지만 말로 형성되지는 않은 '감각 인상'의 기록까지 포함된다. 이 의식의 흐름의 기법은 작중인물의 내면세계를 객관적으로 재현하려는 서술태도의 산물이다.

장용학의 <요한시집>에서 의식의 흐름의 기법은 포로수용소에서 나와 누혜의 어머니를 찾아가는 동호를 그리고 있는 (上) 부분에서 나타난다. 누혜의 죽음을 목격한 동호는 누혜의 유서에 담긴 관념적 사유 내용을 내면화하면서 부조리한 현실에 대해 눈뜨기 시작한다. 동호에 의해 1인칭 주인공 시점으로 서술되고 있는 (上)은 동호가 누혜 어머니를 만나고 그녀의 죽음을 목격하는 스토리 현재시간의 사건보다 동호의 관념과 과거 회상, 환상적 이미지 등이 압도적으로 많은 서술 내용을 차지한다. 특히 누혜 어머니가 쥐를 빼앗기고 발악을 하다 숨이 잦아지는 동안, 동호는 현실감각을 잃고 환영의 세계 속으로 빠져든다. 거기에서 돼지 우

---

12) 시이모어 채트먼, 『이야기와 담론』, 한용환 옮김, 고려원, 1991, 215면.

는 소리, 나무들의 행렬, 아홉 살 때 백정이 개 <메리>를 끌고 가던 모습, 나뭇가지를 타고 침입해 오는 원인(猿人), 온 세상에 눈이 오는 모습, 눈 먼 도승(道僧)의 모습 등을 본다. 철학적 사유와 단편적인 과거의 회상, 환상적 이미지가 혼재된 동호의 이러한 의식의 흐름은 자기기만 혹은 거짓 믿음에서 벗어나, 인간 존재에 대한 근원적 탐색을 추구하는 정신 과정에 다름 아니다.

오상원의 <유예>는 인민군의 포로로 잡혀 죽음을 한 시간 앞둔 한 인텔리 군인을 통해 인간의 진정한 존재방식을 천착하고 있는 작품이다. 여기서 죽음을 한 시간 앞둔 한 인간의 고양된 의식은 과거·현재·미래가 혼재된 정신세계를 객관적으로 재현한 의식의 흐름의 기법에 의해 서술된다. '나'는 차가운 냉기와 퀴퀴한 냄새에 의해 깊은 움 속 감방에 갇혀 있는 현재의 자신을 느낀다. 그리고 자유연상을 통해 포로로 잡혀 심문을 당하던 장면, 움 속 감방으로 끌려오던 모습 등 과거의 사건들을 떠올린다. 또한 인민군들에 의해 자신이 총살당하는 한 시간 후의 모습을 미래 예감의 방식으로 상세하게 그려본다. 거기에 인생이란 "싸우다 끝내는 죽는 것, 그것뿐이다. 그 이외는 아무 것도 없다. 무엇을 위한다는 것, 그것도 아니다. 인간이 태어난 본연의 그대로 싸우다 죽는 것, 그것뿐"13)과 같은 철학적 사유가 중간 중간 삽입된다. 이처럼 감각 인상에 의한 현실의 지각, 과거 사건의 단편적인 회상, 미래 상황의 예감, 사유의 전개 등이 무질서하게 이어지는 내면세계를 의식의 흐름의 기법으로 있는 그대로 재현함으로써 주인공 '나'의 긴박하면서도 위태로운 심리상태를 잘 드러내고 있다.

이문희의 <하아모니카의 계절>은 반인륜적인 가족관계와 그로 인한

---

13) 오상원, <유예>, 『현대한국문학전집(7)』, 신구문화사, 1981, 187면.

비극을 통해 전쟁의 후유증을 충격적으로 그리고 있는 작품이다. 이 작품에서 동생의 아내와 동거하며 임신까지 시킨 영규는 현재의 비정상적이고 패륜적인 삶에서 벗어나 자신의 정체성을 회복하기 위한 최후의 방법으로 자살을 결심한다. 따라서 자살을 하는 시간은 비극적 삶을 마감하고 새로운 세계에로 나아가고 싶은 열망이 정점을 이루는 시간대이다. 그런데 이 작품의 플롯은 이 정점의 시간을 향하여 모든 에피소드들이 응집되는 독특한 구조를 보인다. 즉 스토리의 현재 시간이 일정한 흐름을 보이는 것이 아니라 영규가 자살하는 시간에 멈추어 있다. 즉, 난이의 목을 실로 감아 살인을 하려던 시간, 하아모니카 소리가 들려온 시간, 그리고 난이를 향한 살의의 충동에서 자살에의 결심으로 전이되는 시간인, '밤 아홉 시'에 대한 반복된 서술로 이루어져 있다. 요컨대 이 작품의 스토리는 전쟁으로 인한 정신적 충격과 현재의 삶에 대한 혐오가 두 축을 이루면서 밤 아홉 시라는 꼭지점을 향해 치닫고 있다. 모든 에피소드가 찰나의 시간대 즉 영규가 자살하는 시간대로 초점이 모아지고 있는 것이다. 이때 자살의 시간은 현재의 반인륜적인 삶을 부정하는 시간이며, 따라서 "새로운 시간, 그리고 새로운 출발에의 욕망"14)이 극대화된 시간으로서 재생의 시간이라는 의미를 띤다.

이처럼 전후소설은 인물의 내면의식을 세밀하게 객관적으로 재현하다 보니 스토리 시간의 단축을 낳고 있다. 위 작품에서도 스토리 현재시간이 <유예>는 한 시간, <하아모니카의 계절>은 밤 아홉 시에 정지되어 있다. 즉 작중인물의 의식의 복합성과 시간의 유동성을 중심으로 짧은 시간 동안의 의식세계를 객관적으로 언어화하고 있는 것이다. 그와 함께 과거와 현재, 미래 예감 등이 무질서하게 얽혀 있는 내면의 주관적인 시

---

14) 이문희, <하아모니카의 계절>, 앞의 책, 314면.

간을 있는 그대로 재현하다 보니 시간의 공간적 질서화라는 공간적인 형식을 낳고 있다.

2) 주체적 죽음에 의한 결말 처리

전쟁은 기존의 모든 가치와 질서, 제도가 지닌 모순과 부조리를 적나라하게 드러내 주는 결정적인 사건이다. 모순과 부조리로 가득 찬 인간 세계의 내막을 알아차렸을 때, 각 개인은 자신의 존재 의미에 대해 의문을 제기할 수밖에 없다. 이때 개인의 실존을 위협하고 파괴하는 요소들로 가득한 현실 세계에 대한 적극적인 저항의 방법으로, 죽음이 선택되기도 한다. 오상원의 <유예>, 장용학의 <요한시집>, 김성한의 <바비도>, 이문희의 <하아모니카의 계절>은 주체적인 죽음의 선택을 통하여 자신의 참된 실존을 지키려는 인물들을 조명하고 있는 작품들이다.

전쟁에 직접 참여한 군인을 주인공으로 등장시키는 경향은 1950년대 소설의 한 특징이다. 오상원의 <유예>는 인민군의 포로로 잡혀 죽음을 한 시간 앞둔 인텔리 군인의 의식을 통해 전쟁의 부조리와 폭력성을 폭로하고, 인간의 진정한 존재방식을 천착하고 있는 작품이다. 이 작품에서 부하들을 모두 잃고 홀로 후퇴를 하던 소대장은 한 청년이 인민군에 의해 총살되는 현장을 목격하고, "내일을 위해 오늘의 싸움을 피한다는 것은 비겁한"[15] 행동이라는 생각에 적을 향해 총을 난사하다가 포로가 된다. 그리고 계속된 적의 회유에도 불구하고 비겁한 투항 대신에 떳떳한 죽음을 택한다. 특정 조직이나 이데올로기의 노예가 되기보다는 스스로 생각하고 행동하는 인간으로서 죽는 길을 택하겠다는 의지의 표현이다.

---

15) 오상원, <유예>, 앞의 책, 193면.

장용학은 우화와 시적 이미지, 사실과 관념의 혼합을 통하여 독특한 소설 미학을 창출하고 있는 작가이다. 그의 <요한시집>은 개인의 실존을 위협하고 파괴하는 인간 조건들에 대한 놀라운 포착과 철학적 해석을 담고 있다. 이 작품에서 포로수용소는 이데올로기의 폭력성 및 조직의 광기가 집약된 공간으로 그려진다. 포로들끼리의 생존을 건 험악한 싸움과 시체에까지 잔인한 복수를 행하는 광기에 가까운 행동은 실로 충격적이다. 더욱이 그런 복수 행위를 "사상의 이름으로. 계급의 이름으로. 인민이라는 이름으로"16) 합리화하는 모습에서 이데올로기의 맹목성은 극에 달한다. 인민군 포로였던 누혜는 이러한 현실에 대한 절망적 인식과 타락한 세계에 대한 거부의지의 표현으로 자살을 선택한다. 자신을 억압해 온 모든 인간 조건으로부터 해방되어 절대자유의 공간에서 참된 '나'와 대면하기 위해서이다. 그가 철조망에 매달린 자세로 죽은 것은 따라서 수직적 초월의 상징으로 읽혀진다.

김성한의 <바비도>는 사제단의 비리에 저항하며 자신의 종교적 신념을 지키다가 이단으로 몰려 분형(焚刑)을 받은 한 재봉직공에 관한 영국의 역사적 사건을 소설화하고 있는 작품이다. 재봉직공인 바비도는 영역 복음서를 읽는 것을 금지하고 왜곡된 성서의 진리를 강요하는 사제단의 권력 앞에서 굴종과 죽음 중의 하나를 선택해야 하는 상황에 놓인다. 마침내 그는 진리와 양심을 지키며 죽는 길을 택한다. "산다는 것과 존재한다는 것은 다른 문제죠."17)라는 종교재판정에서의 바비도의 발언은 모순되고 부조리한 현실에 대한 환멸과 허무의식을 압축적으로 드러낸다. 결국 바비도는 부패한 권력에 대한 혐오와 저항의 몸짓을 보이며 의연하게 죽어가고 있다.

---

16) 장용학, <요한시집>, 앞의 책, 321면.
17) 김성한, <바비도>, 『김성한 중단편전집』, 책세상, 1988, 237면.

이문희의 <하아모니카의 계절>에서 영규는 전쟁 중에 죽은 친동생 형도의 아내인 옥희와 동거를 하며 자포자기적으로 살아가는 인물이다. 그런데 옥희가 자신의 아이를 임신했다는 사실을 알게 되면서 비정상적인 삶의 방식을 방관할 수 없다는 위기감에 젖는다. 자신을 아빠라 부르는 동생의 딸 난이와 옥희의 뱃속에 들어 있는 자신의 아이 사이의 복잡한 관계를 생각하면 지금의 현실을 견딜 수가 없는 것이다. 결국 영규는 뜻하지 않은 시각에 들려온 하아모니카 소리에 의식의 잠을 깨면서 자살을 결심한다. 이때 장송곡과도 같고 "오늘밤 안으로 너희들은 죽게 되리라, 너희들이 죽을 때까지 이 음악 소리는 들리고 있으리라"[18)고 경고하는 것 같기도 한 하아모니카 소리는 부조리한 현실을 벗어나는 방법으로서 자살을 충동질하는 감각적 기제로 작용하고 있다.

위와 같이 젊은이가 작중인물로 등장하는 전후소설의 경우, 외부의 억압으로부터 자신의 진실을 지키기 위한 최후의 방법으로 주체적인 죽음을 선택하는 인물들이 의외로 많이 그려진다. 이는 자신의 존재방식에 늘 관심을 가지고 있고, 또 어떻게 존재할 것인가를 스스로 결정하는 존재자로서 인간을 규정하고 있는 실존주의[19)에 당시의 신진작가들이 상당히 경도되어 있었음을 확인시켜 준다. 때문에 주체적인 죽음을 통한 결말의 처리방식은 전후소설의 플롯의 한 유형을 이룬다. 이러한 결말은 현실의 권력과 영향력이 너무 막강해서 개인의 힘으로는 도저히 무너뜨릴 수 없을 때, 주체적인 죽음이야말로 가장 적극적인 저항의 방법이자 개인적 진실을 지키기 위한 최후의 선택일 수 있음을 독자에게 환기시키고 있다.

---

18) 이문희, <하모니카의 계절>, 앞의 책, 297면.
19) 한전숙·차인석, 『현대의 철학(Ⅰ)』, 서울대학교 출판부, 1983, 17면 참조.

4. 복수 시점과 객관적 서술

1) 시점의 변화를 통한 입체적인 서술

기존 소설의 서술방식인 단일 시점에 의한 서술에서 벗어나, 전후소설에서는 복수 시점 즉 시점의 전이를 통한 입체적인 서술이 한 경향을 이룬다. 이는 화자의 서술방식이 주제를 효과적으로 전달하기 위한 주요한 소설적 장치임을 작가들이 인식한 결과라고 할 수 있다. 그 대표적인 작품에는 장용학의 <요한시집>과 <현대의 야>, 오상원의 <유예>와 <모반>이 있다.

장용학의 <요한시집>은 누혜의 죽음과 누혜 어머니의 죽음으로 대표되는 극한적 상황을 목격하며, 인간 존재에 대한 회의와 탐색을 하게 되는 동호의 의식의 성장과정을 그리고 있는 작품이다. 이 작품은 단편소설임에도 불구하고 프롤로그 부분인 '동굴의 토끼 우화'와 세 개의 章으로 구성된 복잡한 서사구조를 나타낸다. 특히 본 내용인 (上)·(中)·(下) 세 개의 章은 공간과 시간의 전이, 시점의 변화 등 복잡한 서사내용 및 서술방식을 보여 준다. 즉 이 작품은 현재 사건에서 과거 사건으로 거슬러 올라가는 역서술의 방식을 취한다. 그것은 사건들이 발생한 시점에서 서술되는 것이 아니라 동호의 회상 과정에서 제시되고 있음을 의미한다. 또한 과거에서 현재로 올수록 서술의 초점이 누혜에서 동호에게로 옮겨지며 다양한 시점의 변화를 보여준다. 이는 누혜의 유서와 자살, 누혜 어머니의 죽음이라는 중심 사건이 동호의 의식을 깨우고 성장시키는 역할을 하고 있음을 암시한다. 즉 <요한시집>은 시점의 전이를 통해, 동호가 충격적인 두 죽음을 목격하면서 인간 존재 및 본질에 대한 기존의 관념에 의문을 제기하는 실존적 인간으로 태어나는 과정을 효과적으로 형상화하고 있다.

 <현대의 野>는 정치적·사회적 권력의 야만성에 의해 한 인간의 존재 가치가 매도되는 비극적 사건을 그리고 있는 '현대의 野史'이다. 즉 이 작품은 인간을 지배하고 억압하는 모든 現代의 요소들, 즉 시간·이데올로기·전문가(專門家)들의 폭력성을 교묘한 상황 설정을 통해 생동감 있게 드러내고 있다. <요한詩集>과 마찬가지로 이 작품 역시 크게 세 개의 章으로 구성되어 있다. 이러한 구조는 꿈 많은 문학청년이었던 현우가 전쟁의 소용돌이에 휘말리면서 자신의 존재 의미를 상실하거나 거부당하는 세 개의 사건에 연루되는 것에 상응한다. 그런데 이 작품에는 현우의 행동과 의식을 좇아가던 선택적 전지시점이 작가 전지적 시점으로 의도적으로 전환되면서 다른 인물들의 내면의식을 드러내는 시점의 전이가 두 번 나타난다. 제1장과 제3장의 끝 부분이 바로 그곳이다. 먼저 제1장에서 시체 구덩이에 빠진 현우가 황당하게 구출을 거부당하는 상황은 작가 전지적 시점으로 서술된다. 그것은 "그 등신 같은 작자 때문에 구역질이 나는 시간은 ― 秒라도 더 연장시킬"[20] 필요가 없다고 모두 그냥 도망쳐 버린 인부들의 이기심을 드러내기 위해서, 그리고 "동무들! 개인을 위해서 조국의 시간을 늦출 수는 없소!"[21]라는 명령을 내린 북한 동무를 통해 이데올로기의 야만성을 폭로하기 위해서이다. 결국 선택적 전지 시점이 작가 전지적 시점으로 전환되면서 서술의 초점이 현우에서 인부들 및 북한 동무의 의식과 행동으로 바뀌고 있는 이 부분은, 한 인간의 목숨이 타인의 이기심과 조직의 논리에 의해 얼마나 손쉽게 처형될 수 있는가 하는 人間事의 아이러니를 첨예하게 폭로하는 역할을 한다. <현대의 야>에서 시점의 전이는 현우가 간첩 혐의로 재판 받

---

20) 장용학, <현대의 야>, 『현대한국문학전집(4)』, 앞의 책, 340면.
21) 위의 책, 341면.

는 제3장의 끝 부분에서 다시 나타난다. 여기서는 무죄임을 알면서도 홧김에 십 년의 징역을 언도하는 오심(誤審)을 자행한 재판장의 내면의식을 드러내기 위해서이다. 역시 시점이 바뀌어 작가 전지적 시점으로 서술되고 있는 이 부분은 무죄임을 알면서도 십 년 징역을 언도한 후, 한순간 당황하고 죄책감에 사로잡히다가 곧이어 자기 합리화를 통해 죄책감에서 벗어나는 판사의 심리의 변화과정을 적나라하게 드러내고 있다. 이는 사회의 권력자들이 힘없는 개인에게 가하는 폭력성과 자기 기만성을 여지없이 폭로하는 역할을 한다.

오상원 역시 <유예>와 <모반(謀反)>에서 시점의 전이를 통해 소설의 미학을 창출한 대표적인 전후작가이다. 먼저 <유예>는 죽음을 한 시간 앞둔 인텔리 군인 포로의 의식세계를 그린 스토리 현재 사건과 적군에 쫓겨서 남으로 후퇴하는 과정을 그린 과거 사건이 교차 반복되면서 서술된다. 이때 현재 사건은 군인 포로의 의식의 추이과정을 중심으로 1인칭 주인공 시점으로 서술된다. 반면에 적군에 쫓겨서 남하하던 중 부하도 모두 잃고 결국 포로로 잡히는 약 열흘간의 과거 사건은 작가 전지적 시점으로 요약, 서술된다. 즉 현재 사건이 과거, 현재, 미래가 혼재된 주인물의 의식세계를 객관적으로 제시하는 데 초점을 두고 있다면, 과거 사건은 추위와 배고픔, 죽음의 공포 속에 후퇴를 계속해야 했던 외적 사건의 요약적 전달에 초점을 맞추고 있다. 이러한 시점의 전이는 과거 사건을 통해서는 전쟁에 참여한 군인들의 참혹한 현실을, 현재의 군인 포로의 의식세계를 통해서는 비정한 전쟁의 논리에 저항하는 한 인간의 실존의식을 드러내는 데 효과적으로 작용하고 있다.

<모반>은 비밀결사의 목적을 위해 정객을 암살하는 임무를 맡은 주인물 민의 정신적 갈등과 회의, 조직에서의 탈퇴 과정을 통해 정치조직의 야만성을 폭로하고 있는 작품이다. 이 작품에서 민이 한 청년 — 어머

니의 병을 고치기 위해 돈을 구하러 나온—에게 암살누명을 씌우는 현재 사건은 3인칭 관찰자 시점으로 서술된다. 반면에 민이 어머니의 임종도 지키지 못한 채 정객을 암살하러 가야 했던 두 달 전의 사건은 화자의 논평과 심리서술을 포함하는 작가 전지적 시점으로 서술되고 있다. 특히 현재 사건은 장면과 장면 사이의 과감한 생략, 외양 묘사에 의한 인물 제시, 작중인물들의 대화에 의한 사건 서술 등 철저히 객관적인 서술방식을 보인다. 반면에 어머니가 돌아가신 두 달 전부터 최근의 암살이 있기 전까지의 과거 사건은 비밀 결사조직에 대한 회의와 환멸에 빠져드는 민의 심리세계를 중심으로 전지적 화자에 의해 서술된다. 이때 민의 내면심리의 변화는 그가 암살누명을 쓴 청년을 구하고, 비밀결사에서의 탈퇴를 선언하게 된 이유를 독자에게 알려주는 역할을 하고 있다. 조국을 위한다는 이유로 암살행위를 합리화하고, 평범한 사람들의 불행을 외면하는 비밀결사 역시 거대한 폭력집단에 불과하다는 인식[22]이 그 것이다.

이처럼 전후소설의 작가들은 주제나 허구적 진실을 독자에게 효과적으로 전달하고, 독창적인 미적 가치를 창출하기 위하여 의도적으로 시점의 전이를 지향하거나 서술방식의 변화를 시도하는 모더니스트로서의 면모를 보인다. 이러한 서사기법들은 전쟁이라는 극한 상황에 놓인 인간의 실존적 위기의식을 부각시키거나 부조리와 모순으로 가득 찬 현실을 적나라하게 드러내는 데 적절하게 기여하고 있다.

---

22) 이러한 인식의 변화는 주인물을 지칭하는 호칭의 변화로도 암시된다. 이 작품에서 작중인물들은 이름이 제시되지 않는다. 앞서 설명했듯이 외양 묘사에 의한 지정이 아니면 오빠나 여동생처럼 가족관계를 통해 지시된다. 그런데 주인물의 경우, 조직의 논리에 환멸을 느끼고 그에 저항할 의지를 드러내기 시작하면서, 호칭이 '그'(또는 청년)에서 '민'이라는 이름으로 바뀌고 있다. 이는 그가 자아 정체성을 회복하기 시작했음을 암시한다.

2) 서술의 객관화를 위한 문체적 실험

전후소설은 전쟁으로 인한 정신적 충격과 후유증을 앓고 있는 인물들의 내면세계가 주된 소설적 공간을 이루는 심리소설적 경향을 보인다. 아울러 전후소설의 주된 서사기법은 작중인물의 내면의식을 객관적으로 드러내는 방식에 대한 실험과 천착에서 나오고 있다. 앞서 분석한 장용학의 <요한시집>과 오상원의 <유예>, 서기원의 <이 성숙한 밤의 포옹>[23)]에서 사용된, 무질서하고 유동적인 내면의식을 있는 그대로 재현하고 있는 '의식이 흐름의 기법', 작중인물의 단편적인 의식이 화자에 의해 중재되지 않은 채 독자에게 직접적으로 제시되는 '내적 독백' 등은 그 대표적인 예이다.

그런가 하면 '인간답게 산다는 것은 어떤 것인가'에 대한 물음을 전쟁이 아닌 다른 소재를 통해서, 즉 작가의 상상력에 의한 부조리한 상황 설정을 통해서 천착하는 작품들도 한 경향을 이룬다. 김성한의 <오분간>과 <바비도>, 오상원의 <모반>이 여기에 해당된다. 이 작품들은 사건의 객관적 제시를 위한 서사기법을 실험하고 있다는 공통점을 보인다.

김성한은 우화와 풍자, 패러디 등의 다양한 문학적 기법을 통해 물질적 욕망의 추구와 정신적 가치의 몰락으로 대변되는 인간 사회의 부정적인 면을 드러내는 데 탁월한 능력을 보이는 작가이다. 그의 주된 창작 방식은 인물들의 대화나 행동—부정적인 면을 드러내는—을 통해 사건을 객관적으로 재현하는 것이다. 신과 인간과의 관계를 우화의 형식으

---

23) 구체적으로 분석하지는 않았지만, 서기원의 <이 성숙한 밤의 포옹>에서 시골처녀를 강간하고 살인을 저지른 과거사건은 자유연상에 의한 파편화된 이미지를 통해 암시되고, 그로 인해 사랑하는 상희에게 갈 수 없는 처지가 된 현재의 절망감은 내적 독백을 통해 제시되고 있다.

로 형상화하고 있는 소설 <오분간>은 지구촌 각각에서 벌어지는 삶의 풍경들을 구름 위에서 단편적으로 묘사하는 독특한 서술방식을 보인다. 말 그대로 파노라마적 시점이다. 이때 인간세계는 인간들의 외적 행동의 묘사와 대화의 단편적인 인용으로 구성된 장면들의 무수한 병치로 조립된다. 물론 그 장면들은 도덕적으로 타락한 인간세계의 다양한 몽타주이다. 아울러 이 작품의 핵사건인 신과 프로메테우스 사이에 이루어진 오분간의 협상과 결렬 과정 역시 순전히 두 인물의 대화로 제시된다. 다시 말해 작가는 스스로 나서서 당대의 현실을 비판하거나 논평하기보다는 문제성 있는 현실을 객관적으로 재현하는 데에만 몰두한다. 그 결과 현실에 대한 비판의식이나 대안의 모색은 독자의 몫이 되고 있다.

　김성한의 <바비도>는 자신의 종교적 신념을 지키다가 이단으로 몰려 분형(焚刑)을 받은 영국의 재봉직공에 관한 실화를 소설화하고 있는 작품이다. 이 작품은 종교적 탄압과 내면의 진실 사이에서 갈등하는 방에서의 바비도, 모순되고 부조리한 현실에 저항하는 종교재판정에서의 바비도, 그리고 양심을 지키며 죽음을 택한 사형장에서의 바비도를 순차적으로 그린다. 이때 방에서의 장면은 독백적 서술을 통해 억울함과 항의, 저주와 울분이 뒤섞인 내적 갈등을 표출한다. 구체적으로 " — 힘이다! 너희들이 가진 것도 힘이요, 내게 없는 것도 힘이다. 옳고 그른 것이 문제가 아니라 세고 약한 것이 문제다. (…) 힘이여 저주를 받아라!"[24]와 같은 독백을 통해 위선적인 교회의 폭력성과 개인의 무력함이 객관적으로 제시된다. 반면에 종교재판정에서의 장면은 바비도와 사교의 대화만으로, 그리고 사형장에서의 장면은 바비도를 회유하려는 헨리 태자와 단호하게 죽음을 택하는 바비도의 대화만으로 이루어져 있다. 즉 작가는

---

24) 김성한, <바비도>, 앞의 책, 234면.

이 작품에서도 종교적 권력에 의해 진실이 왜곡되고 불의가 득세하는 현실을 장면제시의 방법으로 재현할 뿐 그에 대한 분노와 비판의식은 독자의 몫으로 남겨 놓고 있다.

반면에 오상원은 <모반>에서 영화적인 서사기법의 차용을 통해 객관적인 서술방법을 실험하고 있다. 특히 정객의 암살이 끝난 후의 상황을 서술하는 현재 사건은 장면과 장면 사이의 과감한 생략이 돋보인다. 즉 장면 전환이 "어느 뒷골목에 들어앉은 조그만 선술집"[25], "지저분하게 책상과 걸상이 흩어진 사무실"[26] 등 마치 시나리오의 지문처럼 각 공간의 묘사를 통해 이루어진다. 또 작중인물에 대한 정보는 "이쪽 구석지에 혼자 앉아 술을 마시고 있던 이십 오륙 세 가량의 청년"[27]이나 "세모진 얼굴에 눈이 가늘게 찢어진 게 날카롭다기보다는 독기가 엿보이는 이 친구"[28]처럼 외양의 객관적 묘사로 일관할 뿐, 그들의 이름, 직업 등 개인적인 정보를 전혀 제공하지 않는다. 또 사건 역시 인물들의 대화 내용과 외적 행동의 묘사를 중심으로 서술하는 장면 제시의 기법을 사용함으로써 객관적 서술방식을 일관되게 지향한다. 이러한 관찰자적 서술방식은 암살 사건의 전말에 대한 독자의 상상력을 자극하고 호기심을 불러일으킴으로써 극적 긴장감(suspense)을 높이는 효과를 주고 있다.

이처럼 신진작가들의 전후소설은 사건의 객관적 제시 혹은 중립적 서술을 위한 문학적 장치나 서사기법이 많이 발견된다. 이는 전후소설이 전쟁으로 폐허화된 충격적인 삶의 풍경이나 가치관의 혼란을 겪고 있는 인물들의 내면세계를 있는 그대로 재현하고자 하는 욕구에서 창작되고 있음을 말해 준다. 인생에 대한 어떤 해석이나 논평보다도 전후의 참혹

---

25) 오상원, <모반>, 앞의 책, 196면.
26) 위의 책, 198면.
27) 위의 책, 196면.
28) 위의 책, 198면.

한 현실 자체가 인간 혹은 삶에 대한 무수한 질문과 답변을 던져주고 있기 때문이다. 반면에 전쟁을 소재로 하지 않는 소설의 경우, 사회의 외부적인 힘으로부터 자신의 정체성이 위협 당하는 상황에 놓인 개인, 따라서 행동의 선택을 요구받고 있는 개인을 주로 다룬다. 이때 작가는 내적인 혼돈과 갈등, 절망과 반항 속에서 실존적인 선택과 결단의 행동을 보이는 인물을 장면제시의 기법으로 객관적으로 재현한다. 이것은 인물들 사이의 대화나 내적 독백 등을 통해 작중인물의 진실을 직접 접하게 함으로써 독자의 동일시를 극대화하고, 아울러 인물들의 내적 갈등과 의식의 각성, 행동의 선택과정을 그대로 간접 체험하도록 유도한다. 또한 부조리한 상황에 대한 독자의 적극적인 해석과 사유를 불러일으키는 효과도 낳고 있다.

5. 결론

1950년대 소설은 전쟁과 직접 혹은 간접적으로 관련된 모티프들이 주류를 이룬다. 이는 전쟁이야말로 죽음과 기아, 실향과 이산, 살상과 폭력, 광기와 생존 본능 등이 응집된, 인간이 체험할 수 있는 가장 부조리한 상황이라는 점에서 놀라운 일이 아니다. 대체로 전후의 작가들은 이와 같은 전쟁 체험을 형상화하는 과정에서 두 가지의 대조적인 창작방식을 선택한다. 먼저 기성 작가들은 충격적인 전후 현실에 압도되어 그것의 객관적 재현 및 묘사에 매달리는 리얼리즘의 창작 방식을 지향한다. 반면에 본 논문의 연구대상이 된 해방 후 새롭게 등장한 신진작가들은 전통적 형식을 비틀고 소설적 질서를 흩뜨리는 실험성을 통해 전쟁의 후유증을 드러내고, 외적 현실에 저항하는 모더니즘의 창작방식을 지향하고 있다.

신진작가들의 새로운 창작기법을 살펴보면, 먼저 작중인물은 강렬하고 단일한 이미지를 중심으로 창조된다. 이때 단편적인 이미지는 인물들의 매력이나 장점을 부각시키는 것이 아니라 병적이고 왜곡된 특질을 전경화한 것이다. 이와 함께 신체적 불구이거나 정신적 결함을 지닌 인물들이 주로 등장하며, 기존의 윤리적 질서를 파괴하는 비정상적인 남녀관계를 다룬 작품들이 많이 발견된다. 이러한 특징들은 한결같이 정상적인 삶의 방식과 가치를 상실한 전후의 현실, 그리고 그에 따른 정신적 충격을 환기시키고 있다.

전쟁으로 인해 정신적 후유증을 앓고 있는 인물들의 불안정한 내면세계는 전후소설의 주된 소설적 공간이다. 이때 무질서하고 유동적인 내면의식은 의식의 흐름의 기법에 의해 객관적으로 재현되고 있다. 그 결과 중심 사건을 인과적 질서에 의해 배열하는 전통적 플롯과는 달리, 자유연상에 의해 현재와 과거, 미래예감, 사유내용 등이 무질서하게 병치되는 느슨한 플롯구조를 보인다. 또한 내면의 주관적인 시간을 재현하는 과정에서 시간의 공간적 질서화라는 공간적인 형식을 낳고 있다. 그리고 젊은이가 작중인물로 등장하는 전후소설에서 죽음의 주체적인 선택을 통한 결말의 처리방식은 플롯의 한 유형을 이룬다. 외부의 억압으로부터 자신의 진실을 지키는 방법으로 주체적인 죽음을 선택하고 있는 것이다. 이것은 개인의 존재방식과 주체적 삶을 강조하는 실존주의적 세계관의 영향이라 생각한다.

전후의 작가들은 새로운 미적 가치를 창출하는 방법으로 시점 및 서술방식의 중요성을 인식하고 있다. 그래서 의도적으로 시점의 전이를 꾀하거나 객관적 서술방식을 실험한다. 특히 전후소설의 주된 서사기법은 작중인물의 내면의식을 객관적으로 드러내는 방식에 대한 천착에서 창출된다. 의식의 흐름의 기법이나 내적 독백에 의한 서술이 그것이다. 이와 함께 자신의 정체성을 위협하는 부조리한 상황에 놓인 작중인물의 내적, 외적인 갈등을 장면제시의 기법으로 객관적으로 재현한다. 이러한 기법은 독자에게 그 상황에 대한 적극적인 해석과 동일시의 체험을 유도하는 효과를 준다.

결론적으로 1950년대 소설은 전쟁 체험이라는 소재의 동질성과는 달리 소설 형식 및 창작기법의 실험이 다양하게 시도된 시기이다. 이는 기존의 모든 가치와 질서가 파괴된 상황에서 각자의 방식으로 자신의 내적 충격과 정신적 혼돈을 표출할 수밖에 없었던 전후의 시대적 분위기와 무관하지 않다. 그 결과 전후소설은 어느 시기의 소설보다도 인간 존재에 대한 치열한 천착 및 철학적 사유를 또한 담아내고 있다. 주체적 죽음에 의한 결말 역시 개인적 진실을 드러내려는 작가의 절박함이 낳은 문학적 해결방식이었던 셈이다. 그런데 전후작가들이 집단적으로 표출했던 전후의 증상들, 즉 가치관의 혼란과 정신적 불모성, 삶의 무의미 등은 이 시대의 현대인들이 느끼는 보편적인 정신적 위기감과 그리 멀리 떨어져 있지 않다. 아울러 존재 의의를 상실한 인물들, 주관적인 의식세계와 내적 경험에 의한 성격 창조, 무질서하고 느슨한 사건의 서술, 진리의 상대성을 강조하는 시점의 전이 등의 모더니즘 기법은 현대소설에서 서사 기법의 한 경향을 차지하고 있다. 다시 말해 원인은 다르지만 개인의 진실과 정체성을 위협하는 외부적인 힘과 상황이 극렬해 질 때 작가들이 선택한 문학적 반항의 한 형태가 모더니즘적인 실험적 기법이었던 것이다.

참고문헌

1. 기본 자료

『현대한국문학전집(3) : 손창섭』, 신구문화사, 1981.
『현대한국문학전집(4) : 장용학』, 신구문화사, 1981.
『현대한국문학전집(6) : 김광식·이범선』, 신구문화사, 1981.
『현대한국문학전집(7) : 오상원·서기원』, 신구문화사, 1981.
『현대한국문학전집(11) : 박경리·이문희·정인영』, 신구문화사, 1981.
『김성한 중단편전집』, 책세상, 1988.

2. 연구 논저

구인환 외, 『한국전후문학연구』, 삼지원, 1995.
권영민 편, 『한국현대작가연구』, 문학사상사, 1993.
김윤식·김현, 『한국문학사』, 민음사, 1984.
김윤식, 『한국현대문학사』, 일지사, 1991.
김천혜, 『소설 구조의 이론』, 문학과지성사, 1991.
김　현, 「에피메니드의 역설 : 장용학론」, 『현대한국문학전집(4)』, 신구문화사, 1981 :
　　　　403~415면.
문학사와 비평연구회 편, 『1950년대 문학연구』, 예하, 1991.
박동규, 『현대 한국소설의 성격 연구』, 문학세계사, 1981.
서기원, 「「암사지도」에 관하여」, 『한국전후문제작품집』, 신구문화사, 1960.
서종택·정덕준 편, 『한국현대소설연구』, 새문사, 1990.
손창섭, 「作業餘滴」, 『한국전후문제작품집』, 신구문화사, 1960.
＿＿＿, 「아마튜어 작가의 辯」, 『현대한국문학전집(3)』, 신구문화사, 1981.
송기숙, 「창작과정을 통해 본 손창섭」, 『현대문학』, 1964. 9.
신경득, 『한국전후소설연구』, 일지사, 1988.
엄해영, 『한국전후세대소설연구』, 국학자료원, 1994.
염무웅, 「實存과 自由」, 『현대한국문학전집(4)』, 신구문화사, 1981.

유종호, 「모멸과 연민」, 『현대한국문학전집(3)』, 신구문화사, 1981.

윤병로, 「혈서의 내용 : 손창섭론」, 『현대문학』, 1958. 12.

이광훈, 「패배한 지하실적 인간상 : 손창섭 초기작품 考」, 『문학춘추』, 1964. 8.

이대영, 『한국 전후 실존주의 소설 연구』, 국학자료원, 1998.

이선영, 「아웃사이더의 반항 : 손창섭과 장용학을 중심으로」, 『현대문학』, 1966. 12.

이어령, 「囚人의 미학」, 『현대한국문학전집(3)』, 신구문화사, 1960.

이인복, 『한국문학에 나타난 죽음의식의 사적 연구』, 열화당, 1987.

이재선, 『한국문학주제론』, 서강대학교출판부, 1989.

______, 『한국현대소설사』, 민음사, 1997.

______, 「전쟁체험과 50년대 소설」, 김윤식 · 김우종 외 30인, 『한국현대문학사』, 현
　　　대문학, 1994.

이주형 외, 『한국현대작가연구』, 민음사, 1989.

이철범, 「장용학론 : Dogma에의 집념」, 문학춘추, 1965년 2월호 : 34~40면.

______, 「소외된 인간의 비극」, 『현대한국문학전집(4)』, 신구문화사, 1981.

장용학, 「나의 作家修業」, 현대문학, 1956년 1월호.

______, 「實存과 요한시집」, 『한국전후문제작품집』, 신구문화사, 1960. 8.

장일구, 「서사적 공간성과 시점론」, 한국소설학회 편, 『현대소설 시점의 시학』, 새문
　　　사, 1996.

전광용 외, 『한국현대소설사연구』, 민음사, 1984.

정명환 외 3인, 『20세기 이데올로기와 문학사상』, 서울대학교 출판부, 1982.

조연현, 「병자의 노래 : 손창섭의 작품세계」, 『현대문학』, 1955. 4.

채숙희, 「실존주의」, 신곽균 편저, 『서양문예사조』, 건국대학교출판부, 1994.

천상병, 「구질서에의 안티테에제 : 「암사지도」", 『현대한국문학전집(7)』, 신구문화사,
　　　1981.

천이두, 『한국현대소설론』, 형설출판사, 1983.

최혜실, 「손창섭 소설의 등장인물들이 갖는 문학사적 의미」, 『현대소설연구』 제3호,
　　　1995.

한국현대문학연구회 편, 『한국의 전후문학』, 태학사, 1991.

한양어문학회 편, 『1950년대 한국문학연구』, 보고사, 1997.

한전숙 · 차인석, 『現代의 哲學 I』, 서울대학교 출판부, 1983.

홍사중, 「파격의 포오트레이얼 : 서기원론」, 『현대한국문학전집(7)』, 신구문화사, 1981.

롤랑 부르뇌프 · 레알 윌레, 『현대소설론』, 김화영 편역, 현대문학, 1996.

미케 발, 『서사란 무엇인가』, 한용환 · 강덕화 옮김, 문예출판사, 1999.

보리스 우스펜스키, 『소설구성의 시학』, 김경수 옮김, 현대소설사, 1992.
수잔 스나이더 랜서, 『시점의 시학』, 김형민 옮김, 좋은날, 1998.
시이모어 채트먼, 『이야기와 담론』, 한용환 옮김, 고려원, 1991.
에릭 S. 라브킨, 「공간형식과 플롯」, 김병욱 편·최상규 역, 『현대소설의 이론』, 대방
    출판사, 1984.

전쟁, 그 참혹한 현실에의 문학적 응전

1. 6·25의 비극성과 복합성

8·15 광복 후 6·25 한국전쟁이 발발하기 전까지 5년 동안의 기간은 독립된 자주국가로서의 기틀을 마련해야 한다는 시대적 사명을 띠고 있었음에도 불구하고, 좌우익의 이념 대립, 미·소 양국의 남·북한 주둔, 일제 잔재 청산의 미해결 등으로 정치적 분열과 사회적 혼란이 가중되던 시기이다. 그리고 마침내는 6·25 한국전쟁이라는 가장 비극적인 역사적 사건으로 폭발하고 만다.

6·25는 여러 면에서 비극적인 전쟁이다. 유엔군을 포함하여 200만 명이 넘는 생명이 희생되었고, 무량의 엄청난 경제적 손실을 초래했다. 거기에 미국과 소련의 이데올로기를 등에 업고 남·북이 싸워야 했던 이념 전쟁으로서 민족적 분열을 조장했다. 한반도에서 벌어진 잔인한 동족 살상의 전쟁이라는 6·25의 성격은 우리 민족에게 결코 지워지지 않는 상처를 남겼다. 하지만 무엇보다 비극적인 것은 50년이 지난 지금까지도 그 재난의 위력을 드러내는, 아직도 끝나지 않은 전쟁이라는 사실

이다. 남북의 분단, 이산가족, 남한 내 미군의 주둔 등은 전쟁의 망령이 여전히 잠복해 있는 한국의 현실을 증언해 준다. 거기에 이데올로기의 극단적 양극화는 사고의 경직성과 편향성을 조장함으로써 남·북의 구성원 사이에 마음의 장벽을 쌓는 결과를 낳고 있다.

　6·25 전쟁의 체험과 폐허로 변한 전후의 현실을 목격해야 했던 1950년대는 문학사적으로 보면 남한의 문단이 새롭게 재정비되던 시기이다. 8·15 해방 후부터 지속적으로 이루어진 문인들의 월북과 월남, 그리고 6·25 전쟁 중에 발생한 납북 등은 불가피하게 남북 문단의 구성원을 재편성하는 결과를 낳는다. 구체적으로 임화, 김남천, 김동환, 김기림은 북으로 갔고, 이광수, 정지용은 납북되었으며, 장용학과 손창섭, 황순원, 구상 등은 6·25를 전후하여 남한으로 내려온다. 이러한 문인들의 이동과 수백만에 이르는 전쟁 피난민의 이동은 50년대 문학의 언어적 조건을 변화시킨다. 남한의 언어와 북한의 언어가 섞이고, 각 지역의 언어들이 섞이면서 새로운 언어의 지평을 형성하게 된 것이다.

　이와 함께 50년대의 한국 문단은 일제하에서부터 작품 활동을 해온 기성 작가들과 해방 후 혹은 전후에 대거 등단한 신진작가들에 의해 풍부한 인적 자원을 확보하게 된다. 전자에 해당하는 작가에는 염상섭, 김동리, 황순원, 안수길, 최정희, 이무영, 박영준, 박화성, 임옥인, 최태응 등이 있다. 반면에 후자에 해당하는 신진작가 중 해방 후에 등단한 작가로는 정한숙, 전광용, 오영수, 손소희, 손창섭, 강신재, 김성한, 이범선, 장용학, 선우휘, 박경리 등이 있고, 50년대 중·후반에 등단한 신세대 작가로는 서기원, 오상원, 이호철, 최상규, 한말숙, 최일남, 송병수, 최인훈, 이문희, 하근찬 등을 들 수 있다.[1]

---

[1] 김상태는 이들 세 작가군은 교육적 배경 및 작가적 언어 체험에 있어 그 성격이 다르다고 지적한다. 먼저 일제하에서 작품 활동을 한 기성 작가들은 일제하에서 교육을 받

전쟁의 혹독한 체험과 전후의 폐허화된 현실을 살아내야 했던 1950년
대의 작가들은 전쟁을 소재로 한 것 이외의 어떠한 문학적 상상력에도
관심을 보이지 않는다. 이것은 작가가 전쟁으로 인해 받은 충격이 그만
큼 강력했음을 짐작케 한다. 하지만 더 본질적인 이유는 전쟁이야말로
대단히 매력적인 문학적 소재라는 점에서 찾을 수 있다. 바로 전쟁은 평
온한 일상 너머에 도사리고 있던 삶의 모순과 부조리, 인간 존재의 나약
함, 절대 가치에 대한 회의, 집단과 이데올로기의 폭력성, 그리고 가난과
죽음의 공포 등 인간과 생에 대한 총체적인 탐색을 가능케 하는 사건이
기 때문이다.

앞서 언급했듯이 전쟁 체험이 주된 소재가 되고 있는 1950년대 소설
은 편의상 다음과 같은 범주로 유형화할 수 있다. 먼저 내용상으로는 첫
째, 전쟁이라는 재난이 초래한 참혹한 현실과 가치 파괴적인 삶을 증언
하고 있는 작품군, 둘째, 전쟁으로 인한 정신적 충격과 후유증을 존재론
적 불구의식과 윤리적 파탄을 통해 드러내고 있는 작품군, 셋째, 이데올
로기와 집단의 폭력성에도 불구하고 인간 존재의 존엄성과 윤리적 양심
을 옹호하는 작품군, 넷째, 전쟁을 통해 드러난 기존의 모든 가치와 질
서, 제도가 지닌 모순과 부조리에 저항하며 주체적으로 자신의 삶을 선
택하는 실존적 인간을 그려낸 작품군으로 나눌 수 있다. 그리고 형식상

왔고, 일본어를 통해 문학을 받아들이고 창작한 작가들이다. 그리고 신진 작가군 중 해
방 후 등단한 작가들은 일제하에서 중등교육을 마쳤거나, 대학 초급학년을 이수한 작
가들로서 교육적 기초 및 언어능력이나 문학 수업에 있어서 역시 일본어의 영향을 많
이 받은 작가들이다. 예를 들어 장용학은 해방 후에 비로소 한국어를 배웠다고 실토한
바 있다. 반면에 50년대 중·후반에 등단한 작가들은 일제하에서 어린 시절을 보냈거
나 소학교 과정을 마친 보다 젊은 작가들로서 일본어로 학습을 받은 경험이 짧아 해방
후 손쉽게 한국어 세대로 전환하여 성장한 작가군들이라 할 수 있다(김상태, 「1950년
대 소설의 문체 연구」, 한국현대문학연구회 편, 『한국의 전후문학』, 태학사, 1991,
40~42면 참조).

으로는 전쟁 체험을 있는 그대로 사실적으로 재현한 작품군과 전쟁의
충격과 절망적 인식을 실험적 기법과 문체를 통하여 형상화한 작가군으
로 나눌 수 있다. 한 마디로 1950년대 소설은 전쟁이라는 극한 상황이
작가의 작품 세계와 창작기법에 결정적인 영향을 낳고 있는 전후소설로
서의 특성을 보이고 있다.

2. 전쟁의 파괴력과 폐허화된 세계

　　남북이 미국과 소련의 이데올로기를 등에 업고 싸운 이념의 전쟁이었
던 6·25는 인간에 의해서 행해진 인위적인 재난임에도 불구하고 그 결
과는 인간 살상과 삶의 총체적 붕괴를 가져오고 있다는 점에서 상상을
초월할 정도로 비극적이다. 전쟁 상황 속에서는 어느 누구도 전쟁의 파
괴력과 영향력에서 벗어날 수 없다. 전쟁으로 인해 겪어야 했던 참혹한
비극은 학벌과 계층, 이념을 초월하여 범민족적인 양산을 띤다. 6·25는
현대소설의 서사구조에 있어서 흔히 서사적인 분기점이 되고 있는 동시
에 가치체계의 전환적인 분기점[2]으로서 작용하고 있다는 이재선의 지적
처럼, 전쟁은 이전의 일상적인 삶의 공간과 가치기준을 한순간에 무화시
키는 파괴력을 보이고 있는 것이다.
　　첫째, 경제적 궁핍에 의해 매춘과 위악적인 삶을 감당해야 했던 하층
민의 비극을 다루고 있는 작품으로는 송병수의 <쇼리 킴>(1957)과 이범
선의 <오발탄>(1959), 오상원의 중편 <황선지대>(1960) 등을 들 수 있
다. 이 작품들은 전쟁의 피해가 전쟁에 직접 참여하지 않은 사람들에게

---

2) 이재선의 『현대한국소설사』, 민음사, 1997, p.138.

어떤 형식으로 나타나는가를 여실히 보여준다. 위 세 작품의 공통점은 전쟁 속에서 양공주 혹은 창녀로 전락하여 인간 이하의 삶을 살아가는 여성들의 삶이 그려지고 있다는 것이다. 미군에게 몸을 파는 <쇼리 킴>의 달링 누나와 <황선지대>의 영미, 가족의 생계를 위해 양공주가 된 <오발탄>의 명숙이 그들이다. 전쟁을 일으킨 것은 남자이지만 그 전쟁의 참혹한 피해자는 연약한 몸 이외는 자신을 지탱할 무기를 갖고 있지 못했던 여성들임을 이들 작품들은 처절하게 보여준다. <쇼리 킴>과 <황선지대>는 전방 미군부대 주변에서 미군들에게 몸을 팔며 살아가는 양공주의 비참한 삶 외에 펨프 노릇을 하며 순수한 동심을 잃어버리고 현실의 치부와 비정한 생존방식에 길들여진 고아소년, 젊은이들의 불행을 함께 그리고 있다. 아울러 두 작품의 결말이 인간다운 삶을 회복하기 위해 그 어두운 세계에서의 탈출을 꿈꾸거나 기도하다가 실패하는 것으로 처리함으로써 전후의 현실이 얼마나 절망적이었는가를 잔인하게 확인시킨다. <오발탄>에는 극한적인 가난에서 벗어나기 위해 매춘을 선택한 여동생과 은행 강도라는 범죄 행위를 선택한 남동생, 그리고 성실한 사무직 사원을 고집한 형이 등장한다. 각자의 방식으로 '가난'이라는 세계와 대결해 보지만, 어머니는 실성하고, 남동생은 경찰서에 잡혀가며, 아이를 낳던 아내는 죽는 불행의 악순환 속에서 자신을 삶의 패배자, 조물주의 오발탄으로 간주하는 장남 철호의 절규는 전후의 암담한 사회상을 전형적인 인물군을 통해 리얼하게 보여주고 있다.

둘째, 황순원의 <곡예사>(1952)와 김동리의 <밀다원 시대>(1955)는 작가들의 피난체험이 그대로 소설 속에 녹아 있다는 점에서 관심을 끄는 작품이다. "<곡예사> 이것을 쓰면서 나는 나 개인의 반감, 증오심, 분노 같은 것을 억제하기에 저으기 노력해야만 했다."고 작가가 후기에서 밝히고 있듯이, <곡예사>는 작가인 황순원과 그의 가족들이 피난살이 과정에서 비인간적이고 몰인정한 주인집 식구들의 횡포와 모욕을 감당해야 했던 사건들을 그리고 있다. 하지만 작가는 그들에 대한 분노와 증오심을 폭발시키지 않는다. 주인집 식구들의 입장에서 끝까지 그들의 행동을 이해해 보려는 반어적인 도덕적 논평과 감정적 반응을 배제한 채 사건의 전말만을 있는 그대로 전달하는 객관적인 서술로 일관한다. 때문에 작중의 아버지가 작가의 실명인 '황순원'으로 등장하는 이 소설은 피난살이의 고단함과 정신적 학대가 실로 독자를 분노하게 만들고 있을지언정 작가 자신의 정신마저 황폐하게 만들지는 못함을 속으로 부르짖고 있다. 비인간적인 대우와 멸시를 감당해야 하는 정신적 위기감과 현실의 위태로움을 '곡예'로 간주하며 타인과 삶을 껴안는 작가의 정신적 순결성이 빛나고 있기 때문이다.

김동리의 <밀다원 시대>는 부산으로 피난 내려온 문인과 예술가들이 '밀다원'이라는 다방에 모여 불투명한 전쟁의 암운과 정신적 위기의식 속에서 고뇌하는 모습을 사실적으로 그리고 있는 작품이다. 이 작품에서 주인물 이중구의 의식을 지배하고 있는 것이 '끝의 끝' 혹은 '막다른 끝'으로 표현되고 있는 '땅끝의식'이다. 이것은 부산이 피난을 갈 수 있는 마지막 지점이라는 지리적 여건을 지적하는 것이기도 하지만 인간적 도리와 책임감을 포기한 자신을 질타하는 양심의 절규이기도 하다. 왜냐하면 그는 천식을 앓는 어머니를 서울에 남겨두고, 또 처자식은 논산으로 보내버리고 혼자만 부산으로 피난을 와야 했기 때문이다. 그 외에도 피난길에 자식들을 잃어버린 허윤, 중공군이 밀려 내려올 경우를 대비래 제주도로 갈 배를 타자고 제의하는 길 여사, 문단의 주도권을 잡기 위해 서울 문인들을 인신공격하는 부산 문인들의 행동, 헤어진 애인을 잊지 못해 자살을 한 시인 박운삼 등 실명을 쓰고 있지는 않으나 피난지에서의 문인들의 삶 및 지적 분위기를 적나라하게 전달하는 데 성공하고 있다. 한 마디로 이 작품은 전쟁이란 치명적인 재난 앞에서 예술가란 특수 계층 역시 삶의 터전과 존재가치를 위협받는 피해자로 전락할 수밖에 없음을 여실히 보여준다.

셋째, 안수길의 <제3인간형>(1953)과 박경리의 <불신시대>(1957)는 모든 가치와 질서, 양심이 무너져버린 전후의 상황에서 어떻게 살아야 할지 방향 감각을 상실한 지식인의 내면 풍경을 진지하게 그리고 있는 작품이다. 먼저 <제3인간형>은 전쟁을 통해 삶의 태도와 인생관이 변한 두 인물 조운과 미이의 대비를 통해 자신의 삶을 되돌아보는 주인물 석의 내적 고뇌를 그리고 있는 작품이다. 작가로서의 삶과 소명의식을 포기하고 물질적 행복과 쾌락을 추구하는 사업가로 변신한 조운, 부잣집 딸로 밝고 명랑한 문학소녀에서 타인에게 봉사하는 삶을 살기 위해 간호사가 되기로 결심한 미이가 그들이다. 그들이 현실과 꿈, 이기적 삶과 이타적 삶 중 어느 한 쪽을 선택하는 분명한 태도를 보이고 있다면 '제3인간형'에 속하는 석은 그 둘의 어디에도 안주하지 못하는 소시민적 지식인이다. 즉 생활인으로서의 현실에도 충실하지 못하고 작가로서의 자신의 꿈에도 충실하지 못한 채 자책과 자포자기와 초조감 속에서 살아가는 우울한 정신풍경을 노정할 뿐이다. 바로 이 작품은 전후의 지식인들이 선택할 수 있었던 삶의 가능성을 유형화하는 한편, 무력한 대다수의 지식인들의 자화상인 '제3인간형'을 통해 당대 지식인의 고뇌와 방황의 속사정을 형상화하고 있는 것이다.

반면에 박경리의 <불신시대>는 지식인 여성의 눈에 비춰진 전후 사회의 타락상을 다양한 에피소드를 통해 강도 높게 고발하고 있는 작품이다. 9·28 수복 전야에 남편을 잃고, 교통사고로 아들마저 잃은 채 진영은 혼자의 힘으로 살아야 할 처지에 놓인다. 하지만 진영이 직접 부딪혀 본 사회는 부정과 위선, 허위로 가득 찬 냉혹하고 비정한 세계로서,

자존심과 자의식이 강한 그녀에게 시시각각 좌절과 열패감만을 안겨줄 뿐이다. 진영이 목격한 '불신시대'는 한 마디로 물질만능주의 시대를 말한다. 정신적 가치나 종교적 권위를 상실한 채 돈과 물질에 대한 욕심을 노골적으로 드러내는 종교인들과 환자의 치료에는 관심이 없고 가짜 의사의 기용과 주사약의 분량을 줄이는 방식으로 돈벌이에만 혈안이 되어 있는 병원들은 그녀로 하여금 인간적인 증오감을 폭발시키게 만드는 주된 사회악들이다. 결국 그녀는 그 현실에 정면으로 맞서 자신의 생명력을 증명하는 것, 즉 어디에도 기대지 않고 스스로의 힘으로 강하게 살아남는 것만이 타락한 현실에 대한 항거임을 깨닫고 적극적인 대결 의지와 용기를 자신의 내부에서 끌어내고 있다.

앞서 논의한 소설들에서 공통적으로 발견되는 것은 성별과 계층, 지위를 막론하고 모든 국민을 불행과 파멸, 고통과 혼돈 속으로 몰아간 전쟁의 놀라운 파괴력과 영향력이다. 바로 가해자는 이미 그 실체가 사라진 상태에서 피해자들만 폐허에 남아 으깨지고 조각난 삶의 파편들을 접착제도 없이 붙이고 있는 형국, 그것이 전후소설의 참혹한 세계였던 것이다.

3. 윤리적 파탄과 존재론적 불구의식

전쟁으로 인한 정신적 충격과 후유증은 존재론적 불구의식과 윤리적 파탄이라는 기형적인 전후의 삶을 낳는다. 이른바 전쟁으로 인해 기존의 일상적인 삶의 붕괴와 해체를 경험하면서 정신적인 충격과 가치관의 혼란으로 신음하는 젊은이들의 삶의 풍경이 그것이다. 이를 형상화한 1950년대의 대표적인 작품으로는 손창섭의 <공휴일>(1952), <비오는

날>(1953), <생활적(生活的)>(1954), <혈서>(1955), <유실몽>(1956)으로 이어지는 초기의 작품들과, 서기원의 <암사지도(暗射地圖)>(1957)를 들 수 있다.

먼저 손창섭의 초기 작품들은 병자와 정신적 불구자들로 구성된 기형적인 작중인물들과 그들을 둘러싸고 있는 음습하고 절망적인 삶의 풍경을 일관되게 형상화하고 있다는 공통된 특징을 보인다. 물론 그들은 다른 작가의 전후 소설과 마찬가지로 전쟁 중의 피난지 혹은 전후의 도시 빈민 지역을 시, 공간적 배경으로 하여 살고 있다. 따라서 병과 가난, 실직과 사랑 등 해결해야 할 현실적 사안들에서 결코 자유롭지 못하다. 그럼에도 불구하고 손창섭 소설의 인물들은 현실적인 성공이나 인생의 목표에 대해 무관심하거나 의미를 느끼지 못하는 반응을 보임으로써 자신들의 삶을 위협하는 현실적 상황의 위력을 약화시킨다. 그리곤 동굴 같은 방과 비오는 날로 대표되는 음습하고 내밀한 배경 속에서 무기력과 권태, 무관심과 의욕상실로 가득 찬 기형적인 내면풍경을 청각과 시각, 후각적 이미지를 통하여 감각적으로 드러낼 뿐이다. 즉 그들은 모든 것이 파괴되고 부서진 폐허의 공간에서 폐허화된 정신을 늘어놓고 인간에 대한 모멸과 생의 희화(戲畵)를 즐기는 위악적인 인물들이다.

그런데 그 인물들을 면밀히 관찰해 보면 세 유형의 인물들이 각자의 방식으로 절망적이고 왜곡된 삶의 풍경을 만들어내고 있음을 알 수 있다. 첫째, 병을 앓고 있거나 신체적 결함을 지닌 인물들로 <비오는 날>의 동옥, <생활적>의 순이, <혈서>의 창애, <유실몽>의 강노인이 여기에 속한다. 그들은 방이라는 폐쇄된 공간에 고립된 채 인간에 대한 과도한 증오 혹은 철저한 무관심을 나타내는 육체적, 정신적 불구성을 보이고 있다. 둘째, 전쟁 전에 고등교육을 받고 가치 지향적인 삶을 살았던 젊은이들로 <공휴일>의 도일, <비오는 날>의 원구, <생활적>의

동주, <혈서>의 달수와 규홍, <유실몽>의 '나'를 들 수 있다. 이들은 신체적으론 정상이나 사회적 자아로서의 역할을 포기한 채 우울함과 권태, 생의 무의미에만 집착하는 정신적 불구성을 보인다. 마지막으로 전쟁으로 인한 육체적, 정신적 외상의 흔적이 발견되지 않으며 욕망 지향적인 삶을 살아가는 인물들로 <공휴일>의 금순, <비오는 날>의 주인집 노파, <생활적>의 춘자와 봉수, <유실몽>의 누이나 매형이 이 유형에 해당된다. 이들은 자신이 욕망하는 대상, 성적 쾌락, 물질적 성공 등에 매달려 끈끈이처럼 살아가는 정신적으로 타락한 인물들이다. 그런데 이 세 유형의 인물들은 각 작품에서 처음부터 끝까지 자신들의 기형적인 이미지를 지속적으로 강화할 뿐 결코 변화의 기미를 보이지 않는 평면적 인물들이다. 그 결과 한 쪽은 점점 악화되는 병의 증세와 자기방어적인 공격심리로, 다른 한 쪽은 독자마저 생의 무의미와 허무의 정서에 젖게 만드는 무기력하고 권태로운 내면풍경으로, 그리고 또 한 쪽은 세속적인 욕망에 맹목적으로 매달리는 속물근성과 뻔뻔스러움으로 그로테스크한 작중세계를 몽타주하고 있다. 특이한 것은 그 인물 유형들 사이의 대립이나 갈등이 존재하지 않음으로 해서 부조리한 분위기가 더욱 강화되고 있는 점이다. 작가 손창섭은 그들의 기형적인 삶의 방식이 전후의 사회적 무질서 및 가치관의 혼란과 무관하지 않음을 간접적으로 암시한다. 바로 그들은 각자의 방식으로 전쟁이 가져다 준 불행을 견뎌내고 있는 것이라고 할 수 있다.

서기원의 <암사지도>는 세 젊은이 형남, 상덕, 윤주가 "폭탄에 의해 지붕 뚫린 집"에서 우연히 함께 살게 되면서 발생하는 미묘한 삼각관계와 비정상적인 사랑의 방식을 통해 기존 질서가 파괴되고 가치관의 전복을 보이는 전후의 혼란한 현실 상황을 형상화하고 있는 작품이다. 제목 '암사지도'의 사전적 의미는 도로나 도시 같은 인공물은 기입되지 않고 산과 바다, 하천만을 그리고 있는 지도를 말한다. 하지만 이 작품에서 '암사지도'는 윤리의식이나 인간적 가치를 상실한 채, 원초적 본능과 감각적 쾌락에만 의지하여 살아가는 젊은이들의 정신적 공백 상태 혹은 공허한 삶의 풍경을 상징한다. 이 작품의 작중인물들은 전쟁 때문에 학생 시절의 꿈과 의욕, 삶의 터전을 모두 상실했다. 남은 것은 원초적 본능과 생활의 편리, 감각적 쾌락에 기대어 살아내는 일이다. 그들은 사랑의 감정이 부재한 채 생활의 편리를 위해 동거하고 있는 상덕과 윤주, 그녀의 의사와는 상관없이 윤주를 섹스 상대로 공유하는 상덕과 형남 등 퇴폐적이고 충격적인 삶의 풍경을 그려낸다. 그들의 비윤리적인 행동의 절정은 아버지가 누구인지 확인할 수 없는 상황에서 윤주의 임신 사실을 알게 되었을 때다. 이 작품에서 허물어진 집은 기존의 가치와 도덕적 권위가 붕괴된 세계를 살고 있는 젊은이들의 폐허가 된 의식공간을 상징한다. 그 결과 그들은 전쟁이라는 충격적 재난이 야기한 내적 파탄과 가치관의 혼란을 극복하려 하기는커녕 서투른 허세와 원초적인 욕망, 자포자기적인 삶의 태도로 그 세계에 함몰해 버린다. 그러나 아이를 임신한 윤주가 모성 본능과 정상적인 삶에 대한 희구를 보이면서 집을 나가고 있는 것은 그들이 새로운 삶의 질서와 가치를 욕망하기 시작했음을 암시한다.

위에서 언급한 손창섭과 서기원 소설들의 공통점은 전쟁으로 인해 모든 꿈과 희망을 잃어버린 채, 의욕상실과 자기 파괴적인 본능에 매달려 살아가는 젊은이들의 뿌리 뽑힌 삶을 형상화하고 있다는 것이다. 이때 죽음에 대한 공포와 가난의 비극, 잔혹한 인간 살상의 현장으로서의 전쟁터 등 구체적인 전쟁 체험 및 현실적 고통은 소설의 중심소재로서 전경화되지 않는다. 단지 그것은 현재 속에 잠복되어 있는 상처의 근원으로서, 기억하고 싶지 않은 과거의 시공간으로서 파편화된 이미지로서 제시될 뿐이다. 이들 작품들은 오직 전쟁이 한 인간의 삶 및 내면의식을 얼마나 크게 훼손시킬 수 있는가를 기존 가치에 대한 조롱과 모멸, 파괴를 일삼는 인물들을 통해서 충격적으로 형상화하는 데에 관심을 기울이고 있다.

4. 이념 혹은 권력에 대한 회의 및 인간성의 옹호

1950년대에는 이데올로기와 지배 권력의 야만성과 허위성을 폭로하고 인간 존재의 존엄성과 윤리적 양심을 옹호하는 작품들도 많이 발견된다. 이는 6·25 한국전쟁이 근본적으로 이념의 전쟁이었다는 점, 그리고 전쟁을 일으킨 주체는 정치적 권력층이지만 그에 따른 실질적 피해자는 선량하고 힘없는 대다수 일반 국민들이었다는 사실과 무관하지 않다. 바로 전쟁의 주모자인 이데올로기와 지배 권력이야말로 전쟁의 부조리와 비극성을 드러내는 데 주요한 요소이었던 것이다. 이와 관련된 작품으로 김성한의 <오분간>(1955), 오상원의 <모반>(1957), 선우휘의 <불꽃>(1957) 등을 언급할 수 있다.

먼저 5분이라는 짧은 스토리 시간과 지구촌 각각의 모습을 파노라마로 묘사하는 공간의 광활함을 보여주는 <오분간>은 신과 프로메테우스의 5분간의 협상 과정을 우화적 수법으로 그리고 있는 작품이다. 천상과 지상의 중간지대에서 만난 신과 프로메테우스는 혼란과 무질서, 정신적·육체적 타락으로 심한 악취를 풍기는 인간 세상을 내려다보며 한숨을 짓는다. 신은 프로메테우스에게 인간을 구원하기 위해서는 둘이서 힘을 합쳐야 함을 제안하지만, 신의 수하로 들어갈 수 없다는 프로메테우스의 거절로 그들의 협상은 결렬된다. 여기서 신은 보편적 기준, 종교적 권위, 정신적 가치 등을 상징한다. 그런데 백발에 늙고 힘이 없는 신의 묘사에서 알 수 있듯이 과학적 세계관이 지배하는 현대 사회에 신의 권위나 종교적 진실은 그 위력이 상당히 약화되었다. 반면에 프로메테우스는 현대 문명과 인간 중심적 삶을 가능케 한 인간의 이성, 지적 능력, 자유를 상징한다. 신의 쇠사슬을 끊고 무한한 자유와 독립을 주장하는 청년 이미지로 그려지는 프로메테우스처럼, 이들은 물질적 풍요와 욕망 지향적 삶을 살아가는 현대인에게 아직은 막강한 위력을 지니고 있는 요소들이다. 결국 역사는 신의 진리와 인간의 지식 사이의 끊임없는 투쟁의 기록이었다고 할 수 있다. 문제는 신과 프로메테우스의 아들딸들이 모두 그 본래의 의미와 가치를 망각한 채 점점 타락의 늪으로 빠지고 있다는 것이 현대 사회를 바라보는 작가의 시각이다. 하지만 이 작품에서 작가 자신도 새로운 가치기준을 제시하고 있지는 않는다. 이것은 아마도 기존의 가치는 붕괴되고 새로운 가치는 아직 형성되지 못한 혼란의 와중에 있는 전후 상황의 모습, 바로 전망이 닫힌 세계의 비극성을 역설적으로 드러내고 있는 것이라 할 수 있다.

오상원의 <모반(謀反)>은 비밀결사조직에 가담하여 비애국적인 정객을 암살하는 일을 맡았던 민이 비정하고 비인간적인 조직의 생리에 회의를 느끼고 탈퇴하는 과정을 다루고 있다. 이 작품에서 그려지고 있는 정치조직의 실체는 청년들의 조국에 대한 순결한 정열을 정당들끼리의 권력다툼과 정치적 목적에 이용하는 불순한 집단이다. 아울러 애국투사들조차 분열과 반목, 모반에 의한 정치적 결탁을 거듭하는 정권욕의 아수라장이었다. 거기에 조국을 위한 행위라는 이유로 암살이 용납되고, 또 비밀결사의 목적을 달성하기 위해서는 인간적 도리나 양심조차 버려야 한다는 비정한 논리를 강요하는 곳이기도 한 것이다. 결국 민은 정객을 암살하기 위해 어머니의 임종을 지키지 못했던 두 달 전의 일과, 어머니의 병원비를 마련하기 위해 외출했다가 암살범의 누명을 쓰게 된 청년의 불행을 지켜보면서 의식의 혼란과 갈등을 느끼다가 비밀결사에서 탈퇴하고 있다. 민이 "나는 평범한 인간들을 한 사람이라도 더 사랑해 보고 싶어졌단 말이다. 위대한 하나의 일의 성공보다는 나는 오히려 소박하게 살아가는 인간의 모습들이 하나라도 더 소중스러워졌단 말이다."라고 동료들에게 말하고 있는 내용에서 조직의 목적을 위하여 개인의 진실을 외면해야 했던 이전의 삶에 대한 거부를, 그리고 인간적 양심의 회복을 느낄 수 있다.

<불꽃>은 한국, 일본, 만주에 걸친 광활한 공간적 배경과 3·1 운동부터 6·25까지 30여 년에 걸친 긴 기간을 시간적 배경으로 하여 역사적 격동기에 반응하는 두 개의 인간형 사이에서 갈등하는 주인물 고현의 의식의 변모 과정을 그리고 있는 작품이다. 역사적 현실에 반응하는 인간의 두 행동 양식을 대변하는 인물이 고현의 할아버지와 아버지이다. 먼저 할아버지는 철저한 현실 순응주의자이다. 그는 민족의 수난과 고통 같은 시대적 문제에는 전혀 관심이 없다. 오직 본능적인 자기 보호의식에 근거하여 현실 도피와 체념의 세계 속에 안주하는 삶을 지향한다. 반면에 고현의 아버지는 조국의 독립을 위해 3·1 운동의 선봉에 섰다가 목숨을 잃은 데서 볼 수 있듯이 현실 참여적이고 가치 지향적인 삶을 추구했던 인물이다. 유복자로 태어난 고현은 의식과 행동 전반에 있어서 도피와 은둔으로 대변되는 할아버지의 삶의 방식을 내재화하면서 살아간다. 남의 일에 흥미도 없거니와 남의 한계를 침범할 생각은 더더욱 없다는 그의 태도에서 보이듯이 역사의 현장에 있기보다는 시골에서 자연 친화적인 삶을 사는 데 만족하는 소극적이고 식물적인 인생관을 견지한다. 반면에 자신의 생명을 담보한 채 현실적 불의에 저항했던 아버지의 용기와 대결의지는 고현의 의식의 심층에 존경과 두려움으로 내면화된

다. 그러나 6·25가 발발하고 살인 청부업자로 화한 인민군들의 맹목적 살인과 이데올로기적 폭력성을 목도하며, 고현의 내면에 잠자고 있던 악에 대한 분노와 저항의지가 폭발하는 적극적인 모습을 보인다. 현실 도피와 은둔의 삶에서 탈피하여 역사적 현장에 적극적으로 참여하고 행동하는 삶을 보여주고 있는 것이다. 결국 작가는 참된 삶은 타인에게 피해도 주지 않고 자신의 세계도 침해받지 않는 소극적인 삶이 아니라 타인의 불행이나 현실적 악에 대하여 적극적으로 대항하여 공동체적 선을 이루는 삶임을 강조하고 있다.

위 세 작품은 종교적 세계관과 과학적 세계관의 절대성과 편향성이 낳은 인간의 타락, 그리고 정치 조직의 비정함과 맹목성에 따른 개인적 진실의 외면, 집단의 횡포와 이데올로기의 폭력성에 따른 약자의 불행 등 절대 권력 혹은 경직된 이데올로기에 의한 인간의 불행을 다루고 있다는 공통점을 보이고 있다.

5. 부조리의 인식과 실존적 죽음

전쟁은 기존의 모든 가치와 질서, 제도가 지닌 모순과 부조리를 적나라하게 드러내 주는 결정적인 사건이다. 평범한 일상 속에서는 분명하게 포착되지 않아서 막연하게 정신적 방황이나 허무의 정서로 이어지던 삶의 부조리에 대한 명쾌한 자각, 그것은 적과 동지로 나누어 상대방을 집단 살해했어도 살인자가 되기는커녕 영웅이 되는 전쟁 속에서 가장 극명하게 포착된다. 모순과 부조리로 가득 찬 현실의 내막을 알아버렸을 때, 인간은 스스로 자신의 존재 방식에 대해 고민하고 주체적으로 자신의 삶의 방식을 선택할 수밖에 없다. 이 때 개인의 실존을 위협하고 파괴하는 인간 조건들로 이루어진 현실 세계에 대한 적극적인 저항의 한 방식으로 죽음이 선택되기도 한다. 바로 오상원의 <유예>(1955), 장용학의 <요한시집>(1955), 김성한의 <바비도>(1956)는 주체적 죽음을 통하여 자신의 참된 실존을 지키려는 인물들을 그리고 있는 작품들이다.

전쟁에 직접 참여한 군인을 주인공으로 등장시키는 경향은 1950년대 소설의 한 특징이다. 목숨을 담보한 채 적과의 잔혹한 싸움을 벌여야 했던 전장의 군인들은 죽음에의 공포, 적이라는 이유만으로 상대를 죽여야 하는 상황, 집단적 살상이 합리화되는 전쟁의 생리 등 인간의 모순과 부조리를 정면으로 목격해야 했던 존재들이다. 오상원의 <유예>(1955)는 바로 괴뢰군의 포로가 되어 죽음을 한 시간 앞둔 인텔리 군인의 의식의 흐름을 통해 전쟁의 부조리와 폭력성을 폭로하고 인간의 진정한 존재방식을 천착하고 있는 작품이다. 이 작품의 주인공은 첩첩이 쌓인 눈과 혹독한 추위, 기아와 피로 속에 남으로의 후퇴를 계속하던 중 부하들을 모두 잃고 홀로 남겨진 소대장이다. 그는 간신히 당도한 한 시골마을에서 한 청년이 인민군에 의해 총살되는 현장을 목격하고, "내일을 위해 오늘의 싸움을 피한다는 것은 비겁한" 것이라는 생각에 적을 향해 총을 난사한다. 그리고 계속된 적의 회유를 뿌리친 채 비겁한 투항보다는 떳떳한 죽음을 선택한다. 바로 특정 조직이나 이데올로기에 속한 한 개의 기계나 도구가 아니라 스스로 생각하고 행동하는 인간으로서 죽어가겠다는 것이다. 이것은 집단의 논리만이 작용하는 전쟁에 대한 혼돈과 갈등, 절망과 분노 속에서 개체적인 실존의식을 주장하고 있는 것이라 할 수 있다. 즉 노예상태로서의 인간으로 생존하기보다는 실존적 인간으로 죽는 길을 선택함으로써 존재론적 저항과 초월을 보이고 있는 것이다. 특히 이 작품은 죽음을 한 시간 앞둔 한 인간의 고양된 의식, 즉 과거·현재·미래가 혼재된 의식세계를 의식의 흐름의 기법에 의해 객관적으로 제시하고 있을 뿐만 아니라, 과거의 사건은 전지적 작가 시점으로 현재의 의식세계는 1인칭 주인공 시점으로 적절히 서술 시점을 변용하는 서사방식도 주목을 요한다.

우화와 시적 이미지, 사실과 관념의 혼합을 통하여 난해한 소설을 창작하는 작가로 간주되는 장용학은 시종일관 개인의 진실을 왜곡하고, 삶을 억압하는 요소들에 대한 철학적 탐색에 관심을 두고 있는 작가이다. 따라서 그의 소설의 묘미는 이야기 자체보다는 각각의 에피소드에서 드러나는 부조리한 인간 조건과 그에 대한 작가의 탁월한 철학적 논평을 듣는 데 있다. 장용학의 대표작으로 일컬어지는 <요한시집>은 누혜 어머니의 죽음, 포로수용소에서의 누혜의 자살, 누혜의 유서 내용의 순서로, 즉 현재에서 과거로 거슬러 올라가는 역서술방식으로 사건이 제시되고 있다. 그리고 그 모든 사건을 목격하고, 유서의 내용을 읽는 사람은 바로 포로수용소생활을 함께 했던 동호이다. 그런 점에서 이 작품은 누혜의 비극과 유서내용을 접하면서 인간 존재에 대한 회의와 탐색을 통해 의식의 성장을 보이는 동호의 실존적 자각의 과정을 그리고 있다고 할 수 있다. 하지만 프롤로그에 해당하는 동굴의 토끼 우화, 인간에 대한 부조리의 나열로 이루어진 누혜의 유서, 동호가 혼란된 의식 속에서 목격하는 환상적 이미지들 등 다양한 소설 외적 요소의 삽입으로 이루어진 이 소설이 지닌 미덕은 개인의 실존을 위협하고 파괴하는 인간 조건들에 대한 놀라운 발견과 철학적 해석이다. 장용학이 특히 주목하는 것은 시간과 이데올로기, 그리고 조직의 폭력성이다. 누혜가 유서에서 소학교를 1분 지각했는데 30분 벌을 주고, 60초 지각은 지각이지만, 50초 지각은 지각이 아닌 죄의 집으로 묘사하고 있듯이, 시간은 인간의 삶을 획일화하고 억압하는 가장 치명적인 억압기제[3]이다. 또 지각한 사람을 부도덕한 인간으로 낙인을 찍고 벌을 주듯이 시간은 인간을 죄의식과 단죄에 대한 두려움 속으로 몰아가는 놀라운 현대의 수단이다. 이데올로기 및 사회의 조직 역시 개인의 진실 및 주체적 삶을 억압하고 말살하는 거대 권력이자 폭력이다. 즉 집단적 가치와 질서, 조직의 안정을 위해서는 온갖 수단과 방법을 동원할 준비가 되어 있으며, 그 과정에서 때로는 비인간적인 광포함을 보이기도 한다. <요한시십>에서 포로수용소는 이데올로기의 폭력성 및 조직의 광기가 집약된 공간으로 그려진다. 포로들끼리의 생존의 건 험악한 싸움과 누혜의 자살, 그리고 그 시체까지 잔인한 복수를 행하는 인민군 포로들의 광기는 실로 충격적이다. 시체를 토막내어 변소에 버리고, 눈알을 빼내어 동호로 하여금 밤새 두 손에 들고 서 있게 하는 형벌을 가하는 포로들의 잔인성과 그런 복수행위를 "사상의 이름으로. 계급의 이름으로. 인민이라는 이름으로" 합리화하는 맹목성은 독자로 하여금 집단 이데올로기의 망령에 비명을 지르게 만든다. 바로 누혜의 자살은 현실에 대한 절망적 인식의 경과이자 타락한 세계에 대한 거부의지의 표현이다. 자신을 억압해 온 모든 인간 조건으로부터 해방되어 절대자유의 공간에서 참된 '나'와 대면하기 위한 방법으로 죽음을 선택하고 있는 것이다. 그가 철조망에 매달린 자세로 죽어 있는 것은 그런 점에서 수직적 초월의 모습으로 읽힌다.

　김성한의 <바비도>는 사제단의 비리에 저항하고 자신의 종교적 신념을 지키다가 이단으로 몰려 분형(焚刑)을 받은 재봉직공에 관한 서구의 역사적 사건을 패러디하고 있는 작품이다. 과거의 역사를 통해 부조리한 현실을 환기하고 있는 이 작품에서 작가는 위선과 가식으로 둘러싸인 현실을 거부하고, 끝까지 진실을 주장할 수 있는 용기와 신념의 중요성을 강조하고 있다. 재봉직공인 바비도는 영역복음서를 읽는 것을 금지하

---

3) 그의 다른 소설 <현대의 야>에도 "개인을 위해서 조국의 시간을 늦출 수는 없"다는 이유 때문에 시체구덩이에 빠진 주인공이 구출되지 못하는 에피소드가 나온다.

고 왜곡된 진실을 강요하는 사제단과, 생명의 위협 앞에서 성서의 진리를 끝까지 지키지 못하고 변절해 버리는 신도들 등 허위와 부조리로 가득 찬 현실 속에서 변절과 죽음 둘 중의 하나를 선택해야하는 상황에 놓인다. 결국 그는 종교적 권력에 의한 폭력과 진리를 저버린 동료들에 대한 실망 속에 인간 사회와 생 자체의 무의미를 실감하고 양심을 지키며 죽은 길을 선택한다. "산다는 것과 존재한다는 것은 다른 문제죠"라는 종교재판정에서의 바비도의 발언은 모순되고 부조리한 현실에 대한 절망과 허무의식을 압축적으로 드러낸다. 결국 바비도는 자기의 내면의 진실을 속이지 않기 위해, 그리고 부패한 권력과 폭력에 대한 혐오와 저항 속에서 의연하게 죽어가고 있다.

이상 언급한 작품들은 개인 및 생명의 존엄성이 가차 없이 유린되는 잔혹한 인간 살상의 현장, 이데올로기의 노예로 전락한 인간들의 광기와 맹목성, 종교적 권력을 유지하기 위해 거짓과 굴종을 강요하는 사제단들의 위선과 폭력성 등 인간의 삶을 지배해 온 모든 가치와 신념의 허위성을 드러낸다. 그럼에도 불구하고 그것들의 권력과 영향력이 너무 막강해서 개인의 힘으로는 도저히 무너뜨릴 수 없을 때, 무력한 개인이 선택할 수 있는 길은 타협과 저항 둘밖에 없다. 바로 위 작품들은 주체적 죽음이야말로 가장 적극적인 저항의 방법이자 용기 있는 결단임을 독자에게 환기하고 있다.

6. 억압된 상상력과 서사기법의 독창성

1950년대 소설은 전쟁 체험과 전후 현실의 체험 등 전쟁과 직접 혹은 간접적으로 관련된 모티프들이 주류를 이룬다. 이는 전쟁이야말로 죽음과 기아, 실향과 이산, 살상과 폭력, 광기와 생존 본능 등이 응집된, 인간이 체험할 수 있는 가장 부조리한 상황이라는 점에서 놀라운 것이 아니다. 때문에 1950년대 작가들은 소설적 상상력에 근거하기보다는 자신들이 체험하거나 목격한 현실을 문학적으로 변용하는 데 급급한 느낌이 없지 않다. 자신들의 상상력보다 더 충격적이고 극적인 사건들로 가득 찬 공간이 전쟁과 전후의 현실 공간이었기 때문이다. 그런 면에서 50년대의 많은 작품이 전쟁 상황이 가져온 가치 파괴적인 삶과 참혹한 현실을 증언하고 폭로하는 고발문학적 성격을 지닌다. 하지만 중요한 것은 전쟁 체험을 문학적으로 형상화하는 과정에서 인간 존재에 대한 회의, 이데올로기의 절대적 폭력성, 기존 윤리의 파탄과 모럴의 부재 등 상상력을 능가하는 인간의 한계상황을 그림으로써 어느 시기의 소설보다도 인간 존재에 대한 치열한 천착 및 철학적 사유를 담아내고 있다는 것은 한국문학사에서 전후소설이 지니는 중요한 문학사적 의의라고 할 수 있다.

체험 내용이 달라지면 그것을 형상화하는 방식 또한 달라진다. 전후의 작가들도 전쟁의 충격과 후유증이 자신이 감당할 수 있는 정도를 넘어설 때, 두 가지의 대조적인 문학적 대응 양식을 선택하고 있다. 먼저 김동리나 황순원처럼 예술 지향적인 순수문학을 추구하던 기성 작가들은 충격적인 전후 현실에 압도되어 그것의 객관적 재현 및 묘사에 매달리는 리얼리즘의 창작 방식을 보인다. 반면에 해방 우 새롭게 등장한 신세대 작가들은 가치관의 혼란과 정신적 공백 상태를 드러내기 위해, 그리고 개인의 실존을 위협하는 외적 현실에 대한 저항의 표현으로 전통적 형식을 비틀고 소설적 질서를 흩뜨리는 실험성을 추구하고 있다. 손창섭 소설의 특징이라 할 수 있는 기형적인 인물 창조와 미해결의 플롯, 장용학의 <요한시집>에서 발견되는 철학적 관념의 소설적 형상화, 의식의 흐름과 내적 독백, 시점의 변화를 보이는 오상원의 <유예>와 관찰자적 서술이라는 영화적 기법를 차용하고 있는 <모반>, 우화를 통한 현실 풍자가 돋보이는 김성한의 <오분간> 등은 창작기법에 있어서 주목을 요하는 작품들이다. 한 마디로 1950년대 소설은 전쟁 체험으로 요약되는 내용의 동질성과는 별도로 소설 형식의 실험이 다양하게 시도된 시기라 할 수 있다. 이것은 기존의 모든 가치와 질서가 파괴된 상황에서 각자의 방식으로 자신의 내적 경험과 개인적 진실을 표출할 수밖에 없었던 전후의 시대적 분위기와 무관하지 않다.

전후소설들이 보여준 이러한 문학적 특질들은 전대 문학 및 후대 문학의 성격을 밝히는 데에도 주요한 역할을 한다. 먼저 남북 분단 후 90년대까지 이어지고 있는 분단문학의 특성, 즉 전쟁의 후유증 및 이데올로기의 비극을 해명하는 데 반드시 검토되어야 하는 것이 전후소설이다. 또 1930년대 이상·박태원·최명익 등의 소설에서 나타나는 심리주의 및 모더니즘 기법을 새롭게 계승, 발전시키고 있는 소설이 전후소설이라는 점에서 상호 영향관계를 고찰하는 작업이 필요하다고 하겠다.

손창섭 소설의 모더니즘 창작기법 연구

1. 서론

손창섭(孫昌涉)은 <공휴일(公休日)>(1952)과 <사연기(死緣記)>(1953)가 『문예』지에 추천되면서 문단에 데뷔한 후 1950년대의 전후문학을 주도한 작가 중의 한 사람이다. 그가 작품에서 일관되게 형상화하고 있는 세계는 육체적, 정신적 불구자와, 그들을 둘러싸고 있는 음습하고 절망적인 삶의 풍경이다. 그 삶의 풍경은 전쟁 중의 피난지 혹은 전후의 도시 빈민 지역을 시, 공간적 배경으로 하고 있으며, 대개 병과 가난, 실직, 남녀문제 등 현실적 사안을 지니고 있는 인물들의 일상이 그려진다.

그러나 손창섭이 다른 작가와 변별되는 까닭은, 그가 그러한 불행한 환경에 처한 사람에게 일반적으로 예상되는 인과적인 반응을 전혀 보이지 않는 낯선 인물들을 창출해내고 있다는 데 있다. 그의 소설 속의 인물들은 현실적인 성공이나 가족애, 결혼 등 소위 '인간답게' 산다는 것에 대해 무관심하며, 生에 대한 권태, 의미 상실의 반응을 보임으로써 오히려 자신들의 삶을 위협하는 비참한 상황의 위력을 약화시킨다. 대신에 그들은 의식의 동굴 속으로 숨어 든 채 "시궁창같이 구질구질한 군소리"[1]를 숨김없이 늘어놓는 것을 자신들의 고유한 생존방식으로 선택한다.

손창섭의 이러한 독특한 작품세계는 여러 연구자들에 의해 다양한 수식으로 설명되고 있다.

> 인간의 본질이나 본성에 대해서 집요한 관심을 기울이면서 손창섭이 보여준 작중 인물의 畵像은 십중팔구가 모멸의 인간상이다. 마치 인간을 그리기 위해서 작중 인물을 묘사한 것이 아니라 그저 모멸하고 냉소하기 위해서 작중인물을 설정하고 조작한다는 인상을 주기까지 한다.[2]

> 이 작가는 인간이 인간에게 가하는 모멸의 극한을 집요하게 보여 줌으로 해서 매저키즘적인 쾌감을 처음으로 소설 속에 도입한다. (…) 인간 모멸의 이런 극단적 양상이 작가의 기질적 측면에 속하는 것이지만 전쟁과 결부됨으로써 그 문학적 주제의 심화를 획득한 것으로 보아질 수 있다.[3]

> 병자와 불구자와 의욕상실자가 거의 집단적으로 서식하고 있는 그의 그로테스크한 세계는 정신적인 가치의 지표가 유실되어버린 전쟁 직후의 실존적인 삶의 상황을 병자의 세계를 끌어임으로써 독특하게 데포르마숑하고 있는 것이다.[4]

위의 인용들은 한 마디로 '否定的 인간관'으로 요약된다. 즉 그의 소설에서 구체적인 삶의 목표와 가치를 추구하며 살아가는 긍정적인 인간

---

1) 손창섭, 「作家餘滴」, 『한국전후문제작품집』, 신구문화사, 1960, 406면.
2) 유종호, 「모멸과 연민」, 『현대한국문학전집』(3), 신구문화사, 1981, 449면.
3) 김윤식, 『한국현대문학사』, 일지사, 1991, 51면.
4) 이재선, 「전쟁 체험과 50년대 소설」, 김윤식·김우종 외, 『한국현대문학사』, 현대문학, 1994, 338면.

은 거의 찾아보기 어렵다. 대부분의 작중인물들이 인생의 목표와 가치에 무관심하거나 의미를 느끼지 못하는, "규격 미달의 불구상태"5)에서 살아가는 존재들이기 때문이다. 작가는 작품 속에서 작중인물의 그러한 의식과 행동이 戰後의 사회적 무질서 및 가치관의 혼란과 관련되어 있음을 은연중에 암시하고 있다.

이러한 손창섭의 작품은 소설 속의 시, 공간적 배경 너머에 있는 독자들마저 소설 속의 음습하면서도 내밀한 분위기 속으로 끌어들이는 묘한 정서적 힘을 발휘한다. 처음에 독자는 병자와 불구자, 의욕상실자들로 이루어진 인간 이하의 살풍경하고 위악적인 삶의 공간을 훔쳐보며, 인간으로서 지녔던 우월감과 자존심이 무참하게 허물어지는 모멸감을 느낀다. 하지만 곧 이어 무기력과 권태, 무관심으로 대표되는 작중인물들의 정신적 기형성이, 對他的 삶의 방식을 놓아버리고 자신의 내면으로 숨어들고 싶은 충동을 느낄 때의 허무의 정서와 상당히 닮아 있음에 놀란다. 때문에 독자는 지나치게 기형적이고 무기력하며 절망적인 작중 현실에 대해 낯설어하고 몸서리를 치면서도, 어느새 생의 무의미와 허무감이 안개처럼 피어오르는 그 세계의 분위기에 감염되어 일상에서의 일탈충동을 느끼게 된다.

지금까지 손창섭 소설에 대한 연구는 주로 기형적인 작중인물의 의미 분석이나, 동굴 같은 방, 비 오는 날로 대표되는 시, 공간적 배경의 상징성, 전후문학적 특질 등 내용적인 측면6)에 집중되어 왔다. 그러나 그의

---

5) 손창섭, <神의 戲作>, 『현대한국문학전집』(3), 앞의 책, 410면.
　이하 작품의 인용은 작품명과 면수만 표시하기로 한다.
6) 위에 인용된 논문 외에 이에 대한 연구 성과로 다음의 글을 들 수 있다.
　조연현, 「病者의 노래」, 『현대문학』, 1955. 4.
　이선영, 「아웃사이더의 반항」, 『현대문학』, 1966. 12.
　김병익, 「현실의 도형과 검증」, 『현대한국문학의 이론』, 민음사, 1982.
　천이두, 『한국현대소설론』, 형설출판사, 1983, 225~234면.

작품들이 비슷한 유형의 인물군과 소재들을 바탕으로 비슷한 분위기를 변주하고 있음에도 불구하고, 매 작품마다 독자로부터 신선한 충격과 감동을 불러일으키는 이유는 무엇인가?, 보다 구체적으로 특별한 사건의 시작이나 끝도 없이 비정상적인 인물들의 비상식적인 삶의 묘사로 일관하는 느슨한 플롯에도 불구하고, 손창섭 소설 특유의 서스펜스를 유지하며 독자를 작품세계로 끌어들이는 문학적 효과는 어디에서 오는가? 등을 제대로 구명하지 않고는 그의 소설의 본질을 정확하게 파악했다고 할 수 없다. 실제로 내용의 충격성에서 벗어나 서사기법을 중심으로 그의 소설을 정독해 보면, 두서없는 넋두리 같은 화자의 서술이 사실은 작가에 의해 계산된 일정한 원칙에 따라 배열되고 있음을 알 수 있다.

손창섭에 대한 기존의 연구 중 창작기법에 대한 관심은 이광훈, 송기숙, 이기인, 김윤식, 김동환 등의 연구 성과[7]에서 찾아볼 수 있다. 그러나 그들 중 창작과정에 대한 전반적인 특성을 다루고 있는 송기숙을 제외하면, 대부분의 연구자들이 몇 가지 특징적인 항목의 나열이나 단편적인 효과를 언급하는 데 그치고 있다. 따라서 본고에서는 다른 작가와 변

이동하, 「손창섭 소설의 세 단계」, 전광용 외, 『한국현대소설사연구』, 민음사, 1984.

김종회, 「손창섭론 : 체험소설의 발화법, 그 특성과 한계」, 권영민 엮음, 『한국현대작가연구』, 문학사상사, 1993.

조현일, 「허무주의 심연과 극복의 노력」, 구인환 외, 『한국전후문학연구』, 삼지원, 1995.

최혜실, 「손창섭 소설의 등장인물들이 갖는 문학사적 의미」, 『현대소설연구』 제3호, 1995.

7) 이광훈, 「패배한 지하실적 인간상」, 『문학춘추』, 1964. 8.

송기숙, 「창작과정을 통해 본 손창섭」, 『현대문학』, 1964. 9.

이기인, 「손창섭 소설의 구조」, 서종택·정덕준 엮음, 『한국현대소설연구』, 새문사, 1990.

김윤식, 「6·25 전쟁문학」, 문학사와 비평연구회 편, 『1950년대 문학연구』, 예하, 1991.

김동환, 「한국 전후소설에 나타난 현실의 추상화방법 연구」, 한국현대문학연구회 편, 『한국의 전후문학』, 태학사, 1991.

별되는 손창섭 고유의 작품세계와 독자에 미치는 정서적 효과가 어떻게 형성되고 있는지 그의 창작기법에 초점을 맞추어 고찰해 보고자 한다. 아울러 각각의 창작기법이 작품 내에서 어떤 구조적인 기능과 미학적 효과를 획득하고 있는지를 밝혀 보고자 한다.

본고의 텍스트로는 데뷔작인 <공휴일>(1952)과 단편집 ≪비오는 날≫에 수록된 작품 중 완성도가 높은 <사연기>(1953), <비오는 날>(1953), <생활적>(1954), <혈서>(1955), <미해결의 章>(1955), <인간동물원초>(1955), <유실몽>(1956) 등 8편의 초기 작품들을 그 연구대상으로 삼는다.

2. 인물 구성의 원리

1) 감각적 이미지에 의한 개성 창조

손창섭의 작품에는 병자와 육체적 불구자들이 많이 등장한다. 소설에서 작중인물의 신체적 결함은 작가의 의도에 따라 그의 삶의 조건을 결정짓는 중요한 인자로 강조되기도 하고, 인물에 대한 부수적인 정보로 배경화되기도 한다. 손창섭의 소설에서 인물들의 신체적 결함은 前者의 의미를 띠는데, 대개의 경우 그것은 정신적 불구성과 연결되고 있다.

특히 작가는 불구성, 기형성을 중심으로 작중인물의 인물적 특성을 형상화하는 데 대단한 재주를 나타낸다. 지나치리만치 세밀하게 묘사된 절망적인 인간 초상과 그것을 전달하는 화자의 냉정한 서술태도는 독자의 상상력을 압도하는 충격성과 강한 흡인력을 보인다. 그런 점에서 그의 작중인물들은 독자에게 동일시의 환상을 유도하지 않는다. 오히려 현실에서 접하기 어려운, 하지만 인간이 처할 수 있는 극한의 비극적 상황을 그려내는 인물들을 훔쳐보는 고통과 놀라움, 낯설음만을 배가시킨다.

그런데 각 작중인물들이 독자에게 강한 인상으로 각인되는 데는 그 정신적, 육체적 불구성을 시각, 청각, 후각 등 감각적 이미지를 통해 전달하는 손창섭 특유의 표현기교와 관련이 있다.

늘 위쪽으로만 꼬리를 살래살래 흔들며 떠돌아가는 붕어 새끼와 이건 반대로 줄곧 밑창에만 들이엎드려 있는 미꾸라지가 서로 결혼을 하게 된다면 그것은 틀림없는 일종의 비극이 아닐 수 없다고 생각되는 것이었다.[8]

편포와 같이 엷어진 흉곽과 거미의 발을 생각케 하는 가늘고 길어만 보이는 사지랑, 생기없는 전신에 비하면 이상하게도 그 눈만은 낭랑히 빛났다. 그러나 그것도 생기와는 성질이 다른 안광(眼光)인 듯했다. 온 몸의 정기가 눈으로만 몰리어 마지막 일순간에 퍼런 불이 펄펄 타오르는 것 같은 그런 눈이었다. 東植은 聖奎의 그 눈이 싫었다. 성한 사람에게서는 도저히 볼 수 없는 귀기(鬼氣)가 서린 눈이었기 때문이다.[9]

아침이 되어도 東周는 일어날 생각을 하지 않는다. 송장처럼 그는 움직일 줄을 모른다. 그만큼 그의 몸은 지칠대로 지쳐버린 것이다. 몸뿐이 아니다. 마음도 곤비(困憊)한 대로 곤비해 있었다. 심신이 걸레 조각처럼 되는 대로 방 한 구석에 놓여져 있는 것이다. 걸레 조각처럼![10]

뒷간 출입도 온전히 못하는 順伊는 진종일 누운 채 그 무겁고 단조로운 신음소리를 내는 것이었다. <으응, 으응, 으응> 그것은 마치 무덤 속에서 송장이 운다면 저러려니 싶은, 듣는 사람에게 어쩔 수 없이 죽음을

---

8) <공휴일>, 126면.
9) <사연기>, 127~128면.
10) <생활적>, 152면.

생각케하는 암담한 소리였다.[11]

> 姜老人은 언제나 마찬가지로, 요 위에 사지를 펴고 엎드려서는 죽는
> 소리를 내고 있었다. "으으으, 으으으" 하는 그 신음 소리는 꼭 무슨 짐
> 승의 소리 같았다.[12]

위의 인용에서 볼 수 있듯이 작가는 작중인물을 총체적 혹은 사실적
으로 묘사하지 않는다. 눈이나 누워 있는 모습, 신음소리 등 각 작중인
물의 특성 중 한 가지만을 선택한 뒤 그것을 비유적 표현을 통해 감각적
으로 전달한다. 이때 작중인물을 묘사하기 위한 비유의 대상은 붕어새끼
나 미꾸라지, 거미의 발 같은 하찮은 동물이거나, 귀신, 걸레 조각 같은
괴기적이고 비천한 물건이 선택된다. 또 폐병과 신경통에 시달리는 병자
로서의 특성은 '으응, 으응, 으응'과 '으으으, 으으으'와 같은 의성어로
청각화시키고 있으며, 그 신음소리는 다시 송장의 울음, 짐승의 울음소
리에 비유된다. 따라서 독자는 인물들의 총체적인 모습은 상상할 수 없
지만, 귀기가 서린 눈을 가진 인물, 걸레 조각처럼 방 한 켠에 누워 있는
인물, 짐승의 울음소리를 내는 병자 등을 시각, 후각, 청각 등 강한 감각
적 환기작용을 통해 보다 사실적으로 접하게 된다.

이러한 작중인물들의 외적인 묘사는 그대로 그들의 실존적 상황 혹은
정신적 내면풍경을 암시하는 상징적 장치가 되고 있다. 그들은 외적인
세계 혹은 정상적인 삶의 방식을 상실한 채, <사연기>의 聖奎처럼 죽음
을 앞두고 산 者들에 대한 애증에 집착하거나 <생활적>의 東周처럼 심
신이 걸레 조각처럼 지쳐서 하루 종일 누워만 있다. 아니면 順伊나 姜老
人처럼 자신들의 고통을 신음소리로 호소하면서 최소한의 살아 있음을

---

11) 위의 작품, 152면.
12) <유실몽>, 233면.

증명할 뿐이다. 요컨대 그들은 방 안에 놓인 가구처럼 언제나 처음 묘사된 그런 모습, 그런 상태를 유지한다. 바로 그들의 생존방식은 절망하지도, 변화를 꿈꾸지도, 새로운 행동을 시도하지도 않은 채 자신들을 둘러싼 환경 속에 숙명처럼 엎드려 있는 것이다.

때로 작가는 정신적 가치를 상실한 인물들의 행동양상을 감각적 이미지를 통해 극단적인 데까지 몰고 간다. 그런 경우 대개 인간으로서의 자기모멸감과 동물적인 폭력성이 수반되고 있다.

> 판잣문을 반쯤 열고 머리를 기웃한 東周의 눈에 해괴한 광경이 확 비친 것이다. 수건 하나 가리지 아니한 알몸으로 順伊는 누운 채 허리를 굽혀 자기의 사타구니를 열심히 들여다보고 있는 것이었다. 자연 東周의 시선도 順伊의 사타구니로 끌렸다. 그 어느 한 부분에 쌀알보다 작은 생명체가 여러 마리 꼬무락거리고 있는 것이 눈에 띄었다. 東周는 그게 이가 아닌가 생각했다. 順伊도 그때야 깜짝 놀라 東周를 흘겨보며 담요로 몸을 가렸다. 곧 자기 방으로 돌아온 東周는 그제야 그 조그만 생물들이 이가 아니라 구더기인 것을 깨달았던 것이다.[13]

> 達壽의 얼굴에서 차차로 핏기가 사라지기 시작했다. 그는 죽은 사람처럼 눈을 감으며, 할 수 없다는 듯이 집게손가락을 가만히 내밀었다. 그 손가락 끝이 바르르 떨리었다. 奎鴻이가 놀라서 俊錫의 팔을 붙잡으려 하는 순간 어느새 도마 위에서는 탁 소리와 함께, 몇 방울의 피가 뻗치었다. 이어 절단된 손가락에서는 선혈이 철철 흘러내려 도마와 방바닥을 적시기 시작하는 것이었다.[14]

위에 묘사된 장면들은 인간의 행동으로 간주하기 어려울 만큼 충격적

---

13) <생활적>, 159~160면.
14) <혈서>, 183면.

이고 잔인하여 독자에게 강한 수치심과 공포감을 불러일으킨다. 자신의 사타구니에 있는 구더기를 무표정한 눈으로 들여다보고 있는 <생활적>의 順伊나, 친구의 손가락을 강제로 자르는 <혈서>의 俊錫의 행동은 마치 사고 능력이 없는 동물의 세계를 보고 있는 듯한 착각마저 준다. 여기서도 "쌀알보다 작은 생명체가 여러 마리 꼬무락거리고" 있다는 시각적인 묘사나 "선혈이 철철 흘러내"리고 있다는 붉은 색채 이미지는 인물들의 비참하고 절망적인 상황을 감각적으로 전경화하는 효과를 낳고 있다.

결국 작가는 불쾌함과 역겨움을 환기시키는 이러한 감각적 이미지를 통해 병적이고 동물적인 생존방식으로 무기력하게 살아가는 인물들을 보다 실감나게 형상화하고 있다고 하겠다.

2) 기형적 인물들의 몽타주에 의한 세계의 기형화

전쟁은 각 개인에게 있어서 이해되거나 감당할 수 있는 영역을 넘어선 엄청난 재난이다. 즉 그것은 모든 정신적 가치와 질서를 무화시키는 파괴의 극한을 보여준다. 따라서 전쟁의 체험은 인간에게 윤리적 양심과 인간의 존엄성이 위협당하는 부조리한 현실 상황과 직면하게 만든다.

손창섭 소설의 시, 공간적 배경은 대개 전쟁 중의 피난지이거나 전후의 피폐화된 도시의 한 빈민촌이다. 그곳에서 사는 사람들은 한결같이 정상적인 삶의 방식에서 이탈하여 무질서하고 혼돈스런 상황에 자신을 방치한 채 무력한 모습으로 살아간다. 즉 그들은 모든 것이 파괴되고 부서진 폐허의 공간에서 폐허화된 정신을 늘어놓고 인간에 대한 모멸과 生의 희화(戲畵)를 즐기는 위악적인 모습을 보여 준다. 그런데 그 인물들을 자세히 관찰해 보면, 크게 세 부류의 인간들이 각자의 방식으로 왜곡된 삶의 표정을 지어내고 있으며, 그 일그러진 표정들이 어우러져 비극적이고 절망적인 삶의 풍경을 만들어내고 있음을 알 수 있다.

첫째, <사연기>의 聖奎, <비오는 날>의 東玉, <생활적>의 順伊, <혈서>의 昌愛, <유실몽>의 姜老人처럼 병을 앓고 있거나 신체적 결함을 지닌 인물들이다. 그들은 방이라는 폐쇄된 공간에 고립된 채 인간에 대한 증오 혹은 철저한 무관심을 보이는 육체적, 정신적 불구성을 드러내고 있다. 둘째, <공휴일>의 道一, <사연기>의 東植, <비오는 날>의 元求, <생활적>의 東周, <미해결의 장>과 <유실몽>의 '나'처럼 전쟁 전에 고등교육을 받은 바 있는 인물들이다. 이들은 신체적으로는 정상이나 정신적으로는 사회적 자아로서의 역할을 포기한 채 우울함과 권태, 생의 무의미에만 집착하는 정신적 불구성을 보인다. 그리고 마지막으로 <공휴일>의 琴順, <비오는 날>의 주인집 노파, <생활적>의 春子와 鳳洙, <미해결의 장>의 미국병에 걸린 가족들, <인간동물원초>의 방장과 주사장, <유실몽>의 누이나 매형과 같은 인물들이 존재한다. 그들은 전쟁으로 인한 육체적, 정신적 외상(外傷)의 흔적을 보이지 않으며, 단지 자신이 욕망하는 재물, 성적 쾌락, 물질적 성공 등에 끈끈이처럼 매달려 살아가는 정신적 타락성을 드러낸다.

손창섭의 소설은 대부분 한 인물의 의식만 들여다보는 선택적 전지시점이나, 작중인물이 자신의 이야기를 하는 일인칭 시점으로 서술된다. 이때 독자는 선택된 한 인물의 의식과 지각능력, 외적 세계에 대한 해석을 통하여 작중세계에 대한 정보를 얻게 된다. 그의 소설에서 위 세 부류의 인물 중 작중 세계를 관찰하고, 자신과 주변 인물의 특성을 묘사하는 역할을 하는 초점화자는 두 번째의 인물군이다. 그들은 삶의 의욕도, 사회적 역할도 잃어버린, 생활과 의식면에서 완벽한 무능력자들이다. 그들이 지니고 있는 유일한 미덕은 주변 인물들의 충격적이고 비상식적인 삶을 세밀하게 관찰하고 냉정하게 묘사해 내는 능력을 가지고 있다는 점이다. 이때 그들은 무덤덤한 태도로 자신과 주변 인물들을 묘사하지만, 그들의 얘기를 듣고 있는 독자는 시종일관 그 내용의 충격성 때문에 놀라고 당황하지 않을 수 없다. 그런 점에서 감정적 반응을 나타내지 않는 이들 초점화자의 무비판적인 태도와 냉정한 관찰은 작중세계의 기형적인 풍경을 전경화하는 데 결정적인 역할을 한다.

또한 이 세 부류의 인물들은 각 작품에서 처음부터 끝까지 자신들의 불구적인 이미지를 지속적으로 강화할 뿐 결코 변화시키지 않는 평면적 인물들이다. 한 쪽은 점점 악화되는 병의 증세와 자기방어적인 공격심리로, 또 한 쪽은 감당할 수 없는 삶에의 권태와 무기력으로, 다른 한 쪽은 세속적인 욕망에 맹목적으로 매달리는 속물근성으로 자신의 이미지를 지속적으로 강화한다.

그런데 이 대조적이고 이질적인 세 인물군은 그로테스크한 작중세계를 몽타주하는 데 각각 기여한다는 점에서 동일한 구조적 기능을 하고 있다. 다른 말로 그들은 모두 정상적인 삶의 기회와 방식을 박탈당한 불행한 사람들이라는 점에서 공통점을 지닌다. 그들을 각각 병과 육체적 불구, 정신적 무기력 혹은 타락의 공간으로 내몰고 있는 것은 전쟁과 가난의 현실이기 때문이다. 따라서 현상적으로 그들의 삶이 어떠한 구별 양상을 드러내든 간에, 그들은 각자의 방식대로 주어진 불행을 견뎌내고 있다는 점에서는 다르지 않다. 일례로 세 번째 부류에 속하는 인물들은 사기를 치거나 성적으로 문란하거나 그릇된 가치관을 노정하는 속악한 행동을 계속한다. 이때 독자는 그들의 행동에 공감하지도 않지만, 그렇다고 비슷한 인물이 등장하는 다른 소설에서처럼 분노의 반응을 나타내지도 않는다. 왜냐하면 그들의 타락한 삶조차도 절망적인 현실에 대한 날카로운 비명으로 들리기 때문이다. 이것은 소설 속에서 그들을 관찰하고 묘사하는 초점화자의 태도가 지극히 무비판적이며, 오히려 비난보다는 연민에 가까운 반응을 나타내고 있는 사실과도 무관하지 않다.

요컨대 손창섭의 소설에는 위에서 언급한 세 부류의 인물들이 유형화를 이루며 반복적으로 등장한다. 여기서 작가는 그러한 인물들을 통해 윤리적 비판의식을 불러일으키기보다는 삶의 방향성을 상실한 인물들의 황폐한 내면 풍경을 드러내는 데 초점을 맞추고 있다. 극단적인 인물들이 모여서 만들어 낸 기형적이고 비참한 삶의 음지, 거기에 인물들 사이의 대립이나 갈등이 존재하지 않음으로 해서 더욱 부조리하게 다가오는 실존적인 삶의 공간을 잘 형상화하고 있는 것이다.

3) 이름의 漢字 표기와 그 아이러니적 기능

손창섭의 소설을 읽다보면 다른 작가의 작품에서는 의식하지 못하던 중요한 특징 하나가 발견된다. 그것이 바로 작중인물의 이름에 대한 작가의 집착이다. 그의 작품에서 작중인물의 직업이나 연령이 분명하게 제시되지 않은 경우는 있어도 이름이 명시되지 않은 경우는 거의 없다. 각 작품에서 작중인물들의 이름은 부수적인 인물조차도 漢字로 정확하게 표기되고 있으며, 죄수들의 감방생활을 다룬 <인간동물원초>에서는 작품의 분위기에 걸맞게 이름 대신에 '운전수, 통역관, 핑핑이, 양담배' 등 전직 직업이나 별명으로 개성적인 호칭이 사용되고 있다.

특히 작가는 작중인물의 이름을, 전통적인 소설문법에서는 잘 사용하지 않는 漢字로 고집스럽게 표기한다. 손창섭이 작중인물의 이름을 한자로 표기하는 것에 대하여 이광훈은 "작중인물의 개성과 인상을 강조"[15] 하는 효과를 지님을, 김윤식은 "첫째, 종래의 우리 소설에서 작중인물은

---

15) 이광훈, 앞의 논문, 301면.

처음 나올 때만 한자로 괄호 속에 적은 외에는 모두 한글로 표기했음에 대한 반항이라는 점", "둘째, 이러한 인물 이름 한자 사용이 인물만을 소설 한복판에 놓게 하는 기능적 몫을 하게 만들었다는 점"[16]을 지적하고 있다. 그러나 이들의 지적은 너무 피상적이고 단편적이어서 그 구조적 기능을 간과하고 있다.

첫째, 이름의 한자 표기는 김윤식의 지적대로 작품에서 작중인물을 전경화하는 결정적인 역할을 한다. 손창섭의 소설은 핵사건의 전개는 없고 인물들의 비정상적인 개성을 드러내는 단편적인 에피소드와 비유적인 묘사로 이루어진다. 즉 등장하는 인물들에 대한 정보를 하나씩 순차적으로 소개하는 데 대부분의 서술이 할애된다. 이때 화자는 의미 단락의 구분을 고려하지 않은 채, 작중인물에 대한 정보를 끊이지 않고 길게 풀어내는 서술 방식을 취한다. 때문에 독서 리듬을 무시한 채 파편적인 정보들을 주저리주저리 늘어놓은 문장을 대하면서, 독자는 시각적인 답답함과 의미 구성의 어려움, 휴지기의 인위적인 연장 등의 낯선 독서 체험을 하지 않을 수 없다. 이때 이름의 한자 표기는 단편적인 에피소드와 묘사 문장들을 각 인물별로 구분, 수합하는 데 유용한 시각적 기능을 한다. 물론 처음에 독자는 한글 표기라는 소설의 관례를 깨고 생경하면서도 고압적으로 전경화된 한자 이름에 낯설음을 느낀다. 하지만 독서 과정에서, 단편적이고 비슷한 분위기를 환기하는 여러 인물들에 대한 다양한 정보들을 인물별로 정리, 기억하는 데 이 한자 표기가 일종의 소제목 역할을 해 주고 있음을 발견하게 된다. 단락 나누기도 무시한 채 빼곡하게 채워진 서술 문장 속에서 두드러져 보이는 한자 이름은, 그 이름의 변화를 통해 정보 대상의 변화를 알려 주고 있기 때문이다. 아울러 이 한자

---

16) 김윤식, 「6·25 전쟁문학」, 앞의 책, 28면.

표기는 사건의 행위자로서보다는 작중인물의 존재성을 부각시키려는 작가의 의도를 효과적으로 반영하고 있다. 한자 표기로 낯설게 돌출된 이름은 독자로 하여금 작중인물의 행동보다는 인물 그 자체에 관심을 갖도록 시각적으로 유도하고 있기 때문이다.

둘째, 이름의 한자 표기는 작중인물들의 비규범적 특성과 대조되면서 교묘한 아이러니 효과를 불러일으킨다. 이미 언급한 바와 같이 손창섭 소설에는 병자와 신체적·정신적 불구자, 도덕적으로 타락한 인간들만이 등장한다. 그들은 한 마디로 이미 인간으로서의 위엄과 권위, 정신적 우월감을 포기한 사람들이다. 그런데 이름의 한자 표기는 그 인물들에게서 인간으로서의 품위와 존재의미를 기대하도록 독자를 유도한다. 일반적으로 자신의 존재를 높이고 공적인 위치를 확보하고 싶을 때 주로 漢字로 이름을 표기하기 때문이다. 따라서 사회적으로 낙오된 인간의 형상화와 그 이름의 한자화는 이질적이고 부조화된 소설 분위기를 조성하면서 작중세계에 대한 아이러니적인 반응을 불러일으키고 있다고 하겠다.

셋째, 이름의 한자 표기는, 각 인물들에 대한 호칭의 세세한 배려와 함께 작중세계의 리얼리티를 높이는 데 중요한 역할을 한다. 작가는 <미해결의 장>에서 '나'(志尙)의 형제를 일일이 소개하는 과정에서 志淑, 志雄, 志哲, 志賢 등 돌림자를 맞춰 한자 표기를 하고 있는가 하면, <유실몽>에서는 말도 할 줄 모르는 어린 아이의 이름을 '在順'이라는 한자명으로 분명하게 명시하고 있다. 그런데 이렇게 한자로 정중하게 이름이 소개되고 있는 인물들 중 많은 수가 사실은 언급되지 않아도 스토리의 진행에 전혀 지장을 주지 않는 부수적인 존재들이다. 그들은 단지 주인물의 비극적 상황을 강화하는 배경 조성의 기능을 할 뿐이다. 그럼에도 불구하고 작가가 이 인물들에 대한 세심한 묘사와 함께 한자 이름을 부여하고 있는 것은, 그들이 허구적인 창조물이 아니라 실제로 존재하는 인물인 것 같은 환상을 불러일으키면서 스토리에 대한 신뢰감을 형성하고 있다.

요컨대 이름의 한자 표기는 독자의 독서 방법을 조절하고, 작중 상황의 부조리한 분위기를 환기시키며, 작중 세계의 리얼리티를 강화하는 등 다양한 효과를 위해 손창섭 고유의 문학적 기교로서 선택되고 있다고 하겠다.

3. 플롯 구성의 원리

1) 정보의 폭로에 의한 서스펜스 효과

손창섭의 소설은 대개 일인칭 시점과 선택적 전지 시점의 화자에 의해 서술된다. 따라서 스토리 내의 화자에 의해 서술되든 스토리 밖의 화자에 의해 서술되든 간에, 대부분의 작품이 한 인물의 의식과 지각에 기대어 작중세계를 드러낸다는 점에서는 공통된 특질을 보인다. 특히 그의 소설의 화자는 작중인물보다 한 단계 높은 층위에서 작중세계에 대해 논평하거나 해석하기를 피하고, 작중인물의 사고나 습관, 지각내용 등을 있는 그대로 전달하려는 객관성을 보인다. 따라서 독자에게 전달되는 작중세계는 초점화자의 역할을 맡은 작중인물이 바라보고 지각한 세계이다. 예컨대 일인칭 시점의 소설의 경우, 상당 부분을 차지하는 사변적인 진술들은 화자로서가 아닌, 작중세계에 연루된 인물로서의 의식을 반영한다.

화자가 스토리를 들려주는 서술의 순서 역시 작중인물의 자유로운 의식의 흐름 및 지각 과정에 맞추어진다. 그때 화자는 정보를 인위적으로

지연시키거나 숨김으로써 독자의 궁금증을 유발하는 전통적인 서사기교에는 관심이 없다. 오히려 한 작중인물의 시선을 따라 묘사되는 충격적인 세계와 그에 대한 인물의 심적인 반응을 '숨김없이' 전달하는 데 목표를 두고 있는 것처럼 보인다. 그래서 대부분의 작품이 하루에서 며칠간이라는 짧은 스토리 시간을 보이며, 그 내용은 한 인물의 세밀한 주변 관찰과 자신의 적나라한 심경 토로로 이루어진다. 아울러 그것은 특정한 날의 새로운 사건이 아니라 그 이전에도 그러했고 앞으로도 변화될 가능성이 없는 작중세계의 반복된 일상의 한 토막일 뿐이다.

그런데 작중인물에 의해 지각되고 화자에 의해 들려지는 작중세계가 한결같이 극히 내밀하고 충격적인 양상을 띠고 있다는 데 손창섭 소설의 독자성이 자리한다. 정상적인 사랑, 정상적인 부부관계, 정상적인 우정이나 삶의 방식을 잃어버린 존재들이 걸레조각처럼, 송장처럼, 유령처럼 살고 있는 비밀스런 공간이 냉정한 시각과 감각적인 묘사 문장으로 잔인하게 폭로되고 있기 때문이다. 이때 독자는 다른 작가의 작품에서처럼 사건 전개에 대한 궁금증과 극적 긴장감을 고조시키는 화자의 스토리 전달 방식에 의해 작품에 몰입되는 것이 아니다. 오히려 독자는 각 인물들의 치부와 치욕적인 삶으로 점철된 충격적인 작중 현실에 놀라고, 아울러 그 비밀스런 세계와 대면해 있는 자신을 의식하면서 서스펜스를 경험한다. 즉 외부로부터 철저히 차단된 각 개인의 내밀하고 충격적인 삶의 공간을 자신도 모르게 훔쳐본 것 같은 심리적 부담감 때문에 화자와 일종의 공범의식을 갖게 되고, 그와 함께 서서히 작중세계의 음침한 분위기, 암담한 상황에 대한 호기심이 고조된다.

아울러 독자는 그 세계를 관찰하고 그에 대한 심적 반응을 보여주는 <생활적>의 東周, <미해결의 장>과 <유실몽>의 '나' 등이 주변의 충격적인 현실에 대해 놀라기는커녕 무관심과 냉정한 태도로 일관할 때

낯설음과 서스펜스를 느낀다. 작중세계를 지켜보고 지각하는 역할을 맡은 인물—독자와의 동일시가 기대되는—이 윤리적, 상식적 판단을 포기한 시선으로 작중세계의 무의미성에만 주목할 때, 그 기형적인 세계의 의미를 해독해 줄 안내자를 찾고 있던 독자는 당황하지 않을 수 없는 것이다. 결국 독자는 비정상적인 인물들이 창출하고 있는 기형적인 삶이 주는 충격과 놀라움, 그리고 그 세계를 무신경하게 관찰하고 묘사하는 초점화자에게서 풍기는 무기력과 권태의 분위기에 이중적으로 압도당하면서 손창섭의 소설에 빠져든다고 볼 수 있다. 요컨대 그의 소설이 특별한 사건의 진행이나 극적 반전이 없음에도 불구하고 독자가 강렬한 인상과 서스펜스를 느끼는 것은 바로 독자의 기대치를 넘어선 작중세계의 적나라한 폭로와 그 내용의 충격성, 그리고 그것을 관찰, 묘사하는 초점화자의 반응 부재의 태도에 기인한다고 하겠다.

2) 미해결의 플롯과 절망적 세계인식

손창섭의 소설은 특별한 사건이란 것을 포함하고 있지 않다. 다른 작가의 작품이라면 발단의 정보에 해당될 작중인물들의 소개와 인물들 간의 관계를 암시하는 일상적이고 단편적인 에피소드들이 소설 전반에 무질서하게 나열되다가 맥없이 끝이 나는 경우가 대부분이다. 예를 들어 〈공휴일〉은 일상에 대한 권태와 무기력, 무관심 속에 어항 안의 물고기의 단조로운 움직임을 관찰하며 시간을 보내는 道—의 어느 공휴일을 다루고 있다. 또 〈미해결의 장〉은 미국병에 걸린 가족들의 욕망지향적 삶에서 일탈하여, 술집에 다니는 光順에게서 얻은 돈으로 밥을 사 먹는 것을 유일한 낙으로 삼고 있는 '나'의 반복된 일상을 그리고 있다. 특히 여기서는 '五月 어느날', '六月 어느날'과 같이 막연한 시간 배경을 암시하는 소목차까지 붙임으로써 그 일상성을 강조한다. <인간동물원초>도 여자처럼 가냘픈 몸매를 가진 소매치기를 차지하기 위한 방장과 주사장의 갈등이 나타나고 있지만 그것은 일회적인 사건에 불과하고, 주 내용은 창 밖의 나무 없는 등성이와 그 너머의 푸른 하늘을 바라보거나, 먹는 얘기와 여자 얘기가 주를 이루는 매일매일의 잡담만이 존재하는 죄수들의 권태롭고 변화없는 감방생활의 일상이 되고 있다.

그래서 그의 소설에서는 일상의 안정과 질서를 깨뜨리는 예기치 않은 사건이 발생하고 그 속에서 인물들이 대립과 갈등을 겪으며 점점 미궁 속으로 빠져들다가 어느 순간 해결의 국면을 맞게 되는 극적인 구조를 발견할 수 없다. 반대로 새로운 사건도 삶의 변화도 기대할 수 없는 정신적, 육체적으로 유폐된 공간 속에서 병든 짐승의 울부짖음 같은 무의미한 행위의 반복만이 계속될 뿐이다. 다른 말로 작중인물들은 자신들이 처한 절망적 상황에 대해 반항도, 거부의지도 보여 주지 않으며, 그 당연한 귀결로 상황의 극복이란 해결점은 발견되지 않는다.

물론 그의 소설들의 마지막 부분에서 약간의 변화가 보이는 것은 사실이다. <공휴일>의 道一은 약혼자인 琴順에게 파혼을 선언하러 처음으로 공휴일에 외출을 하고 있으며, <사연기>에서 貞淑은 남편 聖奎가 폐결핵으로 죽자 큰 아들이 東植의 아이임을 밝히고 자살한다. 또 <미해결의 장>에서 光順에게 돈을 받아 나오던 '나'는 낯선 사내들에게서 폭행을 당하고 있다. 문제는 결말 부분에서 보이는 이러한 행동의 변화가 앞선 상황과 인과 관계를 이루고 있지 않으며, 더욱이 자신들을 짓누르는 비극적 상황에 대한 해결의 실마리를 내포하고 있지도 않다는 점이다. 오히려 결말 부분에서 보여 주는 그들의 변화는 자살과 가출, 폭행당함 등 인물들의 불행한 현실과 절망적인 분위기를 보다 강화할 뿐이다.

이렇게 시작도 끝도 없이 점점 절망의 심연을 파고드는 손창섭의 소설 세계는 그 미해결의 플롯구조로 인해, 독자를 작중세계의 부조리한 정서에 그대로 감염시키는 독특한 효과를 낳는다. 소설은 끝났지만 작중인물의 불행은 끝나지 않았음을 암시하는 열린 결말 처리는, 독자로 하여금 인생에 대한 비극적인 통찰에 도달하도록 유도하고 있다. 즉 의미 있는 행동과 가치 있는 삶을 추구하는 외적인 삶 너머에서 때때로 생의 밑동을 흔들어 놓는 인간의 무력함과 삶의 무의미, 허무의 그림자를 보다 분명한 실체로 확인한 것 같은 느낌에 독자들은 결코 작중인물들의 불행한 삶에 대해 자유로울 수 없는 것이다.

3) 반복되는 '결혼' 모티프와 그 좌절의 의미

손창섭의 소설에서 절망적인 삶의 극복 가능성을 암시하면서 독자의 호기심을 자극시키는 유일한 내용적 요소가 결혼 모티프이다. 실제로 그의 소설에서 결혼 문제는 빠지지 않고 등장한다. <공휴일>의 道一에게는 약혼녀인 琴順이 있고, 그 외 <사연기>의 東植은 貞淑과, <비오는 날>의 元求는 東玉과, <혈서>의 奎鴻은 昌愛와, <유실몽>의 '나'는 春子와 결혼하도록 각각 여자 쪽의 병든 남편이나 무능한 오빠, 아버지에게서 집요한 권유를 받고 있는 상황이다. 즉 각 작품에서 결혼은 주인물의 권태롭고 무기력한 삶과, 상대 여성의 구질구질하고 비참한 운명을 동시에 구원할 수 있는 유일한 열쇠인 것처럼 희망적인 의미를 지닌다.

그러나 모든 작품에서 중요한 핵사건으로 독자의 호기심을 불러일으키던 결혼 문제는 언제나 주인물의 고민 속에서 가능성이 아닌 불가능성으로 결론이 난다. 따라서 결혼 말이 오가던 두 사람의 관계는 하나도 개선되지 않는 채 일종의 잠재태로 끝난다. 이렇게 결혼이 무산되는 것은 상대방에 대한 사랑의 결여 때문이 아니라, 사랑 혹은 결혼 자체에 대하여 부담을 느끼고 짐스러워하는 주인물들의 소극적인 태도 때문이다.

> 팔일오 해방 이래 한결같이 계속되는 초조, 불안, 울분, 공포, 그리고 권태 속에서, 물심 어느 편으로나 잠시도 안정감을 경험해 본 적 없는 東植은, 결혼에 대한 특별한 관심도 가져보지 못한 채, 앞으로 살아가노라면 어떻게든 자기의 <생활>이라는 것이 빚어지려니 싶어 어물어물 지내오다 오늘날까지 남들같이 출세도 못하고 돈도 못 모으고, 따라서 궁상스런 홀아비의 신세도 면하지 못하고 있는 것이다. 그러나 요즈음 와서는 차차로 여러 가지 의미에서 독신의 불편을 느끼게도 되고, 가끔 결혼을 권하는 이도 있지만, 결혼이라는 것의 번거로움과 짐스러움이 앞서 적극적인 태도를 취할 용기가 나지 않았다.[17]

> 春子와 결혼하여 와병 중에 있는 장인과 처제를 거느릴 자신이 내게는 도저히 없었다. 노인과 막내딸 春姬만 없다면, 나는 春子와 결혼해도 좋겠다. 죽든 살든, 합심해서 살아나가 보자고 용기를 낼 수도 있을 것이다. 그렇지만 언제 죽을지 모르는 노인을 바라보는 내게는 그러한 용기마저 솟지 않았다.[18]

이처럼 작중 남성들의 결혼에 대한 반응은 삶에 대한 그들의 태도, 즉 의욕상실과 무관심, 무기력증을 그대로 반영한다. 그래서 <공휴일>의 道一이나 <혈서>의 奎鴻처럼 결혼 자체에 대해 방관 혹은 관심을 보이지 않거나, <비오는 날>의 元求, <사연기>의 東植, <유실몽>의 '나'처럼 상대방에 대한 관심은 있으나 결혼이 가져다 줄 가장으로서의 의무

17) <사연기>, 135면.
18) <유실몽>, 234면.

와 경제적 책임이 짐스러워 결혼 자체를 포기해 버린다.

그런데 그들의 우유부단함과 소극적인 태도는 대부분의 작품에서 자신과 상대 여자쪽 모두를 더욱 불행한 상황으로 몰아넣는 결과를 낳고 있다. 예를 들어 <사연기>의 貞淑은 자살을, <비오는 날>의 동옥은 의문의 가출을 하게 되고, <유실몽>의 春子는 결혼의 좌절 때문에 깊은 밤 집 뒤에서 숨 죽여 울고 있다. 결국 손창섭의 소설에서 인물들 사이의 결혼의 무산 혹은 그 기대의 좌절은 희망마저 거세된 절망적 상황을 암시하는 중요한 상징적 장치가 되고 있다.

아울러 이미 동거의 형태로서 사실혼 관계에 있는 <생활적>의 東周와 春子, <유실몽>의 '나'의 누이와 매형의 부부생활은 또 다른 방법으로 남녀 관계의 비진정성을 폭로한다. 위 두 작품에 등장하는 春子와 누이는 각각 지금의 東周와 매형을 만나기 전 세, 네 명의 남자와 동거를 한 경험이 있는 정조관념이 희박한 여자들이다. 그리고 그들과 동거 중인 東周와 매형은 아내의 돈벌이 — 공장 직공과 술집 작부 — 에 기대어 사는 실업자이자 무능력자들이다. 이렇게 부부로서의 윤리적인 신뢰가 부재하고 남편과 아내의 역할이 전도된 상태에서 그들은 비정상적인 부부관계를 보여준다. 東周와 春子는 서로에 대해 간섭하지도 않고 관심조차도 없으며, 매형과 누이는 일방적으로 때리고 일방적으로 맞는 기이한 부부싸움을 반복한다. 결국 <생활적>의 春子는 옆방에 사는 鳳洙와 눈이 맞아 우동장사를 시작하고, <유실몽>의 누이는 두 살 먹은 딸의 친아버지라는 사람을 따라 가출함으로써 가시적인 동거관계마저 와해되고 있다.

결론적으로 작가는 결혼 자체에 대해 짐스럽고 번거롭게 느끼는 인물들과, 이미 결혼했으나 배반과 불륜으로 그 관계가 깨지고 있는 인물들을 통해 인간은 어떤 상황에서도 행복해 질 수 없다는 절망적인 세계인식을 전달하고 있다. 즉 타인을 통한 구원의 방식인 결혼이 결코 그들의 비극적인 운명을 극복할 수 있는 해결책이 될 수 없으며, 오히려 그들의 절망을 극대화하고 강화하는 결과를 초래하게 됨을 보여 주고 있다.

4. 서사기법 및 문체의 특성

1) 간접화법에 의한 서사행위의 전경화

손창섭은 주로 동굴 속 같이 느껴지는 방이라는 폐쇄된 공간에서 삶의 의욕도, 행동의지도 상실한 인물들의 암울한 삶의 모습을 그린다. 방 안에 고립된 인물들이 자신의 존재를 드러내는 유일한 수단은 다른 사람을 향한 모멸에 찬 비난과 일상의 권태를 깨는 충격적인 발언이다. 요컨대 그의 소설에서 작중인물의 담화는 인물의 성격을 개성적으로 창조하는 데 중요한 역할을 한다.

그럼에도 불구하고 독자는 그의 소설에서 충격적인 대화내용만 전달받을 뿐, 인물들 각자의 고유한 목소리와 톤을 접하지는 못한다. 그 이유는 작중인물들의 대화가 대부분 간접화법의 형태로 화자의 서술 문장 속에 삽입되어 있기 때문이다. 작중인물의 대화가 모두 간접화법으로 처리되고 있는 <비오는 날>을 비롯하여, 대부분의 작품에서 대화의 간접 인용은 손창섭의 주요한 문체적 특성으로서 빈번하게 눈에 띈다.

　느닷없이 불쑥 그런 소릴 하고 나서, 聖奎는 다시 말을 이어, 자기가 죽은 다음에 정식으로 貞淑이와 부부가 되라는 것이었다. 자네가 여지껏 독신을 지켜오는 것도 貞淑을 생각해서일 게고, 貞淑이 역시 내 아내가 된 이상 표면에는 나타나지 않지만, 속으로는 자네를 잊지 못하고 살아

왔을 터이니…… 하며 고개를 돌리고 눈을 감아 버리는 聖奎의 바싹 마른 얼굴은 일종의 체념과 안도 속에 더 한층 조그맣게 졸아드는 것만 같았다. 聖奎는 신음하듯 말을 이어, 그때 자기가 貞淑을 뺏다시피 東植과의 사이를 강제로 갈라놓지 않았던들, 이처럼 슬픈 처지에 貞淑이가 놓이지 않았을 것이라고 중얼거리며, '후유' 하고 한숨을 내쉬었다. 그리고는 별안간 미친 사람처럼 그 뼈만 남은 팔을 내밀어 東植의 양복 가랑이를 움켜쥐더니, 흥분에 떨리는 음성으로 부디 貞淑이와 부부가 될 것을 죽기 전에 자기에게 약속해 달라고 조르는 것이었다. 그럴 것 없이 당장 오늘 밤부터라도 貞淑을 웃방으로 데리고 가라고 떼쓰듯하는 것이었다.[19]

술에 취한 東旭은 다자꾸 元求의 어깨를 한 손으로 투덕거리며, 東玉이년이 정말 가엾어, 암만 생각해도 그 총기며 인물이 아까와, 그런 말을 되풀이하는 것이었다. 그러고는 다시 잔을 비우고 나서, 할 수 있나 모두가 운명인걸 하고 고개를 흔드는 것이었다. 東旭은 머리를 떨어뜨린 채 내가 자네람 주저없이 東玉이와 결혼할 테야 암 장담하구말구, 혼잣말처럼 그렇게도 중얼거리는 것이었다. 종잡을 수 없는 東旭의 그런 말에 元求는 무슨 영문인지도 모르면서, 암 그럴 테지 하며 東旭의 손을 쥐어 흔드는 것이었다.[20]

이튿날 아침에 자개수염이 와서 東周에게 사과를 했다. 어제는 대단히 실례를 했다는 것이다우물 소동의 진상이 드러났다는 것이다. 날마다 직장에서 늦게야 돌아오는 독신 남자 몇 사람이, 물을 길러 갈 적마다 우물에 쇠가 잠겨 있는 데 화가 치받쳐서, 참다 못해 오물을 퍼넣었다는 것이다. 조금도 나쁘게 생각지 말아 달라고 거듭 뇌이고 나서 자개수염이 돌아가자, 이번에 鳳洙가 들창으로 얼굴을 들이밀고, 春子더러 오늘은 몹시 바쁠 터이니 얼른 나가자고 졸랐다. 그리고 東周를 향해 오늘 오후에는 드디어 개업을 할 예정인데 상호는 <山水屋>이라 했다는 것이다.

---

19) <사연기>, 134면.
20) <비오는 날>, 142면.

이름이 아주 좋지 않느냐고 하고 나서 바람도 쏘일 겸 내려와서 구경도
하고 식사도 하라는 것이었다. 가게일 때문에 오늘 밤부터는 돌아오지
못하겠노라 선언한 다음, 마치 오래 함께 살아온 부부나처럼 春子와 鳳
洙가 팔을 끼다시피 하고 언덕길을 내려간 뒤였다.[21]

위에서 볼 수 있듯이 그의 소설에서 작중인물들의 대화는 줄 바꾸기
와 인용부호에 의해 분명하게 명시되지 않고 서술문장 속에 내재화됨으
로써 화자의 담화와 시각적인 구분이 모호해지고 있다. 즉 작중인물의
담화가 간접화법의 형태로 화자의 서술문장과 결합됨으로써 각 인물의
고유한 어투는 사라지고 전달하려는 메시지만 잔존한다.

그런데 특이한 것은 인물들 사이의 주변적인 대화는 직접화법으로 제
시되고, 상대방과의 갈등을 야기하는 충격적인 발언은 간접화법으로 내
재화되고 있다는 점이다. 이것은 그의 소설에서 인물들의 대화가 사건
전개를 위한 행위 유발 기능보다는 작중인물들의 음산하고 병적인 내면
풍경을 암시하기 위한 분위기 조성 기능이 강조된다는 사실과 무관하지
않다. 즉 대화내용의 충격성과 비상식성은 다른 인물의 행동을 자극하기
위한 것이 아니라 말한 주체의 정신적 기질과 작중세계의 부조리한 분
위기를 창출하는 데 기여한다. 요컨대 손창섭은 작중인물의 대화를 전경
화하기보다는 내재화하고, 그 충격적인 대화 내용을 화자의 객관적인 서
술 문장이 감싸 안는 낯설게 하기의 문체를 통해 그로테스크한 작중 분
위기를 한층 더 강화하고 있다고 하겠다.

아울러 손창섭의 문체에서 특히 인상적으로 다가오는 것이 서술어미
'것이었다'의 빈번한 사용이다. 위의 인용에서도 간접화법으로 된 문장
이 모두 '것이었다'로 끝나고 있음을 볼 수 있는데, 이러한 손창섭의 문

---

21) <생활적>, 167면.

체적 특성은 이미 이광훈[22], 김윤식[23] 등에 의해 부분적으로 거론된 바 있다. 서사기법의 측면에서 볼 때, 종결어미 '것이었다'의 사용은 전달자인 화자의 존재를 부각시키는 효과를 낳는다. 왜냐하면 '것이었다'는 작중인물의 행동 혹은 말을 자신의 언어로 옮기고 있는 화자를 지속적으로 환기시키는 표현이기 때문이다. 아울러 '것이었다'는 심리적 거리를 유지한 채 방관자적 태도로써 대상세계를 냉정하게 바라보고 있는 화자의 태도를 전달해 준다. 요컨대 작가는 작중인물들의 행동이나 대화를 통해서 스토리를 제시하는 것이 아니라 "사건의 전말과 작중인물의 의식내용을 자신의 육성으로 설명하는"[24] 냉소적인 화자를 통해서 單聲적으로 이야기를 전달하고자 한다. 이러한 서사방식은 평면적인 인물 특성, 소설 전반에 흐르는 암울한 분위기와 함께 작품의 톤을 일관되게 유지하는 데 기여한다.

2) 동일 표현의 반복을 통한 의미의 구축

손창섭의 소설은 독특한 배경, 개성적인 인물, 충격적인 에피소드 등으로 인해 강렬한 인상으로 각인된다. 전체 스토리는 생각나지 않아도 방 안의 암울한 풍경, 주인물의 독특한 습관, 인물들간의 특이한 관계양식 등은 소설을 덮고 난 후에도 강한 이미지로 오랫동안 독자의 의식을 지배한다. 그의 작품이 이처럼 강렬한 정조를 불러일으킬 수 있는 것은

---

22) 이광훈, 앞의 책, 306면. 그는 이 글에서 각 작품에서 '것이다' 혹은 '것이었다'로 끝난 문장을 계산하여 <혈서>와 <미해결의 장>, <인간동물원초>에서는 전체 문장의 50% 이상이, <생활적>과 <비오는날>에서는 40% 이상이 나타나고 있음을 밝히고 있다.

23) 김윤식은 '것이다'는 "독자들의 의식 속에 사건보다는 그 사건에 의해 환기된 감정을 전달해" 주며, "작가 자신이 그의 주인공을 냉소적으로 묘사할 때는 예외없이 등장하는 종결어미"라고 설명한다(김윤식 · 김현, 『한국문학사』, 민음사, 1984, 250면).

24) 송기숙, 앞의 책, 116면.

각 작품에서 동일한 묘사, 동일한 표현을 반복적으로 사용하는 특이한 서술방식과 관련이 있다. 즉 작가는 공간이나 인물 묘사, 그리고 행동이나 에피소드의 서술에 있어서 총체적인 정보보다는 강렬한 인상을 주는 특이한 요소를 집중적으로 반복, 전달하는 방식을 취한다.

> "죽어라, 죽어!" 그러니 그 이상 더 만족할 만한 욕설이 얼른 떠오르지 않아서 대장은 입만 쫑깃쫑깃거리다가 외면하고 마는 것이다. 나는 약간 실망하는 것이다. 왜냐하면 "죽어라, 죽어!" 소리 뒤에는, 고무장갑 같은 대장의 손이 내 따귀를 갈기는 것이 거의 공식화되어 있었기 때문이다.[25]

> 그러다가 대장의 입에서 "죽어라, 죽어!" 하는 말이 튀어나오고 고무장갑 같은 그 손이 내 뺨을 후려갈기고 나면 할 수 없이 나는 일어나 밖으로 나가는 것이다.[26]

> 그러다가 마침내 "죽어라, 죽어!" 하는 소리가 대장의 입에서 또 폭발된 것이다. (…) 나는 얼른 일어나 앉았다. 대장의 손이 내 따귀를 갈기기에 편리한 자세를 취해 주기 위해서인 것이다. 왼쪽 귀 밑에서 찰싹 소리가 났다. 거푸 오른쪽 뺨에서도 같은 소리가 났다. "죽어라, 죽어!" 그 뒤에는 적당한 말이 얼른 생각나지 않아서 대장은 입만 히물거리다가 도로 제자리에 돌아가 버린 것이다.[27]

> 그러나 그가 나를 원수처럼 증오한다는 사실은, "죽어라, 죽어!" 하며 그 고무 장갑 같은 손으로 나를 구타하는 것으로 보아 더 정확히 알 수 있는 일이다.[28]

---

25) <미해결의 장>, 195~196면.
26) 위의 작품, 196면.
27) 위의 작품, 197면.
28) 위의 작품, 203면.

　　"죽어라. 죽어, 당장 나가 즉사하란 말이다." 그 소리가 끝나는 것과
동시에 고무장갑 같은 대장의 손이 내 따귀를 갈긴 것이다.[29]

　　위의 인용들은 <미해결의 장>에서 '나'에 대한 증오심을 욕설과 구
타로 표현하는 아버지—대장—의 상습적인 행동을 묘사하고 있는 부
분이다. 여기서 화자는 '죽어라, 죽어!'라는 욕설의 직접 인용과, 혈연관
계보다는 군대의 상하관계를 연상시키는 '대장'이라는 호칭, '고무장갑
같은 손'이라는 비유적 표현 등을 작품 곳곳에서 반복적으로 사용한다.
이러한 동일 표현의 반복은 아버지와 '나'의 관계를, '미워하고 학대하
는 자'와 '미움 받고 학대당하는 자'라는 단일한 관계 양식으로 각인시
키는 효과를 낳고 있다.
　　이러한 반복적 표현은 인물의 개성을 창조하는 데 있어서도 주요한
문학적 장치로서 기능한다.

　　① 그러나 끝끝내 통역관(通譯官)만은 창 밖을 내다보지 않고 앉아 있
는 것이다. 그는 언제나처럼 남을 깔보는 것 같은 눈으로 싱글싱글 웃으
며 사람들을 바라보고 앉아 있는 것이다.[30]

　　오십이 넘은 좌장과, 남을 깔보는 듯한 냉소와 언동으로 무장한 통역
관을 제외하고는, 모두 일어나서 창 밑으로 바투 모여 서는 것이다.[31]

　　그러나 통역관만은 좀 달랐다. 그는 방장이건 좌장이건, 이 방에 있는
사람 전부에게 끊임없이 깔보는 것 같은 태도를 취해 오는 것이다.[32]

---

29) 위의 작품, 205면.
30) <인간동물원초>, 217면.
31) 위의 작품, 218면.
32) 위의 작품, 220면.

통역관은 좋은 지혜를 빌려줄지도 모른다. 그러나 일방 모든 사람을 덮어놓고 깔보는 것만 같은 그 눈과 웃음을 생각할 때, 아예 용기가 나지 않는 것이다.[33]

통역관만이 변함없이 남을 깔보는 것 같은 눈웃음으로 여러 사람을 바라보고 있는 것이다.[34]

② 잠시 뒤 집 후원에서는 여인의 가느단 울음소리가 흘러나왔다. 어둠도 그 소리를 아주 덮어 버리지는 못했다. 땅속으로 길을 찾아 흐르는 물줄기처럼 가느단 울음소리는 어둠 속을 새어 나왔다.[35]

그러한 내 귀에 여자의 울음소리가 들려 왔다. 집 뒤란에서 나는 소리였다. 아무도 모르게 숨죽여 우는 울음소리였다. 어둠도 그 소리를 덮어 버리지는 못했다. 땅 속으로 스며 흐르는 물줄기처럼 가느단 울음소리는 어둠 속을 새어 나왔다.[36]

불현듯 창백한 春子의 얼굴이 눈앞을 얼찐거렸다. 뒤이어 여자의 가느단 울음소리가 들려 오는 것 같았다. 그것은 분명히 숨죽여 우는 젊은 여자의 울음소리였다.[37]

위의 인용 중 ①은 <인간동물원초>에서 통역관을 묘사하고 있는 문장들이다. 그를 묘사할 때 화자는 '남을 깔보는 것 같은 눈', '남을 깔보는 듯한 냉소와 언동', '깔보는 것 같은 태도', '깔보는 것만 같은 그 눈과 웃음', '남을 깔보는 것 같은 눈웃음' 등의 표현처럼 '남을 깔보는 듯

---

33) 위의 작품, 225면.
34) 위의 작품, 227면.
35) <유실몽>, 236면.
36) 위의 작품, 242면.
37) 위의 작품, 246면.

한' 냉소적인 표정만을 지속적으로 부각시킨다. 거기에 '언제나처럼', '끊임없이', '변함없이' 등의 부사는 그 태도의 반복성을 강화한다. 사실상 이 작품에서 통역관은 시종일관 남을 깔보는 듯한 태도로 작중 상황에 대한 부정적인 시각을 암시할 뿐 어떤 행동이나 말도 보여주지 않는다. 그럼에도 불구하고 그에 대한 반복적인 묘사 문장은 직접적인 말이나 행동보다도 더 강력하게 감방 내에서의 그의 고압적이며 냉소적인 인물적 특성을 전경화하는 기능을 하고 있다.

②는 <유실몽>에서 두 사람의 결혼에 대해 소극적인 태도를 보이는 '나'를 만나고 난 뒤에 몰래 울고 있는 春子의 모습을 울음소리라는 청각적 이미지를 중심으로 묘사하고 있는 문장들이다. 여기서도 역시 '여자의 가느단 울음소리'라든가 '땅 속으로 길을 찾아 흐르는 물줄기처럼'과 같은 표현들이 거의 그대로 반복해서 사용된다. 아울러 이러한 묘사를 통해 자신을 드러내는 법이 없는 春子가 사실은 '나'를 좋아하고 있다는 것, 따라서 '나'의 우유부단함 때문에 속으로 많이 상처받고 있다는 사실을 간접적이면서도 대단히 효과적으로 전달하고 있다. 그 결과 겉으로는 차갑고 냉소적으로 보이지만 그 이면에는 절망적 현실에 대해 숨어서 아파하는 春子의 내면적 진실이 은연중에 전달되고 있다.

요컨대 작가는 허구세계의 인물을 창조하는 과정에서 인물에 대한 전반적인 정보보다는 그의 독특한 습관이나 표정, 감정상태 등을 반복적으로 묘사함으로써 개성적 이미지를 구축하는 서사기법을 취한다. 이러한 특성은 개성적인 인물을 그리고 있는 그의 작품 곳곳에서 쉽게 발견된다. 예컨대 <혈서>의 達壽에게는 "울음과 웃음이 반반씩 섞인 운명적인 표정"이라는 표현이 관용어구처럼 따라다니고, <생활적>의 順伊에게는 신음소리를 재현한 "으응, 으응, 으응"이라는 의성어가 으레 쫓아다닌다. 이러한 문장 표현의 반복은 작중인물의 이미지를 강하게 인상지우는 데 기여할 뿐만 아니라, 비극적 현실의 반복성, 일상의 권태로움을 환기시키는 역할을 하기도 한다. 시작도 없고 끝도 보이지 않는 절망적인 현실 속에서 마치 반복해서 불행을 연기하는 배우처럼 하루하루를 살아가는 작중인물들의 실존적 상황을 반복적인 서술을 통해 간접적으로 암시하고 있는 것이다.

5. 결론

이상으로 손창섭의 초기 작품을 중심으로 그의 창작기법과 그 구조적 기능 및 미학적 효과를 구명해 보았다. 그 결과 그의 창작기법의 핵심은 기존의 소설작법 및 그 관례적 기능을 거부하고 무화시키는 데 있음을 알 수 있었다. 그것은 다른 말로 소설의 전통문법을 비트는 낯설게 하기의 기법이라 표현할 수 있다.

먼저 작중인물에 경우, 작가는 독자와의 동일시가 용이한 정상적이고 호감을 주는 인물을 형상화하지 않는다. 반대로 독자가 거북해 하고 이질감을 느끼는 병자와 무능력자, 타락한 인물들만을 취급한다. 또한 그들의 특성 중 불쾌함과 역겨움을 불러일으키는 요소만을 들춰내어 감각적으로 세밀하게 묘사함으로써 작중 세계의 비참함과 기형성만을 부각시킨다. 거기에 작중인물의 이름의 漢字 표기는 소설적 관례를 거부하는 대표적인 낯설게 하기의 기법이다. 일반적으로 소설은 한글표기로 이루어지기 때문이다. 더욱이 신체적, 정신적 불구자이자 인간 이하의 삶을 살아가는 작중인물들의 특성과 규범적이고 문화적 권위를 대변하는 한자 표기 사이의 부조화는 독자로 하여금 아이러닉한 독서 체험을 하도록 유도한다.

그의 소설에는 다른 소설에서 기대되는 특별한 사건이나 극적인 플롯 구조가 발견되지 않는다. 단지 암울한 배경, 기형적인 인물들의 묘사, 그들이 보여주는 충격적인 일화들만이 인과적인 질서를 무시한 채 흩어져 있을 뿐이다. 따라서 그의 소설에서 극적인 긴장감이나 사건의 진행에 대한 호기심을 기대하기는 어렵다. 그럼에도 불구하고 작가는 고유의 방식으로 독자를 작품 속으로 끌어들이고 있다. 그것이 바로 독자의 상상력을 능가하는, 비참하고 추하며 수치스러운 작중인물들의 내밀한 삶의 적나라한 폭로와 냉정한 묘사이다. 따라서 독자는 한편으론 병든 동물의 삶을 연상시키는 작중 세계의 충격적인 모습에 당황하고, 다른 한편으론 그 세계를 잔인할 정도로 적나라하게 드러내고 있는 화자의 태도에 놀란다. 바로 그 충격과 놀라움, 그리고 화자와 비밀을 주고받고 있다는 공모의식은 손창섭의 소설을 읽을 때 갖게 되는 독자의 공통된 독서심리라고 할 수 있다. 아울러 그의 소설에는 빼놓지 않고 남녀의 결혼문제가 거론된다. 이것은 그의 소설에서 유일하게 전통적인 모티프를 수용하고 있는 특성이기도 하다. 그러나 그 모티프의 활용은 역시 낯설게 하기의 원리에 기대고 있다. 왜냐하면 어느 작품에서도 낭만적인 연애 장면은 발견되지 않으며, 결혼 문제는 항상 무산되고 있기 때문이다. 결국 작중인물들 사이에서 결혼은 절망적 현실의 고착화, 인간관계의 화해 불가능성 등을 역설적으로 강조하기 위한 수단으로 이용될 뿐이다.

손창섭 소설을 특징짓는 대표적인 요소로 서사기법 및 문체적 특성을 주목하지 않을 수 없다. 소설을 펼치면, 단락의 구분도 없이 빽빽하게 들어찬 문장들, 시각적으로 드러나지 않는 인물들 간의 대화, 앞에서 본 문장 표현이 반복적으로 나타나는 화자의 서술 등 독창적인 서사기법이 그만의 독특한 문체를 낳고 있다. 그리고 그 기능은 작중 세계가 장면적으로 제시되기보다는 화자의 서술을 통해 간접적으로 전달되고 있다는,

서사 행위 자체를 전경화하는 데 있다. 즉 작가는 충격적인 스토리 내용과 그 내용의 충격성을 교묘하게 완충시키는 서사기법 사이의 긴장을 통해 작중 세계의 암울하고 부조리한 분위기를 리얼하게 창출해 내고 있다.

결론적으로 손창섭은 기존의 작품에서 금기시되던 인간의 모멸적이고 자기비하적인 세계를 거침없이 드러내고, 아울러 전통적인 소설적 관례에서 기대되던 효과를 고의로 포기하고 무화시키는 창작방법을 통해 그 특유의 작품 세계와 미학적 효과를 거두고 있다고 하겠다.

참고문헌

1. 기본 자료
『현대한국문학전집(3) : 손창섭』, 신구문화사, 1981.

2. 연구 논저
김동환, 「한국 전후소설에 나타난 현실의 추상화 방법 연구」, 한국현대문학연구회, 『한국의 전후문학』, 태학사, 1991.

김병익, 「현실의 도형과 검증—손창섭의 「길」」, 김병익 외 3인, 『현대한국문학의 이론』, 민음사, 1982.

김윤식·김현, 『한국문학사』, 민음사, 1984.

김윤식, 『한국현대문학사』, 일지사, 1991.

______, 「6·25 전쟁문학」, 문학사와 비평연구회 편, 『1950년대 문학연구』, 예하, 1991.

김종회, 「손창섭론 : 체험소설의 발화법, 그 특성과 한계」, 권영민 편, 『한국현대작가연구』, 문학사상사, 1993.

손창섭, 「인간에의 배신」, 『문예』, 1953. 7.

______, 「作業餘滴」, 『한국전후문제작품집』, 신구문화사, 1960.

______, 「나는 왜 신문소설을 쓰는가」, 『세대』, 1963. 8.

______, 「아마튜어 작가의 辯」, 『현대한국문학전집』(3), 신구문화사, 1981.

송기숙, 「창작과정을 통해 본 손창섭」, 『현대문학』, 1964. 9.

엄해영, 『한국전후세대소설연구』, 국학자료원, 1994.

유종호, 「모멸과 연민」, 『현대한국문학전집』(3), 신구문화사, 1981.

윤병로, 「혈서의 내용—손창섭론」, 『현대문학』, 1958. 12.

이광훈, 「패배한 지하실적 인간상—손창섭 초기작품考」, 『문학춘추』, 1964. 8.

이기인, 「손창섭 소설의 구조」, 서종택·정덕준 편, 『한국현대소설연구』, 새문사, 1990.

이동하, 「손창섭 소설의 세 단계」, 전광용 외, 『한국현대소설사연구』, 민음사, 1984.

이선영, 「아웃사이더의 반항―손창섭과 장용학을 중심으로」, 『현대문학』, 1966. 12.

이어령, 「囚人의 미학」, 『현대한국문학전집』(3), 신구문화사, 1960.

이영일, 「현실과 작가와의 대립」, 『자유문학』, 1961. 10.

이재선, 「전쟁체험과 50년대 소설」, 김윤식·김우종 외 30인, 『한국현대문학사』, 현대문학, 1994.

정호웅, 「50년대 소설론」, 문학사와 비평연구회 편, 『1950년대 문학연구』, 예하, 1991.

조연현, 「병자의 노래―손창섭의 작품세계」, 『현대문학』, 1955. 4.

조현일, 「허무주의 심연과 극복의 노력―손창섭론」, 구인환 외, 『한국전후문학연구』, 삼지원, 1995.

천이두, 『한국현대소설론』, 형설출판사, 1983.

최혜실, 「손창섭 소설의 등장인물들이 갖는 문학사적 의미」, 『현대소설연구』 제3호, 1995.

장용학 소설에 나타난 실존적 아이러니와 관념의 시학

1. 서론

장용학(張龍鶴)은 이상(李箱)과 함께 20세기 한국문학에서 가장 난해한 작가[1]로 알려져 있다. 그러한 평가를 받는 이유로는 그의 소설이 지닌 관념성과 형식의 실험성을 들 수 있다. 즉 기존의 소설문법과는 달리 사건보다는 관념적 서술이 우세하고, 우화 및 환상이 결합되어 있으며, 문장 속에 한자 표기[2]를 많이 하고 있다. 또한 사건은 대개 과거 회상 속에 내재화되어 있고, 작중인물들의 의식은 현실, 과거, 환상적 이미지 등이 복잡하게 전개되는 의식의 흐름 기법으로 재현되는 경우가 많다.

이렇게 소설 형식이 파괴되고, 사건보다는 관념이 우위를 차지하는 장용학의 소설에 대해 연구자들 사이에는 긍정과 부정이 교차하고 있다.

---

1) 김윤식·김현, 『한국문학사』, 민음사, 1984, 254면.
2) 장용학은 자신이 소설에서 한자를 쓸 때는 세 가지 기준, 즉 "첫째는 뜻을 강조할 때 쓰고 둘째는 무슨 말인지 몰라 문맥이 얼른 통하지 않을까 걱정이 되는 말에 쓰고 셋째는 한자가 한 곳으로 몰려 우중충해지지 않게끔 조절"하면서 쓴다고 말하고 있다(장용학, 「나는 왜 소설에 한자를 쓰는가」, 『세대』, 1963년 9월호, 229면).

에세이식으로 엮어 내려간 그 자유로운 소설 양식은 근대소설의 해체에서부터 시작되어 있다. 왜냐하면 보다 자유로운 작가정신은 보다 자유로운 형식을 요구하고 있기 때문이다. 인간의 액션 속에서 펼쳐지는 드라마를 그리려 할 때는 <사건>이라는 것이 무엇보다도 중요한 위치를 차지하게 된다. 그러나 인간의 의식 속(내면적 세계)에서 전개되는 드라마를 표현하기 위해선 하나의 형이상학이 요구된다.[3]

우선 그의 소설의 형식 파괴는 결국 그의 소설이 형식 미달이라는 점에서 유래한 바가 크다. 한국어의 서투름, 문학수업기간의 짧음 등의 요소가 그의 소설을 전통적인 소설에서 이탈한 것으로 만드는 데 이바지했다고 할 수 있다. 다음, 그의 소설에서 나타난 수필 형태의 지문과 인물의 행동과의 필연성은 간취하기가 힘든 경우가 있다. 이런 점에서 보면 그의 소설은 기존의 소설 형식에 대한 나름의 미학적 불만형태로서 내적 필연성을 가지고 등장한 것이라기보다는 개인적 우연으로 선택되었을 가능성이 크다.[4]

위에서 이어령은 장용학 소설의 형식 파괴 및 에세이(관념소설)적 특성은 인간의 의식세계를 표현하려는 그의 창작의도 및 소설세계의 성격에 의한 당연한 결과로서 긍정적으로 평가한다. 반면에 문영진은 그것이 한국어의 서투름, 창작 능력의 결여에 따른 결과라고 부정적으로 평가하고 있다.

물론 문영진이 이러한 결론을 이끌게 된 데는 나름대로의 근거가 있다. 즉 장용학이 일제하에서 교육을 받았고, 일본어를 통하여 문학을 배웠다는 점,[5] 그리고 "해방 이후에야 비로소 한글을 배웠다는"[6] 사실 때

---

3) 이어령, 「문제성을 찾아서」, 『한국전후문제작품집』, 신구문화사, 1960, 386~387면.
4) 문영진, 「전쟁과 1950년대 소설」, 구인환 외, 『한국전후문학연구』, 삼지원, 1995, 93~94면.
5) 김상태, 「1950년대 소설의 문체 연구」, 한국현대문학연구회, 『한국의 전후문학』, 태학

문이다. 이러한 단서들은 그가 소설을 창작할 만큼 모국어 실력이나 창작능력을 갖추지 못했을 것이라는 인식을 뒷받침하고 있다. 그러나 장용학 소설을 평가하는 근거로서 선택된 작품들이 주로 그의 대표작인 <요한詩集> 이후의 것이라 할 때, 해방 후 10년의 긴 기간이 흐른 뒤에도 한국어 실력이 서투를 것이라고 단정하는 것은 좀 납득하기 힘들다. 특히 작품 속의 사건을 서술하는 과정에서 장용학이 보여준 세밀한 묘사나 관념의 지적이고 비유적인 표현은 언어 구사에 대한 확신이 없으면 성취되기 어려운 부분이라고 할 수 있다.

따라서 장용학에 대한 동일한 단서를 가지고도 김윤식이 창작 능력의 미숙함보다는 주제의 관념성을 해명하려고 한 것은 그런 점에서 설득력을 지닌다.

> 그는 일본어로 초급교육을 받고, 해방 후에는 한국어로 자신의 감정과 사상을 표현하지 않으면 안 되었던 찢긴 세대에 속한다. 유년시절의 정서에서 완전히 소외될 수밖에 없었던 그 세대 중에서 그는 또한 생존의 뿌리마저 빼앗긴다. 이데올로기 전쟁에 의한 그의 뿌리뽑힘은 그의 문학을 관념화시킨다. 그의 문학은 언어와 생활 양쪽에서 소외된 자의 문학이다. 그의 문학적 노력은 그 소외 현상을 극복하려는 몸부림이다.[7]

바로 장용학은 일제 강점기, 해방, 북에서의 월남, 한국전쟁 등의 역사적 소용돌이 속에서 자신의 삶을 지탱해야만 했던 작가이다. 그 과정은 자신을 키워온 정신적 자양과 고향을 버리고, 새로운 환경과 질서 속에 영입되어야 했던 부조리한 체험들의 연속이었다고 할 수 있다. 이러한

사, 1991, 42면 참조.
6) 정호웅, 「50년대 소설론」, 문학사와 비평연구회, 『1950년대 문학연구』, 예하, 1991, 41면.
7) 김윤식 · 김현, 앞의 책, 254면.

정체성의 혼돈 속에서 그는 인간 세계의 합리적 질서 속에 내재되어 있는 모순과 불합리성, 그리고 지배 권력 혹은 이데올로기의 폭력성 등을 적나라하게 포착할 수 있었을 것이라 생각된다. 왜냐하면 세계의 부조리한 모습은 아웃사이더, 소외자의 시각에서 보다 잘 발견될 수 있기 때문이다. 결국 그의 소설의 관념성과 실험적 형식은 그가 감지한 인간 세계 및 生의 아이러니를 문학적 방식으로 표현하기 위해 의도적으로 선택된 요소라 하겠다.

이에 본고에서는 장용학의 대표적인 단편소설인 <요한시집>과 <현대의 야>를 중심으로, 그가 포착한 인간 세계의 부조리한 양상이 구체적으로 어떤 것이며, 아울러 그러한 주제를 담아내기 위해 그가 선택한 창작 기법은 어떠한 것인지 정밀하게 분석해 보고자 한다.

2. 인간 존재에 대한 근원적 탐색과 그 초월에의 의지 : 〈요한詩集〉

<요한시집>(1955)은 장용학의 대표 단편이자 난해한 소설로서 이미 많은 연구자들의 연구대상이 되었던 작품이다. 특히 이 작품은 구조적 실험성과 다양한 상징적 장치의 배열, 관념적 서술의 명징함 등으로 해서 장용학의 소설 중 주제의 소설적 형상화가 잘된 작품으로 평가받고 있다.

그런데 지금까지의 <요한시집>에 대한 연구는 누혜의 관념 및 행동을 중심으로 분석하고 있다. 즉 유서에 나타난 누혜의 의식, 그리고 자살을 하기까지의 누혜의 행적이 주로 주제를 드러내는 중심 요소로 강조되어 왔다. 그러나 누혜의 죽음과 누혜 어머니의 죽음을 목격하고, 누혜의 유서를 읽고 있는 사람, 즉 스토리 세계의 살아 있는 주체는 동호

이다. 그럼에도 불구하고 그의 존재가 잘 드러나지 않는 것은, 그가 행동하는 인물이 아니라 관찰하고 생각하는 정적인 존재이기 때문이다.

작가 장용학은 다음과 같이 말한 적이 있다.

> <요한시집>의 주인공은 <동호>이다. 序章에서 그쳤으니 <누혜>가 주인공으로 보일 수도 있지만 <누혜>는 <요한>적인 존재이고 <요한시집>은 <동호>가 자유의 시체 속에서 부화되고 탄생하는 과정을 그리려고 한 것이다.[8]

즉 이 작품은 누혜의 죽음과 누혜 어머니의 죽음으로 대표되는 극한적 상황을 목격하며, 인간 존재에 대한 회의와 탐색을 하게 되는 동호의 의식의 성장과정을 그리고 있다고 할 수 있다. 따라서 본고에서는 이 작품의 주인물을 동호로 보고, 동호의 관찰 및 사고에 초점을 맞추어 소설의 구조 및 주제를 도출해 보고자 한다.

이 작품은 다양한 서사적 장치를 통하여 주제를 암시하고 있다. 단편소설임에도 불구하고 프롤로그 부분인 '동굴의 토끼 우화'와 세 개의 章 — 그 중 (下)는 누혜의 유서이다 — 으로 구성된 복잡한 서사구조를 보이고 있는데, 이들은 작가가 전달하려는 주제를 다양한 방법으로 변주하는 형태를 취하고 있다.

먼저 '동굴의 토끼 우화'는 닫힌 세계에서 주어진 환경에 만족하며 아무런 의식 없이 행복하게 살던 토끼가, 의식의 자각을 경험하면서 고통을 감수하며 동굴 밖의 自由의 세계로 나아가는 과정을 그리고 있다. 이것은 소설 속에서 현실의 부조리를 인식하고 그 부조리의 벽을 넘어서려는 누혜와 동호의 의식의 전개 과정을 그대로 암시해 준다. 즉 작가는

---

8) 장용학, 「실존과 요한시집」, 『한국전후문제작품집』, 신구문화사, 1960, 402면.

구체적인 이야기의 틀 속에 추상적 의미를 동시에 드러낼 수 있는 우화의 형식을 빌려 자신이 전달하고자 하는 관념을 압축해서 드러내고 있다고 하겠다.

그리고 본 내용인 (上)·(中)·(下) 세 개의 章은 공간 이동과 시간의 전이, 시점의 변화 등 복잡한 서사내용 및 서사기법을 보여 준다. 이것을 도식으로 정리하면 다음과 같다.

	내 용	시 점	시 간	공 간
上	동호는 누혜 어머니의 죽음을 목격함	동호에 의한 1인칭 주인공 시점	현재	누혜의 집
中	동호는 누혜의 죽음을 목격함	동호에 의한 1인칭 관찰자 시점	과거	포로수용소
下	누혜의 유서 내용	누혜에 의한 1인칭 주인공 시점	대과거	포로수용소

위의 도표에서 볼 수 있듯이 이 작품은 현재에서 과거로 역서술의 방식으로 사건을 서술하고 있다. 그것은 사건이 일어난 현재 시점에서 그려지는 것이 아니라 동호의 과거 회상을 통하여 간접적으로 전달되고 있음을 의미한다. 그리고 화자의 변화에서 알 수 있듯이 과거에서 현재로 올수록 서술의 대상이 누혜에서 동호에게로 옮겨지고 있다. 즉 누혜의 유서와 자살은 동호의 의식을 깨우고 성장시키는 역할을 하고 있다.

구체적으로 분석해 보면, 먼저 이 작품은 포로수용소가 있는 섬과, 병든 어머니가 누혜를 기다리고 있는 누혜의 집이라는 두 공간에서 벌어지는 두 가지의 죽음을 외적 사건으로 다루고 있다. 이때 그 죽음을 목격하고 그 죽음의 의미를 반추하는 역할을 하는 사람은 바로 동호이다. 즉 동호는 인간으로서의 예의나 체면을 모두 버리게 하는 두 죽음과 관련된 사건을 목격하면서, 인간 존재 및 본질에 대한 기존의 관념에 대해 의문을 던지고 있다.

그 첫 번째의 죽음이 바로 (中)에서 그려지고 있는 누혜의 죽음이다. 동호가 포로수용소에서 목격한 누혜의 죽음은 두 가지 점에서 그에게 충격을 주고 있다. 그 하나는 스스로 生을 포기하는, 자살을 선택하고 있는 누혜의 행동의 주체성이다. 그것은 동호의 포로수용소 생활과 아주 대비된다. 즉 동호는 "내 살이 뜯겨 나가고 내 피가 흘러내린 이 전쟁은 과연 내 전쟁이었던가?"9) 하고 전쟁에 대한 회의를 하면서도, 포로수용소의 생존을 건 험악한 싸움에 휘말릴까 두려워 '반편 취급'을 받으면서 비겁하게 안위를 꾀하고 있다. 그러한 자신과는 달리, 누혜는 포로수용소 생활이 주는 자기 모멸적인 삶을 거부하고, 주체적인 죽음을 통하여 자기 초월에의 의지를 보여주고 있는 것이다. 그래서 동호에게 누혜의 자살은 "봉황새가 되어, 용이 되어 저 푸른 하늘 저쪽으로 날아가"10) 버린 것으로 구원의 의미를 띠고 있다.

그리고 또 다른 충격은 누혜의 시체에 가한 인민군 포로들의 잔인한 복수행위이다. 그것은 동호로 하여금 인간에 대한 회의와 절망에 대해 구체적으로 고민하게 만드는 계기를 이룬다.

> 그것은 인간의 한계를 넘은 싸움이기도 하였다. 그렇게 사람을 죽이는 법은 없는 싸움이었다. 아무리 악하고 미워서 견딜 수 없는 적이라 해도 죽음 이상의 벌을 주지 못하는 것이 인간이다! 아무리 독하고 악한 사람이라 해도 죽음 이상의 벌을 받지 않는 것이 인간이다! 그렇게 되어 있는 것이 인간이라는 이름이다! 이것은 인간이 가질 수 있는 인간에 대한 마지막 신앙이다! 죽음에는 생의 전 중량이 걸려 있다. 그의 죄는 그 생

---

9) 장용학, <요한시집>, 『현대한국문학전집(4)』, 신구문화사, 1981, 319면.
10) 위의 작품, 319면. 이와 똑같은 구절이 321면에도 두 번이나 반복되고 있다.

보다 더 클 수 없는 것이고, 죽음이란 끝나는 것이다. 모든 것이 끝나는 것이다. 슬픔도 기쁨도 간지러움도 아픔도, 피도, 땀도, 선도, 악도, 지상의 모든 약속이 끝나는 것이 죽음이다. 마지막 위로요, 안식이요, 마지막 용서이다!

그런데 거기서는 시체에서 팔다리를 뜯어내고 눈을 뽑고, 귀, 코를 도려냈다. 아니면 바위를 쳐서 으깨어 버렸다. 그리고 그것을 들어서 변소에 갖다 처넣었다. 사상의 이름으로. 계급의 이름으로. 인민이라는 이름으로!11)

바로 누혜의 자살과 누혜의 시체에 가한 인민군 포로들의 복수는 동호에게 인간의 본질 및 생·사의 경계를 허물어버리는 가치관의 혼란은 야기시키고 있다. 생존을 위한 자기의 전쟁을 하고 있는 포로수용소 사람들과 자기의 생명을 스스로 포기하고 있는 누혜 사이의 대조, "사상의 이름으로. 계급의 이름으로. 인민이라는 이름으로!"라는 명목 아래 시체에까지 형벌을 가하는 인민군 포로들의 죽음에 대한 최소한의 예의마저 저버린 행동 등은 기존의 인간에 대한 정의나 관념으로는 결코 설명될 수 없는 것들이다. 거기에 동호 자신이 누혜의 눈알을 들고 해가 동쪽 바다에 떠오를 때까지 서 있는 형벌을 받게 되자, 동호는 마침내 "무슨 오산을 본 것만 같았다. 우리는 무슨 오산 속에 살고 있는 것이다"12)라고 서서히 현실의 부조리, 이데올로기의 아이러니를 인식하기 시작한다.

그때부터 동호는 누혜의 관념적 사유내용과 자살의 의미를 탐색함으로써 자신의 존재방식을 찾아 가는 실존13)적 인간으로서 그의 모습이

---

11) 위의 작품, 321면.

12) 위의 작품, 322면.

13) "나무나 책 등 다른 존재자에게는 그것이 무엇인가가 미리부터 정해져 있지만 인간은 존재는 하되 어떻게 존재하는가를 스스로 결정해 가는 존재자이다. 즉 인간은 자기의 존재방식에 늘 관심을 가지고 있는 존재자이다. 이렇게 자기의 존재를 스스로 문제 삼고 거기에 관심을 쏟는 존재를 하이데거는 실존이라고 부른다(한전숙·차인석, 『현대

변모하고 있다.

누혜의 관념세계를 드러내 주는 (下)의 누혜의 유서는 화자가 누혜인 1인칭 주인공 시점의 서술로서, 그가 살아온 삶과 정신적 사유의 내용을 누혜의 시각에서 구체적으로 그려내고 있다. 그 유서에 의하면 누혜가 자살의 장소로서 선택한 철조망은 자유의 상징이다. 철조망에 의해 안 세계의 구속과 바깥세계의 자유가 나뉘고, 이데올로기에 의해 인민의 벗과 원수가 나누어지듯이, 누혜는 자유에 의하여 자유인과 노예가 나뉜다는 사실을 깨닫고 있다. 즉 우리가 추구하는 자유라는 것은 늘 상대적인 자유였지 절대적인 의미의 자유가 아니었다는 것이다. 따라서 "자유도 하나의 숫자. 구속이었고, 강제"14)였으며, 극복되어야 할 그 무엇이라고 누혜는 인식하고 있다.

> <자유> 그것은 진실로 그 뒤에 올 그 무슨 <진자(眞者)>를 위하여 길을 외치는 예언자, 그 신발 끈을 매어 주고, 칼에 맞아 길가에 쓰러진 요한에 지나지 않았다.15)

위의 인용에서 누혜는 자신을 요한적 존재로서 인식하고 있다. "나의 열매는 익었다. 그러나 내가 나의 열매를 감당할 만큼 익지 못했다……영원히 익지 못할 것이다! 내게는 날개가 없다……"16)라는 누혜의 말에는 모순과 부조리로 가득 차 있는 현실세계의 진상을 포착하긴 했으나, 그것을 감당하거나 극복할 수 있는 자기 나름의 방법을 찾지 못했다는 절망감이 드러나 있다. 따라서 인간을 살리는 오직 하나의 길이 자유가

의 철학 I』, 서울대학교 출판부, 1983, 17면).
14) 장용학, <요한시집>, 앞의 책, 326면.
15) 위의 작품, 326면.
16) 위의 작품, 322면.

죽는 데에 있다면, 세례 요한이 구세주 예수을 위하여 길을 닦고 죽은
것이라면, 끊임없이 자유를 갈구해 온 누혜 자신도 주체적인 죽음을 통
하여 진정한 자아와 대면할 수 있으리라는 예감을 보이고 있다.

> 나는 다시 기다릴 수 없다. 즉시 나는 나를 보아야 한다. 마지막 승리
> 를 가지고 내 눈으로 나는 나를 보아야 할 것을 요구한다! 나를 둘러싼
> 모든 시선에서 해방되었을 때, 그 시선이 얽혀서 비친 환등의 그림자를
> 떠낸 윤곽에 지나지 않았던 나는 비로소 나를 볼 수 있고, 나를 탈출할
> 수 있고, 안개 속으로 나타나는 세계를 볼 수 있는 것이다.
> 자살은 하나의 시도요, 나의 마지막 기대이다. 거기에서도 나를 보지
> 못한다면 나의 죽음은 소용없는 것이 될 것이고, 그런 소용없는 죽음이
> 기다리고 있는 것이 生이라면 나는 차라리 한시 바삐 그 전신을 꾀하여
> 야 할 것이 아닌가……17)

따라서 철조망에 매달려 죽은 누혜의 수직적 자세는 그대로 자신을
억압하는 모든 인간 조건으로부터 벗어나, 봉황새가 되어 용이 되어 저
푸른 하늘로 날아가는 수직적 초월의 모습을 암시한다. 요컨대 누혜의
삶은 그 자체가 현실의 모순과 부조리를 발견하는 과정의 연속이었으며,
그러한 실존적 자각의 결과는 허위로 가득 찬 삶을 마감하고, 절대 자유
의 공간에서 진정한 '나'를 만나기 위해 자살을 선택하고 있다.

동호는 누혜의 죽음을 목격하고 누혜의 유서에 담긴 관념적 사유 내
용을 내면화하면서 실존적 자아로서 다시 탄생한다. 즉 누혜가 죽음으로
써 멈추어진, 부조리한 현실세계에 대한 탐색과 절망적 인식이 동호의
의식을 통하여 이어지고 있다. 그것이 바로 포로수용소에서 나와 누혜의
어머니를 찾아가는 동호를 그리고 있는 (上) 부분이다. 동호에 의해 1인

---

17) 위의 작품, 327면.

칭 주인공 시점으로 서술되고 있는 (上)은 동호가 누혜 어머니를 만나고 그녀의 죽음을 목격하는 스토리 현재시간의 사건보다 동호의 관념과 과거 회상, 환상적 이미지 등이 압도적으로 많은 서술 내용을 차지한다. 그것은 비주체적인 삶과 비본질적인 세계에 대해 고민하고 반추하며 그 의미를 탐색하는 동호의 의식이 치열한 양상을 띠고 있음을 암시한다.

먼저 동호의 의식은 자신의 지나온 삶을 객관화하여 반추하기 시작한다. 여기서 동호는 과거의 '나'와 현재의 '나' 사이에 심한 괴리감과 낯설음을 경험하고 있다.

> 나는 나의 一部分을 살고 있는 셈이 된다. 나는 나의 一部分에 지나지 않는다. 그림자에 지나지 않는다.
> 그래도 동호는 나인가? 나는 나인가? 아까 동호를 불렀는데도 내가 끝내 대답하지 못한 것은 이 때문이 아니었을까?[18]

> 따지고 보면 의지할 것은 아무것도 없다. 그래서 나는 따라다녔을 뿐이다. 내가 나의 주인이 되어 나의 앞장을 내가 서서 나의 길을 걸어본 적이 있었던가? 없다! 한번도 없었다.[19]

지금까지 동호는 한 번도 주체적인 선택을 해 본 적 없이 무엇엔가에 이끌려 살아왔던 것이다. 아이스케이크를 사다가 <동무>에게 붙잡혀 의용군이 되었고, 남으로 이동하다가 폭격을 맞고 포로가 되었으며, 인민군 포로들의 명령으로 누혜의 눈알을 들고 서 있어야 하는 수모를 감수했던 것이다. 즉 동호는 이제야 세계의 법칙과 논리 속에 자신을 귀속시키는 비주체적이고 수동적인 삶을 살아왔다는 사실을 깨닫고 있다.

---

18) 위의 작품, 309면.
19) 위의 작품, 310면.

　따라서 포로수용소에서 석방되는 느낌을 "자유는 무거움이었다. 설레임이었다. 그것은 다른 섬에의 길이요, 또 다른 포로수용소에의 문에 지나지 않았다."[20]고 진술하고 있는 동호는 이미 과거의 동호가 아니다. 그는 세계에 대한 누혜의 절망적 인식을 그대로 내면화시키고 있으며 따라서 그의 관념은 누혜의 관념과 수시로 겹쳐지고 있다.

　육지로 나온 동호는 누혜 어머니의 생존본능과 죽음을 목격하면서 또다시 인간의 대한 회의와 부조리를 경험한다. 동호가 누혜 어머니의 집에 도착해서 목격한 그 집의 상황은 "여기도 하나의 섬. 막바지"[21]에 다름 아니었다. 중풍에 걸린 채, 아들 누혜를 기다리며 60일 동안 아무 것도 먹지 못해 아사에 직면해 있는 누혜 어머니의 모습은 그대로 살아 있으나 자신의 생을 감당할 능력이 없는 한 인간의 무력한 모습을 악취처럼 풍기고 있었기 때문이다.

　나중에, 노파가 고양이가 잡아온 쥐를 먹고 목숨을 이어온 사실을 알게 되었을 때, 동호의 충격은 변소의 배설물에서 누혜의 손목을 발견했을 때만큼 컸다.

　　손가락 사이에서 쥐를 뺏어 고양이의 면상에다 팽개치면서 나는 노파의 가슴으로 엎어들었다.
　　"어머니!"
　　그러나 그를 어머니라고 부른 것은 실수가 아니면 제스처에 지나지 않았을 것이다. 사실은 인간의 체면을 이렇게까지 더럽힌 노파의 목을, 꾹 눌러서 나는 그 숨을 끊어버리고 싶었던 것이다.[22]

　　내 뒤에서는 고양이가 쥐를 잡아먹고 있는 것이다. 내 앞에는 노파가

---

20) 위의 작품, 314면.
21) 위의 작품, 314면.
22) 위의 작품, 315면.

죽음의 판대기에 못박혀 있다. 나는 두 개의 죽음 사이에 끼여 있다. 그 바늘 끝 같은 절벽 끝에서 굴러떨어지지 않겠다고 나는 노파의 손목에 매달려 어린애처럼 <어머니>를 불렀다. 그 소리에 나는 내가 그의 아들이 된 것 같았고 동호는 누혜인 것만 같기도 했다. 저기에 <1+1=2>의 세계가 있는 것처럼 여기에 <1+1=3>의 세계가 있어도 좋다.23)

위에서 동호가 쥐를 잡아먹는 누혜 어머니를 보며 느끼는 것은 첫 번째는 인간의 체면을 이렇게까지 모독하는 행동에 대한 분노와 구역질이고, 두 번째는 아사(餓死)에 직면해 있는 병든 동물 같은 그녀에게 인간으로서의 정체성을 회복시켜야 한다는 절박감이다. 동호가 그녀에게 아들처럼 <어머니>라고 부르고 있는 것은 아들을 기다려야 한다는 모성 본능이 그녀의 목숨을 지탱해 온 것처럼, 인간으로서의 정체성 역시 아들과의 만남을 통해서만 다시 회복될 수 있으리라는 직관에 의해서다. 그 순간에 동호가 단순히 제스처가 아니라 마치 그의 아들이자 누혜인 것만 같은 기분에 사로잡히는 것은, 누혜 어머니가 처한 인간 이하의 비극적 상황이 남의 문제가 아니라 같은 인간 존재로서 우리들의 비극이라는 유대감과 동질의식을 느꼈기 때문이라고 할 수 있다.

누혜 어머니가 쥐를 빼앗기고 발악을 하다 숨이 잦아지는 동안, 동호는 현실감각을 잃고 환영의 세계 속으로 빠져 든다. 돼지 우는 소리, 나무들의 행렬, 아홉 살 때 백정이 <메리>를 끌고 가던 모습, 나뭇가지를 타고 침입해 오는 원인(猿人), 온 세상에 눈이 오는 모습 등. 그리고 그 환영의 마지막 이미지는 도승의 모습이다.

……눈 속으로 검은 그림자가 나타났다. 갓을 푹 숙여 쓴 그 젊은 도승(道僧)은 눈이 먼 것이다. 손으로 앞을 더듬으면서 가까이 온다. 지팡이

---

23) 위의 작품, 316면.

도 없이 눈알을 어디에다 두고, 험한 산 넓은 들을 넘어 그는 천리 길을 그렇게 손을 저으면서 여기까지 찾아온 것이다. 저만치에 와 서서 그 먼 눈으로 눈물을 흘린다.[24)]

동호의 환영 속에 나타난 눈 먼 젊은 도승은 누혜의 이미지이다. 즉 동호가 무의식 속에 잡아낸 누혜의 영상이 도승의 모습으로 나타나는 것은 다시 한 번 누혜의 죽음이 좌절과 절망이 아니라 해탈이요 구원임을 암시한다. 도승이 된 누혜도 어머니의 죽음을 앞에 두고 그 먼 눈으로 인간적인 눈물을 흘리고 있는 것이다. 결국 누혜의 어머니는 동호의 환상 속에 나타난 아들 누혜가 지켜보는 가운데 <누혜!>를 부르며 죽는다. 그런 점에서 누혜 어머니는 인간으로서의 정체성을 회복하며 죽어가고 있다고 할 수 있다.

이제 비본질적이고 비주체적인 삶의 방식에서 동호를 끌어내어 삶의 부조리, 존재의 모순에 눈 뜨게 했던 누혜도 죽었고, "모든 줄은 다 끊어 버릴 수 있는데 탯줄만은 정말 질겨. 그것만 끊어 버릴 수 있다면……"[25)] 하고 누혜에게 현실세계의 마지막 끈이자 의미였던 어머니도 죽었다. 이제부터 동호는 누혜를 통한 존재의 사유방식에서 벗어나 혼자서 존재 의미를 탐색해야 하는 노정(路程)에 서 있다.

있을 수 있는 일은 무수이다. 그 무수의 가능성이 하나의 우연에 의하여 말살된 자리가 존재이다. 따라서 존재는 죄지은 존재이다. 生 속에서는 죄지었다는 것은 죄지을 것을 의미한다. 존재는 범죄이다. 그 총목록이 세계이다. 세계는 범죄의 소산이고, 人生은 그 범죄자였다. (…중략…) 모든 존재는 다음 순간에 일어날 가능성 앞에 떨고 있는 전율인 것이다.

---

24) 위의 작품, 318면.
25) 위의 작품, 321면.

> 이 전율을 잠자코 있는 세계에서는 <자유>라고 한다. 그대로 잠자코 있
> 을 것인가? 깨어날 것인가……26)

위의 내용은 동호의 관념이 다다른 최후의 진술이다. 산다는 것 자체
가 죄를 짓는 과정이며, 따라서 '존재'는 곧 범죄라는 절망적 인식을 보
인다. 아울러 동호는 절망적 인식에 도달하고 있으면서도, 자신의 미래
를 향해 열려진 무한한 삶의 가능성이라는 자유 앞에서 전율을 느낀다.
그는 자신의 미래를 선택하지 않고 무한한 가능태로 유보한 채, 의문문
으로 끝내고 있다.

> 밤은 고요히 깊어 가는데 누혜의 비단 옷을 빌려 입은 나의 그림자는
> 언제까지 그렇게 그 고목가지 아래서 설레고만 있는 것이었다.
> 과연 내일 아침에 해는 동산에 떠오를 것인가……27)

누혜의 비단옷을 빌려 입었다고 자신을 표현하고 있는 동호의 진술은
누혜의 삶과 관념세계에 동호의 의식의 많은 부분이 빚지고 있음을 시
사한다. 그리고 "설레고만 있는 것"이라는 표현이나 "과연 내일 아침에
해는 동산에 떠오를 것인가" 등의 진술에는 동호의 미래가 죄짓는 삶보
다는 깨어 있는 삶일 것이라는 희망을 엿보게 해 준다. 결국 동호의 인
간 존재에 대한 근원적 탐색 과정은 자기 기만 혹은 거짓 믿음에서 벗어
나, 주체적으로 세계를 인식하고 자신의 삶을 스스로 선택하는 실존적
인간으로 거듭나는 과정이었다고 할 수 있다.

요컨대 <요한시집>은 누혜의 유서와 누혜의 죽음, 누혜 어머니의 죽
음이라는, 누혜와 관련된 사건들을 중심으로 다루고 있지만, 그 모든 사

---

26) 위의 작품, 327면.
27) 위의 작품, 328면.

건들은 동호의 의식의 성장과 자각을 위한 요소들로 기능하고 있다고 하겠다. 또한 현재에서 과거로, 누혜 어머니 집에서 포로수용소로 사건이 거슬러 올라가고 있는 구조는, 현재의 동호의 시각에서 그 사건들의 의미가 재해석될 수 있도록 설정한 문학적 장치에 다름 아니다. 아울러 사건보다는 우화, 관념과 환상의 서술이 우위를 차지하는 특성은 실험적 기법의 시도라기보다는, 철학적 사유를 소설화하는 과정에서 주제를 정확하게 전달하려는 작가의 의도가 과잉된 결과라고 할 수 있다. 때때로 작중화자인 <나>의 시점이 하나의 작중인물로서의 독립된 것이 되지 못하고, 따라서 작자와 작중인물 사이에는 일정한 거리가 설정되어 있지 못한[28] 느낌을 받게 되는 것도 그런 연유에서 기인한다고 하겠다.

3. 권력의 폭력성과 生의 아이러니 : 〈현대의 野〉

<현대의 야>(1960)는 정치적, 사회적 권력의 야만성에 의해 한 인간의 개인적 진실 및 존재가 매도되는 사건을 다루고 있는 현대의 野史[29]이다. 즉 이 작품은 인간을 지배하고 재판하는 모든 現代의 요소들, 즉 시간, 이데올로기, 전문가들의 폭력성을 교묘한 상황 설정을 통해 생동감 있게 드러내고 있다.

<요한시집>과 마찬가지로 이 작품 역시 크게 세 개의 章으로 구성되어 있다. 이러한 구조는 꿈 많은 문학청년이었던 현우가 전쟁의 소용돌이에 휘말리면서 자신의 존재 의미를 상실하거나 거부당하는 세 개의

---

28) 천이두, 『한국현대소설론』, 형설출판사, 1983, 222면.
29) 이철범은 "작가는 <현대의 野>가 <現代의 野史>라는 뜻이라고 필자에게 말한 일이 있다"고 쓰고 있다(이철범, 「소외된 인간의 비극」, 『현대한국문학전집(4)』, 앞의 책, 433면).

사건에 연루되는 내용과 무관하지 않다.

먼저 제1장은 주인물 현우가 쓴 소설 <묘비>의 내용이다. 그 내용은 현우가 어머니의 부고를 돌리다가 인민군에게 붙잡혀, 죽은 시체를 치우는 민주사업에 참여했다가, 자신이 시체 구덩이에 빠져 죽음의 위기에 처하게 되는 사건으로 이루어져 있다. 그것은 한 마디로 이데올로기에 의해 생명의 존엄성과 죽음의 엄숙함이 철저히 외면당하는 극한 상황 속에서의 인간 현실에 다름 아니다.

민주사업에 참여하게 된 현우는 처음에 문학청년다운 호기심으로 폭격에 죽은 시체들을 일부러 구경하러 다닌다. 그러나 수백, 수천 마리의 구더기가 우글거리는 시체들의 처참하고 구역질나는 광경이 계속되자, 이전의 심리적인 여유와 호기심은 사라지고 인간이란 무엇인가에 대한 심각한 회의를 느끼기 시작한다.

> 그런데 인간은 生만 나가 버리면 썩는다. 生이란 그저 방부제에 지나지 않는다는 말인가. 그러면 생이라는 방부제가 나가 버렸을 때 내 영혼에 몰려들어 춤을 추고 노래 부를 구더기는 무엇인가……[30)]

즉 고귀함과 존엄성을 강조하는 인간 존재가 결국 죽고 나면 "구더기를 위한 무용과 합창의 동산"이 되고 있음을 보았을 때, 현우는 설움과 분노와 구역질과 환멸의 감정을 복합적으로 경험한다. 지금까지 정의되어 온 인간에 대한 정의와 가치 부여는 生의 순간에만 적용될 수 있다는 사실의 확인은 실로 충격적이었던 것이다.

거기에 불에 타 죽은 백 구 가까운 시체가 차곡차곡 쌓여 있는 시체의 산을 보게 되었을 때, 현우는 '인간에 의한 인간에 대한 모독'을 느끼

---

30) 장용학, <현대의 야>, 앞의 책, 332면.

며 경악한다. 평상시에 한 인간의 죽음을 위하여 장례식을 엄숙하게 치르던 것과는 대조적으로, 마치 물건을 쌓아놓듯이 차곡차곡 쌓아 올려진 시체는 이미 인간의 시체이기를 포기한 모습이었던 것이다.

> 인간은 살아 있는 동안만 인간이다. 살아 있다는 것, 이것이 인간의 알파요 오메가다. 모든 것은 그 안에서의 일이다. 자유도 정의도 저 여름의 태양광선을 받으면서 바람에 흔들리는 플라타너스의 한 잎 이파리보다도 가치가 없는 것이다. 누가 그 허수아비들에게 그렇듯 엄청난 권능을 부여했는가……31)

즉 전쟁이라는 상황에서 인간, 특히 적의 죽음은 인간 대접은 고사하고 파리보다도 가치가 없는 존재로 전락한다. 그것은 상대편의 시각에서는 이미 존재 의미를 상실한 승리의 노획물이자 전쟁의 승리를 위한 비료일 뿐인 것이다. 결국 그 시체들은 낡아빠진 기중기에 뭉텅이로 들리어서 트럭으로 옮겨지고, 현우는 그 모습에서 인간에 대한 모독의 극치를 실감한다.

그 후, 개천에서 발견한 여자 시체를 다른 인부 세 사람과 함께 옮겨와 시체 구덩이에 넣다가, 현우가 그만 그 시체구덩이에 빠지는 사건이 발생한다.

> 왼쪽을 들었던 현우는 안쪽에 위치하게 되었다. 딴 데를 보며 “하나”로 앞으로 “둘”로 뒤로 했다가 “셋!” 하고 팽개치다가 그는 그만 무덤 속을 봤다.
> 마구 처박힌 남녀 노유의 원귀들! 소리없는 아비규환(阿鼻叫喚)! 그는 그만 손을 놨다. 다른 세 사람이 그대로 들 것을 쥔 채 도망치는 바람에

---

31) 위의 작품, 334면.

현우의 손에서 떠난 들것대는 그의 정강이를 빗나가면서 때렸다.

　상반신이 앞으로 끼웃했다. 아무리 힘 한 방울 남은 것이 없기로 억지로 버티어 서자면 버티어 낼 수도 있을 것 같았다. 그런데 그는 그것을 하지 않았다. 왜? 그러는 것이 야박하게 느껴져서라고나 할까. 그 여자의 시체가 아비규환 속으로 떨어지는 여운에 휩쓸려서라고나 할까. 하여간에 그는 넘어지면서 무덤 속으로 떨어졌다.32)

현우가 무덤에 빠지게 된 상황에는 그 여자 시체가 사변이 일어나기 전 만났던, 박 교수의 딸 성희처럼 생각되는 심리적 친밀감이 그의 내면에 줄곧 자리했던 데에도 원인이 있었다. 즉 소리 없는 아비규환의 시체 무덤 속으로 그녀만 떨어뜨린다는 데 스스로 야박함과 미안한 감정을 느끼고 있었기 때문이다. 그러나 감상적인 기분 때문에 구덩이에 빠진 현우는 계속해서 떨어지는 시체들 때문에 시체더미에 깔려 스스로 기어 나올 기회를 놓쳐버린다.

이렇게 한 시체에 대한 인간적 예의를 지키다가 시체 구덩이에 빠진 玄宇는 산 사람들의 야만적 행동으로 인하여 마침내 죽음의 위기를 맞는다. 그와 함께 왔던 인부들은 "그 등신 같은 작자 때문에 구역질이 나는 시간은 ― 秒라도 더 연장시킬"33) 필요가 없다고 모두 그냥 도망쳐 버렸고 나중에야 북한 동무에게 얘기했으나, 그가 "동무들! 개인을 위해서 조국의 시간을 늦출 수는 없소!"34)라는 명령과 함께 구출을 저지함으로써, 현우는 시체 무덤 속에 그대로 묻혀 버렸던 것이다.

현우의 행동과 의식을 좇아가던 선택적 전지 시점의 서술이 작가 전지적 시점의 서술로 전환되면서 인부들 및 북한 동무의 의식과 행동을

---

32) 위의 작품, 339~340면.
33) 위의 작품, 340면.
34) 위의 작품, 341면.

서술하고 있는 이 부분은, 한 인간의 목숨이 타인의 이기심과 조직의 논리에 의해 얼마나 손쉽게 처형될 수 있는가 하는 人間事의 아이러니를 첨예하게 드러내 주고 있다. 제1장의 마지막 문장은 "이리하여 여기 한 젊은이는 <시간>이 없기 때문에 그만 이 지상에서 말살되어 버리고 만 것이었다."[35]라는 전지적 화자의 아이러닉한 논평으로 끝을 맺고 있다.

제2장은 제1장에서 현우의 소설이 <묘비>였던 것처럼 현우가 무덤 속에서 과거의 자신을 모두 버리고 '박만동'으로 새롭게 태어나는 과정을 그리고 있다. 시체더미에서 정신을 잃었던 현우는 빗물이 목에 떨어지는 소리에 의식을 회복하고 아직 자신이 살아 있음을 확인한다. 그러나 목을 돌리려 해도 돌릴 수 없을 만큼 몸을 꼼짝할 수 없는 상황에서 그의 의식만이 또렷하게 전개되기 시작한다.

> 설마 이렇게 될 줄 몰랐다. 엄살이다. 엄살 부리다가 이 지경이 되었다. 아무리 그때 기진맥진이 되어 힘 한 방울 남은 것이 없었다 해도 이 지경이 될 줄 조금이라도 알았다면 벌떡 뛰어 일어났을 것이다. 그런데 나는 그것을 하지 않았다. 왜? 어리광이다! 심지어 그 여자와 같이 죽어도 좋다, 하는 감상에까지 사로잡힌 것이 아니었던가. 그 여자와 같이 죽는 것도 산 다음에 할 일이란 것을 그땐 미처 생각지 못했다. 자업자득이다. 인간 자업자득이다![36]

위의 인용은 시체 구덩이에 빠졌을 때, 즉시 벌떡 일어나지 않음으로써 현재의 상황에 빠지게 된 자신의 행동을 분석하고 있는 내용이다. 제1장에서 시체 구덩이에 안 빠질 수도 있었는데 안 빠지려 하는 자신이 야박하게 느껴져서 그냥 빠져 버렸듯이, 구덩이에 빠졌을 때도 마음먹고

---

35) 위의 작품, 341면.
36) 위의 작품, 347면.

빠져나오려 했다면 금방 헤어 나올 수 있었음에도 불구하고, 그 여자에 대한 감상과 연민의 감정이 그것을 포기하게 만들었음을 분석하고 있다. 자신의 목숨도 보호할 능력이 없으면서 다른 사람에 대해 연민과 시혜를 베풀려는 자신의 태도가 일종의 자기기만이요, 우월의식의 결과임을 스스로 자책하고 있는 것이다.

악취가 나는 시체더미에 눌려 꼼짝하지 못하고 생각과 환상의 줄기만 이어가던 현우가 몸을 움직일 수 있게 된 것은, 입을 간질거리는 것이 구더기란 사실을 깨닫고 순간적으로 소스라치게 놀라다가 손이 빠졌기 때문이다. 인간의 시체가 구더기의 먹이로 전락했던 것과는 반대로, 현우는 살아 있는 인간으로서의 구더기에 대한 혐오감과 구역질의 감정 덕분에 오히려 살아날 수 있었던 것이다.

다음날 동이 틀 무렵, 마침내 무덤에서 벗어난 현우는 이미 그 이전의 현우는 아니었다. 그러한 변화를 논평적 화자는 "오늘이 어머니의 장례식이라는 것을 생각지 못한다. 인간을 장례한 고역 때문에 잊었는지도 모른다."[37]고 드러내어 설명하고 있다. 즉 그는 인간으로서의 도리, 체면, 정신적 가치, 고상함 등을 모두 잃어버렸다. 무덤 속에서 뼈저리게 체험한 공포, 즉 생존을 위해 사는 존재로서 다시 태어난 것이다.

그 후 현우는 '인민군 청사에서에서 지냄→수복 후에는 경찰서에서 지냄→1·4 후퇴 때는 방위군에 끼어 남하함→부두 노동자로 일함→ 비행장에서 포탄을 나름→포로수용소에 들어감' 등의 복잡한 인생역정을 겪으며, 혼란한 전쟁의 상황에서 살아남는다.

그러면서 그가 거기에 있을 수 있는 것은 완전히 셈 밖의 존재였기 때문일 것이다. 누구와도 말이 없고, 주위에 무슨 일이 일어나도 그와는 관

---

37) 위의 작품, 351면.

계없게 되어 있는 것이었다. 목숨을 유지하는 데 필요한 것 이외 그에게
는 아무것도 필요 없었다.[38)]

　무덤에서 나오면서 현우는 모든 인간적 제스처나 이데올로기, 개인적
진실 등이 생명의 위협 앞에서는 얼마나 허망하고 무의미한 것인가를
깨달은 것이다. 따라서 그는 인간적 가치를 포기하고 과거의 자기를 버
림으로써 생존을 위한 현재의 삶을 선택하는 역설적 행동을 감행하는
것이다.

　그래서 현우는 방위군에 끼어 남하할 때 만난 美少年의 아버지의 도
움으로 은행원에 취직하고, 호적도 이북으로 고치고, 이름도 박만동으로
바꾼다. 문학청년이었고, 인간에 대한 연민과 호기심이 많았던 과거의
자신의 삶을 장례하고, 새로운 삶을 시작한 것이다. 그 삶은 속물적이고
기회주의적이며 생존을 위한 행동만을 지향하는 위악적(僞惡的)인 삶의
방식이다.

　과거의 사람들과 완전히 절연하고 박만동으로 사는 현우에게 과거의
자신을 처음으로 일깨워 준 대상은 서울역에서부터 하숙집까지 쫓아온
옛사랑 성희이다. 현우는 그녀에게 <묘비>라는 소설을 보여 준 뒤, 미
안해 하는 기색도 없이 자신은 하숙집 딸 미숙과 결혼할 것이라고 말을
한다. 그 이유는 은행에 취직해서 자신이 "왕년의 적, 시간을 만났는데
거기서는 <지각>이라는 이름을 하고"[39)] 있었으며, 자신은 매일 지각을
하여 직원들에게 부도덕하고 파렴치한 인간으로 취급당하고 있기 때문
이라는 것이다.

---

38) 위의 작품, 350~351면.
39) 위의 작품, 351면.

　"(…) 저 여자는 天才요! 시간을 지키구 알아맞히는 데는 귀신이란 말이오. (…) 그런데 이 난 만날 지각이란 말이오. (…) 시간이란 것만 없으면 난 정말 날개 돋힌 것처럼, 정말 맘 턱 놓고 살 수 있겠단 말이오! 전에 시간이 없어서 죽을 뻔까지 한 내요! (…) 난 미숙을 숭배하고 싶소! 이래두 그 여자와 결혼하지 말란 말이오?"40)

　즉 미숙이를 사랑하기 때문에 결혼하는 것이 아니라 단지 지각만은 면할 수 있을 것 같기 때문에 결혼한다는 것이다. 현우의 이러한 논리에는 이전의 고상하고 진실했던 현우가 아니라 천하고 속물적인 박만동으로 변했음을 그대로 보여 준다. 결국 현우는 성희를 떠나보냄으로써 과거와의 마지막 고별을 하고 있다.

　제3장은 자신의 존재를 포기하고 박만동으로 현실에 안주하려는 현우의 시도마저 이데올로기의 덫에 걸려 좌절당하고, 마침내는 목숨까지 잃게 되는 생의 아이러니를 놀라운 상황 설정을 통해 비극적으로 그리고 있다.

　미숙과의 결혼식을 며칠 앞 둔 어느날, 현우는 간첩혐의와 공금횡령의 혐의를 받고 경찰서에 잡혀가 온갖 고문을 당한다. 그가 9·28 이후 이름과 고향을 바꾼 것과 온갖 직업을 전전한 일, 그리고 미숙모가 이자를 많이 받기 위해 자신의 통장을 박만동으로 개설한 일 등이 교묘하게 짜맞추어져 그를 간첩 혐의로 몰고 있는 것이다. 그 외에도 그 동안의 자신의 과거 행적을 낱낱이 알고 있는 경찰 조서를 보며, 현우는 "처음에는 놀라면서 감탄했고 끝에 가서는 산다는 것이 시시해"41)지는 기분에 젖는다. 한 인간의 私的인 삶이 특정 조직의 감시하에 철저하게 해부 당하고 있었다는 사실이 주는 충격 때문이다.

---

40) 위의 작품, 345면.
41) 위의 작품, 353면.

결국 현우는 경찰서에서는 고문이 무서워 "당신은 정말 귀신 같습니다." 하며 죄상을 모두 시인해 버렸고, 검찰에 가서 무죄를 호소해 보았지만 "당신이 아니했다는" 증거를 대라고 오히려 추궁을 받는다.

> "부두 노동하면서 정보를 수집하지 않았고 비행장에 가서는 군사 기밀을 탐지하지 않았고 포로 수용소에 가서는 指令을 전달하는 일을 하지 않았다는 증거를 대오! 환도해서 반년 동안 이북에 갔다 오지 않았다는 증거를 제시해 보오!"[42]

"答은 틀리지만 그 복잡한 式에는 틀린 데가 없는"[43] 상황에서 현우는 자신의 무죄를 증명할 길이 없고, 그렇다고 하지도 않은 범죄사실을 인정할 수도 없는 진퇴양난 속에서 생의 부조리를 느낀다.

현우는 마침내 법정에서 재판 받는 이유가 간첩 혐의가 아닌, 세계와 단절된 生 때문이라고 의식의 초월을 보인다. 그것은 무덤에서 살아 나온 후 외면했던, 세계의 부조리에 대한 관념적 인식을 드러내는 것으로서, 생각하는 주체로서의 본래의 자신을 회복하고 있는 징후라고 할 수 있다.

> 단절이다. 그들과 단절되어 있는 것이다. 교통이 끊어졌다. 그래서 나는 이 모든 것들의 중심에 위치하게 된 것이다.
> 그래서 나를 재판하고 있는 것이다. 그렇다. 재판을 하고 있는 것이다. 고독을 재판하겠다는 것이다. 生에게 유죄판결을 내리겠다는 것이다.
> 이것은 중지시켜야 할 성질의 것이다! 나는 내가 아니다! 감시 속에서 산 나는 내가 아니다.
> 내가 내 생명을 가지고 산 것은 감시 밖이다. 이 나를 재판할 권리는

---

42) 위의 작품, 358면.
43) 위의 작품, 357면.

그들에게 없다! 이 사실을 저들에게 알려 주어야 하겠다. 그들은 자기들
이 지금 무엇을 하고 있는지를 모르고 있다. 무대 위에서 무슨 동물극이
라도 하고 있는 줄 알고 있다.
　그는 일어나서 손을 내들면서 말을 하려고 했으나 생각이 밖으로 말이
되어 나가지 않는 것이었다. 입술과 혀가 어긋나면서 헛소리가 되어 버
리는 것이다. 소리와 뜻의 괴리, 그것은 또 生의 해방이기도 하였다. 꽁
꽁 묶였던 生이 거기로부터 풀려지는 것 같은 안온함이었다.[44]

길게 인용되고 있는 위의 내용은 현우가 현실과 타협하며 살려고 했
던 그 동안의 삶이 감시 속에서 살아온 비실재적이고 허위에 가득 찬 삶
이었음을 깨닫고 있는 부분이다. 즉 감시 밖에서 본래의 자신의 눈으로
보니, 현실은 부조리와 모순으로 가득 찬 세계임을 인식할 수 있었던 것
이다. 그래서 자신들이 무엇을 하고 있는지도 모르면서 현실에서 주어진
자신의 역할에 충실한 재판장이나 검사, 방청객을 보며, 현우는 마침내
‘나만이 인간이다! 그래서 나는 고독하다.’라는 실존적 고독감을 느끼고
있다. 현우가 자신의 생각을 말하려다가 실어증에 걸리고 있는 것은, 세
계 안에 있는 말로는 세계 밖의 진실을 전달할 수 없다는 절망적인식의
표현이다. 그래서 세계 안에 있는 말에서 벗어나 소리와 뜻의 괴리를 경
험했을 때, 현우는 오히려 <生의 해방>을 경험하고 있는 것이다.
　현우가 최후진술에서 "그렇지만 나는 무덤에서 나온 이래 세계 안에
서 살지 않았습니다. 나에게 유죄판결을 내릴 수는 없습니다. 그것은 그
<세계> 안에서 당신에게 유죄 판결을 내릴 수 없는 것과 같습니다."[45]
라고 재판장에게 말하고 있는 것은, 그의 박만동으로서의 삶은 자신의
진정한 삶이 아니었음을 항변하는 것이다.

---

44) 위의 작품, 360면.
45) 위의 작품, 362면.

마침내 재판장은 검사의 구형대로 십 년의 징역을 언도하는 오심(誤審)을 자행한다. 사실 아침에 일어날 때까지는 무죄 언도를 생각하고 있던 그였으나, 아침에 부부싸움을 하면서 마누라에게 멱살까지 잡히는 수모를 겪은데다가, 피고의 엉뚱한 최후진술에 기분이 상해 홧김에 십 년 구형을 내린 것이다. 역시 시점이 바뀌어 작가 전지적 시점으로 서술되고 있는 이 부분에서 피고가 상소를 포기하자 무죄임을 알면서도 십 년 징역을 언도한 검사와 판사는 한순간 당황하고 죄책감에 사로잡히다가 곧이어 자기 합리화를 하며 죄책감에서 벗어나고 있다. 바로 이들의 내면 심리의 적나라한 서술은 사회의 권력자들이 힘없는 인간에게 가하는 폭력성과 자기 기만성을 그대로 드러내고 있다. 요컨대 작가는 "이러한 전문가들이 인간을 지배하고 재판"하며, "세계는 인간의 것이 아니라 전문가들의 것"[46]임을 놀랍도록 통찰하고 있는 것이다.

현우의 지금까지의 삶이 우연과 비정함, 타인의 오해와 무책임 속에 진행되어 왔듯이, 그의 죽음은 주체적 선택에 의한 자살도, 타인에 의한 의도적 타살도 아닌 황당한 事故死라는 점에서 생의 아이러니를 증폭시킨다. 감방에 갇히기를 거부하는 현우를 간수가 억지로 밀어 넣고 문을 닫아버리는 바람에 손가락이 문 틈에 끼여 아픔 때문에 죽은 것이다.

문이 열리자 바로 거기에 피투성이가 된 손을 한쪽 손으로 높이 받쳐 쥐고 기도 드리듯 무릎을 꿇고 달려 있던 죄수가 흘러내리듯 쓰러졌다. 그것은 이미 시체였다. 손가락이 문 틈에 찝혔던 것이다. 그의 몸은 못에 걸린 부대처럼 거기에 달려 있었던 것이다.[47]

---

46) 위의 작품, 363면.
47) 위의 작품, 364면.

현우의 生이 우연의 연속이자 타인에 의해 지배되어온 삶이라 할 때, 그의 죽음 역시 우연으로 처리되고 있음은, 이 소설이 아이러니의 방식으로 현실의 부조리를 드러내고자 했음을 분명하게 보여 준다. 또한 위의 묘사에서 보듯이 현우도 <요한시집>의 누혜처럼 감방의 안과 밖의 경계인 문에서 기도하는 수직적 자세로 죽고 있다. 이것은 현우가 부패하고 타락한 현실에서 벗어나, 죽음을 통해서 자신의 참된 존재를 회복하기를 바라는 구원의 의미를 지니고 있다고 하겠다.

이 소설의 마지막 부분에서 논평적 화자는 현우의 삶과 죽음의 의미를 다음과 같이 상세하게 설명하고 있다. 그것은 이 작품에서 드러내고자 하는 주제 혹은 사상을 강조하고자 하는 작가의 욕구가 대단히 강함을 보여 준다.

> 이리하여 한 인간의 역사는 끝났다.
> 가을밤의 싸늘한 공기에 조는 듯한 등불빛 아래, 사지를 가두고 기도드리듯 쓰러져 있는 죄수, 그것은 化石도 태아도 아니고, 다 자란 현대인의 주검이었다.
> 어머니의 부고를 손에 들고 집을 나온 이래 무덤에서 기어 나와 겪은 일, 경찰에 붙잡혀 가서 당한 수모, 그리고 거기서 받은 상처, 그 아픔은 비단 그만이 겪고 당하고 느낀 아픔은 아니었다. 현대에 生이 주어진 모든 인간이 깊거나 얕거나 당하고 있는 수모요, 상처요, 아픔이었다. 다만 그것이 미미하거나 마음이 살쪘거나 중독이 되어서 느끼지 못하고 있을 따름이다.[48]

요컨대 작가는 현우의 비극적인 삶을 통하여 현대를 살아가는 인간의 아이러닉한 삶의 양상을 고찰하고, 한 인간의 삶에 가해지는 세계의 허

---

48) 위의 작품, 364면.

위성과 폭력성을 비판하고자 한 것이라고 하겠다.

4. 두 작품에 나타난 창작기법의 공통점

장용학의 작품은 본고에서 논의된 두 작품은 물론 대부분의 작품에서 주제 및 모티프, 서사기법의 측면에서 공통된 양상들을 보여 준다. 그것은 "줄거리와 묘사만 있고 사상이 없"[49]는 우리 소설의 풍토에서 사상이 들어 있는 소설을 쓰겠다는 작가의 일관된 창작 의도에서 기인한다. 요컨대 작가는 한국 전쟁에 의해 전반적인 생활의 질서와 윤리, 가치가 파괴된 극한적 상황에서 야기된 '인간 존재란 과연 무엇인가' 하는 철학적 사유를 소설을 통해 천착하고 있다고 할 수 있다. 그런 점에서 장용학의 문학은 전형적인 전후문학[50]이라고 할 수 있다. 전쟁으로 인해 정신적 外傷을 입은 지식인 주인공들의 관념적 사유와 내면풍경을 집요하게 드러내고 있기 때문이다. 따라서 그에게 있어 모든 소설적 장치들, 예컨대 제목, 작중인물, 사건, 시점 등은 하나의 허구적 세계를 창조하는 데 기여하지 않고 작가가 전달하고자 하는 관념, 사상을 드러내는 데 기여한다.

그것을 구체적으로 살펴보면 첫째, 제목의 상징성이다. <요한시집>이나 <현대의 야>는 소설의 내용을 요약하기보다는 주제를 암시하고

---

49) 장용학, 「나는 왜 소설에 한자를 쓰는가」(인터뷰), 『세대』, 1963년 9월호, 228면.
50) 우한용은 전후문학을 다음과 같이 정의한다. "실질적인 전쟁이 이루어진 3년 戰時를 포함하여, 그 이후 1960년대 이전까지 전쟁의 피해를 복구하고 후유증을 치유하는 기간까지 10년에 걸치는 기간을 '戰後'라는 명칭으로 부를 수 있을 것이다. '전후문학'은 당대의 사회·역사적 특징을 반영하면서 생산된 1950년대의 문학을 지칭하는 것이다(우한용, 「전후문학의 양상과 연구과제」, 구인환 외, 앞의 책, 37면).

있다. 먼저 <요한시집>은 요한에 비유되는 누혜의 자살과 그의 유서에서 나타나는 관념 내용을 의미한다. 즉 누혜＝요한(예언자)＝자유와, 동호(眞者)＝예수＝'자유가 죽은 다음에 올 어떤 것'과 같은 이분법적 상징 구도 속에서 후자의 의미는 전자에 의해 밝혀 질 수 있음을 암시하고 있다. <현대의 야>는 앞에서도 언급했듯이 현대의 野史를 뜻한다. 즉 작가는 주인물 현우가 겪은 일—즉 무덤에 빠진 뒤 구출되지 못한 일, 간첩 혐의를 받고 무고하게 유죄 판결을 받은 일, 감방 문에 손이 끼어 죽은 일—들이 현우 한 개인의 불행이자 비극이 아니라 "현대에 生이 주어진 모든 人間이 깊거나 얕거나 당하고 있는 수모요, 상처요, 아픔"51)임을 강조하기 위해 그런 거창한 제목을 쓰고 있다고 하겠다. 이렇듯이 장용학의 제목은 주제 혹은 사상을 전달하기 위해 상징성을 띠고 있다고 하겠다.

둘째, 우화, 소설 속의 소설, 유서, 환상적 이미지 등 다양한 소설외적 요소들을 활용하고 있다는 점이다. 즉 <요한시집>에는 동굴의 토끼 우화와 누혜의 유서, 동호에 의한 환상적 이미지 등이 삽입되어 있으며, <현대의 야>에는 현우가 쓴 소설과, 운동회 날 달리기 때 반대방향으로 뛰어나간 독주자 현우의 모습이 환상적 이미지로 제시되고 있다. 작가가 소설세계의 리얼리티를 훼손시킬 수도 있는 이러한 요소들을 삽입시키고 있는 것 역시 다양한 소통회로를 통하여 자신의 관념을 전달하려는 의도가 강하기 때문이라고 하겠다. 즉 작가는 소설의 구조, 리얼리티의 확보와 같은 소설적 완성도를 추구하기보다는 관념의 소설적 형상화에 보다 경도되어 있다고 하겠다. 셋째, 작중인물이 지닌 작가의 관념으로서의 특성이다. 위 두 작품에서 누혜52)와 현우는 현실의 부조리와 모순

---

51) 장용학, <현대의 야>, 앞의 책, 364면.
52) <요한시집>에서 동호의 인물 분석이 어려운 것은 소설에서 그는 관찰하는 존재, 의

을 포착할 수 있는 지적 능력이 있는 인물들이다. 그리고 그들은 현실에 타협하기보다는 현실과 부딪혀 존재 확인 및 자기 초월을 꾀하는 실존적인 인물로 변모한다. 그들은 모두 죽음을 통하여 生을 마감하고 있는데 이것은 작가의 현실에 대한 절망적 인식의 결과이자 타락한 세계에서 대한 거부의지를 드러낸다. 그러나 누혜는 철조망에, 현우는 기도드리듯 문에 매달려 죽고 있다는 점에서 그들의 죽음은 파멸적이기보다는 초월적이다. 작가도 자신의 주제를 언급하면서 다음과 같이 말한 바 있다.

> 어둡다는 것은 빛이 가까워진다는 반어라는 것. 이것이 나의 사고방식이고 인간에 대한 나의 신앙이다. 내 작품의 생리도 이것인 것이다.
> 구원이 관심이어야 할 것이다. 벽이 있는 한 새로운 땅은 벽 저쪽에 있다. 거기 도달하려고 나는 몇 번 그 벽에 부딪쳤다가는 쓰러졌던 것인가.[53]

그런 점에서 두 사람의 죽음은 모순으로 가득 찬 현실을 살아가는 일상적 존재에서, 세계의 부조리를 인식하고 주체적인 삶을 지향하는 실존적 존재로서 새롭게 태어나기 위한 통과의례로서의 상징적 죽음이라고 할 수 있다. 그것은 누혜의 별명이 누에였던 것, 현우가 세속적 자아인 박만동의 이름으로 죽어간다는 사실에서도 짐작할 수 있다. 즉 누혜는 동호로, 박만동은 현우로 다시 태어나야 되는 것이다.

아울러 작중인물이 지닌 작가의 관념으로서의 특성은 작중인물의 관념적 사유 속에서 쉼없이 느껴지는 작가의 관념 및 목소리에서도 확인

식하는 존재로서 나올 뿐 행동하는 인물로서 그려지고 있지 않기 때문이다. 즉 그는 사건에 연루되고 있지 있다.

53) 장용학, 「나의 작가수업」, 현대문학, 1956년 1월호, 156면.

된다.

 ① 나는 그가 어째서 죽음의 장소로 철조망을 택했는가 하는 것을 그의 유서를 읽어 볼 때까지는 깨닫지 못했다. 그때까지도 내 눈에 보인 것은 내가 눈알을 손바닥에 들고 서 있어야 했던 안세계와 감시병이 향수를 노래하고 있었던 밖세계, 이 두 개의 세계뿐이었다. 세계를 둘로 갈라놓은, 따라서 두 개의 세계를 이어놓고도 있는 철조망은 눈망울에 비쳐는 들었건만 보이지 못했다. 그 철조망에 어느날 새벽 한 시체가 걸리게 되었으니 그것은 하나의 돌파구가 거기에 트여짐이다.54)

 ② 그 세계를 세운 것은 박 아무개 이 아무개 김 아무개라는 인간이 아니라 <귀신>이다. 계장 국장 대위 형사주임 재판장 이러한 <전문가>를 앞잡이로 내세워 가지고 꾸며낸 것이다. 이러한 전문가들이 인간을 지배하고 재판하고 한다. 세계는 인간의 것이 아니고 전문가들의 것이다.55)

위의 인용에서 ①은 누혜의 죽음에 대한 동호의 생각을 그리고 있는 부분이다. 그런데 뒤로 갈수록 그의 생각에 화자의 해석이 섞여 들고 있음을 볼 수 있다. 특히 마지막 문장 "그 철조망에 어느날 새벽 한 시체가 걸리게 되었으니 그것은 하나의 돌파구가 거기에 트여짐이다"는, 내용이나 문체로 보아 동호의 말이 아닌 화자의 논평임을 분명히 감지할 수 있다. 또 ②는 현우가 검사와 재판장의 오심으로 억울하게 십 년 구형을 받은 뒤의 화자의 논평이다. 그런데 이것은 사건의 진행으로 보아 현우의 독백처럼 들린다. 왜냐하면 그 동안 부조리한 상황에 대한 관념적 논평은 줄곧 현우의 입을 통해서 진술되었기 때문이다. 특히 위의 논

---

54) 장용학, <요한시집>, 앞의 책, 322~323면.
55) 장용학, <현대의 야>, 앞의 책, 363면.

평은 현우 개인의 위기상황 뒤에 나온다는 점에서 현우의 관념적 진술로 처리하는 것이 보다 자연스럽다. 이처럼 장용학의 소설에서 작중인물의 인물적 특성 및 사고내용은 작가의 그것과 대단히 밀착되어 있다고 하겠다.

넷째, 소설 속의 모든 에피소드는 生의 불합리성, 모순, 폭력성 등을 드러내는 내용으로 일관하고 있으며, 그것은 항상 작중인물의 관념 혹은 전지적 화자의 논평을 수반한다는 점이다. 요컨대 상황 설정은 관념을 도출하기 위한 장치로서 기능을 한다. 작가는 개인의 실존을 위협하고 파괴하는 대표적인 인간 조건으로서 시간, 언어, 죽음, 이데올로기, 조직사회 등에 대해 문제 삼는다. 두 작품에서 누혜 및 현우의 삶을 위협하는 중요한 모티프로 작용하고 있는 시간은 인간의 삶을 획일화하고 구속하고 지배하는 요소로서 삶의 부조리성을 가장 적나라하게 드러내는 것으로 작가는 인식하고 있다. 또 현우의 구출을 외면한 인민 동무의 말이나 재판정에서의 현우의 실어증 에피소드에서 나타나듯이 언어(말) 역시 인간을 지배하고 진실을 왜곡하는 폭력성을 지닌 요소이다. 또한 누혜의 죽음에 가하는 인민 포로들의 복수나, 구더기가 우글거리는 부패한 시체와 기증기에 의한 시체 운반 등의 에피소드에서 보여 주듯이 작가에게 있어서 죽음은 인간의 본질 및 정체성을 구명하기 위한 중요한 인자로서 인식되고 있다. 아울러 이데올로기 및 조직사회는 집단적 가치와 질서, 안전을 위하여 개인의 진실 및 주체적 삶을 억압하고 말살하는 거대한 권력이다. 즉 전쟁, 학교와 포로수용소, 민주사업, 은행, 경찰서, 법정 등에서 누혜, 동호, 현우가 체험한 것은 이데올로기 및 조직 사회의 법과 권력에 의하여 한 인간의 존재와 진실이 무시되는 부조리와 모순으로 가득 찬 현실이었던 것이다. 이처럼 두 작품에서 모든 에피소드는 동일한 관점과 인식을 드러내기 위한 장치로서 기능하고 있으며, 에피소드 뒤에는 반드시 관념적 서술이 뒤따르고 있다.

다섯째, 인물들의 부조리한 삶에 대한 대응방식의 유사성이다.

<요한시집>의 누혜 : 아무런 생산도 없는 詩人이 됨(순수한 개인) → 인
민군이 되어 전쟁에 참가함(현실 참여) → 포로수
용소에서 하늘만 쳐다보며 지냄(현실에 대한 회의)
→ 철조망에서 목을 매고 자살함(삶의 포기)
<현대의 야>의 현우 : 문학청년임(순수한 개인) → 시체 구덩이에 빠짐
(현실의 부조리에 연루) → 박만동으로 살음(生存으
로서의 삶) → 간첩 혐의를 받고 재판을 받음(존재
의 왜곡과 감시당한 삶의 확인) → 삶의 부조리를
인식함(삶에 대한 회의) → 감방 문에 끼여 죽음(삶
의 마감)

즉 두 인물 모두 현실의 모순을 인식하기 전의 순수했던 시절에서 전
쟁을 겪으면서 생의 부조리와 대면하다가 生을 마감한다는 점에서 비슷
한 양상을 띠고 있다. 그들은 생의 부조리와 모순을 인식하게 되면서 지
식인다운 대응방식으로 존재 및 삶의 의미를 탐색해 보고자 한다. 그러
나 그 결과는 부조리와 아이러니로 가득 찬 현실의 늪으로 점점 빠져들
뿐이다. 그 늪에서 빠져 나올 수 있는 방법은 현실의 늪에 빠진 생을 포
기하는 것, 즉 현실적 자아의 죽음을 통해서만 가능하다고 작가는 주장
하고 있는 것이다.

요컨대 장용학의 단편소설 <요한시집>과 <현대의 야>는 주제 및 창
작기법에 있어서 많은 공통점을 보이고 있으며, 이것은 개인의 실존을
위협하는 인간 조건에 대한 철학적 사유를 소설화하고 있는 작가의 일
관된 창작의도에서 기인한다고 하겠다.

5. 결론

이상으로 장용학의 단편소설 <요한시집>과 <현대의 야>의 관념소설로서의 철학적 인식과 기법적 특성을 고찰해 보았다.

먼저 <요한시집>은 누혜의 행적 및 죽음을 목격하면서 인간 존재에 대한 근원적 탐색을 하고 있는 동호의 의식의 성장 과정을 그리고 있다. 이때 동호에게 인간에 대한 기존의 개념과 가치를 번복하게 만드는 것은 두 가지이다. 그 하나는 인민의 이름으로 누혜의 시체에 가하는 인민 포로들의 잔인한 복수 행위이며, 다른 하나는 고양이가 잡아다 준 쥐를 먹고 생명을 유지하고 있는 누혜 어머니의 생존 본능이다. 이 두 가지 사건은 인간이 지닌 기본적인 미덕이나 체면, 예의 등을 넘어서는 인간 행동을 보여 주는 것으로서 인간에 대한 기존의 이해를 수정시키고 있다.

<현대의 야>는 전쟁, 조직, 이데올로기 등 집단의 논리와 질서를 강요하는 인간 현실 속에서 개인적 진실과 생명이 파괴되어가는 과정을 삶의 아이러니, 그 덫에 걸려든 현우의 삶을 중심으로 그리고 있는 작품이다. 어머니의 장례식을 하루 앞둔 날, 인간의 죽음을 모멸하는 시체의 山, 구더기의 밥이 되고 있는 부패한 시체들을 접하고, 그 시체 구덩이에 산 채로 빠져 인민군들로부터 구조를 외면당한 현우, 그 과거와 결별하고자 이름과 호적을 바꾸고 박만동으로 산 것이 간첩 혐의를 받는 결과를 초래하고, 무죄임에도 불구하고 재판장의 감정적 처리로 10년 형의 유죄판결을 받았으며, 간수의 잘못으로 손이 감방문에 끼어 아픔 속에 죽어간 현우의 생은 우연과 아이러니로 가득 찬 삶이자 누구나 빠져들 수 있는 현실의 부조리이다. 결국 작가는 개인적 진실과 주체적 삶을 지키려는 한 인간의 노력이 역사적, 사회적 권력과 폭력 앞에서 얼마나

무력하고 불가능한 것인가를 놀라운 상황 설정을 통해 적나라하게 드러내고 있다.

아울러 위 두 작품은 작가의 창작기법에 있어서 많은 공통점을 내포하고 있다. 그 대표적인 것으로 제목의 상징성, 작가의 관념으로서의 작중인물, 우화·유서·소설 속의 소설·환상적 이미지 등 다양한 소설외적 소통회로의 활용, 작중인물의 관념·전지적 작가의 논평을 도출하기 위한 상황(에피소드)의 설정, 부조리한 삶에 대한 인물들의 대응방식의 유사성 등을 들 수 있다. 이는 작가가 자신의 철학적 사유의 내용을 소설 속에 담아내고자 하는 일관된 창작의도를 나타내고 있으며, 바로 자신의 관념을 전달하기 위한 방법으로 가능한 모든 문학적 장치를 활용하고 있기 때문이라 하겠다.

결론적으로 장용학은 전쟁이라는 극한 상황에서 나타난 인간의 존엄성, 생활의 질서, 개인적 진실, 인간적 양심 등을 파괴하고 외면하는 또 다른 인간세계의 모습을 접하면서 과연 인간 존재란 무엇이고, 인간 세계의 참모습은 어떤 것인가를 부조리한 상황 설정과 그것에 대한 통찰력 있는 관념적 해석을 통하여 치열하게 천착하고 있는 작가라고 할 수 있다. 그런 점에서 장용학의 소설은 다른 작가의 전후문학에서 보여지는 전후의 피해상, 정신적 타락상의 고발에서 한 발 나아가, 그러한 양상의 철학적 의미를 구명하고 知的인 해석을 가하고자 했다는 점에서 전후문학의 새로운 지평을 개척하고 있다고 하겠다.

참고문헌

1. 기본 자료

『현대한국문학전집(4) : 장용학』, 신구문화사, 1981.

2. 연구 논저

김동환, 「한국 전후소설에 나타난 현실의 추상화 방법 연구」, 한국현대문학연구회 편, 『한국의 전후문학』, 태학사, 1991.

김상태, 「1950년대 소설의 문체 연구」, 한국현대문학연구회 편, 『한국의 전후문학』, 태학사, 1991.

김용구, 「장용학 소설에 나타난 저항의 문제」, 전광용 외, 『한국현대소설사연구』, 민음사, 1984.

김윤식, 『한국현대문학사』(1945~1980), 일지사, 1991.

______, 「6·25 전쟁문학—세대론의 시각」, 문학사와 비평연구회 편, 『1950년대 문학연구』, 예하, 1991.

김윤식·김현, 『한국문학사』, 민음사, 1984.

김은전, 「'圓形'의 탐구와 소설 미학의 혁명」, 구인환 외, 『한국현대장편소설연구』, 삼지원, 1990.

김 현, 「에피메니드의 역설 (장용학론)」, 『현대한국문학전집 (4) 장용학편』, 신구문화사, 1981.

______, 「이름 없는 세계에의 갈구」, 위의 책.

문영진, 「전쟁과 1950년대 소설」, 구인환 외, 『한국전후문학연구』, 삼지원, 1995.

박동규, 『현대 한국소설의 성격 연구』, 문학세계사, 1981.

신경득, 『한국전후소설연구』, 일지사, 1988.

엄해영, 『한국전후세대소설연구』, 국학자료원, 1994.

염무웅, 「실존과 자유」, 『현대한국문학전집 (4) 장용학편』, 신구문화사, 1981.

우한용, 「전후문학의 양상과 연구과제」, 구인환 외, 『한국전후문학연구』, 삼지원, 1995.

이대영, 『한국 전후 실존주의 소설 연구』, 국학자료원, 1998.

이어령, 「문제성을 찾아서」, 『한국전후문제작품집』, 신구문화사, 1960. 8.

이인복, 『한국문학에 나타난 죽음의식의 사적 연구』, 열화당, 1987.

이재선, 「전쟁체험과 50년대 소설」, 김윤식·김우종 외, 『한국현대문학사』, 현대문학, 1994.

이정숙, 「코페르니쿠스적 轉回와 관념의 소설화」, 구인환 외, 『한국전후문학연구』, 삼지원, 1995.

이철범, 「장용학론 : Dogma에의 집념」, 문학춘추, 1965년 2월호.

＿＿＿, 「소외된 인간의 비극」, 『현대한국문학전집 (4) 장용학편』, 신구문화사, 1981.

장용학, 「나의 작가수업」, 현대문학, 1956년 1월호.

＿＿＿, 「실존과 요한시집」, 『한국전후문제작품집』, 신구문화사, 1960. 8.

＿＿＿, 「나는 왜 소설에 한자를 쓰는가」(인터뷰), 세대, 1963년 9월호.

전기철, 「해방 후 실존주의 문학의 수용양상과 한국문학비평의 모색」, 한국현대문학연구회 편, 『한국의 전후문학』, 태학사, 1991.

정명환 외 3인, 『20세기 이데올로기와 문학사상』, 서울대학교 출판부, 1982.

정호웅, 「1950년대 소설론」, 문학사와 비평연구회 편, 『1950년대 문학연구』, 예하, 1991.

채숙희, 「실존주의」, 신곽균 편저, 『서양문예사조』, 건국대학교 출판부, 1994.

천이두, 『한국현대소설론』, 형설출판사, 1983.

한전숙·차인석, 『현대의 철학 I 』, 서울대학교 출판부, 1983.

김성한 소설에 나타난 현실 풍자의 기법 연구

1. 서론

본고는 1950년대 대표적인 신진작가 중의 한 사람으로서 자신만의 독특한 문학세계를 보이고 있는 김성한의 창작기법을 분석하는 데 그 목표를 두고 있다. 여기서 '신진작가'란 일제강점하가 아닌 해방 후에 등단하여 작품활동을 한 작가들을 일컫는 말로, 김성한을 포함하여 손창섭, 장용학, 오상원, 김성한, 서기원, 이문희, 이범선 등이 여기에 속한다.[1] 이 1950년대의 '신세대 작가'들은 기존의 전통적인 창작방식을 거부하면서 자신만의 독창적인 기법과 형식을 창출하고 있는 특성을 보인다. 즉 그들은 전쟁 체험으로 인한 정신적 충격과 폐허화된 전후의 현실을 고발문학적 차원에서 재현해내는 리얼리즘의 창작방식보다는 문학적 형식과 서사기법의 실험이라는 문학적 의장을 통하여 간접적으로 드러

---

1) 김상태는 1950년대에 발표된 작품의 수로 따져서 상위 30위까지의 작가 55명 중 37명 (67%)이 해방 후에 작품활동을 시작한 신진작가들임을 밝힌 바 있다(김상태, 「1950년대 소설의 문체 연구」, 한국현대문학연구회 편, 『한국의 전후문학』, 태학사, 1991, 40~42면 참조).

내는 모더니즘의 창작방식을 지향한다.

그런데 김성한은 신진작가들 중에서도 여러 가지로 변별적인 특성을 보여주는 작가이다. 우선 그의 전 작품이 현실에 대한 비판과 부정의식의 표출이라는 일관된 주제를 천착하고 있다는 사실이다. 이때 주제를 드러내는 방식은 풍자와 우화, 패러디 등 "현실을 관념의 형태로 내보이거나 지적 장치를 통해 현실을 재배치 혹은 비유화"[2]하는 다양한 기법들의 차용이 주를 이루고 있다. 또 내용면에 있어서도 1950년대 작가들의 문학적 상상력이 한결같이 전쟁의 잔인함과 후유증을 드러내는 데 집중되어 있던 것과는 달리, 김성한은 물질적 욕망의 추구와 정신적 가치의 몰락으로 대변되는 20세기 현대 사회의 보편적인 양상을 비판하는 데 초점을 맞추고 있다. 전쟁이 인간 존재의 나약함, 집단과 이데올로기의 폭력성, 가난과 죽음의 공포 등 인간과 생에 대한 총체적인 탐색이 가능한 매력적인 문학적 소재라는 점을 감안할 때, 김성한이 어떻게 전쟁 체험을 문학적으로 형상화하려는 욕구를 빗겨갈 수 있었는지 궁금하지 않을 수 없다.

범박하게 생각해 볼 때, 지식인으로서의 자의식이 강했던 김성한의 작가적 기질에서 그 이유를 찾아볼 수 있다. 체험하고 있는 현실에 압도되기보다는 그 문제적 현실을 낳고 있는 관념 혹은 세계관을 구명하고자 하는 지적 욕구가 전후의 현실이 아니라 20세기 현대사회에 대한 천착과 비판에로 향하도록 작용하고 있는 것이다. 또 "작가의 '의도'를 구성하며 주어진 작품의 스타일의 밑에 있는 형성원리가 되는 것은" 한 작가의 "세계를 보는 눈, 즉 이데올로기 혹은 세계관"[3]임을 인정한다면, 왜

---

2) 엄해영, 『한국전후세대소설연구』, 국학자료원, 1994, 207면.
3) 게오르그 루카치, 「모더니즘의 이데올로기」, 데이비드 로지 엮음, 윤지관·이동하·김
   영희 역, 『20세기 문학비평』, 까치, 1984, 356면.

김성한이 풍자와 우화의 기법을 실험하고 있는가도 쉽게 유추할 수 있다. 바로 현대사회 및 현대인의 부도덕성을 조롱하고 냉소를 보내기 위한 효과적인 문학적 장치가 풍자와 우화의 기법이었던 것이다. 결국 김성한은 전쟁이라는 당대적 현실에 심리적 거리를 유지한 채 부조리와 모순, 무질서로 가득 찬 현대사회를 냉정하게 관찰하고 진정한 삶의 조건들을 천착한, 지식인으로서의 소명의식이 강했던 작가라고 할 수 있다. 따라서 그의 문학적 궤적은 현대사회의 정신적 질서를 해부하고 그 문제적인 양상들을 비판하며, 궁극적으로 대안을 모색하는 방향으로 나아가고 있다. 따라서 본고에서는 김성한이 현실 비판 혹은 해부의 방법으로 채택하고 있는 풍자와 우화의 기법이 담지하고 있는 내적 의미를 검토한 뒤, 각 작품에서 구체적으로 어떠한 양상과 효과를 거두고 있는지를 검토해 보고자 한다.

M. H. Abrams에 의하면 '희극'이 웃음 그 자체를 유발하는 데 목적을 두고 있다면 '풍자'는 '조소'를 유발하는 데 목적이 있다. 즉 "풍자는 웃음을 무기로서 사용하고, 그것으로써 작품의 외부에 존재하는 어떤 과녁을 겨냥하는"[4] 특성을 보인다. 이것은 풍자에서의 조롱과 경멸은 대상을 수정하고 변화시키려는 교훈적인 목적을 전제하고 있다는 말에 다름 아니다. 그런 점에서 풍자는 단순한 비난과도 구별된다. 왜냐하면 풍자는 "한 눈으로는 인간의 옳음을 보면서 다른 눈으로는 인간의 사악함과 어리석음을 조롱하는 개량적 목적을"[5] 가지고 있기 때문이다. 따라서 풍자가 제 기능을 발휘하기 위해서는 "풍자가는 그가 사악하다고 보는 행위나 사람을 지적하고 비난함에 있어서, 독자의 공감을 얻어"[6]낼 수

---

4) M. H. Abrams, 『문학용어사전』, 최상규 역, 대방출판사, 1985, 261면.
5) 린다 허천, 『패러디 이론』, 김상구·윤여복 역, 문예출판사, 1993, 73면.
6) 위의 책, 5면.

있어야 한다. 그래서 풍자가는 "웃음을 비롯하여 조롱, 멸시, 분노 및 증오에 이르는 여러 정서상태로"[7] 독자의 공감을 끌어내고 감동시킬 준비가 되어 있어야 한다.

풍자문학에서 독자에게 어떠한 페이소스(pathos)[8]가 생겨나는가는 공격의 대상이 지닌 결함이 얼마나 심각한가에도 달렸지만, 동시에 작가 자신이 취하는 자세, 즉 이상과 현실간의 격차를 포착하는 작가의 관점에도 달려 있다. 따라서 작가의 풍자가 성공하려면 그의 도덕적 규범이 명료하여 "그 규범에 비추어서 그로테스크(grotesque)한 것과 부조리한 것이 측정"[9]될 수 있어야 한다. 또한 "웃음과 공격적 태도의 결합"[10]으로 이루어진 풍자는 현실비판의 정신과 함께, 존재하는 현실을 통해 존재 가능성이 있는 현실로의 변화를 희구하는 지적인 태도를 내장하고 있다. 바로 이 현실과 이상 사이의 거리를 환기시키기 위해 풍자가는 조롱과 냉소, 우화와 패러디, 비난과 희화화 등의 모든 방법들을 동원하게 된다. 그런 점에서 이안 잭(Ian Jack)이 말한 것처럼 "풍자는 항의하려는 본능에서 생기는 것이며, 예술화된 항의"[11]인 것이다.

김성한은 기성 가치의 붕괴가 도덕적 무질서로 표면화되던 1950년대 한국적 상황을 현대사회의 한 병리적 현상으로 간주하고, 그 현상을 지적으로 해석하는 과정에서 다양한 현실 풍자의 기법을 활용하고 있다. 각 작품에서 구체적으로 어떤 기법들이 사용되고 있고, 그러한 기법을 통해 그가 공격하고 있는 대상이나 관념이 무엇인지 지금부터 검토해

---

7) 아서 폴라드, 『諷刺』, 송낙헌 역, 서울대학교 출판부, 1982, 94면.
8) 페이소스는 기호화하는 화자가 해독하는 청자에게 부여하고자 하는 감정을 말한다(린다 허천, 앞의 책, 93면).
9) 노스롭 프라이, 임철규 역, 『비평의 해부』, 한길사, 1985, 312면.
10) 이재선, 「諷刺詩論序說」, 『한국문학의 해석』, 새문사, 1981, 190면.
11) 아서 폴라드, 앞의 책, 12면 참조.

보도록 하겠다.

2. 은폐와 폭로에 의한 인물의 희화화 : 〈무명로〉, 〈달팽이〉

풍자의 대상이 되고 있는 인물은 허구세계 내에서 독립적으로 행동하는 경우가 드물다. 아서 폴라드에 의하면 "풍자적 인물은 딴 가공적인 인물들보다 더 작가 자신의 창조물"이며 "그 개성이 어떻든 간에, 그는 항상 작가의 풍자적 의도의 지배를" 받고 있기 때문이다."12) 즉 작품에서 풍자의 의도가 규정되고 나면, 작중인물은 그 의도를 실증하는 역할을 맡게 된다. 따라서 풍자소설에서 작중인물에 대해 독자가 갖게 되는 흥미와 호기심은 작가가 풍자의 의도를 작중인물의 사고와 행동의 미묘한 변형을 통해 어떻게 변주하고 있는가를 확인하는 데에서 생긴다. 그런 점에서 "근본적으로 풍자적 인물의 행동은 반복적이다."13)

김성한의 소설 <무명로>(1950)의 주인물 이재신과 <달팽이>(1957)의 주인물 원달호는 철저하게 화자의 의도와 화자가 선택한 문학적 장치에 의해 풍자되고 있는 인물들이다. 그들은 부정한 과거를 은폐한 채, 현재는 체면과 고상함, 점잖음으로 대변되는 상류층의 삶에 집착하는 인물들이라는 공통점을 보인다. 이 소설들의 풍자적 묘미는 바로 그들의 감추어진 과거와 천박한 품성이 서서히 폭로되는 지점에 있다.

이때 전지적인 시점의 화자는 그들의 실체를 폭로하기 위해 다양한 서사기법을 사용한다. 우선 전지적인 화자임에도 불구하고 설명과 논평을 통해 작중인물의 실체를 일방적으로 폭로하기보다는 우회적인 방법

---

12) 위의 책, 69면.
13) 위의 책, 69면.

을 선택한다. 즉 화자는 일정한 거리를 유지한 채, 작중세계의 질서 속에서 작중인물이 스스로 자신의 치부를 드러내는 양상을 객관적으로 서술하는 방식을 취한다. 화자가 객관적 서술의 한 방법으로 활용하고 있는 것이 바로 '소문'에 의한 작중인물의 정보 제공이다.

　① 간도연길(間島延吉)에서 무슨 일을 하였는지는 몰라도 기름이 돌게 잘 살았다는 것은 그의 처 양춘자(梁春子)가 가끔 자랑거리로 이웃에 퍼뜨려 놓은 소문이다. 어떤 사람은 그가 일본군 밀정을 했다지만 그것도 확실한 것은 알 도리가 없었다.[14]

　② 달팽이의 역사는 짧지 않았다. 일설에 의하면 이것은 원달호가 학생시대부터 지니고 다니던 별명이라고 하였다. 이것을 주장하는 논자의 고증에 의하면 감옥에서 나온 동창들이 만장일치로 그에게 바친 것이라고 한다.[15]

　③ '달팽이'라는 별칭과 더불어 지금 그의 앞니빨에 들어선 옥니(玉齒) 및 그 전임자 금니(金齒) 세 대의 내력은 대개 이렇다는 것이 일반의 정설로 되어 있다. 다만 금니빨에 대해서는 일제 경찰의 고문의 소치라는 이설이 한때는 지배적이었다.[16]

위에서 ①은 같은 동네에 산 지 4년이 되어도 그의 과거를 아는 사람이 없는 이재신에 대한 소문으로, 점잖고 체면을 중시하는 그가 일본군 밀정을 했다는 의외의 정보를 흘리고 있는 작품의 서두 부분이다. ②는 원달호가 끔찍하게 싫어하는 별명인 '달팽이'가 생겨난 내력을 상술하기

---

14) <무명로>, ≪김성한 중단편전집≫, 책세상, 1994, 13면.
　　이후 작품의 인용은 작품명과 이 책의 면수만 표시하기로 한다.
15) <달팽이>, 289면.
16) 위의 작품, 291면.

에 앞서 동경유학시절 원달호의 밀고로 감옥생활을 해야 했던 친구들과 관련된 별명임을 암시해 주고 있는 내용이다. 그리고 ③은 밀고한 행위에 대한 응징으로 친구들에게 맞아서 이빨 세 개가 나간 것을 일제 경찰의 고문의 소치로 둔갑시킨 원달호의 뻔뻔함을 폭로하고 있는 소문이다. 소문에 기댄 이러한 정보의 흘림은 일차적으로 독자로 하여금 정확한 진실을 알고 싶은 욕구를 불러일으킨다. 아울러 소문의 충격적인 내용들은 독자가 작중인물과 일정한 거리를 유지하도록 작용한다. 객관적이고 냉정한 태도로 작중인물의 실체와 소설의 의미를 찾아내도록 유도하고 있는 것이다.[17] 그 결과 <무명로>가 일본군 밀정이었던 자신의 과거를 은폐하고 있는 이재신이 허세와 과장, 속물근성으로 가득 찬 말과 행동을 통해 자신의 실체를 폭로하고 있다면, <달팽이>는 과거의 행적을 감추려 하면 할수록 오히려 노출되는 상황적 아이러니 속에서 자신의 명예와 체면이 위태로워진 한 인간의 낭패스러운 심리를 풍자하고 있는 작품이다. 주목할 사실은 그들이 부정한 과거를 감추고 은폐하는 방식이 또한 한결같이 비양심적이고 허위로 가득 찬 말과 행동이라는 점이다. 즉 어떤 상황에서도 자기반성이나 잘못을 인정하지 않는 몰염치야말로 독자의 조롱과 멸시의 대상이 되고 있다. 그럼에도 불구하고 그들이 <매체>나 <김가성론>의 인물들과 구별되는 것은 자신의 과거행적에 대한 자의식을 지니고 있다는 점이다. 그들이 체면과 허세를 부리는 이유도 사실 과거를 은폐하려는 심리적 기제에 다름 아니다.

  또 화자는 말과 행동의 불일치, 과거의 행적과 현재적 삶의 불일치 등을 적절히 배치함으로써 작중인물의 실체를 폭로하고 풍자한다. <무명

---

17) 김천혜는 B. Brecht의 서사극 이론에서 차용한 용어인 '이화효과(verfremdung)'로 이러한 현상을 설명한다. 즉 '이화효과'는 '동일시 효과'와 반대되는 개념으로, 대상에 대해 이질감과 낯선 느낌을 갖게 되는 것을 의미한다(김천혜, 『소설 구조의 이론』, 문학과지성사, 1991, 234면 참조).

로>와 <달팽이>에서 가장 많이 발견되는 풍자의 방식은 풍자 대상 인
물들의 말과 행동, 생각의 이중성에 의한 자기 폭로이다.

① 뒷간에 갔던 기자의 처가 조심스럽게 걸어오고 있었다. '체면이 안
되었다.'
—빌어먹을 년, 해필 요때 뒷간에 갈 건 뭐야— 속으로 원망해 보았
으나 때는 이미 늦었다. 춘자가 피곤하다기에 반장도 집에 돌아가고 깊
은 밤이라 곁눈도 없고 해서 잠깐 보아 준다던 것이 이 지경이 되고 말
았다.[18]

② "배라먹을 년, 술은 뭐 썩어자빠진 술, 난 모른다 이젠."
양춘자는 없는 반장을 두고 욕설을 퍼부었다. 또 한번 몹쓸년의 유혹
에 걸린 것이요, 모두가 여반장의 잘못으로만 생각되었다.[19]

③ 그러나 전 장관 원달호는 메스꺼운 기색도 안 보이고 점잖게 앉아
서 정중하게 응대하였다. 겉으로 정중할수록 속은 말이 아니었다. 일국
의 장관을 지낸 사람이 아들 하나 학교에 넣지 못해서 이렇게 굽신거려
야 하나? 장관의 아들을 자기 학교에 맞아들이는 영광을 생각하면 자기
가 한 마디 던지기만 해도 사죽을 못 쓰고 감지덕지할 것이지마는, 이거
오늘은 번지수가 틀리는 노릇을 저질렀는가부다.[20]

④ "아, 모르세요? 요 다음 다음 집 미장이 여편네요. 무식하구 교양이
없는 건 할 수 없어요. 요새 통장 감투 하나 쓰더니만 아 냅다까라 뽐내
고 다니는 꼴은 눈을 뜨고 볼 수 있어야죠 지가 무어라구, 글쎄 우리 집
에두 꼭두새벽부터 들락날락 법석 아니에요? 아 참, 애—, 종순아, 요년
아 요 배라먹을 년아 첫새벽부터 대문은 왜 열어 놓는 거야? 응, 어중이

---

18) <무명로>, 20면.
19) 위의 작품, 22면.
20) <달팽이>, 287면.

떠중이 거지 같은 것들이 그렇게 보기 좋더냐? 어서 빨리 못 잠그느냐 요년아!"[21]

위의 예문 중 ①은 <무명로>에서 아내가 여반장과 밀주를 만들어 팔기로 한 것에 협조하고 있으면서도 '고결한 태도와 위풍'을 지키기 위해 모르는 척하다가 세 들어 살고 있는 여자에게 들키자 당황해 하는 이재신의 내면을 묘사하고 있는 부분이고, ②는 밀주를 만들어 팔려다가 박순경한테 들키자 모든 잘못을 여반장의 탓으로 돌리고 있는 이재신 아내의 몰염치한 태도를 묘사하고 있는 부분이다. 또 ③은 <달팽이>에서 성적이 형편없는 아들을 부정입학시켜달라고 부탁하러 온 자리에서 창피함을 느끼기는커녕 오히려 전 장관에 대한 예우가 융숭하지 못함에 불쾌해하는 원달호의 내적 분석이고, ④는 남의 무식함과 교양 없음을 비난하던 자신이 더 무식하고 교양이 없음을 폭로하고 있는 원달호 처의 대화 부분이다. 다시 말해 이 소설들에서 풍자되고 있는 인물들은 고상함에서 상스러움으로, 유식하고 교양 있음에서 무식하고 천박함으로, 체면과 명예를 중시하는 인물에서 허풍과 위선, 속물근성으로 가득 찬 존재로 인물에 대한 인식을 수정하게 만든다. 그 과정에서 작중인물들의 말과 행동, 생각 등은 그들의 본성과 속셈을 적나라하게 노출시키는 결과를 낳고 있다.

이와 같은 우회적인 풍자의 방식과 함께, 결정적인 순간에 전지적 화자가 전면에 등장하여 사건 및 인물에 대해 희화적인 논평을 가하는 방식은 독자의 웃음을 끌어내는 데 효과적으로 작용하고 있다.

① 이 작은 사회에서는 이것 역시 혁명이 아닐 수 없었다. 언제나 야

---

21) 위의 작품, 294~285면.

릇한 멸시의 눈초리로 예(禮)를 가리지 못하는 북도야인 기자 일가에 군
림하던 그가 몸소 그 방에 왕림했다는 것부터 혁명적이요, 딱한 사정을
하소연하고 원조를 청했다는 것은 더구나 혁명적이 아닐 수 없었다.[22]

② 술과 기생에다 돈 오만 환까지 안겨 주었건만, 입은 여전히 헤퍼
연달아 '달팽이' 새끼만 쳐서 X대학에는 달팽이가 들끓었다. 그렇게 보
아서 그런지는 몰라도 두 주일이 못 가서 직원들이 그를 흰 눈으로 보
는 것만 같더니, 한 달 좌우에 학생들의 눈초리와 입의 각도가 심상치
않았다. 생각던 끝에 금니빨을 옥(玉)으로 갈아버렸다. 그랬더니 흰 눈은
더욱 희어지고 눈초리와 눈초리와 입술에는 조소가 붙어다니는 것만 같
았다.[23]

위에서 ①은 이재신의 아내가 세 들어 살고 있는 기자의 처를 찾아와
배급쌀도 못 타는 딱한 사정, 남편의 무능, 미래에 대한 걱정 등을 하소
연한 사건에 대한 화자의 논평이다. 위신과 체면을 중시해 온 이재신 부
부가 자신들의 약점을 드러내기 시작했다는 사실이 얼마나 놀라운 사건
인가를 화자는 과장된 표현과 화려한 어휘구사를 통해 강조하고 있다.
이러한 논평은 그동안 그들이 얼마나 이중인격과 위선, 허세로 살아왔는
가를 전경화하는 효과를 낳고 있다. ②는 동경유학시절 친구들을 밀고한
대가로 20년 전에 얻은 '달팽이'라는 별명이 알려짐으로써 X대학 학장
원달호가 피해의식과 강박관념에 시달리는 심리적 정황을 점층법과 희
화적인 묘사를 통해 전경화하고 있는 부분이다. 권모술수와 부정한 방식
으로 출세했음에도 불구하고 고상한 인품의 소유자로 자신을 포장해 오
다가, '달팽이'라는 별명 때문에 한순간에 냉소와 멸시의 대상으로 전락
하고 만 것이다. 바로 <달팽이>는 원달호가 비양심적이고 몰염치한 방

---

22) <무명로>, 15면.
23) <달팽이>, 292면.

법으로 자신의 과거를 은폐하려 하면 할수록 거꾸로 점점 더 폭로되는 상황의 아이러니를 통해 독자의 웃음을 끌어내고 있다. 이 작품들에서 화자의 희화적인 서술과 논평 역시 독자로 하여금 작중인물과 일정한 거리를 유지하게 만드는 기능을 하고 있다. 작중인물이 동일시의 대상이 아니라 풍자와 조소의 대상이라는 것, 따라서 감정적으로 동화되는 독서가 아니라 이성적으로 판단하는 독서를 주문하고 있는 것이다.

앞서 살핀 것처럼 이들 작품에서 작중인물은 시종일관 풍자의 대상의 범주를 벗어나지 않는다. 개선의 여지를 보이거나 양심의 가책을 느끼지 않는 평면적 인물들이라는 것이다. 따라서 독자는 비난과 조소, 멸시와 증오의 대상으로서 그들에 대해 공격적인 반응을 보이는 것에 대해 전혀 망설일 필요가 없다. <무명로>의 마지막 부분에서 이재신이 뇌물로 박순경을 회유하려다가 오히려 충고를 듣고 돌아와서도, 여전히 거짓말과 허풍으로 자신의 능력을 과시한 뒤 "심히 만족한 표정으로" 잠이 들고 있는 모습이나 <달팽이>에서 원달호가 온 세상이 자신을 '달팽이'라고 비웃는 것 같은 강박관념에서 벗어날 수 없자, "우리 모두 미국으로 가자. 사람을 알아주는 미국에 가서 살잔 말이다! 이 빌어먹을 놈의 새끼들, 눈에서 불똥이 튄다!"24)고 모든 것을 남의 탓으로 돌리는 적반하장의 태도는 오히려 그들에 대한 도덕적 비난과 경멸을 강화하는 결과를 낳고 있다.

---

24) 위의 작품, 294면.

3. 가치관의 전도에 의한 자기 풍자 : 〈김가성론〉, 〈매체〉

김성한의 소설 중 〈김가성론(金可成論)〉(1950)과 〈매체〉(1954)는 전도
된 가치관을 내면화하고 있는 인물들을 풍자의 대상으로 삼고 있다. 즉
정상적인 가치판단이나 도덕적 기준을 상실한 채 자신들의 행동이나 사
고방식에 대해 맹목적인 확신과 합리화로 일관하는 인물들이 씁쓸한 웃
음을 끌어내고 있다. 이들은 자신의 생각과 행동에 어떤 문제점이 있는
지를 판단할 상식적인 척도를 지니고 있지 않다는 점에서 〈무명로〉나
〈달팽이〉의 인물과는 구별된다. 최소한 〈무명로〉나 〈달팽이〉의 인물
들은 자신의 과거를 은폐하려는 노력을 기울이고 있고, 체면과 위신, 고
상함이라는 사회적 가치와 타인의 시선을 의식하고 있기 때문이다.

먼저 〈김가성론〉은 "현대적인 소설의 형식과 비판적인 논문의 형태,
그리고 전통적인 전(傳)의 형식"[25]이 융합된 특성을 보여 준다. '김가성
론'이라는 제목에서 유추할 수 있듯이 이 소설은 1인칭 화자이자 김가성
의 친구인 '나'가 서론, 본론, 결론으로 구성된 논문의 형식으로 김가성
의 인물됨에 대해 평하고 있다. 이때 김가성에 대한 정보가 출생에서부
터 현재에 이르기까지 연대기적으로 서술되고 있는 점은 한자어휘 중심
의 고풍스런 문체와 함께 전통적인 '전(傳)'의 형식을 연상시킨다.

〈김가성론〉에서 주목할 점은 작가의 풍자적 의도가 동시에 두 방향
을 향하고 있다는 사실이다. 외형적으로는 김가성을 풍자하고 있는 것
같지만, 실제로는 김가성을 설명하고 해석하는 '나'의 속물근성과 소인
배적 기질에 대한 조롱과 멸시에 더 무게중심이 쏠려 있다. 논문이라는
것이 연구대상보다는 연구대상을 검토하고 분석하는 연구자의 관점이

---

25) 나은진, 「1950년대 소설의 서사적 세 모형 연구 : 장용학, 손창섭, 김성한을 중심으로」,
   이화여자대학교 박사학위논문, 1998, 106면.

중요시되는 글의 양식이듯이, 이 소설에서도 김가성보다는 그를 분석하고 평가하는 '나'의 태도에 초점이 맞추어져 있다.

김가성의 친구를 자처하는 1인칭 화자 '나(강일만)'는 자신과의 비교와 대조의 방식으로 김가성에 대한 설명을 시작한다. 어렸을 때부터 천재소리를 들을 정도로 공부를 잘 했던 김가성은 일본의 제국대학을 나온 것은 물론 27세의 나이로 대학교수이자 화학 교과서 및 참고서 집필자로서 학계의 권위자가 되어 있다. 반면에 '나'는 글방시절에는 공부를 못해서 싸리 회초리로 종아리를 맞은 기억밖에는 없고, 보통학교도 간신히 졸업했으며, 농사를 짓다가 실패한 뒤 서울에 올라와서 지금은 신문배달을 하고 있다는 것이다. 이렇게 김가성을 칭찬하고 자신을 비하하는 비교와 대조의 방식을 통해 '나'는 김가성이 얼마나 출세한 인물인가를 부각시키고 있다.

하지만 '나'와의 만남, 김가성을 알고 있는 주변사람들의 대화내용 등을 통해서 김가성이 실제로는 위선과 이중인격, 학문적 비양심, 속물근성으로 가득 찬 부도덕한 인물임이 폭로된다. 그럼에도 불구하고 '나'는 김가성에 대한 평가를 수정하지 않은 채 존경과 칭찬의 논평을 계속한다. 실상 이 작품에서 풍자적인 웃음을 끌어내고 있는 지점은 김가성의 실체가 폭로되는 부분이 아니다. 바로 비난해야 할 김가성을 시종일관 칭찬하고 있는 '나'의 아이러닉한 논평 부분이다.

> ① 그는 어디까지나 학자적 냉정을 잃지 않았다. 참 훌륭하였다. 연구자료라는 말은 그러지 않아도 훌륭한 그의 모습에 일대 광채를 더하였다.26)

---

26) <김가성론>, 33면.

② 적어도 신문에까지 난 사계의 권위자가 쓴 책이 그럴 리 없다고 생
각하니 이 따위 모욕적 언사를 감히 하는 학생놈이 아니꼽기 그지없다.
그렇다고 나 같은 것이 무어라고 하자니 알아야 핀잔두 줄 수 있는 것이
아닌가?[27]

③ 별놈이 별소리을 다 해도 내가 경애하는 김가성 교수는 일인 십역
이라도 능히 감당할 천재요, 그 지식으로 말하면 고금과 동서를 전부는
몰라도 반쯤을 통했으리라 믿는 까닭에 그에게 대한 경애나 신뢰가 털끝
만치라도 동요할 리 없다. 그는 단연 거리에 굴러다니는 어중이 떠중이
와는 유가 다르다.[28]

위의 예문들은 김가성이 신문배달부가 된 '나'를 경원시하는 반응을
보였을 때, 그리고 그의 책이 일본책을 그대로 베꼈다는 얘기, 최근에는
학자만이 아니라 무역회사 중역도 겸하게 되었다는 얘기 등을 들었을
때, '나'가 김가성에 대해 논평하고 있는 내용들이다. 김가성의 위선적,
비도덕적인 실체를 폭로하는 에피소드가 반복되고 있음에도 불구하고,
'나'는 그에 대한 칭찬과 존경, 신뢰감의 표현을 계속하고 있는 것이다.
이러한 논평이 개연성을 얻을 수 있는 것은 학력도 낮고 세상물정에도
밝지 못한, 즉 무지와 순진성을 보여주는 '나'의 인물적 특성 때문이다.
따라서 이 작품은 '나'의 무지와 순진성을 이용하여 비난할 대상을 칭찬
하는 아이러니적 논평을 가함으로써 궁극적으로 김가성을 공격, 풍자하
고 있는 소설로 읽힐 수 있다.

그러나 이 소설에서 실질적인 풍자의 대상은 바로 신뢰할 수 없는 화
자인 '나' 자신이다. '나'가 김가성의 실체를 끝내 발견하지 못하는 이유

---

27) 위의 작품, 35면.
28) 위의 작품, 37면.

가 무지와 순진성이 아니라 실제로는 이기심과 속물근성에 있기 때문이
다. 그것은 '김가성론'의 서론과 결론에 해당되는 이 글의 서두와 마지
막 부분에서 분명하게 드러난다.

> 천하에 이름이 자자한 김가성(金可成)의 잘난 소이를 이 논으로써 알
> 린다면 못난 신문배달 나 강일만(姜一萬)이 조금 잘나져서 보통 정도로
> 됨직하고 더구나 그와 동문수학이라는 특수한 관계를 알리게 되면 보통
> 을 지나 한 치쯤 더 잘나져서 신문배달의 이 딱한 처지를 모면하게 되는
> 지도 모른다. 서투른 붓을 들어 감히 김가성론을 쓰는 근본동기는 여기
> 있는 것이다.29)

> 김가성론을 마친다. 이로써 내가 김가성 교수와 어떤 관계가 있다는
> 것이 분명하게 되었으니 나도 조금 잘나질까 남몰래 기대하고 있다. 말
> 꼬리에 붙어서 천리를 가려는 파리의 심사라고 험하지 말기를 바란다.
> 모로 가도 서울만 가면 된다는 우리 조상의 그 알뜰한 전통을 낸들 잊을
> 까 보냐.30)

위의 내용들은 '나'가 김가성론을 쓴 동기를 알려주고 있다. 즉 이미
유명한 학자가 돼 있는 김가성과 동문수학한 사이임을 천하에 알림으로
써 신분상승할 수 있는 기회로 삼고자 한다는 것이다. 다시 말해 김가성
의 유명세를 다리 삼아 좀더 나은 삶을 꿈꾸고 있는 '나'의 입장에서 보
면, 김가성이 사회적 지탄과 비난의 대상으로 전락하는 것은 결코 기꺼
운 일이 될 수 없다. 이러한 '나'의 심리적 기제가 출세를 위해 유리한
쪽으로 김가성을 평가하도록 종용하고 있다. 요컨대 작가는 권력자에게
빌붙어서 부당한 방법으로 부와 신분상승을 도모하는 소인배들의 왜곡

---

29) 위의 작품, 27면.
30) 위의 작품, 37면.

된 가치관을 풍자하고 있는 것이다. 하지만 이 작품은 김가성의 비진정
성의 삶과 '나'의 소인배적 기질이 표면적으로는 '나'의 무지와 순진성
에 의해 동시에 은폐되는 구조로 이루어져 있다. 따라서 그들의 문제적
인 의식과 행동을 비판적으로 읽어내는 역할은 지적인 독자의 몫이 되
고 있다.

<매체>는 전통적인 유교문화가 와해되고 외래문화가 무분별하게 유
입되는 과정에서 정신적 가치를 상실한 채 문화적 열등감과 물질적 욕
망에 빠져들었던 한국 사회의 한 세태를 풍자하고 있는 작품이다. 이 작
품은 전도된 가치관을 내면화한 주인물 한천옥의 외적 세계와 내적 사
고를 중심으로 스토리가 진행된다. 그런데 선택적 전지시점으로 한천옥
의 내면세계를 드러냄에 있어서 그녀의 생각과 어휘, 문체 등을 가능한
한 있는 그대로 제시하고 있다는 점에서 프란츠 슈탄첼이 분류한 시점
의 유형 중 '인물적 시점'31)에 가깝다. 즉 서술은 전지적 시점의 화자가
하고 있지만, 화자는 작중세계에 대해 개입하거나 논평을 하지 않은 채
작중인물이 생각하고 보고, 느낀 내용을 객관적으로 재현하는 데 몰두하
고 있다. 따라서 독자는 화자를 통하지 않고 작중인물의 내면세계를 직
접 들여다보고 있는 듯한 생생함을 느끼게 된다. 인물적 시점에 의한 내
면의식의 객관적 서술은 작중인물의 이미지를 희화화하는 데 효과적으
로 작용하고 있다. 부끄러움과 자기반성 대신에 뻔뻔스러움과 자기 합리
화로 일관하는 한천옥의 내적 독백이나 심리적 반응이 그녀의 왜곡된
가치관과 문제성 있는 기질을 적나라하게 드러내고 있기 때문이다.

---

31) 인물적 시점에서는 화자는 인물 내부에 위치해 있으면서 시선이 바깥으로 향해져 있
   다. 이런 경우에는 화자가 마치 작중인물의 두개골 속에 자리를 잡고서, 그의 눈을 통
   해 보고, 그의 귀를 통해 듣는 것처럼 여겨진다. 그러므로 서술은 화자가 하고 있지만
   사물을 인식하는 시각(視覺)은 화자와 작중인물의 시각이 겹쳐진 이중 시각(二重視覺)
   인 것이다(김천혜, 앞의 책, 107~108면).

이 작품의 풍자의 대상은 외국인에게 몸을 파는 양갈보로 전락하게 만든 한천옥의 왜곡된 현실이해이다. 그녀가 양갈보가 된 것은 경제적 궁핍도, 개인적 열등감도 아니다. 아버지는 무역회사 사장이요 자신은 우수한 성적으로 여학교를 졸업하고 일류대학에 재학 중인 미모의 여성이기 때문이다. 한천옥이 당당하게 밝히고 있는 이유는 한국과 한국인들이 '데데하고 고리타분'하기 때문이라는 것이다.

> ① 일언이폐지해서 '고리타분'이라는 것이 유일충전(唯一充全)의 이유였다. 한국 남자들은 고리타분해서 견딜 수가 없었다.[32]

> ② 한달을 참고 나서 다시 생각해도 한국 가정이란 역시 데데하다. 말할 수 없이 데데했다.[33]

> ③ 생각할수록 한국 땅은 좁고 시시해서 살 수가 없었다. 넓은 땅에 가야겠다. 그렇다고 애꾸눈도 저마다 가는 미국은 뾰족한 수가 없을 게다. 생각던 끝에 나온 것이 '콜럼비아'다. 이름도 근사하고 땅도 널찍하거니와 일찍이 한국 사람이 이 나라에 갔다는 소릴 듣지 못했다.[34]

한천옥이 한국남자와 한국가정 등 한국과 한국인의 특성을 부정적으로 설명하는 말은 '고리타분'과 '데데하다(변변치 못하여 보잘 것이 없다)'라는 좀 막연하고 추상적인 표현이다. 즉 한국과 한국인에 대한 혐오와 거부반응이 구체적이고 논리적인 근거에 의하여 표출되는 것이 아니라 주관적이고 피상적이며 감정적인 독단에서 나오고 있다. 그럼에도 불구하고 그러한 내적 반응의 여파는 가히 충격적이다. 한국남자에 대한 혐오

---

32) <매체>, 218면.
33) 위의 작품, 228면.
34) 위의 작품, 231면.

는 애인 철수를 찬 뒤 미국남자와 사귀는 행위로, 한국가정에 대한 혐오
는 집을 나와 명동에 방을 구한 뒤 외국인들을 상대로 하는 매춘을 하는
행위로, 그리고 한국에 대한 혐오는 이 나라를 벗어나 콜롬비아로 갈 결
심으로 이어지고 있기 때문이다. 이러한 행동을 유발하는 근저에는 한국
은 비문명화된 나라이고 한국인은 고리타분하고 무지한 반면, 외국은 문
명화된 나라이고 외국인은 세련되고 유식하다는 왜곡된 이분법적 사고
가 자리하고 있다. 한국인으로서의 열등감과 외국인에 대한 맹목적인 동
경으로 인하여 삶의 방식에 대한 객관적이고 상식적인 판단기준을 상실
해 버린 것이다.

문제는 왜곡된 현실이해와 전도된 가치관이 그대로 행동으로 표출됨
으로써 스스로를 타인의 비난과 경멸의 중심에 두고 있다는 사실이다.
그녀가 여러 외국인들에게 몸을 파는 매춘 행위를 국제적인 교류나 외
교로 합리화하면서 자기우월감에 젖고 있는 모습은 성에 대한 무지와
왜곡된 선구자 의식을 여실히 보여 준다.

① 입술과 입술이 부딪쳤다. 불이 났다. 맞붙은 입술은 떨어질 줄을 몰
랐다. 아메리카 대륙과 대한 반도가 자기를 매체로 녹아서 한덩어리가
된 것이다. 키스의 의의는 중대하였다.[35]

② 정조는 봉건적이요 국경은 비민주적이었다. 국경을 무너뜨리고 자
유자재로 노는 자기의 모습은 글자 그대로 세계국가적이요 위대한 바가
있었다. 그는 스스로 국가적 매체(媒體)라고 생각하였다. 따라서 자기의
존재 이유도 뚜렷하였다.[36]

---

35) 위의 작품, 225~226면.
36) 위의 작품, 229면.

자신의 매춘행위를 문명인의 개화된 모습이자 국경을 초월하여 국제적인 교류의 장으로 간주하는 한천옥의 신념과 행동은 절대적인 양상을 보인다. 즉 일말의 회의와 반성, 부끄러움을 찾아볼 수 없다. 동료 직원들이 양갈보라고 멸시와 냉소의 시선을 보내와도, 머리카락을 모두 깎이는 육체적인 폭력을 당해도, 그녀는 오히려 그들의 무지와 미개함을 경멸하는 반응을 보일 뿐이다. 다시 말해 한천옥의 풍자적 요소는 타인을 비웃고 경멸하면서 그녀가 택한 행동이 거꾸로 그녀를 경멸과 비난의 대상으로 만들고 있다는 데 있다. 특히 '좁고 시시한' 한국을 벗어나기 위해 그녀가 선택한 나라가 한국보다 더 못사는 '콜롬비아'라는 사실은 맹목적인 한국 혐오주의와 서구 추수주의에 빠져 자신을 타락한 세계 속으로 몰아가는 한 인간의 무지한 행태를 적나라하게 폭로하고 있다.

4. 알레고리에 의한 현대사회의 풍자 : 〈오분간〉, 〈개구리〉

1950년대의 대부분의 작가들이 전쟁이 남긴 상처와 후유증에서 벗어나지 못할 때, 김성한은 전쟁체험에서 눈을 돌려 현대사회의 특질을 천착하기 시작한다. 신화와 종교, 철학, 과학 등 인류의 역사를 지탱해 온 요소들에 대한 폭넓은 고찰을 바탕으로, 현대사회의 특질을 낳고 있는 정신사적 배경이 무엇인가를 구명하는 데 작가적 호기심과 상상력을 집중시키고 있다. 그 과정에서 현대사회에 대한 자신의 비판적 사유를 문학적으로 형상화하기 위해 선택하고 있는 문학적 양식이 바로 알레고리(allegory)이다. 알레고리는 "행위자와 행동, 때로는 그 배경까지가, '축어적'이거나 일차적 수준에서 일관된 의미를 구성하고, 또 행위자와 개념과 사건의 이차적이고 상호 연관적인 수준을 의미하도록 고안된 서사물"37)을 말한다. 즉 원관념을 뒤에 숨기고 보조관념만으로 숨겨진 본래 의미를 암시하도록 하는 방법으로, 상징과는 달리 비교적 쉽게 원관념 — 대개 도덕적 교훈인 — 을 파악할 수 있는 특성을 보인다. 알레고리의 대표적인 유형이 "인간의 정황을 인간 이외의 동물, 신, 또는 사물들 사이에 생기는 일로 꾸며서 말하는 짧은 이야기"38) 형식인 우화(fable)이다. 이때 동물이나 신, 사물 등은 사람의 한 속성을 부여받게 되며, 그들의 행동과 사건의 정황 역시 그 속성의 지배를 받게 된다. 따라서 우화는 비교적 단순하고 전형적인 서사구조로 이루어진다.

김성한의 <오분간>(1955)과 <개구리>(1955)는 '인간의 진정한 삶의 조건은 무엇인가'에 대한 해답을 모색하고 있는 우화소설이다. 물질적 욕망의 추구와 정신적 가치의 몰락으로 대변되는 현대사회에 대한 비극적 인식 속에서 인간의 미래는 정신적 질서를 회복할 수 있을 것인가를 알레고리의 기법으로 천착하고 있는 작품들이다. 특이한 사실은 두 작품 모두 작가의 관념적 사유를 대변하는 존재가 설정되어 있다는 점이다. <오분간>에서는 '신'이, <개구리>에서는 제우스신이 바로 그 역할을 맡고 있다. 즉 작가는 신과 같은 우월한 위치에서 인간세계를 내려다보고, 근심하고, 그 해결방안을 모색하고 있다. 자신을 비극과 불행을 겪고 있는 인간으로서보다는 그러한 인간을 구제할 역할을 부여받은 존재, 즉 작가 혹은 지식인으로서의 자의식이 크게 자리하고 있음을 알 수 있다.

먼저 김성한의 <오분간>은 신과 프로메테우스의 5분간의 협상 과정을 우화적 수법으로 그리고 있는 작품이다. 이 작품은 5분이라는 짧은 스토리 시간과 천상과 지상의 중간지대인 구름 위를 공간적 배경으로 하고 있다는 점에서 대단히 독특하고 실험적인 서사기법을 보이고 있다.

---

37) M. H. Abrams, 『문학용어사전』, 최상규 역, 대방출판사, 1985, 6면.
38) 이상섭, 『문학비평용어사전』, 민음사, 1984, 210면.

<오분간>에서 작가는 우선 독자를 혼돈과 무질서로 가득 찬 현실세계와 대면시킨다. 이때 현실세계를 재현하는 방식 역시 대단히 독창적이고 객관적이다. 즉 구름 위라는 천상의 위치에서 지구촌 각각에서 벌어지는 단편적인 삶의 풍경들을 묘사하는 서술방식을 취하고 있다.

> 김국장은 흥에 겨워서 기생을 껴안았다.
> "너 오늘밤 나하구 안 잘래?"
> 허사장은 한잔 술을 부어 공손히 대감께 바쳤다.
> "사업이 이만큼 된 것은 그저 대감 덕택이올시다. 앞으로 조금만 더 대부해 주시면 만사형통이겠습니다."
> 북경방송은 5개년 계획 제 2년도 성과를 발표하였다.
> "작년보다 다음 같은 증산을 보였습니다. 강철은 ×%, 자전거는 □%, 밀가루는 △%,%,%,%,%,%, %,%,%,%,%,%,%,%,%,%,%,%,%, 평균 ◎%."39)

위와 같이 이 작품에서는 지구의 각기 다른 장소에서 동시에 일어나고 있는 사건이 한꺼번에 묘사되고 있다. 이것은 신과 프로메테우스가 구름 위에서 지구를 굽어보고 있는 상황 설정을 통해 개연성을 확보하고 있다. 따라서 파노라마적 시점을 통해 지구촌 전체를 묘사의 대상으로 삼음으로써 이 작품은 기존의 어떤 작품보다도 공간 묘사의 광활함을 보여준다. 이 과정에서 인간의 현실세계는 외적 행동의 묘사와 단편적인 대화의 인용으로 구성된 장면들의 무수한 병치로 조립된다. 그것은 구체적으로 종교계의 타락, 물질만능주의, 정경유착, 윤리의 파괴 등으로 요약되는 현대사회의 희화적인 몽타주이다. 신도, 인간 자신도 구원하기에는 이미 너무 늦어버렸다는 비극적 현실 인식을 현대사회의 극한

---

39) <오분간>, 131면.

적인 타락상을 통해 암시하고 있는 것이다.

천상에서의 지구촌 묘사라는 공간적 특성을 제외하면, 전체적으로 서술의 객관화를 지향하고 있는 이 작품에서 핵사건에 해당하는 신과 프로메테우스의 오 분간의 협상과 결렬 과정 역시 순전히 둘의 대화만으로 제시된다. 천상과 지상의 중간지대에서 만난 신과 프로메테우스는 혼란과 무질서, 정신적·육체적 타락으로 심한 악취를 풍기는 인간 세상을 내려다보며 한숨을 짓는다. 신은 프로메테우스에게 인간을 구원하기 위해서 둘이서 힘을 합치자고 제안하지만, 다시 신의 수하로 들어갈 수 없다는 프로메테우스의 거절로 그들의 협상은 결렬된다. 여기서 신은 보편적 기준, 종교적 권위, 정신적 가치 등을, 프로메테우스는 인간의 이성, 지적 능력, 자유 등을 상징한다. 인간의 역사는 바로 신의 진리와 인간의 지식 사이의 끊임없는 투쟁의 기록에 다름 아니다. 백발에 늙고 힘이 없는 신의 묘사에서 알 수 있듯이 현대 사회에서 신의 권위나 종교적 진실은 그 위력이 상당히 약화된 상태다. 반면에 신의 사슬을 끊고 자유를 얻은 프로메테우스의 청년 이미지에서 짐작할 수 있듯이 인간의 지적 능력으로 이룩한 과학적 세계관은 물질적 풍요와 욕망 지향적 삶을 살아가는 현대인에게 아직은 막강한 위력을 발휘하고 있다.

문제는 신과 프로메테우스의 아들딸들이 모두 그 본래의 의미와 가치를 상실한 채 점점 타락의 늪으로 빠지고 있는 것이 현대사회의 모습이라는 데에 있다. 하지만 현실에 대한 절망적 인식에 도달한 작가도 현대인을 구원할 수 있는 대안 혹은 새로운 가치기준을 제시하지 못하고 있다. 프로메테우스와의 회담이 결렬된 후 신의 독백을 통해 "아! 이 혼돈의 허무 속에서 제삼존재의 출현을 기다리는 수밖에 없다. 그 시비를 내 어찌 책임질소냐."40) 하고 제삼존재의 출현의 필요성을 언급할 뿐 그것이 구체적으로 어떤 존재인가는 명쾌하게 드러내지 않고 있다. 이는 기존의 가치는 붕괴되고 새로운 가치는 아직 형성되지 않은 전후의 현실을 살고 있던 작가로서의 실존적 고민을 짐작케 한다. 전망이 닫혀버린 당대 현실의 비극성을 간접적으로 토로하고 있는 것이다.

김성한의 또 다른 우화소설 <개구리>는 강력한 지도자를 원하는 개구리 사회를 통하여 개인의 자유를 포기하고 권력의 노예가 되어버린 인간 사회의 불행을 풍자하고 있는 작품이다. 이 작품에서 개구리들은 "약삭빠르기로 이름난 얼룩개구리", "멍텅구리로 유명한 파랑개구리", "조금 큰 고기도 어렵지 않게 물어뜯는 초록이", "파랑이에 못지 않은 멍텅구리 검둥이" 등 각각 하나의 인간적 속성을 부여받은 존재로 성격 창조가 이루어지고 있다. 알레고리의 전형적인 양상을 보이고 있는 것이다. 개구리들은 무질서 속의 질서, 계급·권력이 없는 평등한 환경 속에서 자유롭고 평화롭게 살고 있다. 하지만 권력 지향적인 얼룩이의 선동에 의해 강력한 지도자와 외적 질서의 세계를 꿈꾸게 되면서 그들의 평화는 깨어지고 만다. 강력한 지도력으로 안정과 질서를 유지하고 자신들을 보호해 줄 것으로 기대했던 지도자 황새왕이 오히려 그들을 잡아먹고 핍박함으로써 감시와 죽음의 공포에 직면했기 때문이다. 이를 통해 작가는 인간이 자유의지를 포기하고 다른 어떤 것에 기대기 시작하면서 인간의 불행과 비극은 시작되었음을 환기시킨다.

이러한 인식은 개구리들이 올림프스산에 있는 제우스신을 찾아갔을 때, 제우스의 입을 통하여 구체적으로 암시되고 있다.

"섬기지 않고는, 굽신거리지 않고는 배기지 못하는 노예근성이여, 의식의 비극이여? ……헤브라이의 신을 섬기다가 섬기는 데 지친 의식은 이십 세기 후에 이즘이란 것을 꾸며내 가지고 그 밑에 굽신거리고, 이

---

40) 위의 작품, 135면.

있지도 않은 허깨비 같은 새로운 신의 명령이라 하여 피를, 많은 피
를 흘리고 쓰러지리라. 간단없는 의식의 조작이여, 네 죄가 진실로 크
도다."41)

즉 섬기고 지배당하기를 원하는 인간의 노예근성과 의식의 조작이 신
과 이데올로기, 왕 같은 외부 권력을 창조하고 있으며, 지배의 주체만
교체되었을 뿐 인간의 역사 속에서 복종과 지배의 양상은 끊임없이 반
복되고 있다는 것이다. 이처럼 작가는 제우스의 입을 빌려서 인간의 불
행은 의식 즉 생각하는 능력에서 비롯되고 있다고 주장한다. 의식의 조
작이 행동을 낳고, 그 행동은 필연적으로 인간의 자유를 억압하는 결과
를 낳고 있다는 것이다.

이러한 사유의 결과, 작가 김성한은 <오분간>과는 달리 <개구리>에
서는 인간을 불행에서 구제할 대안을 제시하고 있다. 의식의 조작에 의
해 인간의 불행이 시작된 것과 마찬가지로 의식의 조작으로 그 불행에
서 벗어날 수도 있다는 것이다.

"하하 너희들은 자기 환상에 떠는구나. 본래 의식이란 것은 석고같이
융통자재한 것이었다. 허나 바로 이 점에, 이 융통성에 너희들이 희망이
있는 것이다. 너희들은 스스로 모든 것을 부술 수 있고 때릴 수 있고, 잡
아먹어 버릴 수도 있는 것이다!"42)

즉 의식의 조작으로 인간을 구속하고 지배하는 종교적 진리, 정치적
권력, 이데올로기 등이 만들어졌다면, 의식의 조작을 통해 그 모든 것을
파괴하고 또한 사라지게 할 수도 있다는 것이다. 다시 말해 작가는 인간

---

41) <개구리>, 122면.
42) 위의 작품, 122면.

이 의식의 조작과 노예근성에서 벗어나 자신의 삶을 스스로 살아가려 할 때, 참된 자유와 행복을 얻을 수 있다고 주장한다. 문제는 인간의 모든 불행이 '의식의 조작'에서 비롯됐다고 할 때, 현대사회를 살고 있는 인간이 할 수 있는 일은 "현실적 저항이나 비판이 아니라 의식 및 관념과의 싸움"[43]밖에 없다. 관념을 없앤다고 해서 현대인의 고통과 불행이 모두 사라질 수 있다고 믿기는 어렵다. 그런 점에서 김성한의 '의식'에 대한 비판과 부정은 구체적인 대안의 제시라기보다는, 인간의 역사 속에서 의식이 종교 또는 이데올로기, 지식 등의 이름으로 행한 지배와 억압의 심각성을 환기시키는 효과를 낳는 데 그치고 있다. 많은 논자들이 김성한의 작품세계를 허무지향성으로 간주하게 되는 이유도 이러한 한계 때문이라고 생각한다.

5. 결론

지금까지 김성한의 풍자소설을 대상으로, 작가가 현실 비판 혹은 현실 해부의 방법으로 어떤 풍자의 기법을 선택하고 있고, 그 기법들이 각 작품에서 구체적으로 어떠한 효과를 거두고 있는지, 아울러 그가 공격하고 있는 대상이나 관념이 무엇이었는지를 검토해 보았다.

여섯 편의 텍스트 분석을 통해 확인할 수 있는 것은 "풍자는 항의하려는 본능에서 생기는 것이며, 예술화된 항의"[44]라는 이안 잭의 정의를 충실하게 증명하고 있는 작가라는 사실이다. 즉 존재하는 현실과 당위적

---

43) 방민호, 「전후소설에 나타나 알레고리 연구」, 『현대문학연구』 제152집, 서울대학교 현대문학연구회, 1993, 83면.
44) 아서 폴라드, 앞의 책, 12면 참조.

인 현실 사이의 거리를 환기시키기 위해, 김성한은 조롱과 냉소, 아이러니와 희화화, 우화와 패러디 등 모든 가능한 문학적 장치들을 활용하고 있다. 이러한 기법들은 한결같이 독자가 작중인물과 심리적 거리를 유지한 채 이성적이고 냉정한 태도로 작중세계를 관찰하고 분석하도록 유도하는 데 기여하고 있다. 따라서 독자들은 작가가 설정한 조롱과 멸시, 공격과 비웃음의 정황을 해독하기 위해 적극적이고 지적인 독서를 하지 않을 수 없다. 작가의 의도를 제대로 포착하지 못하면 비웃을 수도, 경멸할 수도 없기 때문이다. <김가성론>에서 풍자의 대상을 김가성으로, <오분간>에서 작가의 관념을 대변하는 존재로 프로메테우스를 거론하고 있는 기존의 몇몇 분석들 역시 작가의 의도를 정확하게 읽어내지 못한 결과이다.

여타의 풍자소설들과 마찬가지로 김성한의 소설에서도 풍자의 대상이 되고 있는 인물들은 공격과 조롱의 근거가 되는 부도덕함과 몰염치, 속물근성 등을 반복, 재생산할 뿐 변화나 교정의 여지를 보이지 않는다. 따라서 그들을 통해 존재하는 현실을 비판하고 공통된 분노를 유발하고는 있지만, 더 나아가 존재해야만 하는 현실을 꿈꾸게 하지는 못하고 있다. 우리가 풍자소설을 읽고 난 뒤, 허탈하고 씁쓸한 감정을 경험하게 되는 것도 그런 이유 때문이다.

<오분간>과 <개구리>는 바로 김성한이 풍자소설의 한계를 우화의 방식으로 극복해 보려 한 작품이라고 할 수 있다. 현실 비판과 풍자를 넘어서서 존재 가능한 현실의 청사진을 그려보고자 했던 작가의 고민이 녹아 있기 때문이다. 결과적으로는 '제삼존재의 출현'을 기다릴 수밖에 없다는 절망적 인식과 '의식의 부정'을 통해 인간 조건 자체를 부정하는 허무주의로 나아감으로써 그 시도가 실패로 돌아가고 있지만, 그 과정에서 보여준 인간 및 인간의 역사에 대한 지적인 해석과 깊이 있는 성찰은

현대문학사에서 소중한 특질이 아닐 수 없다. 결론적으로 다양한 풍자의 기법으로 현대사회의 병리적 요소와 특질을 해부하고 있는 김성한의 소설은 1950년대 문학사에서 다른 작가들과 변별되는 주제와 형식을 창출하고 있다는 점에서 각별한 의의를 갖는다고 하겠다.

참고문헌

1. 기본 자료
≪김성한 중단편전집≫, 책세상, 1994.

2. 연구 논저
권영민, 『한국현대문학사』, 민음사, 2000.
권오룡, 「시대와 도덕적 인간형」, 김성한, 『김성한 중단편전집』, 책세상, 1994.
김영택, 「김성한 소설에서 인간됨의 조건」, 구인환 외 공저, 『韓國戰後文學研究』, 삼지
      원, 1995.
김윤식, 『한국현대문학사』, 일지사, 1991.
김천혜, 『소설 구조의 이론』, 문학과지성사, 1991.
나은진, 「1950년대 소설의 서사적 세 모형 연구 : 장용학, 손창섭, 김성한을 중심으
      로」, 이화여자대학교 박사학위논문, 1998.
논장 편집부 엮음, 『미학사전』, 논장, 1993.
박유희, 「관념적 비판의식과 다양한 기법의 채택」, 송하춘·이남호 편, 『1950년대의
      소설가들』, 나남, 1994.
반성완, 「발터 벤야민의 비평개념과 예술개념」, 발터 벤야민, 반성완 편·역, 『발터
      벤야민의 문예이론』, 민음사, 1988.
방민호, 「전후소설에 나타나 알레고리 연구」, 『현대문학연구』 제152집, 서울대학교
      현대문학연구회, 1993.
신경득, 『韓國戰後小說研究』, 일지사, 1988.
엄해영, 『한국전후세대소설연구』, 국학자료원, 1994.
이상섭, 『문학비평용어사전』, 민음사, 1984,
이상진, 「김성한 단편소설에 나타난 서사적 거리」, 『연세어문학』 제25집, 1993.
이인복, 『한국문학에 나타난 죽음의식의 史的 연구』, 열화당, 1987.
이재선, 「諷刺詩論序說」, 『한국문학의 해석』, 새문사, 1981.
전영태, 「김성한 문학과 沒意識의 세계」, 『한국현대소설사연구』, 민음사, 1984.

천이두, 『한국현대소설론』, 형설출판사, 1983.

최용석, 『한국 전후문학에 구현된 현실인식』, 푸른사상, 2002.

한국현대문학연구회 편, 『한국의 전후문학』, 태학사, 1991.

현길언, 「인간 존재에 대한 탐구의 한 양식」, 한양어문학회 편, 『1950년대 한국문학
　　　연구』, 보고사, 1997.

게오르그 루카치, 「모더니즘의 이데올로기」, 데이비드 로지 엮음, 윤지관·이동하·
　　　김영희 역, 『20세기 문학비평』, 까치, 1984.

노스롭 프라이, 임철규 역, 『비평의 해부』, 한길사, 1985.

롤랑 부르뇌프·레알 윌레, 『현대소설론』, 김화영 편역, 현대문학, 1996.

린다 허천, 『패로디 이론』, 김상구·윤여복 역, 문예출판사, 1993.

미케 발, 『서사란 무엇인가』, 한용환·강덕화 옮김, 문예출판사, 1999.

보리스 우스펜스키, 『소설구성의 시학』, 김경수 옮김, 현대소설사, 1992.

수잔 스나이더 랜서, 『시점의 시학』, 김형민 옮김, 좋은날, 1998.

시이모어 채트먼, 『이야기와 담론』, 한용환 옮김, 고려원, 1991.

아서 폴라드, 『諷刺』, 송낙헌 역, 서울대학교 출판부, 1982.

에릭 S. 라브킨, 「공간형식과 플롯」, 김병욱 편·최상규 역, 『현대소설의 이론』, 대방
　　　출판사, 1984.

M. H. Abrams, 『문학용어사전』, 최상규 역, 대방출판사, 1985.

서기원 소설에 나타난 공간의 상징성 연구
―〈암사지도〉와 〈이 성숙한 밤의 포옹〉을 중심으로

1. 서론

이야기에 있어서 사건적 요소의 차원이 시간인 것과 마찬가지로 사물적 요소의 차원은 공간이다.[1] 즉 서사물에서 배경과 대상, 그리고 인물의 묘사는 공간적 성격을 지닌다. 다른 말로 소설의 세계는 시간과 더불어 공간의 제한을 받으며 한정된 범주에서 창조된다. 작가가 한정해 놓은 공간의 특성에 따라 작중인물의 성격은 창조되고, 그 범주 안에서 작중인물의 행동도 구체화된다. 요컨대 소설에서의 공간은 장소적 의미만을 지니지 않는다. 공간은 소설의 다른 요소들에 영향을 미치고, 소설의 효과를 강화하며, 마침내는 작가의 주제의식을 드러내는 주요한 문학적 장치로서 기능한다.

소설은 일반적으로, 서술(narration), 대화(dialogue), 묘사(description) 등 세 가지 상이한 보고 양식을 사용한다.[2] 이 중 서사의 독립 부분이 공간에

---

1) S. 채트먼, 『이야기와 담론』, 한용환 옮김, 고려원, 1991, 131면.
2) 에릭 S. 라브킨, "공간형식과 플롯", 김병욱 편·최상규 역, 『현대소설의 이론』, 대방출

대한 정보 제시에 집중할 때, 그것을 묘사라고 한다.3) 이때 공간의 묘
사는 소설가가 세계에 대하여 갖는 관심의 정도와 그 관심의 질을 나타
내 보인다고 할 수 있다.4) 즉 작가는 인간이 그를 에워싼 세계와 맺게
되는 기본적인 관계를 특정 공간에 대한 반응을 통해 표현한다. 이때
인간은 한 공간으로부터 도피하기도 하고, 그 공간으로 숨어들기도 하
며, 혹은 그 공간을 통해서 자기 인식에 도달하기도 한다. 따라서 엄격
한 의미에 있어서 소설의 공간성은 은유적이며 상징적이다. 그리고 시
간과 마찬가지로 공간의 지각 및 그에 대한 인식도 과학적인 것이 아니
라 문화적이다.5)

소설에서 공간적 시학의 전개는 두 가지 고찰을 포함한다. 첫 번째는
텍스트의 형식적 구성물로서 공간의 사용이고, 두 번째는 텍스트를 읽는
비평 방법으로서 공간성의 본질이다.6) 먼저 소설에서 특정한 지각점과
관련이 있어 보이는 장소를 '공간'이라고 한다.7) 그 지각점은 작중인물
일 수 있는데, 그 인물은 공간에 위치해서 공간을 관찰하고, 또는 공간
에 반응한다. 따라서 서사 공간에 대한 연구는 특정 인물이 지각하고 반
응하는 공간의 양상을 검토하는 것이 무엇보다도 중요하다. 아울러 소설
에는 물리적 배경으로서의 공간만이 아니라 화자의 서술 공간, 작중인물
의 의식 공간, 독자의 독서 공간 등 다양한 차원의 공간을 상정할 수 있
다. 이러한 공간적 특질을 아우르는 개념이 바로 공간성(spatiality)이다.
이 공간성의 연구는 독자가 상상력을 통하여 소설의 공간을 가시적 공

판사, 1984, 226면.

3) 미케 발, 『서사란 무엇인가』, 한용환·강덕화 옮김, 문예출판사, 1999, 178면.

4) 롤랑 부르뇌프·레알 윌레, 『현대소설론』, 김화영 편역, 현대문학, 1996, 226면.

5) 김병욱, 「韓國 現代小說의 時間과 空間 硏究」, 서강대학교 국문과 박사학위논문, 1989,
57면.

6) Joseph A. Kestner, *The Spatiality of the Novel*, Wayne State University Press, 1978, p.9.

7) 미케 발, 앞의 책, 169~170면 참조.

간으로 인지할 수 있도록 만드는 언어적 표현 방식, 즉 공간의 형상화 기법에 대한 고찰에 주로 관심을 가진다. 그것은 다른 말로 화자의 배경 및 인물 묘사의 기법에 대한 연구라고 할 수 있다.

이러한 공간 및 공간성에 대한 기본적 이해를 토대로 본고에서는 서기원의 소설에 나타난 공간적 특질을 고찰해 보고자 한다. 1956년 <암사지도>가 『현대문학』에 추천되면서 등단한 서기원은 예민한 시대적 감수성으로 전쟁에 의해 꿈도, 의욕도, 삶의 의미도 상실해 버린젊은 세대의 황폐한 정신 풍경을 그려내고 있는 대표적인 전후작가이다. 김윤식은 서기원에 대해 "아프레 게르적인 모랄을 추구한 것으로 말해지는 이 작가의 장점은 소설의 정통적 구성과 언어의 확실성(지적 중성문체)을 추구한 것"으로, 이를 통해 "6·25의 객체화"8)가 가능해졌다고 언급한 바 있다. 또 홍사중은 "작가가 선택한 주제에 대한 처리 및 전개법"에 있어서 주지적인 작가라고 서기원을 설명하며, 그는 "아무리 부조리나 모순에 차 있으며 아무리 막연한 관념의 세계 속에 잠겨 있는 것이라 할지라도 그런 것을 형상화시켜 나가는 작가의 눈은 명료해야 하며 또 논리성을 잃어서는 안 된다고"9) 생각하고 있다고 서기원의 창작 태도를 분석하고 있다. 위의 두 연구자의 지적은 서기원의 소설이 전후의 정신적 상처나 훼손된 삶의 풍경을 소재로 선택하고 있지만, 그것이 객관적인 문체, 그리고 소설적 구성 및 기법을 통하여 미학적 거리를 유지하며 독자에게 전달되고 있음을 설명한 것에 다름 아니다. 실제로 서기원은 제목에서부터 인물의 성격 창조, 사건, 배경에 이르기까지 소설의 구성요소 어느 한 가지도 무심하게 처리하고 있지 않다. 그 모두가 주제의 심화

---

8) 김윤식, 『한국현대문학사』, 일지사, 1991, 53면.
9) 홍사중, "파격의 포오트레이얼 : 서기원론", 『현대한국문학전집(7)』, 신구문화사, 1981, 451면.

에 기여할 수 있도록 지적 조작을 통하여 유기적으로 결합되고 있는 것이다.

전후소설에서 전쟁은 이야기 구성 및 형식에 있어서 시간적, 공간적으로 서사의 분기점으로 작용한다. 전쟁 '전'의 삶과 전쟁 '후'의 삶의 변화, 그리고 죽음의 공포와 잔인한 살상이 자행되는 전방과 잠정적 안전지대이자 일상성이 지배하는 후방의 모습 사이의 대조 등이 그 예이다. 또 전후의 참혹한 현실과 훼손된 공간은 전쟁을 체험한 인물들의 윤리적 파탄 혹은 존재의미의 상실을 보여주는 의식공간과 상동 관계를 이룬다.

서기원의 전후소설인 <암사지도(暗射地圖)>(1956)와 <이 성숙한 밤의 포옹>(1960)에서 공간적 요소는 인물들의 내면의식 및 세계와의 관계 양상을 드러내는 주요한 문학적 장치로서 기능하고 있다. 특히 그들에게 있어서 '집'은 그들의 행동과 의식을 지배하는 상징적 공간으로서 주요한 의미를 지닌다. 따라서 본고에서는 위 두 작품에서 보이는 공간의 기능 및 상징성의 분석을 통해, 서기원의 전후소설에 나타난 공간적 특질을 고찰하고자 한다.

2. 허물어진 집, 폐허가 된 의식 공간 : 〈암사지도〉

공간에의 인식 가운데서 '집'처럼 구체적인 것이 없다. 이재선은 인간의 삶과 집 사이의 끊을 수 없는 관계를 다음과 같이 설명한다.

인간은 본질적으로 집 속의 존재인 것이다. 원초의 집이라고 할 수 있는 모성의 자궁으로부터 결별되어 나오는 순간부터 또 하나의 집이라는

자궁을 확보해서 살 뿐만 아니라, 죽어서는 다시 무덤이라는 집을 갖게
된다. 이런 집은 사람을 유동(流動)의 삶으로부터 정주(定住)시키고 밤과
겨울 추위와 같은 외부 세계의 무서움과 협박으로부터 보호해 줄 뿐만
아니라, 남녀가 만나서 자식을 낳고 함께 사는 행복한 삶을 보장해 주고,
안식과 위안을 주는 체험적 생활 공간으로서의 기능을 가지는 것이다.[10]

즉 우리가 살아간다는 것은 '집'이라는 장소를 배제하고는 생각할 수
없다. 인간에게 있어서 집은 정착된 삶을 보장해 주고, 외부의 위협으로
부터 보호해 주며, 가족 구성원들끼리의 사랑과 화합 속에서 정신적 위
안과 휴식을 제공받는 공간이다. 따라서 한 인간의 삶은 현실적이자 상
징적인 공간인 집을 통해 그 성격이 드러나게 된다.

<암사지도>는 세 젊은이인 상덕과 형남, 윤주가 한 집에 모여 살게
되면서 일어나는 이야기를 그리고 있다. 그런데 그들이 '집'이라는 공간
에서 펼쳐 보이는 삶이 정상적인 가족질서와는 달리 가학적이고, 자기
모멸적이며, 윤리 파괴적이라는 데 이 작품의 비극성이 자리한다. 우선
이 작품의 제목인 '암사지도(暗射地圖)'는 지리학에서의 백지도(白地圖)를
의미한다. 즉 도로나 도시 같은 인공물은 기입되지 않고, 산과 바다, 하
천 등을 그려 넣은 지도를 말한다. 이 제목은 인간적 가치와 윤리가 사
라져 버린 그들의 삶의 풍경을 상징한다. 즉 원초적 본능과 감각적 쾌락
만이 존재하고, 윤리의식이나 인간적 가치를 포기한 그들의 생활태도는
전후의 참혹한 상황에 놓인 젊은이들의 정신적 공백상태를 그대로 드러
내고 있다.

먼저 그들이 살게 된 집은 상덕 아버지의 첩이 살았던 집으로, 전쟁통
에 아버지와 첩이 모두 죽자 상덕이 유산으로 물려받은 것이다. 제대 후,

---

10) 이재선, 『한국문학주제론』, 서강대학교출판부, 1989, 322면.

이 집에 혼자 살던 상덕은 극장 앞에서 우연히 알게 된 여자 윤주를 데려와 함께 지낸다. 거기에 갈 곳이 없는 군대 친구 형남이 들어와 살게 되면서, 세 사람의 비정상적인 생활이 시작되는 것이다.

상덕 아버지의 첩의 집이라는 정보에서부터 비윤리적 냄새를 풍기는 이 집은, 전쟁을 통해 가치관의 혼란과 삶의 부조리를 체험한 세 젊은이들이 일시적으로 숨어들기에 적절한 특질을 보인다. 우선 이 집의 외양은 전후의 폐허가 된 현실 공간을 그대로 암시하고 있다.

> 상덕의 집은 상상보다 넓었다. 아름드리 기둥이나 굵은 서까래 그리고 푸르죽죽하게 칠이 벗어지긴 했지만 두툼한 현판이라든지 일견 규모 있게 꾸민 집으로 보였다. 상덕의 설명에 혹 부족이 있었다면 포탄에 지붕이 뚫어진 채로 있는 머릿방과 문간에 관한 이야기가 없다는 것쯤일까.11)

형남이 처음 왔을 때 본 상덕의 집은 이중적 이미지로 다가온다. 과거의 부와 품위를 느끼게 하는 규모 있는 모습과, 전쟁의 상흔이 그대로 남아 있는 포탄에 의해 뚫어진 모습이 그것이다. 바로 그 집은 정상적인 삶의 공간이 전쟁에 의해 붕괴된 전후의 모습이자, 아버지로 대변되는 기존의 권위와 가치체계가 사라진 황폐한 의식 공간을 상징한다.

이 집에 살게 된 세 젊은이들은 이곳을 현재의 자신이 안주할 수 있는 최적의 공간으로 생각한다. 전쟁 전의 생활로 돌아갈 수 없는 지금, 지치고 상처받은 그들의 몸과 마음을 의탁할 수 있는 유일한 공간이기 때문이다. 그래서 그들은 이 집에 병적인 집착을 보인다. 그들에게 이 집에서의 내쫓김은 전쟁터로 내몰리는 것만큼이나 공포와 두려움의 대

---

11) 서기원, <암사지도>, 『현대한국문학전집(7)』, 신구문화사, 1981, 333면.
　　이후 작품의 인용은 작품명과 위 책의 면수만을 표시하기로 한다.

상이다. 때문에 그들은 이 집의 거주자로서 각자 자기의 역할을 찾아냄으로써, 세 사람 사이에 적절히 심리적 균형을 유지하려고 한다. 그것은 의식주의 해결이라는 기본적인 생활의무를 적당히 분담하는 것이다.

> 어느덧 그들의 생활비의 대부분이 형남에게서 마련되어 감은 어찌할 수 없었지만 형남은 형남대로 오랜 부채(負債)를 갚아 나가는 듯한 가뜬한 기분에 신명이 날망정 바둑에만 소일하는 법이 어디 있느냐고 상덕의 무관심을 나무라는 마음은 전혀 없었고, 또 상덕은 원래 괄괄한 호기와 오활한 탓도 있으려니와 친구 덕을 좀 보기로서니 뭐 그리 구애될 거리가 되느냐는 태도로 형남을 대하는 것이라든지, 윤주 또한 그네의 영역(領域)을 잘 지켜서 가령 형남에게 속이 들여다뵐 호의를 베푸는 따위의 눈치가 없었다.[12]

즉, 상덕은 집과 약간의 생활비를 제공하고, 형남은 생활비의 대부분을 부담하는 것으로, 그리고 윤주는 상덕과의 동거와 가사일을 떠맡음으로써 서로에 대한 심리적 부채감에서 벗어나려고 한다.

그런데 일심중학관(一心中學館)에 출강하던 상덕이 실직을 하자, 극장의 광고판을 그리는 형남이 생활비를 모두 책임지게 된다. 그러면서 세 사람 사이의 심리적 균형은 서서히 깨지기 시작한다. 그것은 먼저 기원에서 살다시피 하는 상덕이 집에 돌아올 때마다 거지타령을 부르거나 사투리를 사용하는 기이한 행동으로 표출된다. 자신의 위축된 심리나 자격지심을 은폐하기 위해 과장된 행동을 하는 것이다. 또 틈만 나면 집을 팔아 치우는 문제를 거론함으로써 갈 곳 없는 형남과 윤주를 불안과 위기감으로 몰아넣는 가학 심리를 드러낸다.

---

12) 위의 작품, 335면.

"제기랄! 그 사나이 덕분에 비바람은 겨우 면하지만……이따위 구멍이
빵빵 뚫어진 걸 어따가 쓰냐 말야. 팔아 버리구 며칠 동안 실컷 때려 먹
음 어때? 임마! 내 생각이 어때?"

(…중략…)

"야! 내 돈 벌면 나간다. 십만 환만 모아 봐라. 당장 나가서 판잣집이
라두 세운다." 했다. "나가려면 나가! 당장 나가라! 너 없음 굶어 비틀어
질 줄 아니? 엉? 판잣집 아니라 대궐이래두 썩 나가! 허허허허."13)

하지만, 자칫하면 감정싸움으로 발전할 수도 있는 이런 대화에서 상덕
과 형남은 웃음과 허세로 내면의 불편함과 갈등을 적당히 해소하는 방
식을 택한다. 현재의 그들 모두에게 이 집에서의 이탈은 낯선 세계로의
내던져짐이자 최소한의 생활마저 포기해야 하는 극한 상황으로의 내몰
림을 의미하기 때문이다.

그러던 어느 날 상덕은 형남에게 윤주 공유설을 제안한다. 생활비를
책임지고 있는 형남에 대한 부채의식이 자신과 동거하고 있는 윤주와의
동침을 허락하는 도발적인 제의로 이어지고 있는 것이다. 물론 그 제안
은 윤주에 대해 특별한 감정을 갖기 시작한 형남의 욕망을 포착한 상덕
의 예리한 직감에서 비롯된다. 즉 상덕은 윤주와 동거를 하고 있을 뿐
사랑하고 있지는 않다는 감정적 허세를 형남에게 간접적으로 드러내고
있는 것이다. 결국 집은 있으나 경제력도 윤리의식도 상실한 상덕의 제
안에 대해, 집은 없으나 경제력이 있는, 또 윤주에의 육체적 욕망을 품
게 된 형남은 암묵적으로 동의한다. 거기에는 집도 없고 경제력도 없는
윤주의 의사 같은 것은 논할 필요도 없다.

상덕이 윤주와 자라고 한 일요일, 형남은 윤리적 양심과 갈등에도 불
구하고, 윤주와 자고 싶은 욕망을 제어하지 못한 채 윤주가 있는 안방으

---

13) 위의 작품, 336면.

로 들어간다. 하지만 화를 내며 자신을 비난하는 윤주를 대하자, 오히려
그녀에 대한 인간적 신뢰가 깊어진다. 반면에 상덕은 형남을 거부한 윤
주를 형남 앞에서 잔인하게 꾸짖는다. 더 나아가 윤주에게 형남을 끝가
지 거절할 의사라면 집을 나가라고 협박한다. 그 결과 상덕은 윤주에게
는 인간적 모멸감을, 형남에게는 윤주의 남자로서의 우월감을 증명해 보
인다. 그러나 형남은 "상덕이 그 허심한 웃음과 험상궂은 말솜씨로 위장
(僞裝)된 마음에는 누구보다도 소심하며 항시 자질구레한 근심이 늘어붙
어 있는 것이리라"14)고 생각한다. 그래서 상덕에 대해 쓰디쓴 혐오와 가
없은 마음을 동시에 느낀다. 상덕의 가학적 행동은 자격지심과 열등의식
의 역설적 표현임을 알기 때문이다.

 상덕의 반응에 상처를 입은 윤주는 다시 찾아온 형남을 자포자기의
심정으로 받아들인다. 상덕의 여자로서의 지조보다도 남자들에 대한 배
신감과 집에서 쫓겨나는 것에 대한 공포가 더 컸기 때문이다. 형남은 그
녀와의 관계가 계속된 후에야 그녀가 모멸과 증오의 방법으로 육체적
관계를 허락한 것임을 깨닫게 된다.

> 두 사내에게 더구나 친구끼리인 두 사내에게 그네는 몸을 맡김으로써
> 상덕에겐 소위 애정의 복수를, 형남에겐 돈에의 보복을 일거양득으로 일
> 삼을 수 있는 것이라면 미묘한 삼파전(三巴戰)에서 본전마저 떼우고 나
> 가자빠지게 될 사람은 바로 형남이 자신임을 쉽사리 풀이할 수 있는 것
> 이다.15)

 즉, 육체적 관계를 가지면 가질수록 마음을 굳게 닫아버리는 윤주와,
그녀를 공유하게 된 상황에 대해 불쾌해 하기는커녕 당연하게 받아들이

---

14) 위의 작품, 339면.
15) 위의 작품, 342면.

는 상덕을 보며, 점점 혼란스러워지는 것은 형남 자신이다. 윤주의 마음을 얻을 수 있다는 기대와 상덕을 향한 미안함이 모두 자신의 착각과 오해에서 비롯된 감정처럼 생각되는 것이다. 그러나 형남은 이 퇴폐적이고 소득 없는 생활공간을 벗어나지 못한다. 그는 그 이유를 스스로 다음과 같이 분석하고 있다.

> 스스로의 가슴패기를 파헤쳐 보면, 물론 윤주에의 애착도 없지 않았으나 또한 항시 혐오감을 갖게 하는 상덕에게서도 섣불리 도려내 버릴 수 없는 어떤 집착을 느끼는 것은 웬 일인가. 한 마디로 그 기괴한 살림의 얄궂은 매력에 끌려가는 것이라 할까. <음산한 흡족>이란 말이 있을 수 있다면 바로 그 같은 상태로 그날 그날을 보내는 것이었다.16)

형남의 심리적 상태를 설명하고 있는 위의 내용은 그 집에 살고 있는 다른 두 사람의 내면 풍경을 동시에 대변하고 있다. 바로 세 사람의 기형적인 삶의 모습은 전쟁이라는 충격적 재난이 야기한 내적 파탄과, 기존의 가치체계가 붕괴된 전후의 현실에 놓인 젊은이들의 정신적 위기 상황을 그대로 드러내고 있다. 어느새 그들은 금전의 편리와 생활의 타성, 감각적 쾌락만이 존재하는 '그 기괴한 살림의 얄궂은 매력'에 길들여진 것이다. 그래서 그 비정상적이고 비윤리적인 삶에서 때로는 '음산한 흡족'조차 느끼면서 하루하루를 보내고 있는 것이다. 이제 그들에게는 인간다운 생활을 하고 싶은 의욕도, 바람도, 방법도 남아 있지 않다.

그러나 이러한 집에서의 일상도 윤주가 임신을 함으로써 더 이상 유지될 수 없는 상황에 직면한다. 이것은 형남이 점점 말이 없어지는 윤주를 보면서 "우선 이 사람답지 않는 생활에서 벗어나게 할 것을"17) 생각

---

16) 위의 작품, 344면.
17) 위의 작품, 345면.

하기 시작한 때와 일치한다. 즉 상덕이 윤주가 임신을 하게 되면 어떻게
할 것인가에 대해 빈정대며 회의를 하자고 했을 때, 형남은 비로소 이
집에서의 윤주의 생활이 얼마나 끔찍한 것인가를 깨닫는다.

> "미스 최! 울지 마. 애 배기 전에 나가란 말야. 이 집에서 나가란 말야,
> 어디로라도 가야 돼. 왜 못해? 예보다도 못할 곳이 어딨어? 차라리 종삼
> 으로 가는 게 낫지 그래. 애 배기 전에 가란 말야. 미련이 있는가? 무슨
> 미련이야. 미련이 뭣이 있단 말야. 있긴 뭣이 있어!"18)

그러나 형남이 이렇게 울부짖으며 윤주에 대해 인간적 연민을 드러냈
을 때는 이미 윤주가 임신을 한 뒤이다. 그녀가 이 사실을 고백하자, 상
덕은 낳아서 누굴 닮았는지 보자고 여전히 냉소적인 허세로 일관한다.
또 형남은 누구의 애인지 모르는 상황에서 애를 낳으면 안 된다고 주장
한다.

그런데 지금까지 두 남자의 삶의 방식에 순응하며 비주체적인 태도를
보이던 윤주가 두 사람의 의견을 묵살한 채, 애를 나을 뿐 아니라 집을
나가겠다는 충격적인 발언을 한다.

> "나는 나가야겠어요. 애는 아직 꿈틀거리진 않아요. 허지만 뭣이 꽉 차
> 있는 것 같아요. 그것까지도 당신네 장난감으로 맡겨둘 순 도저히 없어
> 요. 상덕씨! 머 그렇게 좋아하실 건 없는데요. 당신의 원대로 하겠다는
> 건 아니거든요. 당신에겐 아무 권리도 없어요." (…) "그만 두세요. 애아
> 버지가 분명했던들 난 하자는 대로 했을지 몰라요…… 모르시겠어요?
> 두 분 다 아버진 아니예요. 아시겠어요?…… 굿 바이! 신사 여러분들이
> 여!"19)

---

18) 위의 작품, 345면.
19) 위의 작품, 347~348면.

즉, 임신은 윤주에게 이 집을 떠날 수 있는 용기를 주고 있다. 어찌 보면 임신은 그녀에게 가장 부조리하고 절망적인 사건이 아닐 수 없다. 애 아버지가 누구인지를 알 수 없기 때문이다. 하지만 윤주는 임신을 통해 "생명에의 원시적인 애착과 신앙"[20]이라는 모성 본능을 회복하며, 인식의 전환과 삶의 변화를 꿈꾸기 시작한다. 바로 이 퇴폐적이고 비정상적인 생활에서 태어날 아이를 보호하는 길은 이 집을 나가는 것임을 깨닫고 있는 것이다. 아울러 아버지는 누구인지 모르나 자신이 그 아이의 어머니라는 사실은 엄연한 진실임을 확인함으로써 마침내 이 집을 벗어날 결심과 용기를 보이고 있다.

결국 이 작품은 집을 떠나는 윤주를 보며, 형남도 그녀를 쫓아 밖으로 달려나가는 것으로 끝을 맺는다.

> "제기랄! 잘 됐다! 잘 됐어!" 이렇게 내뱉는 상덕의 말이 형남에겐 무슨 짐승의 울음소리로 들렸다. "미쓰 최! 미쓰 최!" 형남은 양팔을 허우적거리며 맨발로 뛰어내리자 그대로 대문간을 향해서 달려가는 것이었다.[21]

즉, 상덕이 끝까지 냉소적이고 서투른 허세로 일관하는 태도를 보이는 것과는 달리, 형남은 비정상적인 삶을 마감하고 인간 본연의 모습을 되찾으려는 몸짓을 보인다. 그것은 윤주에 대한 책임의식을 보이는 태도와 비윤리적인 삶의 공간인 집을 나가는 행동으로 암시되고 있다.

결국 이 작품에서 '집'은 역설적으로 비정주성(非定住性), 부권 상실, 공간 소외, 윤리의식의 부재라는 다양한 상징으로 읽혀진다. 즉, 소설 속의 젊은이들은 전쟁 전의 꿈과 야망도 잃어버리고, 자기 정체성도 상실한

---

20) 서기원, "<암사지도>에 관하여", 『한국전후문제작품집』, 신구문화사, 1996, 413면.
21) <암사지도>, 348면.

모습으로 그려진다. 그들에게는 현실과 미래를 지탱해 갈 가치관과 질서도 존재하지 않는다. 오직 의식주의 해결이라는 원초적인 삶의 문제만이 그들의 의식을 지배하고 있을 뿐이다. 그들이 집에 대한 집착과 경제력에 대한 열등감, 집에서의 쫓겨남에 대한 두려움 등에 지나치게 과민반응을 보이는 것도 거기에서 연유한다. 그 결과 그러한 집착과 두려움은 세상과는 차단한 채, 그들만의 비윤리적이고 비인간적이고 비정상적인 삶의 방식과 논리를 구축하게 만든다. 그곳에서 상덕은 혐오와 동정을 동시에 불러일으키는 서투른 허세와 위악적인 행동으로 일관한다. 그리고 형남은 그 기괴한 살림의 얄궂은 매력에 이끌리며 음산한 흡족을 즐긴다. 또 윤주는 상덕에겐 애정의 복수를, 형남에겐 돈에의 보복을 하는 방법으로 두 남자와 육체적 관계를 갖는다. 요컨대 그들은 포탄에 의해 지붕 뚫린 집에서 그들만의 퇴폐적이고 자포자기적인 삶의 풍경을 연출하고 있는 것이다. 그런 점에서 그들의 삶과 집은 불가분리의 관계로 결합되고 있다. 어느새 그 집이라는 공간은 그들의 황폐한 내면과 자기 파괴적인 삶을 용납하는 유일한 요새처럼 기능하고 있는 것이다. 따라서 마지막 부분에서 윤주와 형남이 그 집을 뛰쳐나가고 있는 것은 정신적 파탄과 자학적인 삶의 방식에서 벗어나 새로운 삶의 가치와 질서를 구축하려는 의지와 용기를 회복하기 시작했음을 암시하는 것이라 할 수 있다.

3. 전장과 후방 사이, 그 경계의 혼돈과 절망 : 〈이 성숙한 밤의 포옹〉

서기원의 소설 〈이 성숙한 밤의 포옹〉은 폐병을 앓고 있는 애인 상희의 병이 악화되었다는 소식을 듣고, 미처 휴가증도 챙기지 못한 채 그녀가 있는 도시로 달려가고 있는 한 탈영병의 여정을 그리고 있는 작품이다.

한 소설에서 그 속에 그려진 공간단서들을 바탕으로 하여 하나의 도면을 작성하고 그것을 '판독'해 볼 경우 우리는 전체적 공간 속에 배치된 여러 가지 서로 다른 장소들이 서로 대칭, 대조, 친화력, 긴장, 혹은 혐오 따위의 관계를 맺고 있음을[22] 발견하게 된다. 바로 이 소설에서 전장과 후방이라는 공간은 대칭과 대조의 관계로 그려진다. 또한 그 공간들은 모두 주인물 '나'가 동화될 수 없는 혐오와 낯설음의 대상으로 묘사된다.

먼저 이 소설은 주인물 '나'가 죽음의 공포 속에서 3년을 보낸 최전방의 전쟁터에서 나와, 기차를 타고 애인 상희가 있는 도시로 가는 장면으로 시작된다. 이 때 기차는 살육의 공간에서 벗어나 상희가 있는 그리움의 공간으로 '나'를 데려다 주는 매개물이자, 3년 만에 접해 보는 후방의 첫 이미지이기도 하다.

> 쉰 땀 냄새 대신에 아린 매연이 콧구멍 속과 목젖을 쏘았다. 광물질의 날카롭고 차디찬 냄새였다. 땀과 때기름이 섞인 짐짓 내 치부(恥部)에서 풍길 성싶은 자기 혐오와 아득한 향수가 얽힌 손수건의 냄새와는 몹시도 대조되고 이질적인 것이었다.[23]

즉 '나'가 후방의 첫 냄새로서 접한 기관차의 매연은 땀과 때기름이 섞인 자신의 손수건의 냄새와는 다른 광물질의 차갑고 이질적인 냄새로 다가온다. 이 냄새는 후방에서 '나'가 느낄 낯설음과 배신감을 미리 암시하는 복선으로 작용한다.

---

22) 롤랑 부르뇌프·레알 월레, 앞의 책, 185면.
23) <이 성숙한 밤의 포옹>, 374면.

다시 말해 이 작품은 전장과 후방의 대조적인 삶의 풍경 속에서 어디에도 자신을 동일시할 수 없는 한 인간의 절망적 실존의식을 그리고 있다. 먼저 전쟁터는 죽음에 대한 공포 앞에서 윤리적 양심이나 죄의식도 담보한 채, 집단적 살상과 강간, 범죄가 자행되는 공간이다. 김 상사는 주먹밥을 먹다 말고 밥풀이 붙은 손으로 M1 총을 집어 적의 포로를 단방에 쏘아 죽이고, 소대장은 자신의 공명심을 위하여 전사자를 축소 보고함으로써 부하들의 죽음조차 유예시킨다. 그곳에 있는 3년 동안 '나'는 때로는 그들과 공범자가 되고, 때로는 그들의 행동에 발작적으로 저항한다.

그런데 그 비인간적이고, 잔인한 살육의 공간을 도망쳐서 도착한 후방의 풍경은 너무도 대조적이다.

> 내 옆을 지나가는 인파 중에서 내게 한 마디라도, 아니 짧은 시선이나마 부드러운 미소를 보내주는 사람 하나 없었다. 그것은 정녕 신기할이만큼 놀랍고 섭섭한 일이었다. 우리들은 싸움터에서 피를 흘리고, 그로부터 불과 몇 십 마일 안 떨어진 이 도시에는 전혀 낯선 남들뿐이 이렇게나 많구나. 그들은 하나같이 굳어 버린 얼굴에 초점을 잃은 시선으로 비실비실 지나쳐 갔다. (…중략…)
> 아귀떼의 식욕과 녹쓴 양철 조각 같은 욕망만이 그들의 메마른 안저(眼底)에 가라앉아 있었다.24)

즉 3년만에 찾아온 도시의 모습에서 '나'는 전쟁에 대한 두려움이나 죽음에 대한 공포, 그리고 자신들을 대신해 싸우고 있는 군인들에 대한 미안함과 고마움 같은 것은 찾아 볼 수 없다. 오직 식욕과 성욕, 탐욕이 꿈틀대는 쾌락 지향적인 삶만이 각자의 삶을 지배하고 있을 뿐이다. '나'

---

24) 위의 작품, 377면.

는 전쟁터의 현실과 후방의 현실로 분할된 이 삶의 구도 속에서 현기증과 낯설음과 배신감을 동시에 느낀다.

그 순간, 이 상처받은 마음을 위로해 줄 사람은 상희뿐이라고 생각하며 상희의 집으로 향한다. '나'에게 상희의 집은 전쟁터에도, 도시의 거리에도 이미 사라진 세계, 즉 진실과 사랑, 인간다운 삶이 존재하는 유일한 공간이자 전쟁 전의 순수한 '나'의 모습을 알고 있는 유일한 존재 상희가 있는 공간이다. 그러나 '나'는 상희의 집으로 들어가는 골목을 두 번이나 지나칠 뿐 그 안으로 발을 옮기지 못한다. 산 속에서 한 시골 처녀를 강간하고 그녀가 고발할 것을 두려워하여 죽여버린 사건이 떠올랐기 때문이다.

> 나는 도리어 욕정이 싸늘히 식어 버릴까봐 두려워했다. 나는 온 몸이 달아 오른 열기 속에서 생명의 지속력을 진득이 헤아려 보고 싶었다.[25]

> 그녀의 비명은 나를 한층 광포하게 했으며 그녀의 몸부림 또한 나의 욕망을 더욱 자극시켰다. 너는 절대로 상희여야만 한다. 잠시 후 나는 그녀가 상희가 아니었음을 깨달았다.[26]

> 나는 삼 년 동안을 굶주려 지냈고 그 갈증 때문에 살인을 저질렀던 것이다.[27]

그 사건은 구체적으로 서술되지 않는다. 단지 자유 연상에 의해 '나'에게 떠오르는 파편화된 이미지들을 중심으로, 독자가 사건의 내용을 조립하고 추측할 수 있을 뿐이다. 그 이미지들과 함께 제시되는 위의 심리

---

25) 위의 작품, 376면.
26) 위의 작품, 380~381면.
27) 위의 작품, 385면.

분석의 내용들은, '나'가 삼 년 동안 굶주렸던 성적 욕망과 상희를 향한 절박한 그리움, 욕정을 통한 생명력의 확인 욕구 등 복합적인 심리 속에서 강간과 살인을 범하고 있음을 보여 준다. 또한 그 광포한 행동은 스스로 저항하면서도 어느덧 내면화된 전장에서의 광기와 살의에서 비롯되고 있음을 암시한다.

이제 '나'는 전쟁터의 동료들과 다르지 않은 범죄자이자 살인자로 전락한 것이다. 그것도 자신을 위로하고 구원해 줄 상희를 만나러 가는 도중에서 일어난 사건이라는 점에서, '나'의 살인은 더욱 절망적이고 부조리하게 다가온다. 이 절망적 상황 앞에서 비로소 '나'는 그녀를 찾아갈 수 없는 인생의 패배자가 되었음을 느낀다.

> 용서해 다오. 너를 만날 자격을 잃었다. 너를 만나기 위해서 무엇인지 지금, 이 내 몸에서는 찾을 길 없는 다른 가치가 있어야 하며, 또 그렇지도 못하다면 지금껏 내 잃어버린 까마득한 원형(原形) 속에서 되찾아 지녀야 할 무엇이 기어이 있어야 할 듯하다.
> 이 기막힌 도시와 최전방과의 교묘한 거리, 어떤 의미에서는 나에게 구원이었을 그 적당한 거리를, 수술대(手術臺) 위에서의 휴식과 같은 격리감이 실상은 무엇보다도 절실히 내가 필요로 하는 전부였는지도 몰랐다.[28]

결국 '나'의 살인은 전쟁터에서도, 상희의 집에서도 벗어나서 스스로 자기 구원의 방법을 탐색하기 위한 시, 공간의 유예를 낳고 있다. 상희 앞에 떳떳하게 나설 수 있는 존재가 되기 위하여, 자기의 존재 가치를 발견하기 위하여 "수술대 위에서의 휴식과 같은 격리감"의 체험이 필요했던 것이다.

---

28) 위의 작품, 378면.

그 시, 공간적 유예를 보장하는 공간이 선구의 방이다. 선구는 '나'가 상희 집을 찾아가지 못하고 사창가로 기어들었다가 우연히 만난 사내로, 그의 방에 얹혀 살게 된 것이다. '나'의 눈에 비친 선구의 방은 후방의 현실에서 일탈된 하나의 섬처럼, 파격적이고 엽기적인 삶의 모습을 드러내고 있다. 가구라곤 "칠이 벗겨진 철침대와 그 위에 깐 꾀죄죄한 매트리스와 군대용 담요"가 전부이고, 바닥에는 "코를 풀어 뭉쳐 던진 휴지, 신문지, 담배 꽁초, 사과껍질, 묵은 잡지 서너 권, 그리고 무엇보다도 나를 당황케 해준 물건은 침대 아래 꽉 들어찬 빈 술병들"[29] 속에 담겨 있는 오줌이다. 선구는 이러한 파격적인 생활이 타락하고 부조리한 현실에 대한 일종의 저항의 몸짓이라고 설명한다.

> "이게 유일한 나의 저항 같은 것인지도 모르지. 그밖엔 반항할래야 대상이 없어. 무얼 어떻게 하겠다는 세상인가. 누구에게 무얼 어떻게 반항하고 새로운 주장을 내세울 수 있단 말인가. 일선에선 동족끼리 서로 죽이고, 도시에선 식욕과 성욕과 그리고는 허영밖엔 남지 않았어. 오줌이라도 이런 데 누지 않는다면 다른 축들과 다른 점이 무엇이 있나."[30]

선구 역시 국민방위군으로 끌려갔다가 추위와 배고픔을 견디지 못하고 탈출했던 경험을 가지고 있다. 따라서 전장의 현실에도, 도시의 현실에도 비판적인 선구의 의식은 그대로 '나'의 입장과 관점을 대변하고 있다. 선구가 사회에 대한 비판과 저항의 방법으로서 자기만의 파격적인 삶의 방식을 선택하고 있다면, 이제부터 '나'도 나름대로의 삶의 방식을 찾아야 되는 것이다. 그런 면에서 선구의 방은 절망과 혼돈으로 가득 찬 의식이 유영(遊泳)하기에 안성맞춤의 공간이자 적당한 은둔처이다. 그래

---

29) 위의 작품, 382면.
30) 위의 작품, 383면.

서 '나'는 모처럼 외출을 했다가도 도시의 낯설음과 이질감을 견디지 못하고 선구의 방으로 숨어든다. 그리고 "그곳이 바로 내 집이고, 내 이 좁은 체적(體積)의 몸뚱이를 허용하는 공간"31)임을 확인한다. 선구의 방에 대한 이러한 애착은 전장의 현실에도, 도시의 현실에도 동화될 수 없는 '나'의 실존적 외로움과 현실 도피의 심리를 드러내고 있다.

그러나 선구가 구두닦이 소년들을 데리고 와서 침대 밑의 오줌병들을 치운 날 밤, '나'는 어두운 방에서 자신의 삶을 반추하며 회의에 젖는다. 지금까지 자신은 침대 밑의 오줌병과 같은 자격으로 이 방에서 살아온 것은 아닐까, 그리고 그 병들이 하나도 남김없이 추방된 지금, 자신은 여전히 여기서 살 만한 가치가 있는가를 자문한다.

> 그 여인을 겁탈하기 직전까지는 나는 사람이었는지도 모른다. 아니 그 행위가 끝나고 그녀의 목을 눌러 숨을 거두게 하기 직전까지는 아직 반쯤 사람이었는지도 모른다. 부대를 도망쳐서 이 도시에 도착한 그 길로 상희를 만났던들 다시 사람으로 변신할 기회가 생겼을는지도 모른다.32)

자책과 후회의 감정 속으로 빠져들수록 '나'는 점점 구원될 가망성이 없다는 인식에 도달한다. 즉 다시는 순수와 사랑과 진실이 존재하는 인간다운 세계 속으로 귀속될 수 없을 것 같은 절망감만 깊어진다. 거기에 자살에 관한 대화를 나누던 중, 처음 접한 선구의 모멸에 찬 시선은 '나'를 결정적으로 "구원이 차단된 절망"33) 속으로 몰아넣는다.

> "자네는 다만 살기 위한 목적이 없을 뿐이니까, 죽음을 생각할 수도

---

31) 위의 작품, 387면.
32) 위의 작품, 389면.
33) 위의 작품, 391면.

있겠지만, 나에겐 죽어야 할 이유조차도 발견할 수가 없어."

"죽는 데 무슨 이유 같은 것이 필요한가?"

선구는 모멸에 찬 싸늘한 시선을 쏘아 왔다. 그것은 그로부터 처음 당하는 것이었고, 그는 나를 높은 낭떠러지에서 떼밀어 캄캄한 구렁 속으로 추락시킨 것이었다.[34]

결국 자신의 존재 가치에 대한 절망적 인식 속에 '나'는 자살을 기도한다. 그리고 회복되지 않은 의식 속에서 '나'는 자신의 실패한 자살 기도를 화제로 삼고 있는, 선구와 그의 애인 진숙의 냉소적인 대화 내용을 듣게 된다. 이 때 '나'는 분노와 수치심, 광포한 울부짖음이 안에서 올라오는 것을 느끼며, 힘겹게 군복과 군화를 신고 선구의 방을 뛰쳐나온다.

나는 목이 타고 혓바닥이 빳빳이 굳어 있었다. 나의 무거운 군화는 휘청거리는 무릎에 매달려 간신히 끌리었다. 식은땀이 자꾸만 솟을수록 갈증은 한층 심해졌다. 나는 손수건을 꺼내어 이마와 목을 훔친 다음 코에 대어 보았다. 땀에 쉰 나의 체취가 코를 쑤셨다.

그 냄새는 분명히 내 것이었다.

"상희야, 너한테 가서 내가 지닌 모든 것을 털어 놓겠다. 너의 뚫어진 허파에서 마지막 핏덩이가 쏟아져 나오기 전에 모든 것을 얘기해 주마."

음식점과 창가가 꽉 들어찬 이 거대한 도시 위에 비가 쏟아지기 시작했다. 나는 얼굴을 하늘에 쳐들고 혓바닥으로 빗방울을 마셔 가며 걸음걸이를 재촉하는 것이었다.[35]

즉 이 작품에서 '나'의 자살 기도는 구원이 차단된 절망이, 절망을 통한 구원으로 전환되는 계기가 되고 있다. '나'의 자살 기도는 인간으로

---

34) 위의 작품, 391면.
35) 위의 작품, 394면.

서의 양심과 죄의식을 회복하며 스스로를 단죄하는 행위에 다름 아니다. 따라서 의식에서 깨어난 후 '나'가 느낀 분노와 수치심과 광포한 울부짖음은 '인간'으로서 세상에 보내는 진실의 몸짓이자 절규이다. 그 결과 전쟁터로 돌아가지도 않고, 상희에게 달려가는 것도 포기한 채, 자기만의 도피와 자의식의 공간으로 숨어들었던 '나'는 비로소 선구의 방을 나와 상희의 집으로 가고 있다. 자신이 저지른 모든 범행을 상희에게 털어놓음으로써, 그리하여 상희 앞에서 진실해 짐으로써만 스스로를 구원할 수 있다는 인식에 도달했기 때문이다. 상희를 찾아가는 길에서 '나'는 손수건에 배어 있는 땀과 때기름의 냄새가 바로 자신의 냄새임을 확인한다. 그리고 거대한 도시의 거리에는 '나'의 심한 갈증을 해소해 주려는 듯 비가 쏟아지기 시작한다. 마침내 '나'는 자신의 참된 자아와 '이성숙한 밤의 포옹'을 함으로써 자기 정체성을 회복하고 있는 것이다.

이 작품에서 작가는 광기와 살의로 가득 찬 전장의 현실에도, 성욕과 탐욕으로 가득 찬 후방의 현실에도 안주할 수 없었던 한 탈영병의 분열된 의식과 그에 따라 초래된 살인을 통해 전쟁의 비극성을 드러낸다. 그런데 작가는 구제에의 길이 차단된 절망적 상황 속으로 '나'를 몰아넣음으로써 역설적으로 참된 인간성을 회복할 수 있는 구원의 길을 열어놓는다. 즉 강간과 살인이라는 용서받을 수 없는 죄를 범한 '나'는 자살 기도를 통해 스스로를 단죄함으로써, 전쟁 전의 순수하고 정직했던 자신의 모습을 회복하고 있는 것이다. 그런 점에서 전쟁터에서 나와 상희의 집으로 가는 과정에서 머물렀던 선구의 집은 전쟁터에서 3년 동안 길들여진 집단적 광기와 살의의 외피를 벗어내고, 전쟁 전의 순수하고 정직했던 자신의 모습을 회복하기 위한 재생의 공간으로 기능하고 있다고 하겠다.

4. 결론

지금까지 서기원의 전후 소설 <암사지도>와 <이 성숙한 밤의 포옹>에 나타난 공간의 상징성을 분석해 보았다.

먼저 <암사지도>에서 제목 '암사지도'는 도로나 도시 같은 인공물은 기입되지 않고, 산과 바다, 하천 등을 그려 넣은 백지도를 의미한다. 이 작품에서는 원초적 본능과 감각적 쾌락만이 존재하고, 윤리의식이나 인간적 가치를 상실해 버린 젊은이들의 정신적 공백상태 및 삶의 풍경을 상징하고 있다.

또 이 소설의 중심 공간은 상덕과 형남, 윤주가 함께 살게 된 상덕의 집—포탄에 의해 지붕의 일부가 뚫어진—이다. 그런데 그 집에서의 그들의 삶은 정상적인 가족들의 삶의 모습과는 아주 다른 양상을 보인다. 생활의 편리를 위해 동거를 하고 있는 상덕과 윤주, 그리고 윤주의 의사와는 상관없이 집과 경제력을 무기로 그녀를 공유하려는 상덕과 형남의 행동 등 퇴폐적이고 비정상적인 삶의 풍경이 전개되는 것이다. 따라서 허물어진 그 집은 정상적인 삶의 질서가 무너진 전후의 현실을 암시한다. 아울러 기존의 가치와 도덕적 권위가 붕괴된 세계를 살고 있는 젊은이들의 폐허가 된 의식 공간을 상징한다. 그 결과 세 명의 젊은이들은 전쟁이라는 충격적 재난이 야기한 내적 파탄과 가치관의 혼란을 극복하려 하기는커녕 서투른 허세와 원초적인 욕망, 자포자기적인 삶의 태도로 그 세계에 함몰해 버린다. 그러나 아이를 임신한 윤주가 모성 본능과 정상적인 삶에의 회구 속에서, 형남이 윤주에 대한 책임의식 속에서 집을 뛰쳐나가고 있는 것은, 그들이 정신적 파탄과 비윤리적인 삶의 방식에서 벗어나 새로운 삶의 질서와 가치를 구축하려는 용기와 의지를 회복하기 시작했음을 암시하고 있다.

　　<이 성숙한 밤의 포옹>에서 소설의 공간은 주인물 '나'를 중심으로 각각의 상징적 의미를 지니며 다양하게 분할, 묘사된다. 먼저 전방과 후방의 대조된 이미지이다. 이 작품에서 전쟁터는 집단적 살상과 강간, 범죄가 자행되는 살육의 공간으로, 후방의 도시는 전쟁이나 죽음의 공포는 찾아볼 수 없고 오직 각 개인의 욕망과 성욕, 탐욕만이 꿈틀대는 쾌락의 공간으로 그려진다. 전장에서 탈영하여 도시에 온 '나'는 이 대조적인 삶의 풍경을 목도하며 낯설음과 현기증을 느낀다. 이 거대한 두 사회적 공간의 어디에도 '나'는 적응할 수 없었던 것이다. 이러한 '나'가 숨어들 수 있는 개인적 공간으로 제시되고 있는 곳이 선구의 방과 상희의 집이다. 이 두 공간은 도시에 위치하고 있으나 도시의 타락한 삶과는 구별되는 독자적인 삶의 질서와 가치를 추구하고 있는 공간이다. 먼저 선구의 방은 타락한 현실에 대한 비판과 저항의 방법으로 독자적이고 파격적인 삶이 연출되고 있는 공간이다. 반면에 상희의 집은 전쟁터에도, 도시의 거리에도 이미 사라진 세계, 즉 순수와 사랑, 인간다운 삶이 존재하는 구원의 공간이다. 이 작품의 '나'는 전쟁터의 집단적 광기와 살의가 빚어낸 강간과 살인을 저지른 탈영병이다. 그 범행에 대한 죄의식은 '나'가 곧바로 상희를 찾아가지 못하고, 선구의 방에 머물면서 자신의 양심과 정신적 가치를 회복하기 위한 자아 탐색의 시간을 제공한다. 즉 선구의 방에서 '나'는 구원이 차단된 절망 속에서 끊임없이 자신의 존재 의의를 회의하는 반성적 자아의 모습을 보인다. 그런 점에서 선구의 집은 3년 동안 길들여진 전쟁터의 광기와 살의의 외피를 벗겨내고, 내면적 진실과 양심을 회복하기 위한 재생의 공간으로서 기능하고 있다. 그 결과 스스로를 단죄하는 자살 기도의 실패 후, '나'는 상희에게 가서 정직하게 자신의 모습을 보여줄 수 있는 용기와 의지를 회복하고 있다. 즉 현실의 '나'는 참된 자아와 이 성숙한 밤에 포옹을 함으로써 비로소 자기

동일성에 도달하고 있는 것이다.

이상 살펴본 바와 같이, 서기원의 전후 소설에서 공간은 작품의 주제와 인물들의 삶의 방식 및 내면 풍경을 드러내는 상징적 장치로서 주요한 기능을 하고 있다. 특히 각 작품의 결말에서 주인물이 자신이 머물렀던 집과 방을 벗어나 새로운 세계로 나아가고 있는 것은 그들이 전후의 혼돈과 가치 상실의 삶에서 벗어나 새로운 가치와 정신적 질서를 모색하기 시작했음을 암시한다. 따라서 작가가 그려내고 있는 전후의 젊은이들의 정신적 혼돈과 윤리적 파탄은 새로운 삶의 질서를 찾아가는 과정에서 나타나는 한시적인 절망의 몸부림일 뿐이다. 요컨대 작가는 전후의 훼손된 삶의 공간에서 젊은이들이 어떻게 자신의 존재 가치를 발견하고, 진정한 삶의 방식을 선택해 가는가를 낙관적인 시선으로 그려내고 있다고 하겠다.

참고문헌

1. 기본 자료

서기원, <암사지도> · <이 성숙한 밤의 포옹>, 『현대한국문학전집(7)』, 신구문화사, 1981.

2. 연구 논저

김병욱, 「한국 현대소설의 시간과 공간 연구」, 서강대학교 국문과 박사학위논문, 1989.

김욱동, 『대화적 상상력』, 문학과지성사, 1994.

김윤식, 『한국현대문학사』, 일지사, 1991.

김　훈, 「서기원론 : 초기소설의 인물을 중심으로」, 이주형 외, 『한국현대작가연구』, 민음사, 1989.

서기원, 「<암사지도>에 관하여」, 『한국전후문제작품집』, 신구문화사, 1996.

신상옥 · 유한근 공저, 『한국문학의 공간구조』, 형설출판사, 1986.

이재선, 『한국문학주제론』, 서강대학교출판부, 1989.

_____, 『한국현대소설사』, 민음사, 1997.

장일구, 「서사적 공간성과 시점론」, 한국소설학회 편, 『현대소설 시점의 시학』, 새문사, 1996.

차혜영, 「서기원의 1950년대 소설 연구」, 한양어문학회 편, 『1950년대 한국문학연구』, 보고사, 1997.

천상병, 「구질서에의 안티테에제 : <암사지도>」, 『현대한국문학전집(7)』, 신구문화사, 1981.

한용환, 『소설학 사전』, 고려원, 1992.

홍사중, 「파격의 포오트레이얼 : 서기원론」, 『현대한국문학전집(7)』, 신구문화사, 1981.

_____, 「황량한 마음의 풍경 : <이 성숙한 밤의 포옹>」", 『현대한국문학전집(7)』, 신구문화사, 1981.

롤랑 부르뇌프 · 레알 윌레, 『현대소설론』, 김화영 편역, 현대문학, 1996.

미케 발, 『서사란 무엇인가』, 한용환·강덕화 옮김, 문예출판사, 1999.

보리스 우스펜스키, 『소설구성의 시학』, 김경수 옮김, 현대소설사, 1992.

수잔 스나이더 랜서, 『시점의 시학』, 김형민 옮김, 좋은날, 1998.

시이모어 채트먼, 『이야기와 담론』, 한용환 옮김, 고려원, 1991.

에릭 S. 라브킨, 「공간형식과 플롯」, 김병욱 편·최상규 역, 『현대소설의 이론』, 대방출판사, 1984.

캐릴 에머슨·게리 솔 모슨, 「바흐친의 문학이론」, 김욱동 편, 『바흐친과 대화주의』, 나남, 1990.

Yi-Fu Tuan, 『공간과 장소』, 정영철 역, 태림문화사, 1995.

Kestner, Joseph A., *The Spatiality of the Novel*, Wayne State University Press, 1978.

이문희 소설의 문체와 서사기법 연구

1. 서론

1933년 충남 보령에서 출생한 이문희(李文熙)는 1957년 단편 <왕소나무의 포효(咆哮)>, <우기(雨期)의 詩>로 『현대문학』의 추천을 받아 문단에 데뷔한 전후소설 작가이다. 그는 데뷔 후 <희화(戱畵)>(1958), <하아모니카의 계절>(1961), <명암>(1963), <이료삼호실(二寮三號室)>(1965), <황전일가(荒錢一家)>(1965) 등 우수한 중, 단편을 지속적으로 발표하며 왕성한 창작활동을 하였다. 특히 1965년에는 전쟁 중의 서울역 주변의 뒷골목을 무대로 하여 깡패와 부랑아들의 세계를 리얼하게 다룬 첫 장편소설 ≪흑맥(黑麥)≫으로 '제10회 현대문학사 신인상'을 수상함으로써 문단의 주목을 끌었다.

그런데 이러한 문학적 성과에도 불구하고 이문희의 소설은 전후의 작품을 논할 때 거의 언급되지 않는다. 또한 한국문학전집에 실린 짧은 해설서를 제외하면 작품론과 작가론이 거의 발견되지 않는다. 이처럼 그의 작품이 전후문학 연구에서 소외된 데에는 몇 가지 요인을 생각할 수 있다.

첫째, 작품 세계의 다양성이다. 이문희는 한정된 소재로써 일관된 소설 세계를 추구하는 작가가 아니다. 고향 친구들의 우정과 사랑을 다룬 <왕소나무의 포효>, 친척끼리의 이루어질 수 없는 사랑을 그린 <우기의 시>, 전후의 비정상적인 삶의 양태를 그린 <하아모니카의 季節>, 전쟁으로 인한 한 여인의 비극적 운명을 다룬 <명암>, 시골 농업학교의 기숙사생들의 생활을 소재로 한 <이료삼호실>, 전후의 도시 빈민층을 소재로 한 <황전일가>, 깡패들의 세계를 그린 ≪흑맥≫ 등에서 확인할 수 있듯이, 그는 여러 계층의 다양한 삶을 통해 인간의 실존 조건을 탐색하고 있는 작가이다. 그런데 이러한 작품 세계의 다양성은 각 작가의 문학적 특질을 규정하고 범주화하는 데 익숙해 진 문학연구가들에겐 특성이 없는 작가 혹은 범주화하기에 껄끄러운 작가로서 인식될 수 있다는 점이다. 그러나 이와 같은 소재의 다양성은 그의 문학적 상상력의 풍부함과 작가적 역량의 탄탄함을 드러내는 것으로 정당한 평가가 이루어져야 한다고 생각한다.

둘째, 그의 특유의 문체로 인한 의미 해독의 어려움이다. 이문희의 초기 단편소설을 읽다 보면, 대단히 긴 만연체의 문장, 과거와 현재의 사건들이 하나의 문장 속에 혼재해 있는 서술문장 등으로 인해 스토리를 이해하는 데 어려움을 느낀다. 그래서 몇몇 평자는 간단한 인상 비평에서 "난삽한 관념적 독백 그리고 세련되지 않은 문장"[1]이니 "문장부터 재고할 필요가 있는 것 같고 구성력도 좀 발휘해 주었으면 한다"[2]는 혹평을 하고 있기도 하다. 하지만 이것은 그의 작품을 속독하였을 때 나오게 되는 편견 내지 선입견이다. 오히려 차근히 정독해 보면 그의 그러한

---

1) 윤병로, 「단평」, 『현대문학』, 1958. 3월호, 204면.
2) 정태용, 「9월의 소설」, 『현대문학』, 1959. 10월호, 109면.

문체는 작중인물의 복합적인 심리세계를 적확하게 재현하기 위한 문학
적 장치임을 알 수 있다. 즉 끊임없이 이어지는 요설적인 문체는 그에
의해서 선택된 고유한 서술방식이지 문장력에 문제가 있는 것이 아니다.
이것은 김동리가 「소설천후기(小說薦後記)」에서 이문희를 구수하고 끈기
있는 입담을 지닌 사람으로 지적하고 있는 다음의 내용에서도 확인할
수 있다.

> 이 사람은 소설을 타고 난 사람이다. 피가 마르도록 생각을 쥐어짜서
> 만들어 내는 것이 아니라 척척 쓰는 대로가 소설이 되어 떨어지기 마련
> 인 그러한 본질의 사람이다.[3]

이렇게 볼 때 이문희에 대한 부정적 평가의 요인으로 간주된 그의 소
재의 다양성은 탄탄한 작가적 역량의 증거로서, 그의 난해한 문체는 다
른 작가와 변별되는 고유한 이야기 방식으로서 그 의미가 새롭게 조명
될 필요가 있다.

이에 본고에서는 구체적인 작품 분석을 통해 그의 문학 세계 및 창작
기법의 특성을 올바르게 밝혀 보고자 한다. 이를 위하여 그의 문학적 특
성을 대표하고 있다고 생각되는 초기의 단편 소설 <우기의 시>와 <하
아모니카의 계절>, 그리고 그의 대표적인 장편소설인 ≪흑맥≫을 연구
대상으로 삼는다.

---

3) 김동리, 「소설천후기」, 『현대문학』, 1957. 5월호, 265면.

2. 순수에의 낭만적 동경 : 〈우기의 詩〉

서론에서 이문희 소설의 특징으로 다양한 소재로 인간의 다채로운 삶의 양상을 천착하고 있다는 점을 지적한 바 있다. 그런데 이러한 소설 세계의 다양성에도 불구하고 그의 대부분의 소설에는 언제나 하나의 공통된 모티프가 등장한다. 이루어지지 않는 안타까운 사랑 이야기가 그것이다. 데뷔작인 〈왕소나무의 포효〉에 나오는 영순을 향한 철태의 짝사랑, 〈우기의 詩〉의 '나'와 성자와의 사랑, ≪흑맥≫의 독수리 곽영호와 미순이의 사랑 등 이문희의 작품에서 남녀 간의 사랑은 언제나 이루어지 않음을 그 속성으로 하고 있다. 더욱 특이한 것은 작중인물들이 사랑을 얻고자 할 때에는 대단히 소극적이고 방관적인 태도를 취하다가 정작 사랑이 끝나고 나면 뒤늦게 그 이루어지지 않은 사랑에 대하여 강한 집착과 열망을 보인다는 점이다.

그의 두 번째 작품인 〈우기의 詩〉는 이후의 소설들에서 지속적으로 나타나는 이루어지지 않는 사랑의 모티프를 핵심 스토리로 다루고 있다. 따라서 작가 이문희에게 있어서 이 모티프가 지니는 의미를 파악할 수 있는 실마리를 제공해 준다. 이 작품은 재당숙모의 딸인 성자를 사랑하는 '나'와, '나'를 사랑하는 혜영이 사이의 삼각관계를 나의 심리적 추이를 중심으로 그리고 있다. 즉 친척이기 때문에 포기해야 하는 성자와의 사랑에 대한 강한 집착과 애틋한 추억에서 벗어나지 못하는 '나'와, 자신의 사랑을 받아주지 않는 '나'를 지켜보며 무력감에 빠져 있는 혜영의 사랑이 묘한 평행선을 그으며 이루어지지 않는 사랑의 모습을 변주한다.

여기서 '나'가 사랑하는 성자는 실제로 등장하지 않고 단지 '나'가 혜영에게 들려주는 추억담 속에서 그려지고 있다. 이 과정에서 이루어질 수 없어서 더욱 순수하고 애틋하게 그려지는 성자와의 사랑과 추억은

'나'로 하여금 성자의 이미지를 신비화하고 이상화시키게 만든다.

> 성자─하면 제일 먼저 뛰어드는 그 호젓한 분위기다. 유난히도 말이 없고 누구에게도 항거할 줄 모르는 온유와 겸손의 여인이었다. 한 마디로 말해서 선(善) 그것이라고. 그리고 적요(寂寥). 적요 가운데 항시 배도는 따사로움. 싫증나지 않는 따사로움이 삼삼히 밴 눈동자.4)

> 내가 잡기에는 그녀의 손이 너무 희다는─ 이런 인식이 꼬집어 말해서 고통이었다.5)

위의 인용에서 파악할 수 있듯이 성자는 '나'에게 현실적인 사랑의 대상이라기보다는 경외의 눈길로 멀리서 우러르는 동경의 대상인 셈이다. 반면에 '나'에게 있어서 혜영은 성자를 닮았기 때문에 성자에의 그리움을 달래기 위해서, 그리고 성자와의 사랑을 이야기하기 위해서 만나는 방편적인 상대일 뿐이다. 하지만 혜영이 '나'와 성자와의 사랑을 제재로 해서 지은 시 <네 연지의 날에>를 읽은 후 '나'는 혜영이가 자신을 좋아한다는 사실을 알게 된다. 그리고 조금씩 심경의 변화를 보이는 자신을 발견한다.

> 그러나 막상 혜영이를 대하고 보니 성자를 위한 내 순정의 의무 또는 시에 쓰인 <동정의 의미>를 고스란히 건져내기로 한 지난밤의 결심과 그 결심에 붙들어 매어진 온갖 추억들이 하잘것 없이 무너져 나가는 것을 어떻게도 하는 수가 없었다. 이루어질 수 없는 사랑이니 그것을 노력하는 긍휼스런 기쁨이니 하는 것들이 이날처럼 밋밋할 수는 없었다.6)

---

4) 이문희, <우기의 詩>, 『현대한국문학전집』(11), 신구문화사, 1966, 244면. 앞으로 텍스트의 인용은 작품명과 면수만 표시하기로 한다.
5) 위의 작품, 246~247면.
6) 위의 작품, 250면.

즉 '나'는 성자와의 사랑을 되새기기 위한 방편으로 혜영을 만나왔으나 어느덧 혜영이 성자의 그림자가 아닌 하나의 개성적인 존재로서 인식되기 시작한 것이다.

그럼에도 불구하고 '나'는 이루어질 수 없어서 더욱 아름답게 다가오는 성자와의 사랑과, 눈 앞에 존재하는 구체적인 사랑의 대상인 혜영 사이에서 여전히 감정적인 방황을 계속하는 우유부단함을 보인다. 그러나 혜영이 자신의 사랑을 받아 주지 않는 '나'를 원망하며 이별을 결심하고 떠나자 '나'는 비로소 혜영을 향한 자신의 마음을 깨닫는다. '나'가 진심으로 사랑한 대상은 마음 속에서 이상화되어버린 성자가 아니라 현실 공간 속에서 자신의 외로움을 달래 주던 혜영이었음을 알고 뒤늦게 후회의 감정에 휩싸인다.

> 껌정 잠바 위로 빗줄기가 따라가는 제방―양손을 호주머니에 찌르고 한들한들 뛰어가는 혜영이의 뒷모습이 빗줄기 속으로 거의 녹아내렸을 때, 나는 우산에 토닥거리는 빗방울 소리를 듣고 있지 않았다. 울어 버려야만 헤어날 가슴이 아니었더라도 두 사람의 성자를 한꺼번에 잃어버릴 수는 없었기 때문이다.[7]

위에서 검정 잠바의 호주머니에 양손을 찌르고 달려가는 혜영이의 뒷모습은 소설의 처음과 마지막에 반복되어 묘사되고 있는 혜영이의 인상적인 이미지이다. '나'는 뒷모습을 보이며 멀어져 가는 혜영을 바라보면서 성자와의 이룰 수 없는 사랑에 대한 감상적 동경에서 벗어나, 방금 놓쳐버린 사랑에 대한 안타까운 열망에 젖고 있다.

여기서 이문희 소설에 반복되어 나타나는 '이루어지지 않는 사랑'의

---

7) 위의 작품, 256면.

모티프가 단순히 이성 간의 사랑에 대한 작가의 관심에서 나온 것이 아니라는 사실을 짐작할 수 있다. 그것은 작가가 추구하는 이상적인 세계 혹은 순수한 정신세계에의 낭만적 동경에의 문학적 형상화이다. 즉 그에게 있어서 이루어지지 않는 사랑은 절망적 현실을 전경화하기 위한 것이 아니다. 오히려 이루어지지 않음으로써 더욱 아름답고 순수한 동경의 세계, 현실로 끌어내리기보다는 가지 않은 길로 남겨 둠으로써 여전히 신비와 그리움을 간직한 세계를 의미한다고 하겠다.

<우기의 詩>는 창작기법의 측면에서도 탁월한 면모를 보인다. 먼저 혜영과의 만남과 헤어짐이 '비오는 날의 제방 위'라는 동일한 시·공간을 배경으로 전개됨으로써 서정적인 분위기와 함께 시·공간에 의한 스토리의 열림과 닫힘이라는 완결된 플롯 구조를 이루고 있다. 그리고 다음과 같은 長文의 요설체 문장은 화려한 어휘 선택과 함께 작중인물의 심리세계를 리얼하게 묘사하는 데 적절하게 활용되고 있다.

> 하기야 뭐 <순수>라든가 <절대>라는 부류의 편리한 술어를 빌어다가 그날에 일어난 일의 안팎을 헌칠하게 색칠하면 정당한 이야기가 될는지도 모른다 싶기는 하지마는, 그러나 누구든지 듣기가 무섭게 불륜(不倫)이라고 첫마디를 떼어 놓고 덤벼들기만 십상인 그와 같은 이야기를 일없이 발설해서 없는 부스럼을 만들 필요는 없다는 판단이 마땅했고, 가사 지금 옆에 있는 취재 기자 혜영이가 그 따위 소리를 책잡아 속에다 치부해 둘 앙큼한 성미는 아니라고 치더라도 쪽쪽지 않게 <정당하다>는 주장을 내세울 만한 염치란 없었기 때문이다.[8]

이 작품의 소설적 매력은 작중인물이자 화자인 '나'가 떠나간 사랑과 새롭게 다가온 사랑 사이에서 방황하는 자신의 심리상태를 솔직하게 분

---

8) 위의 작품, 245면.

석, 서술한 데 있다. 여기서 심리묘사의 리얼리티는 위의 인용처럼 의미의 모호성을 유발하지 않으면서 복합적인 심리상태를 한 문장 속에 그대로 언어화하고 있는 그의 유려하고 분석적인 문체에 상당 부분 빚지고 있다고 할 수 있다.

　요컨대 <우기의 詩>는 낭만적이고 서정적인 배경 묘사, 완결된 플롯, 유려한 문체를 통하여 이루어지지 않은 사랑에 대한 낭만적 환상을 키우는 인간의 보편적 심리를 형상화하고 있는 작품이라 하겠다.

3. 전후의 자아상실의 인간상 : <하아모니카의 계절>

　1950, 60년대 대부분의 작가와 마찬가지로 이문희도 스스로 전쟁을 겪으면서 체험한 경제적 궁핍상, 가치관의 혼란, 병리적 심리세계 등을 그의 소설에서 또 하나의 중심 제재로 택하고 있다. 대표적인 작품이 전후의 병리적인 삶을 살아가는 인간군상을 다루고 있는 <하아모니카의 계절>, 전쟁의 와중에서 가장 혼돈스럽고 타락한 깡패들의 세계 속에 내던져진 인간들의 삶을 그리고 있는 ≪흑맥≫, 전쟁이 가져온 가난으로 인해 정신적으로 황폐화해 가는 한 가정의 비극을 그린 <황전일가>, 한 여인의 운명이 전쟁으로 인해 급전하는 운명의 아이러니를 다루고 있는 <명암> 등이다. 이 작품들은 각각 그 피해의 양상은 다르나 "사회와 정치와 전쟁의 메커니즘에 의하여 어쩔 수 없이 피해를 입어야 하는"9)인간들을 그리고 있다는 점에서는 공통된다. 즉 작가는 전쟁에 의하여 인간의 정상적인 삶이 어떻게 파괴되고 얼마나 변질될 수 있는가

---

9) 천이두, 『한국현대소설론』, 형설출판사, 1983, 250면.

에 초점을 맞추고 있다.

이 중 <하아모니카의 계절>은 전쟁이 가져다 준 정신적 상처가 인간을 얼마나 극한적 상황까지 몰고 갈 수 있는가를 보여 주는 충격적인 스토리를 담고 있다. 주인물인 영규는 전쟁에서 전사한 친동생 형도의 아내 옥희와 함께 살고 있다. 그래서 옥희의 딸인 난이는 '큰아버지'인 자기를 아빠라고 부르고, 또 옥희는 현재 영규의 아이를 임신 중이다. 본인 스스로 난륜(亂倫)이라 일컫는 이 不貞한 가족 관계 속에서 영규는 겉으로는 무감각하게 체념하며 살아간다. 그것은 전쟁을 체험한 후 生에의 의욕도 잃어버렸고, 가치 있는 삶의 의미도 상실했기 때문이다. 오직 그의 의식 속에 남아 있는 것은 전쟁터에서 네 개의 손가락을 잃고 그것을 찾기 위해 달려가다 죽은 통신병과 젊은 병사들의 총부리에 아랫도리를 도려냄 당하고 어기죽어기죽 기어 달아나던 아주머니들에 대한 고통스런 기억과, 자신과 동거하는 동생의 아내와 자신을 아빠라고 부르는 동생의 딸 난이가 있는 현실뿐이다.

이런 그로테스크한 상황에 살고 있는 영규가 마침내 그 부정한 삶을 청산하여야 한다는 강한 열망을 갖게 된 것은 옥희가 자신의 아이를 임신했다는 사실을 알게 되면서부터이다. 즉 그는 "난이와 영규 자기와의 관계, 그리고 오는 가을이면 또 세상에 나올 잔악한 핏덩어리와 난이와의 <관계>"10)를 생각하면 도저히 지금의 현실을 견딜 수가 없는 것이다. 그래서 영규는 더 큰 불행을 일으키지 않는 방법으로서 누군가 한 사람이 죽어야 한다는 강박관념에 시달린다. 그것은 계속하여 살의(殺意) 혹은 죽음에의 유혹으로 이어진다.

하나 결국은 그 때문이었다. 없던 일이었다. 영규는 못내 살인을 하려

---

10) 이문희, <하아모니카의 계절>, 『현대한국문학전집』(11), 신구문화사, 1966, 300면.

고 했었다. 잠자는 난이의 목에 손을 가져갔었다. 밤 아홉 시에— 그 장
송곡은 들려왔었다.[11]

옥희의 뱃속에서 가을을 기다리는 핏덩어리를 생각하면, 그 욕되고 소
름 끼치는 주제는 자꾸만 죽음의 빛깔로 물들어 간다. 죽음의 빛깔은 하
늘처럼 차다. 뱃속의 아이는 아마 자줏빛을 하고 나올 것이다.[12]

결국 입에서 피가 나오는 병을 얻긴 얻었다. 얻어서 몇 달째를 골골
앓아 왔다. 베갯잇의 반만큼은 함빡 물들일 만큼 흐뭇하게 토할 정도도
되었다. 난이의 요뙈기가 검붉은 얼룩으로 온통 지도가 그리어진 것은
다른 까닭이 아니다. 한 입 토하고 나면 후련하다. 죽음의 빛깔을 연상하
게 한다.[13]

이러한 죽음에의 유혹은 아내 옥희가 직장에 나가기 전까지는 영규의
의식 속에서 관념적인 유희의 대상이었을 뿐 적극적인 행동의 차원에까
지 이르지 못한다. 그러나 옥희가 술집에 나가고 난이가 잠이 든 뒤 혼
자만의 시간을 갖게 되면서 영규의 마비된 감각이 살아나기 시작한다.
즉 영규는 '공급 과잉'의 시간과 공간 속에서 외로움을 느끼고, 그것은
그의 불륜의 삶만이 다른 열려진 세계와 단절되어 있다는 고독한 소외
감에 빠져든다. 그리고 마침내 영규는 자신의 삶과 의식이 전쟁에 의해
찢겨지고 파탄되기 이전의 정상적인 삶의 세계에 대한 그리움에 젖는다.

쑥스러운 노릇이지만, 영규는 형도와 통신병과 아주머니들의 생각에
겹쳐서 그보다도 좀 더 옛날의 세상인, 아버지와 어머니의 생각도 간단
히 해야 했다. 정규(正規)의 아버지와 정규의 어머니와……, 말하자면, 난

---

11) 위의 작품, 297면.
12) 위의 작품, 306면.
13) 위의 작품, 307면.

이나 옥희의 뱃속에 든 태아의 이해력을 가지고서는 도저히 파악을 못할 <부모>라는 개념과, 그리고 그분들 밑에서 우리가 어린 시절을 자랐던 <우리집>과, 형도가 즐겨 낮잠을 자던 사랑방 마루밑의 등넝쿨 그늘이 그립다. 드높은 하늘로 싱싱하게 뻗어 올라간 등넝쿨의 건강한 향기와 그것이 마련해 주는 알뜰한 그늘 속을 차지하여 자기는 항상 생각하기를 좋아했었다. 이 세상이라는 것이 아무리 넓어도 좋다는 건강한 사색. 시간이라고 하는 것이 아무리 많아도 오히려 모자란다는 튼튼한 신념.14)

영규가 그리워하는 세계는 정상적인 가정의 단란한 모습과 건강한 자연, 그리고 건강한 사색을 즐기기에 시간이 부족했던 전쟁 이전의 평화로운 세계다. 그것은 비정상적인 삶과 공급 과잉의 시·공간을 주체하지 못해 괴로워하고 있는 현실과는 대조적이며 따라서 영규가 현실을 더욱 더 비극적으로 인식하는 요인이 되고 있다. 마침내 영규는 뜻하지 않은 시각에 들려온 하아모니카 소리에 의식의 잠을 깨면서 비극적 현실에서 벗어날 수 있는 유일한 통로인 죽음에의 유혹에 빠진다. 장송곡과도 같고 "오늘밤 안으로 너희들은 죽게 되리라, 너희들이 죽을 때까지 이 음악 소리는 들리고 있으리라"15)고 울부짖는 소리 같기도 한 하아모니카 소리와 '아빠'를 반복하는 난이의 잠꼬대는 영규에게 난이의 목을 조르는 살의의 충동을 불러일으키지만 결국은 면도날로 자신의 팔을 긋는 자살을 기도한다. 여기서 더욱 섬뜩한 것은 영규의 불행한 운명이 자신으로 끝나지 않고 난이에게로 계속 이어짐을 암시하는 마지막 대목이다.

새로운 시간, 그리고 새로운 출발에의 욕망이 있기에 나는 이 순간에도 이처럼 평안하게 누워 있을 수가 있는 것일까. 영규는 자기의 팔목에

---

14) 위의 작품, 311면.
15) 위의 작품, 297면.

서 스며나오는 병든 피가 난이의 이불자락을 온통 적셔 들어가고 있음을
어렴풋이 계산하고 있었다.16)

즉 영규 자신은 죽음을 택함으로써 부정한 현실에서 벗어나고 있으나
자신이 죽은 뒤에도 옥희와 난이, 핏덩어리로 이어지는 비정상적인 가족
구성원들의 비극은 계속되어질 것임을 암시하면서 현실에의 저주 속에
죽어가고 있다.

이처럼 <하아모니카의 계절>은 인간성을 상실한 동물적 행위, 그에
따른 기존 가치의 붕괴로 대변되는 전후의 병적인 삶을 통해 전쟁이 종
전(終戰)으로 끝난 것이 아니라 전후의 살아남은 사람들 각자에게 개별성
을 띠며 계속적으로 삶과 의식의 균열을 가져오는 무서운 재난임을 고
통스럽게 고발하고 있다. 특히 작가의 이러한 메시지가 주인물 영규의
내적 독백을 통하여 전달되는 것이 아니라 상징적인 스토리 구도 안에
서 전개되고 있다는 데 이 작품의 장점이 있다. 자식 둘을 잃고 칠 년째
불고 있는 의적(義賊)의 장송곡과 같은 하아모니카 소리, 동생의 아내와
살아가는 반인륜적인 삶 속에서 죄의식조차 상실한 인간의 무감각해 버
린 정신을 상징하는 난이의 죽음 같은 잠, 손가락 네 개에 실을 감아 피
를 안 통하게 하여 까맣게 만들었다가 도로 풀어 넣는 섬뜩한 장난 등은
한결같이 살육과 파괴와 이별의 고통만이 난무하는 전쟁의 악몽에서 벗
어나지 못한 인간들의 정신적 불안과 초조, 허무감을 드러내는 상징적
장치들이다.

또한 영규의 자살은 자의식의 시간을 통해 현재의 비정상적이고 패륜
적인 삶을 부정하고 자신의 정상적인 정체(identity)를 찾고자 하는 강한
의지를 표상한다. 따라서 '자살하는 시간'은 비극적 삶을 마감하고 새로

---

16) 위의 작품, 314면.

운 시간, 새로운 세계에로 나아가고 싶은 강렬한 희구의 시간대, 그 정점에 해당한다. 그래서 이 작품의 플롯은 그 정점의 시간을 향하여 모든 에피소드들이 모아지는 독특한 구조를 보인다. 즉 스토리의 현재 시간이 소설의 처음에서 결말로 일정한 흐름을 보이는 것이 아니라 영규가 자살하는 시간에 멈추어 있는 것이다. 단지 회상을 통한 과거의 추억들이 영규의 자의식을 일깨우는 에피소드로서 그 시간대를 향하여 흐르고 있을 뿐이다.

① 하아모니카 때문이었다. 밤 아홉 시다. 이러한 시각에 하아모니카 소리가 들려왔던 적은 없다.[17]

② 하나 결국은 그 때문이었다. 없던 일이었다. 영규는 못내 살인을 하려고 했었다. 잠자는 난이의 목에 손을 가져갔었다. 밤 아홉 시에— 그 <장송곡>은 들려왔었다.[18]

③ 난이는 진종일 울다가 쓰러져서 선잠이 들더니 잠꼬대로 기어코 <아빠…> 두 마디를 배앝았던 것이다. 영규가 실오라기를 들고 일어난 것은 실로 그 순간이었다.[19]

④ 피의 반점으로 얼룩이 진 요를 덮고 난이는 마침내 잠이 들었다. 그러다가 소스라치게 <아빠……>를 두 번 불렀다. 영규는 제 손가락에 감으려던 끄나풀을 난이의 목으로…… 슬쩍 감아쥐기만 하면 되는 일이었다. 혹은 지그시 내리누르기만 해도 그만이었다. 그러나 실로 그때였다. 하아모니카 소리가— 보름 동안 잠자던 하아모니카 소리가 벽력 같이 들려왔던 것이다.[20]

---

17) 위의 작품, 296면.
18) 위의 작품, 297면.
19) 위의 작품, 312면.

위의 내용들은 난이의 목을 실로 감아 살인을 하려던 시간, 하아모니카 소리가 들려온 시간, 그리고 난이를 향한 살의의 충동에서 자살에의 결단으로 전이되는 시간인 '밤 아홉 시'에 대한 반복된 서술이다. 즉 스토리의 현재 시간인 밤 아홉 시의 상황에 대한 서술은 끊임없이 떠오르는 고통스러운 전쟁에의 기억과, 전쟁 전의 정상적인 가치와 심리적 갈등의 원인인 현재의 비윤리적 삶에 대한 서술 중간 중간에 혼재되어 나타난다. 따라서 이 작품에서 전쟁에의 기억, 현재적 삶에 대한 냉소적 설명 등은 하나하나 쌓여 아홉 시라는 꼭짓점을 향해 치닫고 있는 양상을 띤다. 이것은 이 작품이 찰나의 시간대 즉 영규가 자살하는 죽음의 시간대로 초점이 모아지고 있음을 암시한다. 이때 죽음의 시간은 현재의 반인륜적인 삶을 부정하는 시간이다. 따라서 "새로운 시간, 그리고 새로운 출발에의 욕망"이 극대화된 시간으로서 재생의 의미를 띠고 있다. 이것은 영규가 난이를 살해하려다가 갑자기 자살을 결심하는 모습에서도 짐작할 수 있다. 난이를 죽이는 행위는 그의 위악적(僞惡的)인 삶의 양상을 더욱 심화시키는 결과를 예고할 뿐이기 때문이다. 물론 그의 자살 역시 부정적인 해결이긴 하지만 그러한 세계에 대한 결별과 정상적인 삶에 대한 강한 열망을 표상한다고 할 수 있다.

요컨대 <하아모니카의 계절>은 비정상적인 불륜의 가족관계와 그 구성원들의 정신적 와해과정을 통해 전쟁의 비극성을 드러내고 있다. 또한 그것을 암울한 시·공간적 배경과 그로테스크한 작중인물들의 행위, 끔찍한 전쟁의 기억이라는 상징적인 장치, 점의 시간대를 지향하는 시간 구조 등을 통해 문학적으로 형상화하는 데 성공한 작품이라 하겠다.

---

20) 위의 작품, 313면.

4. 혼돈의 공간과 자아 회복에의 의지 : ≪흑맥≫

≪흑맥(黑麥)≫은 전쟁이 한창일 때의 서울역 주변의 뒷골목을 배경으로 깡패와 부랑아들의 세계를 실감나게 다루고 있는 이문희의 첫 장편소설이다.

소설 서두부터 은어와 비어로 점철된 똘만이들의 생생한 대화로 시작하고 있는 이 작품은 거리의 신문팔이, 구두닦이, 껌팔이, 펨프 등 양아치와 똘만이들, 그리고 그들을 지배하는 왕초 집단의 세계를 그대로 재현하고 있다. 그곳은 절도, 강도, 날치기 등의 범죄행위를 자행하고 술과 매음을 일삼으며 자신들의 이권을 위해서는 폭력과 살인까지도 서슴지 않는 악의 소굴 그 자체이다.

하지만 이 작품은 폭력과 범죄가 난무하는 뒷골목, 즉 암흑세계의 충격적인 실상을 흥미본위로 독자들에게 보여주려는 데 목적이 있는 것이 아니다. 오히려 자신의 의지와는 관계없이 그러한 비인간적이고 비정한 세계 속에 던져진 인물들의 비참한 삶과 그 삶에서 벗어나고자 하는 처절한 몸부림에 초점을 맞춘다. 바로 인간의 운명이 내포하고 있는 비극적 아이러니와 구원의 문제를 저주받은 군상들이 모여 있는 혼돈의 공간을 중심으로 천착하고 있는 것이다.

≪흑맥(黑麥)≫은 6 · 25 전쟁이 진행 중인 1951년 10월에서 그 이듬해까지를 시간적 배경으로, 서울역 부근 부랑아들의 근거지를 공간적 배경으로 전개된다. 북쪽과의 전투는 별 진전 없이 소강상태이고 피난 간 사람들은 아직 돌아오지 않은 상황에서 왕초인 독수리와 그의 부하들은 마치 전쟁의 피해나 영향이 전혀 미치지 않는 무풍지대인 것처럼 절도와 폭력, 매음을 일삼으며 호기 있게 살아간다. 그러나 죄의식을 전혀 느끼지 않고 저지르는 범죄행위와 잔인한 폭력으로 요약되는 그들의 외

형적인 삶의 모습을 한 꺼풀 벗겨보면 그들이야말로 전쟁으로 제 나이 또래의 정상적인 생활을 박탈당한 채 위악(僞惡)의 탈을 쓰고 살아가는 불행한 인물들이다. 전쟁 중에 목사인 아버지와 헤어져야 했고 포탄에 찢겨 목숨을 잃은 누이동생을 내버려둔 채 단신 월남해야 했던 독수리 곽영호를 비롯하여 대부분의 인물들이 전쟁으로 집과 가족을 잃고 오직 살기 위한 생존의 방식으로 이 세계로 기어든 사람들이다. 말하자면 그들은 인간다운 삶의 조건을 모두 빼앗긴 전쟁의 치명적인 피해자들이다. 그래서 내적으로 '양민'들의 정상적인 삶을 그리워하는 한편 그 세계에 귀속될 수 없는 절망감과 소외감에 젖어 있다. 결국 그들이 지나치리만치 잔인하고 포악한 행동을 취하는 것도 그들의 의식을 파고드는 추연한 감정들을 잊고 외면하려는 자기 방어기제에 다름 아니다.

그래서 그들은 양민에게 멸시와 냉소를 보내다가도 때때로 편안히 쉴 수 있는 집이 있고 밥상에 둘러 앉아 담소를 나눌 가족이 있는 그들의 삶에 대해 암암리에 부러움과 동경심을 표출하고 있다. 그러한 심리는 자기들끼리 부르는 별명이 아닌 본래의 이름에 대한 그리움과 강한 집착으로 구체화된다.

> <곽영호 군>이라 씌어진 장형사의 편지―이 순간처럼 그가 자기의 이름이라는 것에 대하여 믿을 수 없을 만큼 충만된 희열과 혐오를 동시에 느껴 본 일이란 없었다. (…중략…) 글자가 제대로 눈에 들어올 까닭이 없었다. 그는 몇 줄인가 읽었다. 그러나 처음부터 다시 읽었다. 홧홧 타는 가슴 속에서 뜨거운 입김이 마구 뿜어져나오는 것이었다. 그것은 이 편지가, 독수리라는 깡통 왕초의 악다구니를 시작한 이래 그가 최초로 받아 보는 편지였기 때문이다. 그것도 잃어진 이름으로, <곽영호 군>을 되찾아서 실감하는……21)

---

21) 이문희, ≪흑맥≫, 『한국문학전집』(55), 삼성출판사, 1972, 322면.

이 작품에서 전지적 시점의 화자가 작중인물을 지칭할 때 '이름'과 '별명'은 진정한 삶을 사는 사람과 그렇지 못한 삶을 사는 사람을 구분하는 중요한 척도가 된다. 예컨대 대부분의 인물들은 보통 독수리, 키다리, 외팔이, 송충이, 깡쇠 등 뒷골목 세계의 별명으로 불리어지지만 그들이 전쟁 이전의 평범한 삶을 그리워하거나 현재의 삶에 대한 회의를 드러내는 반성적 자아로 돌아올 때면 으레 독수리가 아닌 곽영호로, 키다리가 아닌 춘식이로, 송충이가 아닌 양명철이라는 본래의 이름으로 호명된다. 또한 그들과 함께 살고 있으나 범죄에 가담하지 않는 인물인 미순과 영팔이는 처음부터 끝까지 별명이 아닌 이름으로 불리어지고 있다. 즉 왕초인 독수리 곽영호를 비롯한 대부분의 인물들이 자신이 지향하는 진정한 삶, 인간적인 삶의 양식에서 이탈하여 자포자기 상태로 살고 있음을 암시하기 위해 호칭을 의도적으로 구별하여 사용하고 있는 것이다. 위의 인용에서 독수리 곽영호가 벅찬 감회에 젖는 이유도 자신을 암흑세계의 왕초 독수리가 아닌 인간 곽영호로 바라봐 주는 사람이 있다는 사실과, 공중변소의 벽에 갈겨 놓은 암호문이 아닌 편지로써 자신에게 마음의 문을 열어 주는 사람이 있다는 사실을 확인하였기 때문이다. 그것은 그가 얼마나 일반 사람들의 평범한 삶을 그리워하고 있는가를 보여 주는 단적인 증거이다. 실제로 목사의 아들로서 깊은 신앙심 속에 살아가던 영호가 이 세계에 뛰어든 것은 폭탄에 맞아 죽은 누이를 버려둔 채 혼자 월남한 데에 대한 죄의식과 그전에는 자식처럼 귀여워해 주던 김 장로가 자신을 외면한 데서 오는 배신감 때문이었다. 결국 영호가 암흑세계의 생리에 자신을 철저히 길들이며 마침내 왕초의 위치까지 오르게 된 것은 전쟁의 재난 속에서 경험한 인간의 이기심과 위선적인 모습, 그에 대한 실망과 충격에 따른 일종의 반발심리, 복수기제가 작용했으리라는 것을 짐작하기 어렵지 않다.

그러나 왕초 독수리를 구심점으로 구축된 그들의 세계는 독수리가 미순이를 만나면서 서서히 균열이 생기기 시작한다. 성경책이 인연이 되어 좌판 행상을 하던 미순이를 자신의 거처로 데려온 영호는 미순과 함께 따뜻한 밥을 먹고 사랑을 나누면서 조금씩 흔들리기 시작한다. 전쟁을 겪으면서 신에 대한 실망과 인간에 대한 환멸을 느껴 이 세계에 뛰어들었는데, 깊은 신앙심과 진실한 마음을 지닌 미순이 세상을 향한 자신의 분노의 칼을 무디게 만들고 있는 것이다. 영호는 처음에 이러한 마음의 변화를 부정한다. 그래서 미순을 사랑하면서도 일부러 남들 앞에서 창녀 취급을 하기도 한다. 그러나 두 사람의 사랑이 서로를 진실한 세계로 이끌어주는 구원의 방법이 되지 못하는 것에 괴로워하며 미순이 가출해 버리자, 영호의 정신적 공황은 심각한 국면으로 치닫는다. 영호에게 있어서 미순은 과거의 밝은 세계에 대한 향수를 되살려준 누이와 같은 존재이고, 그녀와의 사랑은 그 세계로 나아가기 위한 구원의 통로였는데 갑자기 그 통로가 차단되었기 때문이다. 그때부터 독수리 곽영호는 왕초로서의 권위도, 피비린내 나는 투혼과 용맹성도 상실한 채 초조와 불안, 권태와 무기력증에 시달린다.

> 기차가 와서 닿을 때마다 그는 알 수 없는 초조감에 쫓기곤 하는 버릇이 있었다. 사람들이 자꾸 올라와서 모이고, 피란 갔던 사람들이 연달아 돌아와서 새살림을 시작하고……하는 풍경들은 독수리로 하여금 자기도 이제 무엇인가를 해봐야 하고 잃었던 것을 되찾아야 한다는 막연한 채무의식에 사로잡히게끔 하는 것이다. 되찾아야 할 것은 너무 많고 그 대신 앞으로 해야 할 일은 거의 길이 막히다시피 되어 있음을 깨닫는 절망감이란 굳이 기차 소리를 들을 때만의 충격이랄 것도 없는 것이긴 했었으나……22)

---

22) 위의 작품, 182~183면.

피난민에게 있어서 피난살이에서 집으로 돌아오는 행위는 일시적인 혼돈과 뿌리 뽑힌 삶에서 벗어나 정상적인 세계로 복귀하는 과정을 의미한다. 바로 독수리도 전쟁 중에 피난처로서 찾아든 이 암흑세계에서 이제는 벗어나, 전쟁 이전의 곽영호로 돌아가 자기 정체성을 회복해야 한다는 내면의 무의식적인 열망과 그렇게 할 수 없는 현실에 대한 절망감 사이에서 갈등한다. 왕초 독수리의 이러한 심경의 변화와 행동의 위축은 그 휘하의 부하들에게 그대로 영향을 미쳐 확고했던 위계질서와 통치체제가 와해의 조짐을 보인다. 한강다리 잔유파의 도강, 숭어패의 월경, 쇠뿔패의 이탈, 깡쇠의 도주 등 조직의 세력은 점점 축소되고 그에 따라 독수리와 부왕초 외팔이, 키다리는 불안과 초조감이 고조된다.

독수리는 집을 나간 미순에 대한 절망적인 집착과 자신이 구축한 세계의 균열 사이에서 괴로워하다가 마침내 회현동패의 왕초인 백고래를 해치려는 무리한 계획을 세운다. 그것은 양민의 세계로 돌아갈 수도 지금의 세계에 안주할 수도 없는 정신적 공황상태를 자신의 방식으로 종결하려는 결단의 발현이다.

> 그쪽 사람들과의 단절감, 그 벽을 허물어뜨리기 위해서 자기가 탈을 벗고 감쪽같이 땅속으로 두더지 발을 움직여 그쪽 세계로 살며시 숨어 들어간다는 종류의 비겁한 심뽀는 먹지 않겠다는, 띤띤한 반발을 그는 만들었다. 죽으면 곱게 죽지, 탈을 벗고 항복하지는 않을 테다. 그러고 보면 상기도 그는 피맛을 찾는 이리의 고집에서 아직 헤어나지 못하고 있는 것일까? 아뭏든 자기는 그쪽 양민들이 쳐 놓은 장벽을 까뭉개기 위해서, 전쟁이 소위 <휴전>을 모색하는 따위의 흐리멍텅한 수작은 택하지 않겠다는 것이었다. 죽기 아니면 살기다. 이것은 자기가 깡패이기 때문이 아니라 사람이란 본래가 다 그렇게 되어 있기 때문이다.[23]

---

23) 위의 작품, 347~348면.

결국 암흑가의 경쟁 상대인 백고래를 죽이는 데는 성공했으나 그 때문에 외팔이를 제외한 부하들은 모두 경찰서에 잡혀 들어가고 그가 구축한 서울역 주변의 뒷골목 세계는 붕괴되고 만다. 그리고 독수리는 사랑하는 미순이가 원하는 일이라는 이유로 스스로 경찰서에 가서 자수한다.

여기서 독수리와 그의 부하들이 감옥에 잡혀가는 것은 상징적인 의미를 지닌다. 그들이 감옥에 들어가는 것은 이전의 비뚤어진 삶과의 단절을 암시하며 새로운 삶, 진정한 자기를 찾아 나서기 위한 통과제의적인 시련이기 때문이다. 그들이 백고래의 부하들의 복수로 파멸하지 않고 경찰에 의해 체포된 점, 같은 패거리 중 유일하게 전쟁 전부터 악의 세계에 발을 들여 놓은 외팔이에게만 도주의 길을 열어 놓은 점 등 작가는 여러 면에서 그들의 삶의 붕괴를 다른 세계로의 재생의 구도로 읽도록 배려하고 있다. 특히 살인죄로 사형을 당할지도 모르는 독수리가 자수의 길을 택한 이유가 사랑하는 미순에게 자신의 진정한 모습을 보여주고 싶은 절실한 바람 때문임을 주목할 때 그의 자수행위는 자기 정체(identity)를 회복하고자 하는 강한 열망의 표현인 셈이다.

결론적으로 ≪흑맥≫은 작가 이문희의 창작기법 및 세계인식을 총체적으로 보여주는 비중 있는 작품이다. 단편소설에서 단편적으로 선택되었던 중심제재들, 즉 이성간의 이루어지지 않는 사랑과 전쟁과 관련된 비극적인 사건들이 실존적 자아의 자기 정체성 찾기라는 주제를 드러내기 위해 유기적으로 소설 세계를 형성하며 리얼리티를 구현하고 있다. 특히 범죄와 폭력이 난무하는 깡패와 부랑아들의 세계를 선택하여 전쟁의 비극성을 극대화하고 인간의 운명적 아이러니를 드러내고 있는 것, 전방의 남북의 대치상황과 후방의 범죄의 득세, 전쟁 전의 삶과 전쟁 후의 삶 사이의 분열 속에서 괴로워하는 인물들을 상징적으로 병치시키고

있는 구조적 짜임새는 주제의 문학적 형상화에도 성공하고 있음을 보여
주는 요소들이라 하겠다.

5. 결론

본고는 1960년대 왕성한 작품 활동을 하였던 이문희의 소설세계와 창
작기법을 밝히고자 하였다.

이문희는 다양한 소재로 소설을 창작하는 작가로 알려져 있다. 그러나
그의 소설을 읽어 보면 크게 두 가지 모티프가 중심 소재로서 부각되고
있음을 알 수 있다. 이루어 질 수 없는 사랑과 전쟁 체험의 형상화가 그
것이다. 이루어질 수 없는 사랑은 그의 대부분의 작품에서 등장하는 대
표적인 모티프이다. 그가 <우기의 詩>나 <하아모니카의 계절>에서 보
듯 근친상간이나 불륜의 사랑을 그리고 있는 것은 이루어질 수 없음을
속성으로 하는 사랑에 대한 남다른 집착 때문이다. 여기서 그는 인간의
사랑이 갖는 비극적 요소를 드러내려는 데 초점을 맞추지 않는다. 오히
려 이루어지지 않음으로 해서 더욱 아름답고 애틋하게 채색되는 그 사
랑의 신비화에 관심을 기울인다. 그것은 인간이 꿈꾸는 이상적인 사랑,
현실적으로 만질 순 없지만 정신적으로 희구하는 순수 세계에 대한 작
가의 천착에 기인한 것으로, 그러한 세계를 동경하는 인간의 보편적 정
서의 문학적 형상화라고 할 수 있다.

그리고 <하아모니카의 계절>로 대표되는 전쟁 체험을 소재로 한 그
의 소설은 전쟁이 얼마나 인간을 물질적, 정신적으로 파괴시키는가에 초
점을 맞추고 있다. 기존 가치와 질서가 무너지고 가족이 죽고 비인간적
행위가 만연하는 전쟁 체험은 전후의 인간들을 전쟁 이전의 정상적인

세계로 되돌려 놓기에는 실로 엄청난 재난이다. 따라서 대부분의 작중인물들은 비정상적이고 비윤리적인 세계 속에 자신을 팽개친 채 자포자기의 현실에 순응하며 살아간다. 하지만 그런 유형의 대표적인 인물이었던 영규는 의식의 잠에서 깨어나면서 조금씩 현실의 부조리함을 인식하고 있으며, 마침내는 그 비극적인 현실에서 벗어나기 위해 주체적인 죽음을 선택하고 있다. 따라서 그의 죽음은 자신의 정체성을 찾고자 하는 영규의 강한 의지의 결과로서 재생적 의미를 지닌다.

장편소설 ≪흑맥≫은 여러 면에서 작가 이문희의 대표작이라 할 수 있다. 그 이전의 작품이 다소 관념적 색채가 강하고 소설세계의 리얼리티가 부족한 한계를 보인 반면 이 작품은 戰時의 도시 주변 부랑아들의 삶이 마치 영화를 보는 것처럼 실감나게 구체적으로 서술되고 있다. 이 작품에서 작가는 그들의 난폭한 기질과 범죄 행위로 대표되는 惡의 이미지 너머에는 평범한 양민들의 세계에 속하고자 하는 간절한 바람과 외면당한 동심이 자리하고 있음을 드러내고 있다. 사실상 알고 보면 그들은 전쟁으로 모든 것을 잃고 생존을 위해 꾸역꾸역 모여든 초라한 영혼들인 것이다. 즉 이 작품에서 작가는 전쟁이라는 재난이 인간을 얼마나 예기치 않은 상황으로 몰고 갈 수 있는가 하는 운명의 아이러니를 포착하고 있으며 동시에 운명의 횡포를 벗어나고자 하는 인간의 의지, 그리고 구원의 방법을 밀도 있게 천착하고 있다.

이문희의 창작기법은 크게 세 가지로 그 특성을 요약할 수 있다.

첫째, 배경 묘사의 구조적 기능이다. 그의 작품에서 배경묘사는 <우기의 詩>에서 보여 주는 서정적이고 낭만적인 분위기, <하아모니카의 계절>에서 보여 주는 바람 부는 겨울밤의 암울한 분위기, ≪흑맥≫에서 서울역 주변 뒷골목의 술집과 은신처의 혼돈스럽고 황량한 풍경 등 각 작품의 주제를 부각시키기 위한 주요한 문학적 장치가 되고 있다.

둘째, 스토리 구성력의 탁월함이다. 동일한 시·공간에서 스토리의 열림과 닫힘이 이루어짐으로써 플롯의 구조적 완결성을 보이는 <우기의 詩>와 스토리의 현재 시간인 죽음의 시간대로 모든 에피소드들이 모아지는 독특한 시간 구조로 이루어진 <하아모니카의 계절>, 전쟁으로 삶의 조건이 바뀌어버린 각 인물들의 운명적 아이러니와 그 극복의지를 부랑아들의 타락한 세계를 통해 천착하고 있는 ≪흑맥≫의 구조 등 그의 소설은 작가에 의해 계산된 상징적인 구도 속에서 예술적으로 형상화되고 있다.

셋째, 문체의 다양한 활용능력이다. <우기의 詩>에서 두드러지는 長文의 요설체 문장, <하아모니카의 계절>에서 나타나는 단문의 똑똑 끊어지는 문장, 그리고 ≪흑맥≫에서 보여준 은어와 비어의 적절한 사용을 통한 유창한 어휘 구사능력 등은 주요한 창작기법으로서 각 작품의 주제에 맞게 적절히 선택, 활용되고 있다.

이상 살펴본 바와 같이 이문희는 특유의 창작기법으로 인간의 실존적 상황과 존재의미를 천착한 1960년대의 대표적인 작가라고 하겠다.

참고문헌

1. 기본 자료

『현대한국문학전집』(11), 신구문화사, 1966.
『한국문학전집』(55), 삼성출판사, 1972.

2. 연구 논저

김동리, 「소설천후기」, 『현대문학』, 1957. 5.
＿＿＿, 「소설천후기」, 『현대문학』, 1957. 7.
김승환·신범순 엮음, 『분단문학비평』, 청하, 1987.
김윤식, 『한국현대문학사』, 일지사, 1991.
윤병로, 「단평」, 『현대문학』, 1958. 3.
이재선, 『현대한국소설사』, 민음사, 1991.
정태용, 「9월의 소설」, 『현대문학』, 1959. 10.
천이두, 『한국현대소설론』, 형설출판사, 1983.

● 손창섭 소설에 나타난 성폭력 모티프 연구
 ─〈인간시세〉, 《낙서족》을 중심으로

● 선우휘 초기 단편소설 연구
 ─관조와 행동의 변증법에 의한 휴머니즘 추구

● 오영수 소설에 나타난 식물적 상상력과 순응의 미학

● 소설과 영화의 매체적 표현방식 비교 연구
 ─이범선의 소설 〈오발탄〉과 유현목 감독의 영화 〈오발탄〉을 중심으로

손창섭 소설에 나타난 성폭력 모티프 연구
─〈인간시세〉, 《낙서족》을 중심으로

1. 서론

손창섭(孫昌涉)은 50년대 한국 전후문학을 주도한 대표적인 작가이다. 그는 작품 속에서 1950년 한국전쟁 중의 피난지 혹은 전후의 도시 빈민 지역을 중심으로 신체적, 정신적 불구자들이 창출해 내는 비참하고 충격적인 삶의 내밀한 풍경들을 주로 다룬다. 거기에는 음습하고 절망적인 분위기 묘사, 작중인물들의 불구성과 기형성, 그리고 그들이 연출해 내는 인간모멸적인 삶의 에피소드들이 잔인할 정도로 적나라하게 그려진다. 그의 대표작으로 논의되는 〈사연기(死緣記)〉(1953), 〈비오는 날〉(1953), 〈생활적(生活的)〉(1954), 〈혈서(血書)〉(1955), 〈미해결의 章〉(1955), 〈유실몽(流失夢)〉(1956) 등은 모두 그 범주에 속하는 작품들이다. 위의 작품들에서 작가는 작중인물들의 병적인 무기력과 비상식적인 행동이 전후의 사회적 무질서 및 가치관의 혼란과 불가분의 관계에 있음을 은 연중에 드러내고 있다.

그런데 50년대에 창작된 손창섭의 소설 중에, 한국전쟁을 소재로 한 전후문학작품 계열에서 벗어나 일제 강점기와 해방 전후가 시간적 배경이 되고 있는 두 편의 특이한 소설이 있어 눈길을 끈다. 그것이 바로 <인간시세(人間時勢)>(1958)라는 단편과 손창섭의 첫 장편소설인 ≪낙서족(落書族)≫(1959)이다. 이 두 작품에서 보여준 작가의 상상력 혹은 창작의 발상은 대단히 획기적이며 도발적이다. 왜냐하면 <인간시세>는 일본의 패망 직후 식민지였던 중국에 홀로 남겨진 한 일본인 가정주부가 겪게 되는 충격적인 성폭력1)의 실상을 그리고 있고, ≪낙서족≫은 독립투사를 꿈꾸는 한국인 동경유학생이 일본 여성에게 가하는 비인간적인 성폭력의 행태를 주요 모티프로 설정하고 있기 때문이다. 요컨대 위 두 작품들에는 일제 강점기나 해방 전후를 다룬 기존 작가의 작품에서 으레 발견되던 민족주의적 현실인식이나, 아니면 제국주의자들의 횡포에 의한 경제적 궁핍화, 사회 구조적 모순 등을 고발하는 내용을 전혀 담고 있지 않다. 오히려 피지배국의 남성들에 의해 성폭력을 당하며 정치적 희생물로 전락하는 한 일본-제국주의의 주범국인-여성의 불행에 초점을 맞추고 있는 것이다.

여기서 우리는 위 작품들의 창작의도가 한 국가가 다른 국가에게 가하는 국가권력의 횡포를 고발하고자 한 것이 아니라는 점을 알 수 있다. 바로 작가는 남성중심의 인간사회에서 강자인 남성이 약자인 여성에게 가하는 보편적인 성폭력의 양상을 보다 첨예하게 드러내고자 하는 것이다. 즉 손창섭은 윤리적 규범과 공적인 관념에 의해 형성되고 이해되는 외적인 성문화 속에 내재된, 남성들의 불순한 성의 권력화와 그 폭력성을 폭로하고자 하는 것이다. 그 과정에서 작가는 국가와 정치를 담당하고 있는 남성들에 의해 행해진 전쟁과 식민지 정책 혹은 그들의 지배 이데올로기에 의해 항상 삶에 치명적 피해를 입고 존재가치를 위협당하는

---

1) '성폭력'은 강간, 강제추행 등 인격을 가진 인간의 성적 자기 결정권을 침해하는 행위를 지칭하는 개념이다.

존재는 여성들이라는 인식을 보이고 있다. 따라서 지배국의 국민인 일본 여성이 피지배국의 남성들에 의해 겪게 되는 성적 수난의 모티프는 강대국에 의한 약소국의 불행이 아니라 남성에 의한 여성의 보편적인 불행을 드러내기 위한 적절한 이야기적 장치가 아닐 수 없다.

남성이자 50년대 작가인 손창섭이 민족적 정체성과 남성중심적 역사 해석에서 벗어나, 국가 간의 권력 다툼 과정에서 여성들이 겪게 되는 성적 수난의 비극과 그 의미를 적확하게 포착하고 있는 것은 놀라운 일이다. 그것은 아마도 가진 자의 위치보다는 못 가진 자의 위치에서, 강자보다는 약자의 입장에서 살아야 했던 그의 불우한 삶이 있었기에 가능했던 것이 아닐까 싶다. 그의 자서전적인 소설인 <神의 戲作>에서도 그려지고 있듯이, 손창섭은 실제로 어려서부터 불우한 가정환경과 경제적 궁핍 속에서 성장했다. 그 과정에서 그는 자신을 돌아볼 겨를도 없이 어떻게든 살아야 된다는 생각 하나로 자신을 지탱해 왔다.

> 진부한 말이지만 이렇듯 기구한 운명과 역경 속에서 인간 형성의 가장 중요한 소년기와 청년기를 보내 온 내가 비로소 자신을 자각했을 때, 나의 눈 앞에 초라하게 떠오른 나의 인간상은, 부모도 형제도 고향도 집도 나라도 돈도 생일도 없는, 완전한 영양실조에 걸린 <육신과 정신의 고아>였다. 이것이 어처구니없게도 처음으로 내가 발견한 <나>였던 것이다.[2]

즉 그가 자신을 처음으로 자각하는 순간, 그에게 비추어진 자신의 모습은 남들이 갖고 있는 부모와 형제, 고향, 집, 나라, 돈, 타인의 따뜻한 위로와 격려 등을 하나도 소유하지 못한 육신과 정신의 고아였다는 것이다. 말 그대로 현실 세계의 패잔병이자 아웃사이더였던 것이다. 따라서 살면서 언제나 그에게 돌아온 것은 타인의 멸시와 배척뿐이었다.

---

2) 손창섭, 「아마츄어 작가의 辯」, 『현대한국문학전집』(3), 신구문화사, 1981, 473면.

그래서 이후 손창섭의 삶은 자신도 가질 권리가 있는 그것들을 타인들과 공유하기 위하여, 그것들을 독점하고 있는 타인들의 세계 속으로 들어가려는 안간힘으로 점철된다. 그 과정에서 그는 비로소 자신뿐만 아니라 타인에 대해서도 눈을 뜨게 된다.

> 이 결렬한 대인투쟁에서 내가 비로소 타인을 자각했을 때, 나의 눈앞을 가로막고 선 타인의 정체는 <이기와 위선에 찬 적(敵)>이었다. 이것이 어이없게도 처음으로 내가 발견한 <남>이었던 것이다.[3]

이와 같은 <나>와 <남>의 발견은 결과적으로 손창섭에게 인간 및 사회의 모순에 눈 뜨게 하고 그에 대한 반발심을 키우게 만든다. 그 결과 "나와의 공존과 공감을 허용하려 하지 않는 기성사회, 기성 권위에 대한, 억압된 나의 인간적 자기 발산이 문학적 형태로 나타난 것이 말하자면 나의 소설"[4]이라는 것이다.

이러한 작가 손창섭의 진술은 일차적으로 "병자와 불구자와 의욕상실자가 거의 집단적으로 서식하고 있는 그의 그로테스크한 세계"[5]로 요약되는 그의 전후 소설에 일관되게 나타나고 있는 모멸적 인간상을 해명하는 데 유용하다. 즉 그에게 비춰진 인간세상은 그렇게 고상하지도 진지하지도 가치 지향적이지도 않다. 오히려 공적인 힘―이데올로기, 전쟁의 논리―에 의해 만신창이가 된 개인의 진실만이 내면의 동굴 속에서 악취를 풍기고 있다는 것이다.

삶에 대한 그의 이러한 통찰은 자연스럽게 가부장제[6]사회의 공적인

---

3) 위의 책, 474면.
4) 위의 책, 474면.
5) 이재선, 「전쟁 체험과 50년대 소설」, 김윤식 · 김우종 외, 『한국현대문학사』, 현대문학, 1994, 338면.
6) 가부장제는 '남성으로 하여금 여성을 지배할 수 있도록 하는 사회 제도적 권력 관계'

권력의 독점자인 남성들의 횡포에 대해서도 눈뜨게 했다고 할 수 있다. 바로 손창섭 자신이 남성임에도 불구하고 현실의 아웃사이더로서 불평등한 사회구조 및 기성 권위에 의한 실질적인 피해자였던 점, 따라서 기존 사회에 대한 냉소와 모순의 폭로가 소설 창작의 원동력이 되고 있다는 점을 주목할 때, 남성중심사회가 만들어 낸 성차별 양상은 그에게 대단히 매력적인 모티프였으리라 짐작된다. 요컨대 남성 중심적 권위의식에서 탈피하여, 사회현상을 객관적으로 바라보고 그 속에 내포된 강자의 논리를 읽어낼 줄 알았던 작가는, 위 작품들에서 민족적 복수심이라는 미명하에 남성들이 여성에게 자행하고 있는 파렴치한 성폭력의 양상을 냉정한 시각으로 그려나가고 있다.

따라서 본고에서는 일제 강점기를 배경으로 하고 있는 손창섭의 작품 〈인간시세〉와 ≪낙서족≫에 나타난 성폭력 모티프를 중심으로, 정치·이념·문화 등 역사의 주체는 남성들인 반면 그에 의해 희생당하는 존재는 항상 여성이 되고 있는 가부장제사회의 성차별적 논리를 심층적으로 고찰해 보고자 한다.

2. 전쟁의 탈윤리성과 피해자로서의 여성 : 〈인간시세〉

전쟁은 지배와 복종이라는 관계의 불평등 구조를 생산해 내고, 권력의 헤게모니를 장악하려는 인간의 욕망을 가장 첨예하게 드러내는 공적, 집단적인 인간 행위 중의 하나이다. 거기에는 오직 승자와 패자라는 이분법적 인간관계만이 존재한다. 이때 승전국의 모든 이념 및 행위는 절대적으

를 통칭하는 개념이다(정숙경, 「가부장제와 그 이데올로기」, 윤근섭 외 공저, 『여성과 사회』, 문음사, 1997, 17면).

로 정당하고 합법한 것으로 간주된다. 그에 따라 패전국 국민들은 인간으로서의 모든 특권을 포기한 채 억압과 착취로 얼룩진 노예와 같은 삶을 강요받는다. 그런데 그러한 국가 간의 지배－피지배 관계가 어떤 이유로든 역전되었을 때, 피지배국의 지배국가에 대한 복수 및 가학행위는 보다 광폭한 양상을 띤다. 비인간적인 핍박과 억눌림을 당하면서 키워진 분노와 복수심이 한 순간에 폭발하기 때문이다. 따라서 역할만 뒤바뀐 권력의 횡포는 더 공격적이요 극단적인 양상으로 치달을 수밖에 없다. 그럼에도 불구하고 이들의 행동 역시 국가적인 복수심의 발로라는 이름으로 합리화되고 정당화된다. 여기에 전쟁 논리의 범죄성과 아이러니가 자리한다.

<인간시세>는 바로 한때는 지배국으로서 모든 권위와 힘을 행사하다가 패전국으로 전락한 일본의 한 여성이 외지에서 겪는 참담한 불행을 다루고 있다. 주인물 아리마 야스꼬는 무선 기술자이자 군속(軍屬)으로 있는 남편을 따라 3년 전에 만주로 온 일본인 가정주부이다. 그녀는 큰아들 쿠니오와 어린 딸 히로꼬와 함께 할빈에서 이백여 리 떨어진 이멘퍼의 일본인 관사에서 중국인 원주민들을 일꾼으로 부리며 평범하게 살고 있었다. 그러던 1945년 8월의 어느 날, 일본의 패망 소식이 전해지고, 군의 명령을 받은 일본 남자들은 모두 할빈으로 떠나간다. 며칠 후 일인 가족들도 고국으로 가기 위해 전원 할빈으로 집결하라는 명령이 떨어지고, 급히 짐을 챙겨 가지고 나온 야스꼬는 군용트럭에 오르려던 중 자신의 전 재산을 넣은 돈지갑을 집에다 놓고 왔음을 알게 된다. 그래서 아들 쿠니오만 트럭에 태운 뒤, 급히 집으로 달려가 지갑을 찾았으나 지갑은 어디에도 없다. 그 사이 일본의 패망을 알게 된 중국 원주민들이 성난 함성을 지르며 쳐들어오고 그녀를 기다리던 군용트럭은 히로꼬를 업은 야스꼬를 남겨 둔 채 떠나버린다.

이후 야스꼬의 삶은, 혼자 떨어진 채 엄마를 애타게 찾고 있을 아들

쿠니오에게 가기 위해, 그리고 고국으로 갈 수 있는 마지막 희망의 비상구인 할빈으로 가는 과정에서 겪게 되는 성폭력의 수난사로 얼룩진다. 바로 그녀는 국가의 비호도, 자국 남성들의 도움도 받을 수 없는 상황에서, 민족적 분노와 복수심의 분출이라는 이름 아래 노골적으로 행해지는 외국 남성들의 성적 횡포에 마치 맹수들 앞에 던져진 살코기처럼 만신창이 신세가 되고 만다. 여기서 그녀가 얼마나 비인간적인 방식으로 성폭력의 희생물이 되고 있는지를 열거해 보면 다음과 같다.

① 사람들의 눈을 피해 도랑을 따라 할빈 쪽을 향해 걸어가던 야스꼬는 결국 중국인 사내에게 붙잡혀 강간을 당한 뒤, 알몸으로 벗겨진 채 마을 사내들의 구경거리가 된다.

② 마을 사내 중 며칠 전까지도 야스꼬의 일꾼으로 일했던 장은 주인 사내에게 세간살이 몇 개를 주고 야스꼬를 건네받은 뒤, 이미 차지한 야스꼬의 집에서 그녀를 범한다. 이후 그녀는 남편과 함께 했던 이부자리에서 밤마다 장의 성욕의 제물이 된다.

③ 장의 감시를 피하여 간신히 관사를 도망친 뒤, 철길을 따라 할빈으로 가던 야스꼬는 고열로 보채는 히로꼬의 울음소리 때문에 마차를 몰고 가던 마부에게 들키고, 역시 풀밭에서 강간당한다. 그리고 마부는 야스꼬를 뚱뚱보(포주)에게, 히로꼬를 중국인 부잣집에 각각 팔아버린다.

④ 뚱뚱보는 자신이 먼저 야스꼬의 몸을 강간한 뒤, 그녀를 유곽으로 데려가 발가벗긴 채 침대방에 처넣는다. 이후 야스꼬는 하루에도 여러 명의 남자에게 몸을 파는 처지가 된다.

⑤ 남자 손님의 호복을 훔쳐 입고 몰래 변소를 통해 도망을 나온 야스꼬는 히로꼬를 되찾기 위해 마부네 집을 찾아 헤매던 중 유곽에서 일하는 장정에게 다시 잡힌다. 그때 길 가던 소련 군인이 장정에게 잡혀가는 야스꼬를 가로채어, 시장 골목에서 사람들이 구경하는 가운데 그녀를 강간한다.

⑥ 소련군에서 중국군에게로 인계된 야스꼬는 비로소 국가적인 차원에서 고국으로 이송될 수 있는 패전국 국민으로서의 대접을 받는다. 중

국인 장교의 배려로 팔려간 히로꼬를 찾아 나선 야스꼬는 그 애가 그날 아침 죽었다는 사실을 알게 된다. 야스꼬와 동행했던 한 병사가 상심하고 있는 그녀에게 다가와 수수밭에서 잠깐 쉬었다 가자고 남성적인 흑심을 드러내자 그녀는 기가 막혀 허탈하게 웃는다.

이상의 내용에서 확인되듯이, 국가와 남편의 보호 속에 단란한 가정을 가꾸며 살아가던 일본인 가정주부 야스꼬는 국가와 남편의 보호에서 이탈되자 한순간에 상대국 남성들의 성적 제물로 화하고 있다. 특히 그녀가 한때는 자신들을 억압하고 지배했던 나라의 국민이라는 사실, 더구나 "젊은 여자일 뿐만 아니라 정돈된 용모와 희고 부드러운 피부를 가지고"[7] 있다는 사실은 그녀를 식민지국 남성들의 복수심과 성적 탐욕을 동시에 충족시켜주는 대상으로 전락시킨다.

야스꼬가 그들에게 성적 폭력과 동물적인 취급을 당하면서 새삼스럽게 확인하는 것은 국가의 권력이 개인에게 미치는 영향이다. 즉 지금까지 "원주민들이 야스꼬 앞에서 굽신거린 것은 물론 야스꼬 개인의 인격이나 힘에 눌리어서가"[8] 아니라 조국이라는 국권의 발판이 있었기 때문이라는 사실을 새삼 실감하는 것이다. 따라서 발가벗겨진 채 동물원에 갇힌 원숭이처럼 구경거리가 된 자신을 바라보는 부락민들의 시선에서, 그녀는 국권의 붕괴가 곧 그녀의 인간적 존엄성의 파괴로 이어지고 있음을 깨닫는다.

그러나 어제까지의 일인은 감히 접근할 수도 없이 고귀한 존재였다. 같은 인간이면서도 그쪽은 금이요 이쪽은 흙덩이였다. 어제까지의 일인은 살아 있는 신의 적자로서 서슬이 푸르른 일등 국민이요 당당한 지배

---

7) 손창섭, <인간시세>, 『신한국문학전집』(24), 어문각, 1984, 441면.
8) 위의 작품, 438면.

자였고, 이쪽은 보잘 것 없는 열등 국민이요 견마와 같이 혹사당하는 피지배자였다. 일인들이란 대공을 나르는 두루미처럼 까마득히 우러러보이는 특권민이어서, 여태껏은 함부로 말도 걸 수 없었던 것이다. 그렇듯 위세가 당당하던 일인을 동등한 위치에서―아니 자기네보다 한층 보잘 것 없는 존재로서 눈앞에 붙들어 놓고 함부로 다루고 마음껏 놀려 먹을 수 있다는 것은 아무래도 신기하고 통쾌한 일이 아닐 수 없었다.9)

위의 인용에서 전지적 서술자에 의해 분석되고 있는 중국 원주민들의 내면 심리는 거꾸로 고귀한 존재에서 굴욕의 대상으로 전락한 야스꼬의 실존적 상황을 환기시킨다. 그 과정에서 국가의 이름으로 자행된 식민지국에 대한 범죄행위는 그녀의 범죄로 치환되고 있으며, 따라서 그녀에게 가해지는 피지배국 남성들의 성폭력과 비인간적인 취급은 당연한 응징으로서 정당화된다. 때문에 한 사회 구성원들 사이에서 행해진 것이라면 파렴치한 범죄로서 윤리적 지탄을 면할 수 없는 악행들이 일말의 양심상의 거리낌도, 죄의식도 내비쳐지지 않는 가운데 상대국의 남성들에 의해 저질러지고 있다.

그런데 야스꼬에게 성폭력을 가하고 그녀의 모성애를 짓밟고 있는 상대국 남성들의 행동이 단지 민족적 울분이나 복수심이라는 공적인 감정에서만 유발되고 있는 것이 아니라는 사실을 주목할 필요가 있다. 즉 그녀를 강간하고, 유곽의 창녀로 넘겨버리고, 또 어린 딸을 부잣집에 팔아버리는 행위는 그대로 힘없는 여자를 육체적 욕망의 대상으로, 돈벌이의 수단으로 이용하려는, 남성들의 개인적 욕심을 노출하고 있기 때문이다. 헤어진 아들 쿠니오를 만나야 한다는 모성애적 의지 하나로 자신에게 가해지는 온갖 수모를 참아내던 야스꼬가 자신을 유곽에 팔아넘기기 위해 딸 히로꼬마저 빼앗아가자 그 기막힌 상황에 경악하고 있는 것은 바

---

9) 위의 작품, 440~441면.

로 그런 이유에서이다.

　　야스꼬는 마부의 옷자락을 죽어라 하고 그러쥐고 흔들며 펄펄 뛰었다.
　　독오른 눈은 벌겋게 충혈되어 성한 사람 눈같지 않았다. 야스꼬의 분노
　　는 마침내 폭발하고야 만 것이다. 그것은 민족적인 감정의 발악만은 아
　　니었다. 남성에 대한 여성의 분노였다. 운명에 대한 모성의 도전이었다.
　　따라서 신에 대한 인간의 항의이기도 하였다.[10]

　야스꼬가 적국의 여성이자 이미 패망한 나라의 국민이라는 사실은 중
국인들과 소련 군인에게 있어 자신들의 반인륜적 행동을 합리화하기 위
한 편리한 수단 혹은 변명거리에 다름 아니다. 즉 그녀는 일본인으로서
민족적 복수심의 대상이라는 것, 그리고 현재 그녀는 모든 보호막을 상
실한 채 적의 나라에 홀로 남겨진 약자의 입장이라는 사실은, 그들에게
그녀를 인격적으로 대우해야 할 어떤 고상한 가치도 발견할 여지를 주
지 않는다. 따라서 그들은 거침없이 그녀를 강간하고, 발가벗긴 채 구경
꾼들에게 노출시키며, 자식을 팔아치우고, 사람들 앞에서 집단으로 성폭
행하는 비인간적이고 파렴치한 행위를 자행하는 것이다.

　결국 이 작품에서 야스꼬의 불행을 단지 민족적 복수심의 희생양으로
서 겪는 비극이라고 간단하게 정리하기가 어렵다. 오히려 그것은 어떤
방식으로든지 자기 행동의 합리화와 정당성만 주장할 수 있다면, 아니
행동에 대한 대가보다 자신에게 돌아오는 보상이 크다는 확신만 있다면,
언제든지 주변 여성을 자신의 성욕을 해소하기 위한 성적 도구로 취급
할 태세가 되어 있는 남성들의 성 심리의 폭력성이 구체화된 비극인 것
이다. 즉 이 세상에서 여자가 아닌 인간으로서 바라보아야 하는 대상은

---

10) 위의 작품, 446면.

어머니와 누이뿐이고, 그 외의 모든 여자를 성욕의 대상으로서 그 가능
성을 꿈꾸고 있는 남성들의 내적인 욕망의 구조를 이 작품은 적나라하
게 표출시키고 있다. 적국의 여성이라는 이유로 인간적 양심이나 윤리의
식을 완전히 거세시키고 있는 작품 속의 남성들의 태도와 행동은 근본
적으로 남성들이 인격체로서가 아니라 성욕의 대상으로서만 여성을 인
식하고 있는 성차별의식을 그대로 대변한다. 아울러 국가를 다스리고 전
쟁을 일으키며, 다른 나라를 지배하는 주체는 남성임에도 불구하고 그
모든 권려 다툼의 틈바구니에서 언제나 가장 많이 상처받고 희생당하는
대상은 약자인 여성이라는 사실도 이 작품은 새롭게 환기시킨다. 즉 남
성 중심적인 국가적 권력의 역학관계 속에서 피지배국의 실질적인 희생
양은 언제나 여성의 몫이었던 것이다.

3. 남성으로 거듭나기, 그 허구의 폭력성 : ≪낙서족≫

　≪낙서족≫은 『사상계』가 매호마다 기성작가의 장편소설 한 편씩을
전재(全載)하기로 결정한 후, 그 첫 작품으로 1959년 3월호에 실렸던 손
창섭의 첫 장편소설이다. 이 작품이 발표되자 백철, 김우종, 유종호, 이
어령, 김동리[11] 등이 작품세계의 특이성 및 장편소설로서의 성패를 언급
하는 작품평을 재빠르게 쓰고 있는 것으로 보아 당시에 상당한 관심을
불러일으켰던 것 같다. 그 평자들은 대체로 ≪낙서족≫이 소재의 특이

---

11) 백철, 「<낙서족>의 독후감」, 『思想界』, 1959. 4.
　　김우종, 「야유의 人生·야유의 문학」, 위의 책.
　　유종호, 「인간모멸의 白書」, 위의 책.
　　이어령, 「잡음(雜音)」, 위의 책.
　　김동리, 「<무명>에서 <광명>으로」, 위의 책.

성이 아니라 관점의 특이성에 의해 문학적 성공을 거두고 있는 작품이라는 데에 일치된 견해를 보이고 있는데, 그 중 김우종, 유종호의 글을 인용하면 다음과 같다.

> 그러나 어떠한 사건도 보는 사람의 눈에 따라 다른 형태로 해석될 수 있을 것이다. 지금까지의 손창섭 씨의 작품이 인기를 끌어온 이유는 그 관점의 특이성에 있었다. 올바른 관점이든 아니든 간에 그 특이성은 그로 하여금 한국문단에서 '성공'이라는 명예를 획득하게 만들었다.
>
> (…중략…)
>
> 《낙서족》이라는 타이틀이 증명하는 것처럼 여기에 등장하는 대부분의 인물들이 낙서족에 속한다. 공연히 요새말로 '국가보안법'에 걸릴 자극적인 용어를 '영웅적'인 기분으로 남용하고 경을 치는 낙서족들의 웃지 못할 희극이 이 이야기의 줄거리를 이루고 있다.[12]

> 조금 더 정밀하게 얘기하면 인간이 등장하고 있는 게 아니라 손창섭의 인간관의 괴뢰들이 등장하고 있다. 손창섭은 그 괴뢰들을 조정하여 멋진 연극을 시킨다. 그렇게 함으로써 그는 독자들로 하여금 자기 인간관의 괴뢰들을 '인간'이라고 오인시키는 데 성공하고 있다. 오해 조성에 성공한 것은 그의 조종술이 능하기 때문이다. 이 조종술이야말로 손창섭의 작가적 역량이다. 언뜻 보면 이 《낙서족》에 나오는 '박도현'이란 주인공은 저돌적인 주책없는 인간처럼 보이기도 한다. 그런데 실은 '박도현'이란 인간이 주책이 없는 게 아니라 손창섭의 견해는 '인간이란 원래 이렇게 주책이 없다'는 것이다.[13]

즉 손창섭의 다른 작품과 마찬가지로 《낙서족》에는 고상한 정신이나 진지한 행동이란 게 아예 존재하지 않는다. 독립투사의 길을 꿈꾸는 한국 유학생들의 이야기를 다루고 있지만 그들의 모습은 결코 민족적

---

12) 김우종, 위의 글, 317면.
13) 유종호, 위의 글, 318면.

영웅이나 숭고한 지사(志士)로서 이상화되어 있지 않다. 오히려 확고한 신념도 내적인 역량도 갖추지 못한 인물들이 시류에 편승한 애국심에 경도되어 철없고 무책임하며 저돌적인 행동을 벌이고 있을 뿐이다. 요컨대 손창섭은 민중을 교화시킬 지식인이자 민족을 구원할 애국자로서 기존의 작품들에서 전형화된 동경 유학생들의 이미지를 완전히 전복하고 희화화시킨다.

《낙서족》은 주인공인 도현이라는 동경 유학생이 그의 모친과, 그가 사모하는 상희와 상희 모친, 그를 추종하는 후배 광욱과 친구 등 주변인물들에 의해 타자화된 자신의 이미지를 중심으로 자신의 남성성을 구축해 가는 과정을 그리고 있는 장편소설이다. 이 작품에서 도현은 일본으로 밀항한 한국인 유학생에서 애국심이 강한 독립투사로 대외적 이미지를 구축하는가 하면, 사모하는 상희에 대한 성적 욕구를 해소하기 위한 방편으로 하숙집 딸 노리꼬를 상습적으로 강간하는 성폭력의 가해자로서 그려진다.

그런데 도현의 투사 이미지는 소설 속의 진실이 온통 과장되고 왜곡되는 과정에서 형성되고 있으며, 그 과정에서 개인적 성폭력 범죄 역시 민족적 복수 행위로 정당화되고 있다는 데 이 작품의 희극성이 자리한다. 《낙서족》이라는 제목이 말해 주듯이 소설 속의 인물들은 한결같이 자신의 삶을 주체적으로 살지 못하고 낙서하듯 무책임하게 판단하고 생각 없이 행동한다. 그리고 그들의 사고와 행동을 조종하고 있는 것은 소위 민족주의나 정절 이데올로기와 같은 외적 관념들이다.

먼저 이 작품에서 도현이 일제에 대한 저항의식을 갖게 되고 독립투사로서 거듭나는 과정은 순전히 그 동기가 外發的이다. 즉 그의 부친이 독립투사라는 이유로 도현의 일거수일투족을 감시하고 통제하는 일본 경찰의 지나친 과잉반응, 독립투사의 아들이라는 이유만으로 그의 인격과 행동을 무조건 애국심과 애국 행위로 읽어내고 있는 상희와 한국인 유학생들의 경박한 민족주의, 그리고 '존경하는' 상희에게 인정받기 위하여 애국투사가 되기로 결심하는 도현 자신의 미성숙한 사랑법 등이 상보작용을 일으키는 과정에서, 도현은 언제부터인가 타인들에 의해 이미 독립투사로 이미지화되어 있는 자신을 발견한다. 다시 말해 도현은 조선의 식민지 현실이나 독립운동에 대해 진지하게 고민해 본 적도, 자신의 삶의 목표로 검토해 본 적도 없는 인물이다. 그런데 이유 없이 일본 경찰의 집요한 감시와 통제에 시달림을 당하면서, 도현은 어느 순간부터 실제 자신이 대단히 주의를 요하는 독립투사나 된 것 같은 착각에 빠지기 시작한다. 거기에 독립투사의 아들로서 도현에게 보내는 주변 인물들의 존경과 상희의 각별한 기대는 도현으로 하여금 조선의 운명을 걸머쥔 독립투사의 길을 가도록 절대적인 당위성으로 작용한다. 그 결과 도현은 한국 유학생들 사이에는 사내대장부다운 의협심과 공격성, 지도력을 갖춘 존경하는 애국지사로서, 일본 경찰에게는 위험한 감시대상으로서 그의 남성적 이미지를 구축해 가고 있다.

그러나 실제의 도현은 긍정적으로 보아줄 구석이 거의 없는 한심한 인물이다. 장난삼아 은행 협박사건을 벌였다가 반 년 동안 옥살이를 했고, 자신을 감시하는 형사와 경찰 때문에 항상 굴욕감과 패배감에 시달릴 만큼 겁도 많다. 또 화가 나면 순사의 머리를 치받을 만큼 충동적이며, 형사들의 감시망에서 벗어나기 위해 공중변소에서 일주일 동안 숨어 지낼 만큼 미련하다. 거기에 교무주임을 <지끈 딱> 머리로 받아 넘기거나 천황을 죽이기 위해 다이너마이트를 제작할 계획을 세우는 등 행동은 저돌적이고 생각은 허황되기까지 하다.

그래서 이 작품의 전지적 화자는 작중인물들에 의해 이상화된 도현의 이미지와는 달리, 실제의 도현은 상당히 문제성 있는 인물임을 분석적 서술을 통해 은근히 독자에게 환기시킨다.

> 그는 언제나 이처럼 <u>맹랑한 속단</u>에서 오는 실수를 잘 저질렀다. 그것
> 은 스스로 자신을 속박하는 결과가 되곤 했다.[14]

> 도현이 취한 이 <u>무모한 행동</u>은 전교의 조선인 학생에게 순식간에 쫙
> 알려졌다. 불길 같은 충동을 일으켰다. 그들은 무모를 무모로 알지 않고
> 용감무쌍한 반항으로 여기고 도현을 재인식했다.[15]

> 광욱이도 하루 걸러큼씩 찾아왔다. 그는 도현의 손을 꼭 쥐었다 놓았
> 다 하며 어서 건강해져서 나라를 위해 큰 일을 해 달라고 늘 같은 당부
> 였다. 광욱이 오면 공연히 도현도 따라서 흥분했고 <u>터무니없는 영웅심</u>에
> 취하는 것이었다.[16] (밑줄 연구자)

즉 화자는 시종일관 객관적인 문체로 '낙서족'들이 빚어내는 생의 희
극을 묘사하는 한편 비판적 의미를 담은 형용어구를 통하여 주인물 도현
에 대한 냉소적인 시각을 은연중에 노출시킨다. 바로 이러한 화자의 서
술태도에서 이 작품 전체에 퍼져 있는 극적 아이러니의 효과가 발생한다.

그럼에도 불구하고 한국 유학생들은 패배의식과 충동성, 저돌성과 무
모함으로 요약되는 도현의 의식과 행동을 일제에 대한 반항의식과 공격
적인 용맹성으로 미화하고, 그를 민족적인 영웅으로 우상화하는 미숙한
현실인식을 노정한다. 예컨대 도현이 조선인 학생에 대한 부당한 처벌을
항의하는 과정에서 충동적으로 교무주임을 받아 넘긴 사건은, 스승에 대
한 폭력 행위에서 민족적인 저항행위로 그 의미가 굴절된다.

---

14) 손창섭, <낙서족>, 『현대한국문학전집』(3), 앞의 책, 18면.
15) 위의 작품, 64면.
16) 위의 작품, 76면.

도현의 용맹성은 동경 안에 있는 온 조선인 학생에게 큰 충격을 주었다고 찬양했다. 따라서 조선인 학생들은 모두가 도현을 애국 투사로 재인식하고, 존경하고 있다고 광욱은 말했다. 동시에 광욱이 자신 누구보다도 열렬히 도현을 지지하고 존경하고 있음을 언동으로 표시했다.[17]

이처럼 도현은 일본 경찰이 항상 감시해야 하는 조선의 독립투사이자 조선의 운명을 책임지고 있는 민족의 영웅으로서 한국인 유학생들과 고국의 친지들에게 점점 이상화된다. 그 과정에서 외적 이미지와 실제의 도현 사이의 불일치는 점점 커지고 작중의 상황은 심각한 희극을 연상시킨다.

그리고 마침내 도현 자신도 타인들에 의해 형성된 투사 이미지에 스스로 속아 넘어가는 오류에 빠진다.

누가 뭐래도 자신의 길은 이미 확정되었다고 다짐했다. 단지 남아 있는 것은 구체적인 행동뿐이다. 도현은 자기에게 솟구쳐 오르는 힘을 느끼었다. 그것은 무너져 가는 조국과 신음하는 동포 위에 놀라운 영향을 미칠 위대한 힘임에 틀림없었다. 자기가 택한 길이야말로 가장 사내답고 보람 있는 길이라고 자부했다.[18]

즉 그는 가부장제사회 속에서 여성들과 동료 남성들 모두의 존경과 지지를 받아낼 수 있는 길은 독립운동이나 정치적 지도자와 같은 공적인 일을 수행하는 것임을 직감적으로 포착하고 있다. 따라서 국가의 독립을 위하여서가 아니라 자신의 존재 확인을 위하여 독립투쟁의 길을 선택한다. 그런데 독립투사 도현이 그 구체적인 항일행위로서 유일하게

---

17) 위의 작품, 70면.
18) 위의 작품, 86면.

시도하고 있는 것이 일본 여성인 노리꼬를 강제로 추행하는 성폭력이라는 데 이 작품의 도발성이 자리한다.

도현이 남성으로서의 자기 정체성을 찾아나서는 과정은 외적으로는 독립운동에 대한 관심으로 나타나지만, 내적으로는 性에의 눈뜸으로 나타난다. 소설의 초두에서 방탕한 한상혁과 카페여급이 옆방에서 매일 벌이는 성관계의 소리를 들으며 도현이 괴로워하는 것은 그 조짐을 암시한다.

> 여자가 옆방에 다녀가고 나면 도현은 자기가 먼저 피로했다. 그때마다 도현은 새삼스레 자신 속에 성숙한 남성을 발견했다. 열아홉이라는 자기의 나이를 헤아려보고 수긍이 갔다. 자신 속에 눈 뜬 남성이란 도현에게는 주체스러운 괴물이었다.[19)

이렇게 성에 대한 호기심과 욕망이 커갈 때 도현에게 다가온 여성은 고상하고 지적인 상희와 하숙집 딸 노리꼬이다. 먼저 도현에게 있어 상희는 천사와 같이 신성하고 순결한 여인이다. 따라서 도현은 상희가 "어떤 남자와도 결혼해서는 안 될 것 같았"고 "수녀처럼 독신을 지키는 데서만 상희의 신성한 순결은 빛날 수 있다"[20)고 생각한다. 즉 그녀는 정신적 존경의 대상이지 육체적 사랑의 대상일 수 없는 것이다. 그럼에도 불구하고 상희를 존경하는 마음과 함께 그녀를 향한 성적 욕망과 성적 흥분도 커가고, 그때마다 도현의 내면에는 상희에 대한 죄의식과 충족되지 못한 성적 욕구불만이 주체할 수 없을 만큼 쌓여간다.

이때 그의 시선에 포착된 여성이 바로 하숙집 딸인 노리꼬이다. "비육체적인 야릇한 매력"[21)을 풍기는 상희와는 대조적으로, 도현은 노리꼬

---

19) 위의 작품, 18면.
20) 위의 작품, 54면.
21) 위의 작품, 108면.

에게서 "처음부터 어딘가 정신성과 순결을 거부하는 육체만"[22]을 느낀다. 결국 도현은 자신의 주체할 길 없는 성적 욕구를 해소하기 위해 사랑하지도 않는 노리꼬를 강간한다. 그리고 도현은 한 여성의 순결을 빼앗은 파렴치한 성폭력 범죄를 일본인에 대한 민족적 복수행위로 스스로를 합리화한다.

> 도현은 좀 주저했다. 그러나 이내 알맞은 핑계를 발견했다. 도현은 자기 속에서 일종의 복수심을 찾아낸 것이다. 일본 경찰에 대한 아니 일본인 전체에 대한 복수심. 어쩌면 그것은 단순한 핑계만은 아닐지도 모른다. 도현의 가슴 속에서는 비록 구체성은 띠지 못했을망정 그러한 복수심이 끈기 있게 타오르고 있었기 때문이다. 사건은 결정적이었다. 도현은 자기에게 노리꼬를 정복할 — 혹은 유린할 권리가 당당히 있다고 생각했다.[23]

결국 이러한 도착된 내면의 논리는 도현에게 남성으로서의 죄의식도 몰아내고 애국투사로서의 자존심도 손상시키지 않으면서 일본 여성에 대한 성폭력을 계속하게 만든다. 이후 그는 노리꼬뿐만 아니라 일본 경찰의 감시에 협조했다는 이유로 다른 하숙집의 주인과부도 강간을 함으로써 공적인 복수심과 개인적인 욕정을 동시에 충족시킨다. 여기서 주인집 과부에 대한 강간은 일회성으로 끝나지만, 노리꼬에 대한 성폭력은 상습적인 양상을 띤다. 즉 상희에게 성적 흥분을 느낄 때마다 도현은 어김없이 노리꼬를 찾아 간다. 그럼에도 불구하고 그러한 자신의 행동을 일본인 전체에 대한 복수심의 발로일 뿐이라고 언제나 합리화한다. 그리고 그것을 증명하기라도 하는 것처럼 노리꼬를 창녀처럼 취급하고 인격

---

22) 위의 작품, 86면.
23) 위의 작품, 52면.

적으로 모욕하는 광폭한 태도를 보인다.

이 작품에서 도현이 독립투사의 이미지를 점점 구축해 가는 것과 노리꼬가 도현의 성적 욕망의 희생물로서 전락해 가는 과정은 평행선을 이루며 도현의 정신적 파탄 및 행동의 분열상으로 조합된다. 즉 한국인 유학생들에 의해 독립투사로서 추앙받는 외적인 현실의 이면에서, 도현은 노리꼬를 지속적으로 강간하고 마침내는 아이를 배게 만든다. 그리고 뱃속의 아이를 위해 함께 살아달라고 애원하는 그녀를 매정하게 뿌리침으로써 비인간적이고 파렴치한 남성의 전형적인 모습을 드러내고 있는 것이다. 결국 보다 훌륭한 애국투사로서의 자질을 갖출 수 있도록 도현을 미국으로 보내기 위한 밀항계획이 유학생들에 의해 구체적으로 추진되고 있는 사이, 노리꼬는 과정이야 어찌됐든 자신의 순결을 가져갔고 아이까지 배게 한 도현이 자신의 사랑을 끝까지 거부하자 자살의 길을 선택한다. 신문에서 노리꼬의 자살기사를 우연히 발견한 도현은 그 상황에서도 자신을 합리화하려고 애쓰나 결코 떳떳할 수 없다.

> "난 복수를 한 거다. 난 일본 연놈은 모조리 짓밟아 주고 싶었던 것이다. 뒈져서 잘 했다. 속이 시원하다!"
> 억지였다. 속이 시원하지 않았다. 도리어 그 반대였다. 도현은 자신을 저주했다.24)

도현이 뒤늦게 자신의 행동을 저주하고 있지만, 그때는 이미 가부장제 사회의 정조 이데올로기에 자신의 생을 담보했던 한 여성의 비극은 막을 내린 뒤다.

결국 이 작품은 ≪낙서족≫이라는 제목처럼, 삶의 방식에 대한 주체

---

24) 위의 작품, 111면.

적인 성찰이 없이 상투적인 현실인식과 낭만적인 선민의식에 사로잡힌 동경 유학생들이 민족적 정체성을 확인하는 과정에서 보여주는 의식과 행동의 비진정성을 폭로한다. 아울러 일본 여성에 대한 성폭력을 민족적 복수 행위로 위장하는 도현의 남성 중심적인 의식에 의해 비참하게 유린당한 한 여성의 불행을 진지한 톤으로 대조적으로 조명하고 있다.

이 작품에서 일본 경찰의 지나친 감시에 의해 도현이 정신적 위축감과 피해의식에 시달리고 있는 상황이나, 그에 대한 반발 심리로서 도현이 노리꼬에게 가하는 성폭력은 결국 강자가 약자에게 차례로 가하는 정신적·육체적 폭력의 행사라는 점에서 다를 것이 없다. 그 과정에서 공적 권력에 의해 개인의 진실은 왜곡되고, 강자에 의해 약자의 삶이 짓밟히는 파국의 악순환은 계속될 뿐이다. 아울러 상희에 대한 도현의 이상화와 노리꼬에 대한 도현의 폭력성 또한 동전의 양면처럼 서로 맞물려 있다. 애국심이라는 정신적 특질과 연결된 상희에 대한 존경심은 독립투사로서의 남성적 영웅주의에 대한 이상화에 다름 아니다. 그리고 본능적 충동과 공격성으로 대변되는 노리꼬에 대한 성폭력은 약자인 여성에 대한 남성적 우월의식의 권력적 전시에 다름 아니다. 다시 말해 도현은 정신적 성숙과 육체적 성숙, 사회적 자아와 개인적 자아의 조화가 제대로 이루어지지 않은 상태에서, 가부장제 사회가 요구하는 사내대장부다운 삶을 지향하려다가 정신적 파탄과 행동의 분열을 초래하고 있는 인물이라 하겠다.

4. 결론

이상으로 손창섭의 소설 <인간시세>와 ≪낙서족≫에 나타난 성폭력 모티프와 그 의미를 고찰해 보았다.

위 두 작품에서 공통적으로 발견되고 있는 사실은 국가와 국가 사이의 권력 투쟁 과정에서 나타나는 상대 국가에 대한 적개심 또는 자국에 대한 민족주의적 애국심은 가부장제 이데올로기의 변형이라는 점이다. 즉 그것은 남성들이 약자인 여성을 합법적으로 억압·학대하기 위한 공격적 무기로 작용할 수 있다는 것이다.

<인간시세>의 경우 일본 식민지였던 중국의 남성들과 소련 군인들이 야스꼬에게 비인간적 학대와 강간을 자행하는 과정에서 어느 누구도 그녀에 대한 연민이나 죄의식을 느끼지 않고 있다. 이것은 그들이 한결같이 민족적 복수심이라는 공적 감정에 기대어, 남성으로서의 개인적 성욕을 해결하기 위한 가장 손쉬운 상대로 적국의 여성 야스꼬를 선택하는 데 동의하고 있기 때문이다. 실제로 그들은 여성으로서 적의 나라에 홀로 남겨진 상황의 위험성을 환기시키는 협박을 하거나 공포감을 조성할 뿐, 그녀에게 민족적인 분노를 터뜨리거나 국가적인 차원에서의 사과를 요구하고 있지 않다. 그들은 적대국의 국민이기 이전에 한 남성이며, 야스꼬 역시 적국의 볼모이기 이전에 성적 폭력을 행사하기 용이한 여성에 불과했던 것이다. 따라서 민족적 복수심이라는 공적 감정은 그들로 하여금 더욱 잔인하고 야만적인 방법으로 야스꼬를 농락하도록 부추기는 공격기제로서 작용할 뿐이다.

《낙서족》 역시 마찬가지이다. 도현이 하숙집 딸 노리꼬를 상습적으로 강간하고 있는 것은 주체할 길 없는 성적 욕구를 해소하기 위한 방편에 지나지 않는다. 그것을 일본인 전체에 대한 민족적 복수 행위로서 정당화하는 것은 도현이 죄의식이나 양심상의 갈등에서 벗어나기 위한 편리한 변명일 뿐이다. 즉 노리꼬가 일본 여성이라는 사실은 도현에게 성폭력을 복수 행위로 간주할 수 있는 유용한 정보였던 것이다. 거기에 상

희와 한국 유학생들, 그리고 도현 자신의 터무니없는 영웅심에 의해 구축된 애국투사로서의 이미지는 그의 모든 행위를 공적인 행위로 의미부여하고 미화할 수 있는 근거로 작용함으로써 도현의 범죄가 이중으로 삼중으로 은폐되는 아이러니를 낳고 있다. 반면에 노리꼬는 일본인이기 이전에 가부장제 사회의 순결 콤플렉스에 걸려 있는 전형적인 여성이다. 그녀는 자신의 순결을 가져간 남자라는 이유 하나만으로, 그 행위의 범죄성이나 국적의 문제를 떠나서 도현을 자신의 남편으로 받아들이고 있는 것이다. 하지만 도현은 노리꼬를 자신의 성적 욕구를 해소하기 위한 수단으로 생각했지 한 번도 인간적인 미안함이나 책임감을 나타내지 않는다. 오히려 그녀가 느끼는 사랑의 감정이나 모성애조차 매정하게 묵살하는 비인간적인 태도를 견지한다. 그런 상황에서 정절 이데올로기에 사로잡힌 노리꼬가 선택할 수 있는 길은 자살밖에 없었을지 모른다.

결론적으로 이들 작품 속에서 작가 손창섭은 전쟁 혹은 국가 간의 권력 다툼이라는 남성 중심적인 삶의 현장 속에서 가장 피해를 입고 상처를 받는 존재는 언제나 약자의 위치를 모면할 수 없는 여성들임을 보여준다. 작가가 일본 제국주의의 침략을 받았던 한국인 여성이나 중국인 여성이 아니라 가해국인 일본의 여성들을 성폭력의 피해자로 설정하고 있는 것도, 그것이 자칫 남성들에 의한 여성들의 불행이 아니라 제국주의자에 의한 민족적인 불행으로 읽혀질 위험성을 배제하기 위한 것이라 생각된다. 끝으로 손창섭이 <인간시세>나 《낙서족》에서처럼 탈남성 중심적이고 초민족적인 시각에서 남성들에 의한 여성의 수난을 객관적으로 그려낼 수 있었던 것은, 기성 제도나 기성 권위, 이데올로기가 안고 있는 모순과 폭력성을 들추어냄으로써 삶의 적나라한 모습을 형상화하고자 했던 그의 창작 태도 때문에 가능했다고 하겠다.

참고문헌

1. 기본 자료
손창섭, <인간시세>·≪낙서족≫, 『신한국문학전집』(24), 어문각, 1984.

2. 연구 논저

김동리, 「<무명>에서 <광명>으로」, 『사상계』, 1959. 4.

김동일 편저, 『성의 사회학』, 문음사, 1993.

김동환, 「한국 전후소설에 나타난 현실의 추상화 방법 연구」, 한국현대문학연구회, 『한국의 전후문학』, 태학사, 1991.

김우종, 「야유의 인생·야유의 문학」, 『사상계』, 1959. 4.

김윤식·김현, 『한국문학사』, 민음사, 1984.

김윤식, 『한국현대문학사』, 일지사, 1991.

＿＿＿, 「6·25 전쟁문학」, 문학사와 비평연구회 편, 『1950년대 문학연구』, 예하, 1991.

김종회, 「손창섭론 : 체험소설의 발화법, 그 특성과 한계」, 권영민 편, 『한국현대작가연구』, 문학사상사, 1993.

백　철, 「<낙서족>의 독후감」, 『사상계』, 1959. 4.

손창섭, 「인간에의 배신」, 『문예』, 1953. 7.

＿＿＿, 「작업여적(作業餘滴)」, 『한국전후문제작품집』, 신구문화사, 1960.

＿＿＿, 「나는 왜 신문소설을 쓰는가」, 『세대』, 1963. 8.

＿＿＿, 「아마튜어 작가의 辯」, 『현대한국문학전집』(3), 신구문화사, 1981.

송기숙, 「창작과정을 통해 본 손창섭」, 『현대문학』, 1964. 9.

엄해영, 『한국전후세대소설연구』, 국학자료원, 1994.

여성을 위한 모임, 『일곱 가지 여성콤플렉스』, 현암사, 1994.

유종호, 「모멸과 연민」, 『현대한국문학전집』(3), 신구문화사, 1981.

＿＿＿, 「인간모멸의 白書」, 『사상계』, 1959. 4.

윤근섭 외 공저, 『여성과 사회』, 문음사, 1997.

윤병로, 「혈서의 내용—손창섭론」, 『현대문학』, 1958. 12.

이광훈, 「패배한 지하실적 인간상—손창섭 초기작품考」, 『문학춘추』, 1964. 8.

이기인, 「손창섭 소설의 구조」, 서종택·정덕준 편, 『한국현대소설연구』, 새문사, 1990.

이동하, 「손창섭 소설의 세 단계」, 전광용 외, 『한국현대소설사연구』, 민음사, 1984.

이선영, 「아웃사이더의 반항—손창섭과 장용학을 중심으로」, 『현대문학』, 1966. 12.

이어령, 「囚人의 미학」, 『현대한국문학전집』(3), 신구문화사, 1960.

______, 「雜音」, 『사상계』, 1959. 4.

이영일, 「현실과 작가와의 대립」, 『자유문학』, 1961. 10.

이재선, 「전쟁체험과 50년대 소설」, 김윤식·김우종 외 30인, 『한국현대문학사』, 현대문학, 1994.

정호웅, 「50년대 소설론」, 문학사와 비평연구회 편, 『1950년대 문학연구』, 예하, 1991.

조연현, 「병자의 노래—손창섭의 작품세계」, 『현대문학』, 1955. 4.

조현일, 「허무주의 심연과 극복의 노력—손창섭론」, 구인환 외, 『한국전후문학연구』, 삼지원, 1995.

천이두, 『한국현대소설론』, 형설출판사, 1983.

최혜실, 「손창섭 소설의 등장인물들이 갖는 문학사적 의미」, 『현대소설연구』 제3호, 1995.

한국여성연구회, 『여성학강의』, 동녘, 1996.

선우휘 초기 단편소설 연구
─ 관조와 행동의 변증법에 의한 휴머니즘 추구

1. 서론

선우휘는 해방 후 좌·우익의 대립과 6·25 한국전생이라는 역사적 현실이 인간에게 어떠한 충격과 영향을 미치고 있는가를 리얼리즘의 창작방법을 통해 소설화해 온 전후소설 작가이다.

그는 특히 1949년 육군 소위(정훈장교)로 입대하여 1957년 예비역 대령으로 제대할 때까지 무려 9년간 현역군인으로 생활한 특이한 이력을 지니고 있다. 이는 전방에서 6·25 한국전쟁을 직접 체험했다는 점, 그리고 초기의 대표작이라 할 수 있는 <귀신>(1955), <테러리스트>(1956), <불꽃>·<거울>(1957) 등이 군인시절에 창작하고 발표한 작품이라는 점에서 당대의 현실을 바라보는 군인 특유의 관점을 기대하게 만든다. 한 연구자가 선우휘의 작품세계를 논하면서 "작가적 체험 과잉이 부른 반공이념의 논리화에 다름 아닌 것"[1]으로 읽어내는 것도 이러한 이력을

---

1) 강진호, 「전후 현실과 행동주의 문학의 실체 : 선우휘론」, 송하춘·이남호 편, 『1950년대의 소설가들』, 나남, 1994, 123면.

의식한 해석이 아닐까 싶다.

사실 선우휘의 소설은 그다지 기교가 승한 편이 아니다. 대부분의 소설이 자연적 시간 순서에 의해 사건을 서술하는 전통적인 방식을 따르고 있고 플롯도 단선적이며 문체도 화려한 수사를 배제한 간결한 단문이다. 작중인물 역시 그 특성이 뚜렷하게 각인될 정도로 외적 정보나 행동, 이념의 색채가 변별력 있게 제시된다. 그런 점에서 선우휘는 전후소설 작가군 중 형식적 실험을 추구한 장용학, 손창섭, 김성한 등의 모더니즘 작가보다는 김동리, 이범선 등 전통적인 소설문법을 계승한 작가에 속한다.

그럼에도 불구하고 그의 작품세계에 대한 평가가 전혀 상반된 관점에서 논의되고 있는 점은 흥미롭다. 주로 그의 출세작이자 동인문학상을 수상한 <불꽃>과 초기 단편들을 중심으로 도출되고 있는 그의 작품세계에 대한 논의는 '현실 참여적 행동주의'와 '현실 도피적 개인주의'라는 대조된 평가로 나타나고 있다.

① <불꽃> 이후 그의 작품은 줄곧 줄기찬 현실 비판의 자세를 견지하고 있다. 종래의 작가들이 고수하고 있던 '관조(觀照)'의 세계를 버리고 '행동'의 세계로 뛰어든 것이다. '현실 도피'보다는 '현실 참여'를, '수동적 인간'보다 '능동적 인간'을, '비역사성'보다 '역사성'을, '호모 사피엔스'보다 '호모 파베르'를 각각 선택한 것이다.2)

② <불꽃>에서 선우휘는 '그렇게 있어서는 안 될 경애(境涯)'로 한민족 반세기의 역사를 부조하여 그것을 고현의 할아버지와 어머니 가운데 이입했다. 그리고 '그렇게 있어야만 하는 인간'으로서는 고현의 아버지

---

2) 이광훈, 「역사에의 저항과 도전 : 선우휘론」, 『현대한국문학전집(12)』, 신구문화사, 1981, 451~452면.

또는 여교사 조 선생을 미리 전제해 놓았다. 전자는 과거의 한국인을 대표하는 전형이며, 후자는 새로 있어야만 하는 젊은 한국인의 얼굴이요 그 표징이다. 전자는 현실 도피적이며 맹목적 인종(忍從)에 들려(憑) 있는 인간상이며, 후자는 현실에 직접 대결하며 살아가려는 반항적이고 자아적인 인간형이다.3)

③ 선우휘 문학의 정신적 기초는 <불꽃>을 둘러싸고 흔히 지적되어 온 것과는 달리 근본적으로 "남의 일에 흥미도 없거니와 남의 한계를 침범할 생각은 없다"는 소극적 개인주의에 있다. 이것은 첫 작품에서 오늘까지 그의 문학을 변함없이 지배해 온 제1의 원리다.4)

④ 선우휘의 무의식은 조용히 살고 싶다는 정적주의(靜寂主義), 남의 일에 간섭도 하지 않는 대신 참견도 받지 않는다는 개인주의, 미워할 것은 인간이 지닌 조건이라는 순응주의, 난 나대로 살았다는 소극적 자유주의 등이다.5)

위 인용들은 선우휘 문학의 구심점이라 할 수 있는 <불꽃>을 중심으로 그의 작품세계를 구명하고 있는 진술들이다. 그 중 ①과 ②는 선우휘의 소설이 현실과 직접 대결하고, 현실에 적극적으로 참여하는 행동적인 인간을 그리고 있다고 분석한다. 반면에 ③과 ④는 선우휘의 문학이 기본적으로 사회나 현실의 문제에 별 관심이 없는 소극적 개인주의, 현실 도피적 순응주의에 바탕을 두고 있다고 단정하고 있다. 이분법에 근거한 이러한 평가들은 선우휘의 작품세계를 일정 부분 드러내는 데 기여하지만 선우휘 소설의 본질을 밝히는 데는 오히려 걸림돌로 작용한 것도 사

---

3) 이어령, 「역사·행동·관조 : <불꽃>·<화재>·<오리와 계급장>」, 『현대한국문학전집(12)』, 신구문화사, 1981, 476면.
4) 염무웅, 「선우휘론」, 『창작과 비평』, 1967년 겨울호, 649면.
5) 신경득, 『한국전후소설연구』, 일지사, 1988, 49면.

실이다.

본 논문은 '행동과 저항' 혹은 '관조와 체념'이라는 두 대립항 중의 하나에 선우휘의 문학을 귀속시키려는 기존의 분석태도를 극복하고 오랜 관조와 사색이 행동으로 이어지고, 행동이 내적 사유를 성숙시키는 상호적 영향관계를 이루고 있음을 구명하고자 한다. 아울러 그의 관조의 세계와 행동의 세계는 궁극적으로 순수한 인간애의 회복이라는 휴머니즘6) 안에서 통합되고 있음을 밝히고자 한다. 즉 선우휘 소설의 주제는 평범한 개인의 삶을 위협하는 비인간적 조건들에 대한 지적 사유와 저항적 행동을 담고 있다는 것, 이것은 역사적 현실에 대한 성찰에 바탕을 두고 있다기보다는 보편적 인간애에 근거하고 있다는 것이 본 연구자의 판단이다.

이를 규명하기 위하여 본 논문은 선우휘가 가장 왕성하게 창작활동을 했던 1950년대 후반에 발표한 작품들인 <불꽃>·<거울>(1957), <오리와 계급장>(1958), <단독강화>(1959) 등을 대상으로 작품세계 및 작가의식의 변모 양상을 추적해 보고자 한다.

2. 역사에 대한 지적 사유와 행동의 폭발 : 〈불꽃〉

<불꽃>은 중편 분량의 소설이면서도 시간적으로 3·1운동에서 6·25까지 약 30여 년의 역사적 격동기를 다루고 있다는 점, 공간적으로는 한국·일본·만주에 걸친 광활한 공간을 배경으로 하고 있다는 점에서

---

6) 본고에서 '휴머니즘'이라는 용어는 진리의 근거를 인간 경험에 두고 가치기준의 근거를 인간의 본성에 두며, 인간의 존엄성과 이성의 우월성, 그리고 미학적 가치보다는 도덕적, 실천적 가치를 중요시하는 개념으로 사용하였다(M. H. Abrams, 『문학용어사전』, 최상규 역, 대방출판사, 1985, 121~122 참조).

우선 주목된다. 또한 30여 년의 이야기는 인민군을 피해 동굴로 피신해 온 고현이 지나온 삶을 반추하는 소급제시의 방식으로 파노라마적으로 펼쳐지고 있다. 다시 말해 이 소설은 '동굴(현재)−30년의 순차적 회상(과거)−동굴(현재)'의 구조를 보인다. 그런데 이는 소극적 개인주의로 살았던 과거와 저항적 행동주의를 보이는 현재를 시간적, 공간적으로 구분하는 양상을 띤다.

무엇보다 이 작품의 미덕은 3·1운동에서부터 일제 강점하의 삶, 징용, 해방, 6·25에 이르기까지 돌올한 역사적 상황에 각 개인이 어떻게 대응하는가를 중심으로 30여 년의 긴 시간을 압축하고 있는 점이다. 물론 이때 고현과 함께 그의 삶의 방식에 영향을 미친 할아버지와 아버지, 어머니의 대응방식이 적절하게 대비되고 있다. 조국의 독립을 위해 목숨을 바친 아버지의 적극적이고 저항적인 행동, 국가나 사회보다는 가족의 안위를 우선시하는 할아버지의 현실순응주의, 역사와 현실에는 무관심한 채 자식을 향한 모성애와 종교에 의지하며 살아가는 어머니의 인고와 희생적 삶 등이 민족적 수난에 대응하는 한국인의 유형화된 캐릭터로서 강렬한 이미지로 그려진다. 또한 주인물 고현도 역사적인 현실에 뛰어들기보다는 현실과 일정한 거리를 둔 채 냉철하고 객관적인 사유와 비판적 인식을 드러내는 관념적인 지식인의 전형이라 할 수 있다.

문제는 입체적인 인물인 고현의 변모양상인데 이에 대한 분석은 단순치가 않다. 기존의 연구에서는 그가 할아버지와 어머니로 대표되는 현실 도피적 순응주의자에서 아버지로 대표되는 현실 참여적 행동주의자로 변모하고 있다고 분석해 왔다. 이러한 분석의 바탕에는 고현이 할아버지와 어머니의 삶의 방식을 부정하고 아버지의 삶의 방식을 선택하고 있다는 인식이 전제돼 있다. 하지만 주목할 사실은 소설의 마지막 부분에서 고현은 이들 세 사람의 삶의 방식에 대해 각각 나름대로의 가치와 의미를 부여하고 있다는 점이다.

> 동굴에서 죽은 부친. 강렬히 살아서 아낌없이 그 생명을 일순에 불태
> 운 부친. 부친은 살아남은 인간들을 대신해서 죽었고 그들의 삶에 어떤
> 의미를 부여했을지도 모른다. 저 숲속에 누운 할아버지. 시체가 아니라
> 그것을 삶의 증거. 모든 불합리에 알몸으로 항거하고 불합리 속에서 역
> 시 불합리한 삶을 주장한 피어린 한 인간의 역사. 거인의 최후 같은 그
> 죽음.
> 어머니. 가냘픈 여인의 몸으로 그토록 견딘 인간의 아픔. 그 아픔을 넘
> 어서 내게 대한 사랑, 죽은 부친에 대한 사랑, 그리고 기어이 모든 것을
> 의탁하는 신에 대한 사랑으로 높인 어머니.[7]

즉 이 작품에서 할아버지와 아버지, 어머니는 자신에게 주어진 삶을
자신만의 방식으로 최선을 다해 성실하게 살아온 인물들이라는 공통점
을 지닌다. 예를 들어 할아버지가 선택한 현실순응주의는 가족을 지켜야
한다는 확고한 신념에 바탕을 둔 적극적인 삶의 방식이라는 점에서 방
관과 체념, 은둔으로 요약되는 고현의 소극적 개인주의와는 변별된다.
소설의 말미에서 고현이 아프게 직시하고 있는 것은 그들과의 대척점에
자리하고 있는 자신의 비겁한 삶의 방식이다. 그래서 고현은 "껍질 속에
서 아픔을 거부한 무엄과 비열", "져야 할 책임이 두려워 되지 못한 자
기변명으로 자위한 비겁"[8]을 보여 왔다는 것, 따라서 한 번도 제대로 살
아본 일이 없기 때문에 죽을 자격조차 없다는 자성과 회한에 젖는다. 이
러한 자기반성은 현실을 외면하거나 도피하지 않고 정면으로 대결하겠
다는 적극적인 삶의 자세를 선택하도록 이끈다. 그 결과 고현은 자기의

---

7) 본 논문에서 연구 텍스트는 선우휘, ≪불꽃 / 테러리스트≫, 을유문화사, 1995를 삼았다.
  이후로 텍스트의 인용은 작품명과 면수만 표시하기로 한다. ＜불꽃＞, 119~120면.
8) 위의 작품, 120면.

껍질을 부수고 "다음 차원에의 비약을 약속하는 불꽃. 무수한 불꽃. 찬란한 그 섬광. 불타는 생에의 의욕. 전신을 흐르는 생명의 여울. 통절히 느껴지는 해방감."9)을 경험하고 있다.

그렇다면 소극적 개인주의에서 벗어나 고현이 선택한 현실참여와 대결에의 의지의 구체적인 의미는 무엇일까. 소설의 마지막 부분에서 그는 내적 독백을 통해 다음과 같이 밝히고 있다.

> (…) 이제부터 그들 가운데서 잃어진 나 자신을 찾아야 한다. 그리고 청부업자들을 격리하고 주어진 땅 위에 그들과 함께 새로운 마을을 세우자. 거기에 내 덤의 삶을 바치는 것이다. 청부업자들의 교만과 포악을 곧 같은 인간인 자기 자신의 부끄러움으로 돌리고 한결같이 고통을 참고 견뎌 온 '조용한' 인간들. 광기(狂氣)의 청부업자는 사라지고 '조용한' 인간들의 세계가 와야 한다. 조용한 인간들의 세계……10)

여기서 작가 선우휘가 문제 삼고 있는 '광기의 청부업자'를 이재선은 "혁명 이데올로기의 독단성과 영웅주의의 광신적인 허구성에 대한 비판"11)으로, 강진호는 "공산당에 대한 강한 적개심과 근절 의지"12)로 분석함으로써 반공 이데올로기의 비유적 표현으로 읽고 있다. 하지만 고현에게서 적극적인 저항적 행동을 끌어내고 있는 것은 반공 이데올로기나 민족주의와 같은 공적인 이념이 아니다. 그를 깨우고 있는 것은 "한결같이 고통을 참고 견뎌온 '조용한' 인간들"의 삶을 짓밟고 훼손하는 모든 비인간적이고 폭력적인 조건들에 대한 분노와 저항이다. 그것은 "남을 억압하는 포악성, 착취하려는 비정, 남보다도 뛰어났다는 교만, 스스로

---

9) 위의 작품, 120면.
10) 위의 작품, 121면.
11) 이재선, 『한국현대소설사(1945∼1990)』, 민음사, 1997, 121면.
12) 강진호, 앞의 책, 118면.

나서려는 값싼 영웅주의적 참견, 남을 죽일 수도 살릴 수도 있다는 무엄"13) 등 인간의 이름으로 자행되는 보편적인 죄악들을 함축하고 있다. 요컨대 작가가 주목하고 있는 것은 전쟁이나 이데올로기 같은 집단적 가치에 의해 자유와 평화로운 삶을 박탈당하고 있는 평범한 인간들에 대한 무한한 연민과 책임의식이다. 바로 선우휘는 공적인 이념과 집단적 가치의 폭력성으로부터 개인적 진실과 가치를 지켜주는 일이야말로 지식인의 역할이라는 인식에 도달하고 있다.

이때 개별적 인간들의 소박하고 성실한 삶에 대한 애착은 고현이 30여 년간 살아온 자연친화적인 삶의 방식, 즉 '꽃밭의 시대'에 대한 동경에 다름 아니다. 그런 점에서 결말에 오면 고현이 소극적인 개인주의의 삶을 전면 부정하고 있다는 기존의 분석은 동조하기가 어렵다. 다만 지금까지는 자신만의 꽃밭에 숨어서 타인의 꽃밭이 훼손되고 짓밟히는 현실을 외면해 왔다면, 이제부터는 그들에게 자신의 꽃밭을 가꾸며 평화롭게 살 수 있는 조용한 세상을 만들어주겠다는 지식인으로서의 소명을 발견하고 있다. 즉 의식의 지평이 확대되고 있는 것이다. 주목할 사실은 이러한 깨달음이 일본의 군국주의와 해방 후의 정치상황, 6·25 한국전쟁 등 역사의 진행과정에서 드러났던 권력의 횡포와 이데올로기의 폭력성, 역사적 아이러니를 오랫동안 냉철하고 객관적인 시선으로 사유한 데서 비롯되고 있다는 점이다. 그 결과 개인의 소박한 꿈과 행복을 짓밟는 대상, 즉 거부하고 저항해야 할 적은 인간을 조종하는 메커니즘이지 그것에 조종당한 인간이 아니라는 인식에 도달하고 있다.

---

13) <불꽃>, 104면.

3. '거울' 모티프를 통한 화해와 용서의 미학 : 〈거울〉

〈불꽃〉 이후의 선우휘 소설에서 드러나는 흥미로운 사실은 작중인물들이 저항과 복수보다는 화해와 용서의 몸짓으로 현실참여적인 행동을 보이고 있다는 점이다. 이는 사변형의 작가라 할 수 있는 선우휘가 삶의 조건에 대해 진지하게 성찰하는 과정에서 인간을 불행하게 만드는 것은 역사적 메커니즘이지 개인의 선·악의 문제는 아니라는 인식에 도달한 탓이 아닐까 생각된다. 그가 보편적 휴머니즘 세계로 나아간 연유도 이러한 인식과 무관하지 않다.

〈불꽃〉과 함께 1957년에 발표한 〈거울〉은 예술적 완성도나 작가의식의 구체적 형상화라는 점에서 새롭게 조명되어야 할 단편이다. 이 작품은 이발사인 '나'가 머리를 깎아주면서 한 손님에게 자신의 이야기를 들려주는 형식으로 이루어진 1인칭 독백체 소설이다.

〈불꽃〉에서 젊은 시절의 고현은 현실적 상황에 대한 비판적 인식에 따라 저항적 행동 — 일인 교수에 대한 반발과 학교장에 대한 항의 등 — 을 했다가 이후 자기혐오와 후회에 젖고 마침내는 소극적인 개인주의의 세계로 도피하는 양상을 반복하고 있다. 그렇다면 현실 참여와 저항의지를 불태우고 있는 결말 부분의 고현의 행동은 이후에도 계속 유효한 선택일까? 〈불꽃〉 직후 발표된 〈거울〉은 그런 점에서 〈불꽃〉 이후의 고현 혹은 작가 선우휘의 의식세계를 엿볼 수 있는 작품이기도 하다. 실제로 〈거울〉은 분노와 저항의 세계에서 화해와 용서의 세계로 나아가는 인식의 변화과정을 섬세하게 다루고 있다는 점에서 주목을 요한다.

〈거울〉은 일종의 액자구조로 이루어져 있다. 스토리 현재시간에 해당하는 액자스토리는 이발사인 '나'가 한 손님 — 20년 전에 심한 고문을 당하게 만든 장본인이지만 '나'는 알아보지 못한다 — 의 머리를 깎아

주며 자신의 이야기를 들려주는 내용으로 되어 있다. 특이한 것은 손님의 질문이나 대답을 독자에게 직접 전달하지 않는다는 점이다. 단지 화자인 '나'의 반문이나 확인 질문을 통하여 간접적으로 추측할 수 있을 뿐이다. 따라서 독자는 손님의 어투나 태도 등을 접할 수가 없다. 다만 한없이 이어지는 화자의 말을 통해 손님이 '나'의 얘기에 호기심을 갖고 있음을 짐작할 뿐이다.

이발사 '나'에 의해 서술되는 내부스토리는 '20년 전 이야기'와 '작년 봄 이야기'라는 두 개의 시간 구조로 이루어져 있다. 먼저 20년 전, 이발사 조수였던 '나'는 허름한 차림을 한, 얼굴이 하얀 젊은이의 머리를 깎아 준다. 그런데 그 젊은이가 가고 난 뒤, '나'는 경찰서로 끌려가 그 젊은이의 행방을 대지 않는다는 이유로 심한 고문을 당한다. 고문을 한 사람은 잔인하기로 소문난 조선인 형사로, 그 때문에 '나'는 평생 팔 병신으로 살아간다. 그런데 작년 봄, '나'는 이발하러 온 손님이 20년 전 자신의 팔을 분질렀던 형사임을 알아본다. 이발사는 자신에게 몸을 맡긴 채 편안하게 눈을 감고 누워 있는 그 반백의 노인에게 복수하기 위해 칼을 들어올린다. 하지만 칼을 갖다 대려는 순간 거울을 휙 스치는 한 줄기 빛에 놀라 행동을 멈춘다. 그리고 빛이 스쳐간 거울에서 "사납게 일그러진 제 얼굴"14)과 잔인한 표정을 발견하곤 복수를 포기한다. 그 후 그 손님(고문형사)에게서 큰 아들을 전쟁 중에 잃었다는 것, 아들의 죽음이 자신이 지은 죄 때문인 것 같아 평생을 뉘우치며 살고 있다는 넋두리를 듣게 된다. 이발사인 '나'는 반백의 고문형사가 늦게 둔 둘째 아들의 손을 잡고 정답게 밖을 나서는 모습을 훔쳐보며, 마침내 그와 자신이 다른 존재가 아님을 깨닫는다.

---

14) <거울>, 147면.

> 저 모습이 바로 제 모습일 수도 있다는 생각이었죠. 앞으로도 있을 수
> 있다는 생각이었죠. 그런 생각들이 들자 갑자기 눈앞에 가로놓인 창에
> 낀 유리가 제 얼굴을 비치는 거울 같은 생각이 들더군요. 오싹했죠. 무서
> 운 생각이 들더군요. 유리가 아니고 거울이다. 저 부자(父子)의 모습은 곧
> 거울에 비친 나와 내 아들의 그것이다.[15)]

여기서 작가는 '유리'와 '거울'의 상징성을 통해 인간의 존재방식을 대비시킨다. 먼저 유리적 삶은 남과 나를 구분코자 하는 분리적 삶이다. 즉 나를 피해자의 입장에, 상대방을 가해자의 입장에 두고서, 남의 죄를 들추고 분노하며 복수하려는 삶의 방식을 말한다. 반면에 거울적 삶은 남과 나가 다르지 않다는 不二的 인식에 근거한 삶이다. 즉 남의 행동이나 모습이 언제든지 나의 행동이나 모습이 될 수 있다는 것, 따라서 나 역시 어느 때든 누군가에게 해를 입히고 상처를 주는 가해자가 될 수 있다는 사실을 환기시킨다.

이 소설에는 타인이 곧 '나'의 거울이라는 동질적 인식과 함께, '찌그러진 거울'이 또 하나의 상징적 모티프로 등장한다. 거울 밖의 '나'와 거울 속의 찌그러진 '나'의 모습 중 어느 것이 진정한 나의 실체를 드러내고 있는 것일까를 질문하고 있는 것이다. 그러면서 작가는 인간은 내면에 치부와 죄의식, 욕망 등을 감추고 살아가는 존재로서 찌그러진 모습이야말로 나의 존재를 드러내는 시각적 이미지임을 강조하고 있다.

이 작품의 백미는 이발사의 이야기를 듣고 있는 스토리 현재시간의 손님이 바로 20년 전 '나'를 무고하게 고문당하게 만든 그 젊은이임을 암시하고 있는 마지막 부분이다.

---

15) 위의 작품, 150면.

> (…) 감동하셨다고요? 원! 그런 말씀을. 네? 그때 금교서 머리를 깎아
> 준 사람이 지금 어디 있는지 모르는가구요. 건 모르죠. 알 리가 없죠. 네?
> 틀림없이 잘 있을 것이라구요? 고맙게 생각하구 있을 것이라구요? 원 어
> 디 있는지도 모르는 걸요. 네? 손님이 그 사람이면 그럴 거라구요? 항상
> 생각하구 있을 서라구요. 글쎄올시다. (…)16)

아이러닉한 것은 이발사는 자신을 고문한 형사는 알아보지만, 자신이
도움을 준 사람은 알아보지 못하고 있다는 사실이다. 자신을 고문받게
만든 그 젊은이를 평생 잊지 않고 원망하며 살고 있으리라 생각했던 손
님은 남이 곧 나의 거울 같은 존재라는 종교적 설교와도 같은 이발사의
말을 들으며 비로소 20년간 지니고 있었던 미안함과 부채의식에서 벗어
나고 있다. 또한 이발관을 떠나면서 유리창 밖으로 나가는 게 아니라 거
울 속으로 들어간다는 '나'의 말을 인용해 보임으로써 어느덧 그도 자신
을 집요하게 찾아내려 했던 고문형사를 용서했음을 암시하고 있다. 그
결과 세 사람 사이에 가로놓여 있던 20년 동안의 아픈 기억과 상처들이
치유되고 있다.

결국 <거울>에서 이발사의 분노와 복수심이 용서와 화해의 마음으로
변화하게 된 것은 본래 악하거나 나쁜 사람은 없다는 깨달음, 그리고 누
구나 자기 몫의 아픔과 고통을 감당하며 살아가는 나약한 존재라는 연
민과 동질의식에서 비롯된다. 또한 역사적 상황이 인간을 가해자/피해자
혹은 적/동지의 관계로 가른 채 서로 싸우고 미워하게 만들고 있음을 간
파함으로써 공적 이념이나 집단적 가치에 대한 회의를 나타낸다. 따라서
이발사 '나'는 적과 동지가 따로 있는 것이 아니라는 일원론적 인식에
도달하면서 개인적, 도덕적 차원에서 용서와 화해에 이르고 있다. 결국

---

16) 위의 작품, 151면.

이 작품에서도 '나'의 사고와 행동은 역사의식보다는 보편적 휴머니즘에 초점이 맞추어져 있다.

4. 이데올로기의 허구성과 일상의 엄숙성 : 〈오리와 계급장〉, 〈단독강화〉

선우휘 소설의 기본적인 구도는 개인들의 소박한 일상으로 이루어진 '조용한 세계'에 대한 애착, 그 세계를 위협하고 훼손하는 정치적, 사회적 메커니즘에 대한 분노와 저항, 그리고 다시 조용한 인간들의 세계를 회복하려는 휴머니즘적인 행동으로 귀결된다. 다시 말해 전후소설가로서 선우휘가 천착하고 있는 것은 개인의 행복을 깨뜨리는 전쟁, 이데올로기와 같은 집단적 가치에 대한 환멸이다. 그런 점에서 선우휘의 작품이 역사의식이 결여되어 있다는 몇몇 연구자의 평가는 일면 타당하다. 그가 9년간 군인으로 복무하며 이데올로기 전쟁의 한 중심에 있었음에도 불구하고 가치중립적이며 객관적인 관점을 보이고 있는 점은 이례적인 현상이다. 어쩌면 그 중심에 있었기 때문에 전쟁의 폭력성, 이데올로기의 허구성을 보다 분명하게 깨달을 수 있었던 것은 아닐까.

〈오리와 계급장〉과 〈단독강화〉는 모두 '이틀' 동안이라는 짧은 스토리 시간을 다루고 있고, 작중인물들의 대화와 행동의 묘사를 중심으로 한 장면제시, 중립적 화자에 의한 객관적 서술방법을 택하고 있다는 점에서, 〈불꽃〉이나 〈거울〉과는 전혀 다른 서사문법을 보여 준다. 특히 우익과 좌익, 북한군과 남한군인이라는 이념적으로 대립된 인물들 사이에서 벌어지는 사건을 다루면서도 시종일관 중립적인 관점에서 접근하고 있는 점은 주목을 요한다.

먼저 〈오리와 계급장〉은 군인인 성 대령이 오리를 키우면서 시골에서 함께 살고 있는 동향 출신의 춘봉 형님과 김 선생을 방문하는 비교적 단순한 사건을 다루고 있다. 특이한 점이라면 춘봉 형님은 이북의 고향에서 공산당 본부를 습격하고 월남한 우파 테러리스트였고, 초등학교 1학년 담임이었던 김 선생은 그 당시 열렬한 공산당원으로 활동했었다는 상반된 이력을 갖고 있다는 사실이다. 물론 이 작품에서 그들이 특정 이데올로기를 위해 적극적으로 행동했던 과거의 행적은 그들의 회상을 통해 단편적으로만 제시된다. 즉 이 소설의 중심 스토리는 고향을 등지고 월남한 실향민이자 공적 이념이나 목표를 상실한 채 생활인으로 전락해 버린 그들의 씁쓸한 일상으로서, 일종의 후일담 소설이다.

한때는 자신이 선택한 이데올로기에 대한 확신과 부정한 현실을 타개하기 위해 적극적인 행동을 보였던 춘봉 형님과 김 선생은 전쟁이 끝나면서 싸워야 할 대상과 목표를 상실한 채 무능력한 생활인으로 전락하고 말았다는 공통점을 보인다. 그래서 그들이 십 년 만에 다시 만났을 때는 적대감은 고사하고 동향인으로서 비슷한 처지에 놓인 쓸쓸한 존재들이라는 동질의식만 남아 있다.

> "그럼 아주 딴사람이디. 내라 하릴없이 친구들을 두루 찾아댕기다가 거기 김 선생 계시능 걸 알구 찾아갔더니 반가워하두만. 이북에서야 서루가 으르릉댔디만, 만나구 보니까 반가웠디. 김 선생은 그르케 돼서 나가떨어지구 난 나대루 쓸모가 없이 이르케 된 판이니, 비슷비슷한 신세 타령이 됐디. 김 선생은 지금 한 가지 생각밖에 없대능 거여. 어드케 하문 촌에서 조용히 새끼들이나 길러 가면서 살겠능가 하는 연구뿐이디."17)

결국 시골에서 오리를 키우자고 의기투합이 되어 함께 살게 된 이들에게 생긴 난관은 오리장을 지을 터를 빌리는 데 따른 현실적인 어려움

---

17) <오리와 계급장>, 254~255면.

이다. 땅주인이 오리 칠 땅을 빌려주려 하지 않기 때문이다. 우파 테러리스트와 열렬한 좌익분자였던 그들이 정작 자신들의 생계수단인 오리장을 빌리는 데 있어서는 무력함을 드러내는 상황이 묘한 인생의 아이러니를 환기시킨다. 고향 후배이자 제자인 성 대령을 시골로 초대한 이유도 실상은 그의 권력에 기대어 땅을 빌릴 수 없을까 하는 소박한 바람에 기인하고 있다.

그래서 춘봉 형님은 집으로 가는 길에 순경에게 성 대령을 인사시키거나 차의 경적을 울려 마을사람들에게 성 대령이 왔음을 알리는 등 낯간지러운 행동을 서슴지 않는다. 하지만 이것을 "권위를 세우기 위해 계급장이 필요하고 계급장의 위력 하나로 모든 것이 해결되기도 하는 모순된 현실을"[18) 보여주는 에피소드로 읽어내는 것은 적절치 못하다. 마을사람들에게 성공한 고향 후배를 자랑함으로써 단신 월남한 실향민으로서 평소 느꼈던 소외감과 설움에서 벗어나 한 번쯤 우쭐해 보고 싶은 순박한 욕망의 표현일 뿐이기 때문이다.

이처럼 <오리와 계급장>은 한 가족의 생계를 책임져야 하는 가장의 고단함과 생활의 안정에 대한 서민적인 바람 등 살아가는 일의 엄숙성에 초점이 맞추어져 있다. 이념지향적인 인간으로서의 모습은 과거의 추억으로만 존재할 뿐이다. 그래서 만남의 시간이 흐를수록 세 사람은 이념적 대립을 넘어서서 정서적으로 동화되는 내면의 변화를 보이고 있다. 그것은 아주 사소한 행동으로 암시된다. 예를 들어 "대령의 말투에도 차차 사투리가 섞여져" 가는 모습이라든가, 술좌석에서 그들이 '푸른 하늘 은하수'(춘봉 형님)나 초등학교 1학년 때 김 선생에게 배운 동요(성 대령), 혹은 아리랑(김 선생) 등 동요나 민요를 부르는 모습이 그것이다. 이는 동

---

18) 권영민, 『한국현대문학사(1945~1990)』, 민음사, 2000, 153면.

향인으로서의 유대감과 동질의식을 확인하고 싶은 내적 변화를 간접적으로 암시한다.

또한 이 작품에서 성 대령을 만난 후 땅주인이 오리장을 빌려주기로 했다고 해서 그것을 권력에 굴복한 행동의 결과로 읽어서는 안 된다. 성 대령의 권력의 힘을 빌리고 싶었던 춘봉 형님의 의도와는 달리, 제대군인이었던 주인의 마음을 움직인 것은 목숨을 담보한 전쟁체험을 공유하고 있다는 동지의식이었기 때문이다. 이유야 어떻든 오리장을 치고 새끼 오리를 몰아넣는 김 선생과 춘봉 형님의 모습에는 생활의 안정에 대한 기대감과 소박한 행복감이 묻어난다. 그래서 성 대령은 그 모습을 보며 묘한 감동에 젖는다.

> 십 평도 못 되는 땅…… 대령의 눈에 그것은 오리장이 아니라 어떤 영토같이 보였다. 이 영토를 위해서 대령이 필요했는지도 몰랐다.
> 대령은 슬그머니 손으로 오른편 옷깃에 달린 계급장을 만져 보았다.
> 조국이여! 민족이여! 동포여!
> 문득 대령은 이렇게 입으로 뇌어 보았다.[19)]

이 작품은 이 지점에서 김 선생·춘봉 형님의 사람과 성 대령의 삶을 대비시킨다. 그들이 살아가는 일의 엄숙함을 깨닫고 자신들만의 새로운 영토를 개척하기 시작한 것과는 달리, 성 대령 자신은 전쟁이 끝난 상황에서 사명감도, 강인한 생활력도 없이 어정쩡하게 직업군인으로 살고 있음을 발견했기 때문이다. 따라서 작가는 이 작품의 마지막을 "다만 대령은 쓸쓸했다."[20)]는 문장으로 끝냄으로써, 주어진 삶에 대한 성실성과 애착이야말로 참된 삶의 태도임을 간접적으로 전달하고 있다.

---

19) <오리와 계급장>, 277면.
20) 위의 작품, 278면.

1959년 『신태양』지에 발표된 <단독강화>는 선우휘가 자신의 대표작21)으로 <불꽃>이 아닌 이 소설을 꼽았을 정도로 애착을 보였던 작품이다.

눈 덮인 깊은 산야에 미군 수송기가 한 대 날아와서 보급품을 떨어뜨리고 간다. 그때 그 보급품을 향해 각각 다른 방향에서 달려든 두 낙오병이 급하게 허기를 채운다. 생리적 욕구가 어느 정도 해소되었을 때 그들은 상대방이 적군이라는 사실을 알게 된다. 각각 낙오된 인민군 '장'과 국군 '양'이었던 것이다. 그들은 처음에는 적대감을 가지고 서로를 경계하지만, 대화를 나누게 되면서 서로가 적대관계이어야 할 어떤 필연성도 없다는 사실을 확인하게 된다. 왜냐하면 '장'은 강제로 끌려나와 인민군이 되었을 뿐 국군을 죽이지도, 죽일 생각도 없었던, 가평에서 농사를 짓던 열여덟 살 소년이고, 고등교육을 받은 스물네 살의 군인 '양'은 이번 전쟁에 대해 회의를 느끼고 있었기 때문이다. 그래서 그들은 서로 해치지 않고 하룻밤을 같이 보낸 뒤 다음 날 각자의 길을 가기로 합의한다. 이른바 두 사람만의 단독강화를 맺은 것이다.

> "(…) 그런데 여기선 내가 널 죽여 봐야 소용이 없고 네가 날 죽인대도 별 것이 없어. 나도 죽기 싫고 너도 죽기가 싫다면 이때 너와 나의 한 가지 약속을 할까?"
> 인민군 병사는 유심히 귀를 기울였다.
> "무슨 약속인가 하면 너와 내가 여기서 하룻밤 서로를 해치지 않고 지내고나서, 내일 아침 서로 갈 길을 찾아 헤어지잔 말야. 약속을 할 수 있다면 팔목을 맨 노끈을 풀어 주지."22)

---

21) 선우휘, 「부둥켜안고 전사한 남과 북의 병사」, 『아버지의 눈물』, 동서문화사, 1986, 257~261 참조.
22) <단독강화>, 316면.

이 작품에서 두 인물의 행동을 결정하는 것은 물론 나이도 많고 학력도 높은 군인 '양'의 생각과 판단이다. '장'이 전쟁의 아이러니도, 이데올로기의 폭력성도 읽어내지 못하는 한없이 순박한 농촌소년이라면, '양'은 그런 '장'을 통해 전쟁의 부조리를 더욱 뼈저리게 깨닫는 인텔리 청년이다.

① 순간 양의 전신에 쭉 소름이 스쳤다. 소름은 연거푸 파상적으로 그의 전신을 스쳐갔다. 가슴에서 뭉클하고 어떤 커다란 덩어리가 치밀어 올랐다.[23]

② 그는 혼잣말처럼 중얼거렸다. 그 음성은 신음에 가까웠다.
"정말 그들을 죽이고 싶네."
"예?"
"전쟁을 일으킨 놈들을 말야."[24]

위의 인용에서 ①은 함께 잠든 사이 인민군 '장'이 악몽 때문에 무서워서 잠결에 '양'의 가슴을 잡은 것을 '양'이 자신을 해치려는 행동으로 오인하여 '장'의 얼굴에 주먹을 날린 뒤, 뒤늦게 자신의 행동을 자책하고 있는 부분이다. '장'의 순박하고 착한 심성을 알고 있으면서도 전쟁의 생리에 길들여져 순간적으로 불신과 피해의식에 사로잡혔던 자신이 끔찍하게 느껴졌기 때문이다. 이처럼 작가는 인간의 정신을 황폐화시키는 것이야말로 전쟁의 보이지 않는 독소임을 날카롭게 직시하고 있다. 그래서 ②처럼 '양'은 인민군이 아니라 전쟁을 일으킨 사람들, 즉 "비단결 같은 말만 늘어놓고 남의 일에 뛰어들어 말썽을 일으키"[25]는 소위

---

23) 위의 작품, 323면.
24) 위의 작품, 323~324면.
25) 위의 작품, 320면.

똑똑하다는 사람들에 대한 분노를 폭발시킨다. 그냥 놔두면 농사를 지으면서 평화롭게 살았을 '장'이 겪은 전쟁의 고통이 너무도 안타깝게 다가왔기 때문이다.

결국 이튿날 두 사람은 약속대로 동굴을 나와 각기 다른 방향으로 헤어진다. 그러나 곧 국군 병사 '양'은 자신이 중공군에게 포위당했음을 발견하고 다시 동굴로 피신한다. 잠시 후 떠난 줄 알았던 인민군 병사 '장' 역시 돌아와 '양'의 곁에서 함께 중공군과 싸운다. 그리고 마침내 둘은 겹치듯이 쓰러져 죽는다. 죽은 두 사람의 모습을 묘사하고 있는 부분은 소설 앞부분의 배경묘사와 대비되면서 전쟁의 비극성을 전경화하고 있다.

① 간밤의 포격으로 무너지고 파인 산허리나 골짜구니의 상처도 온통 흰 눈에 덮여 버리고 말았다.
간밤에 전투가 있었다.
그 뒤에 종일토록 눈이 내렸다.[26]

② 장은 총을 끌어쥔 채 천천히 한 바퀴 돌리더니 양이 넘어진 위에 겹치듯이 쓰러졌다. 얼켜진 두 몸에서 뿜어 나오는 피와 피는 서로 엉기면서 희디흰 눈 속으로 배어들어 갔다.[27]

소설의 앞부분에 묘사된 ①의 '눈'이 전쟁의 상처를 덮어주는 순수와 포용의 이미지를 담고 있다면, 마지막 부분 ②의 '눈'은 중공군의 총에 맞아 숨진 장과 양의 몸에서 뿜어져 나온 붉은 피와 섞이면서 비극성을 극대화시키고 있다. 즉 흰색과 붉은색의 대비에 의한 강렬한

---

26) 위의 작품, 309면.
27) 위의 작품, 329면.

색채 이미지는 순수한 인간애를 짓밟는 전쟁의 폭력성과 비정함을 시각화하고 있다.

이 작품은 또한 인민군 '장'이 중공군에 가담하지 않고 '양'이 있는 동굴로 돌아와 함께 싸우다 죽는 모습을 통해 민족적 화해의 가능성을 열어두고 있다. 동족끼리 왜 싸워야 하는가? 누구를 위해? 무엇 때문에? 등 꼬리에 꼬리를 물고 이어지는 6·25 한국전쟁에 대한 회의와 갈등이 초월적인 형제애를 통해 극복되고 있는 것이다. 또한 이 작품은 카메라 시점을 통한 배경 및 행동의 묘사, 작중인물들의 대화를 중심으로 한 스토리 전개 등 3인칭 관찰자 시점을 통해 작중세계를 객관적으로 제시하는 데 성공하고 있다. 이러한 서술기법은 전쟁을 초래한 남·북한의 이데올로기를 모두 거부하려는 작가의 중립적인 태도를 그대로 반영한다. 다시 말해 작가는 이 작품을 통해 참된 인간의 본성에 근거한 새로운 인간관계의 정립을 모색하고 있다.

5. 나오는 말

지금까지 저항적 행동주의와 관조적인 현실순응주의로 상반된 평가를 받고 있는 선우휘 문학의 실체를 초기 단편소설을 대상으로 구명하여 보았다. 한 마디로 선우휘의 소설은 순수한 휴머니즘의 세계를 지향하고 있는데, 그 과정에서 관조적인 현실순응주의와 저항적인 행동주의가 나름대로의 역할을 담당하고 있는 양상을 보인다.

선우휘의 대표작인 <불꽃>의 경우 대부분의 연구자들은 불꽃처럼 타오르는 생에의 의욕과 비인간적인 악에 대한 분노와 항거를 드러내는 저항적 행동주의가 전경화된 마지막 부분에만 주목한다. 하지만 중편 분량의 이 소설 전반을 지배하고 있는 소설적 분위기는 개인주의와 역사적 허무주의임을 간과해서는 안 된다. 그리고 실제로 이 소설이 지닌 매력은 30여 년간의 역사적 격동기에 대한 지적인 해석과 비판적 인식을 드러내는 고현의 사유내용에 있다. 다시 말해 역사적 흐름과 사회 현실에 대한 고현의 깊이 있는 관조와 사유는 한편으로는 역사적 허무주의를, 다른 한편으로는 비인간적인 집단의 논리가 개인에게 가하는 폭력성과 잔인성에 대한 저항을 낳고 있다. 결국 선우휘는 조용한 꽃밭의 세계를 가꾸며 살기를 원하는 평범한 개인들의 삶을 지켜주겠다는 소명의식을 자각함으로써 비로소 소극적 개인주의를 벗어나 행동적 휴머니즘의 세계로 나아가고 있다. 중요한 것은 거의 관조주의도, 행동주의도 휴머니즘의 회복이라는 테두리 안에서만 그 의미를 획득하고 있다는 사실이다.

그런 점에서 독백체 소설 <거울>은 선우휘가 휴머니즘의 세계로 접어드는 과정을 엿볼 수 있는 작품이다. 이 작품에서 이발사 '나'와 고문형사는 처음에는 피해자와 가해자의 관계로 존재한다. 즉 고문형사는 이발사에게 자신의 팔을 분지른 원수이자 복수의 대상일 뿐이다. 하지만 20년 후에 만난 고문형사를 통해 그 역시 자식을 전장에서 잃고 평생을 죄의식 속에 살고 있는 역사의 희생양임을 발견하고 있다. 요컨대 작가는 우리가 저항하고 단죄할 대상은 개별 인간의 행동이 아니라 각 인간을 피해자나 가해자로 몰아가는 거대한 메커니즘, 즉 이데올로기나 전쟁의 폭력성임을 날카롭게 간파하고 있다. 그래서 이발사인 '나'는 20년간 품어온 복수심과 분노를 버리고 연민과 동질의식 속에서 고문형사를 용서하고 있다.

거대한 메커니즘의 폭력성과 비인간성을 간파한 작가는 마침내 이데올로기나 전쟁의 생리를 초월하여 순수한 인간애를 실천하는 인물들을 창조하기 시작한다. 그 대표적인 작품이 <오리와 계급장>과 <단독강화>이다. 단편 <오리와 계급장>에서 작중인물들이 각각 우파 테러리스트였다거나 좌익 공산당원이었다는 과거의 행적은 현실적으로 의미가 없다. 중요한 것은 실향민으로서 그들이 함께 느끼는 고향에 대한 그리움, 무능력한 가장으로서 가족의 생계를 책임져야 하는 데 따른 어려움과 고단함이다. 그들이 동향 후배이자 제자인 성 대령의 도움으로 열 평짜리 오리장을 지을 수 있게 되었을 때 보여준 행복한 표정은 평범한 사람들에게 필요한 것이 무엇인가를 새삼 환기시킨다.

앞서의 세 편의 소설이 행복한 결말로 끝을 맺고 있다면 <단독강화>는 작품 전체를 아우르는 따뜻한 주조와는 달리 비극적인 결말로 끝나고 있는 작품이다. 군인인 '양'과 인민군인 '장', 즉 개인과 개인이 맺은 우정의 단독강화가 전쟁의 현실에서는 힘을 잃고 마는 집단논리의 비정함을 보여 준다. 휴머니즘이 전쟁의 현실에 끼어드는 순간 전쟁의 법칙은 깨어지기 때문이다. 결국 거대한 메커니즘에 대한 개인의 분노와 저항은 자기파멸을 초래하는 무력한 시도에 지나지 않음을 작가는 냉정하게 그려내고 있다. 하지만 결말의 비극성에도 불구하고 두 인물이 보여준 순수한 인간애와 동포애가 비장한 감동을 불러일으키고 있다는 점에서 <단독강화>는 역설적으로 휴머니즘의 가치를 곱씹게 하는 작품이라 할 수 있다.

결론적으로 선우휘가 작품을 통하여 일관되게 천착하고 있는 것은 순수한 인간애와 참된 인간관계의 회복이었다. 그것이 때로는 역사와 인간관계에 대한 진지한 관조를 통하여, 때로는 개인들의 용기 있는 저항과 행동을 통하여 다각도로 변주되고 있을 뿐이다. 따라서 선우휘에 대한 상반된 평가는 휴머니즘의 추구하는 한 차원 높은 관점에서 변증법적으로 지양되어야 한다고 생각한다.

참고문헌

1. 기본 자료

선우휘, ≪불꽃 / 테러리스트≫, 을유문화사, 1995.

2. 연구 논저

강진호, 「전후 현실과 행동주의 문학의 실체 : 선우휘론」, 송하춘·이남호 편, 『1950
　　　　년대의 소설가들』, 나남, 1994.
권영민, 『한국현대문학사(1945~1990』, 민음사, 2000.
김윤식, 『한국현대문학사(1945~1980)』, 일지사, 1991.
김종욱, 「선우휘 초기소설에 대한 일고찰」, 『관악어문연구』, 서울대 국문과, 1995.
김천혜, 『소설 구조의 이론』, 문학과지성사, 1991.
선우휘, 「소설에 있어서의 ‘재미’」, 『현대한국문학전집(12)』, 신구문화사, 1981.
신경득, 『한국전후소설연구』, 일지사, 1988.
염무웅, 「선우휘론」, 『창작과 비평』, 1967년 겨울호.
이광훈, 「역사에의 저항과 도전 : 선우휘론」, 『현대한국문학전집(12)』, 신구문화사,
　　　　1981.
이어령, 「역사·행동·관조 : <불꽃>·<화재>·<오리와 계급장>」, 『현대한국문학
　　　　전집(12)』, 신구문화사, 1981.
이인복, 『한국문학에 나타난 죽음의식의 사적 연구』, 열화당, 1987.
이재선, 『한국현대소설사(1945~1990)』, 민음사, 1997.
이태동, 「이데올로기와 휴머니즘 사이」, ≪불꽃 / 테러리스트≫, 을유문화사, 1995.
조남현, 『한국현대소설연구』, 민음사, 1987.
차원현, 「1950년대 한국소설의 분단인식」, 문학사와 비평연구회 편, 『1950년대 문학
　　　　연구』, 예하, 1991.
천이두, 『한국현대소설론』, 형설출판사, 1983.
최용석, 『한국 전후문학에 구현된 현실인식』, 푸른사상, 2002.
홍사중, 「선우휘론」, 『사상계』, 1966년 5월호.

노스롭 프라이, 『비평의 해부』, 임철규 역, 한길사, 1985.
데이비드 로지 엮음, 『20세기 문학비평』, 윤지관·이동하·김영희 역, 까치, 1984.
롤랑 부르뇌프·레알 윌레, 『현대소설론』, 김화영 편역, 현대문학, 1996.
미케 발, 『서사란 무엇인가』, 한용환·강덕화 역, 문예출판사, 1999.
보리스 우스펜스키, 『소설구성의 시학』, 김경수 역, 현대소설사, 1992.
수잔 스나이더 랜서, 『시점의 시학』, 김형민 역, 좋은날, 1998.
시이모어 채트먼, 『이야기와 담론』, 한용환 역, 고려원, 1991.

오영수 소설에 나타난 식물적 상상력과 순응의 미학

1. 서론

　오영수(1909~1979)는 1949년 9월 『신천지』에 <남이와 엿장수>를 발표하고, 1950년 서울신문 신춘문예에 <머루>가 입선되면서 정식으로 등단한 이후, 줄곧 단편소설만을 창작해 온 특별한 이력의 소설가이다. 그는 꾸준한 창작활동으로 130여 편의 단편소설을 발표하였고, ≪머루≫(1954), ≪갯마을≫(1956), ≪명암≫(1958) 등 7권의 창작집과 ≪오영수전집≫(전5권, 1968), ≪오영수대표작선집≫(전7권, 1974)을 간행하였다.

　그런데 오영수는 해방 후에 등단하여 6·25 한국전쟁 이후에 활발하게 작품 활동을 벌인 이른바 전후작가라 할 수 있는 손창섭, 장용학, 서기원 등 동시대의 작가들과는 전혀 다른 작품세계를 보여준다. 이른바 그의 작품은 전쟁이라는 재난이 초래한 참혹한 현실이나 가치 파괴적인 삶을 비판적으로 증언하지 않는다. 또 전쟁을 통해 드러난 이데올로기의 폭력성과 인간사회의 모순과 부조리에 저항하며 주체적인 삶을 선택하는 실존적 인간을 그리고 있지도 않다. 대신에 오영수 소설의 인물들은 대립과 갈등의 상황을 빗겨가거나 이를 무화시키려는 반응을 보인다. 즉 주어진 외적 환경을 저항 없이 받아들이거나, 인간세계의 질서가 미치지 않는 원시적 자연의 공간 속으로 숨어들고 있다. 한 마디로 토속적인 공간을 배경으로 하여 그 속에 살고 있는 순박한 인간들의 온정주의와 반문명적이고 자연친화적인 삶을 주로 형상화하는 일관된 작품세계를 보이고 있다.

이러한 오영수의 작품세계는 "모두가 생소한 사변(思辨)과 생경한 요설 등 외래풍조에 편승하고 있는 속에서 고유한 전통세계에 집착하여 거기에서 낙천적·긍정적 가능성을 모색"[1]하는 현대적 의의를 지닌다고 평가받기도 하지만, "소극적, 순응적 사고방식만이 답습될 뿐이고, 적극적, 진취적인 인간성 옹호나 개혁의지가 보이지 않는다"[2], "산문정신의 결여상태라 할 수 있는 서정성에의 함몰"[3]을 드러내고 있다는 비판을 받아 왔다. 이에 대해 오영수는 작가로서의 소신 또는 예술관을 피력하는 글에서 자신의 작품세계는 "인간을 부정하고는 첫째 나 자신이 살 수 없고 따라서 예술이 있을 수 없다"는 단순하고 소박한 인간 긍정에서 출발하고 있으며 따라서 "부정보다는 긍정을, 악(惡)보다는 선(善)을, 추(醜)보다는 미(美)를 추구"[4]해 왔음을 인정한다. 하지만 비극적 현실을 외면한 채 현실 도피의 세계를 그리고 있다는 평단의 비판에 대해서는 "작가의 현실이란 현실과 타협할 수 없는 데서부터 비롯된다. 타협할 수 없기 때문에 하나의 세계를 설정한다. 그것을 이상이라고 해도 좋고 꿈이라고 해도 좋다."[5]고 항변함으로써 자신의 작품세계가 현실에 대한 우회적

---

1) 천이두, 『한국현대소설론』, 형설출판사, 1983, 261면.
2) 장사선, 「오영수의 작품세계」, 전광용 외, 『한국현대소설사연구』, 민음사, 1984, 420면.
3) 권영민, 『한국현대문학사』(1945~1990), 민음사, 2000, 161면.
4) 오영수, 「변명(辨明)」, 『현대한국문학전집(1)』, 신구문화사, 1981, 476면.
5) 위의 글, 477면.

비판 또는 대안적 삶의 제시로서의 성격을 지님을 강조한 바 있다. 결국 오영수는 자신만의 확고한 예술관과 현실 인식에 근거하여 일관된 주제를 변주해 온 작가라 할 수 있다.

그렇다면 외재론적 비평의 시각으로 오영수의 문학을 재단하는 태도에서 벗어나 그의 문학이 지닌 변별적 특성이 무엇이고 이는 궁극적으로 어떤 작가의식에서 비롯되고 있는가를 꼼꼼하게 추적해 볼 필요가 있다. 바로 본 논문은 오영수 소설이 식물적 상상력을 통해 순응과 상생의 세계를 대안적 삶의 방식으로 제시하고 있다는 시각에서 출발한다. 아마도 오영수는 생존경쟁에서 살아남기 위하여 혹은 세계와의 대결에서 이기기 위하여 힘과 용기, 공격성을 요구하는 인간세계의 동물적인 생리에 대해 환멸을 느꼈던 작가가 아닐까 싶다. 그래서인지 자신이 뿌리내린 땅에서 어떤 외부의 시련이나 고통도 감내하며 끈질긴 생명력으로 꽃을 피우고 열매를 맺으며 생존하는 식물처럼, 작가는 외부와 충돌하기보다는 화해를 지향하고 자연환경을 거부하기보다는 공존하는 삶의 방식을 찾아가는 선량한 사람들을 주로 그려나가고 있다. 또한 단정적이고 직접적인 진술보다는 감각적인 묘사와 서정적인 분위기를 창출하는 감성적인 문체, '감춤과 드러냄'의 서술방식, 여성인물과 남성인물의 역할의 전도 등 여성적인 글쓰기[6]와도 맥이 닿아 있다.

따라서 본 논문은 식물적인 상상력과 순응적인 삶의 방식이 오영수의 작품들에서 어떻게 구체화되고 있는지 내적 구조분석을 통하여 구명하고자 한다.

---

6) 여기서 말하는 '여성적 글쓰기'는 여성에 의한 글쓰기를 의미하는 것이 아니라, 기존의 가부장적, 정전적 관습을 거부하고 여성적인 특성의 장점을 인정하며 자신만의 유연하고 혁신적인 글쓰기를 추구하는 작가들의 글쓰기를 의미한다(일레인 쇼왈터, 「여성의 시간, 여성의 공간」, 김성곤 편, 『소설의 죽음과 포스트모더니즘』, 글출판사, 1992, 199면 참조).

2. 행동의 부재와 애련(哀戀)의 수사학
: 〈남이와 엿장수〉, 〈머루〉, 〈실걸이꽃〉

오영수의 단편소설 〈남이와 엿장수〉[7](1949), 〈머루〉(1950), 〈실걸이꽃〉(1968)은 애틋하게 사랑을 하면서도 결국은 그 사람과의 안타까운 이별을 받아들여야 하는 미완의 사랑을 그리고 있는 작품들이다.

먼저 〈남이와 엿장수〉는 식모살이를 하는 열여덟 살 남이와 엿장수 총각이 서로 해바라기 사랑만 하다가 안타까운 이별로 끝나는 풋풋한 첫사랑을 그리고 있는 작품이다. 여기서 그들의 사랑은 감춤과 드러냄의 미학을 통해 애틋하게 전개된다. 남이와 엿장수는 주인집 아이들이 남이가 가장 아끼는 옥색 고무신을 엿과 바꿔먹는 사건이 발단이 되어 서로에게 호감을 느낀다. 그런데 소설은 두 사람이 만나는 장면이나 사랑을 확인하는 과정을 보여주지 않는다. 엿장수가 그 마을에 오는 횟수가 많아지고 주인집 아이들에게만 공짜로 엿을 주며 밤에도 남이가 있는 집 앞을 어슬렁거리는 주변 사건들의 서술을 통해 남이를 향한 엿장수의 마음이 각별해지고 있음을 짐작케 할 뿐이다. 한편 사랑에 빠진 남이의 내적 정서는 날씨와 자연에 대한 서정적이고 반복적인 묘사를 통해 환기된다.

> 다음날도 좋은 날씨였다. 먼 산은 선잠 깬 여인의 눈시울처럼 자꾸만 선이 희미해 오고 수양버들은 아지랑이가 간지러운 듯 한들거렸다. 보리 싹은 제법 파릿하고 남향담 밑에는 민들레가 놀란 듯 활짝 피었다.[8]

---

7) 오영수는 〈남이와 엿장수〉라는 제목을 나중에 〈고무신〉으로 바꾸었다.

8) 오영수, 〈남이와 엿장수〉, 『한국문학전집』(25), 양우당, 1990, 19면. 텍스트는 『한국문학전집』(25)에 실린 오영수의 대표작품들을 대상으로 삼았다. 앞으로 오영수의 작품을 인용할 때는 작품명과 인용 면수만을 언급하기로 한다.

이처럼 <남이와 엿장수>에서 두 사람은 서로 좋아하면서도 고백할 용기가 없어 상대방의 주변만 맴도는 애틋한 사랑에 머물러 있다. 그들이 은밀히 만나서 사랑을 확인하는 장면이 제시되지 않는 것은 작가가 의도적으로 생략한 것이라기보다는 소극적인 두 사람의 관계가 아직 그 단계까지 진전되지 않았음을 의미한다.

그러는 사이 두 사람의 사랑에 위기가 찾아온다. 남이 아버지가 고향에 있는 총각과 혼인시키기 위해 남이를 데리러 왔기 때문이다. 그런데 독자의 예상과는 달리 남이는 엿장수를 좋아하고 있다는 사실을 밝히지 않은 채, 내키지 않는 발걸음으로 순순히 아버지를 따라 나선다. 또 골목 앞에서 엿장수와 마주쳤지만 그에게 고향으로 내려간다는 사실을 말하지 않음으로써 자신을 붙잡을 기회조차 주지 않는다. 그 결과 아버지를 좇아 마을을 떠나는 남이의 뒷모습은 남아 있는 사람들에게 두 가지 수수께끼를 지닌 슬픈 영상으로 각인된다. 먼저 주인집 내외는 남이가 신고 가는 새 옥색 고무신이 어디서 난 건지 궁금하기만 하다. 또 자지내(紫川) 골짜기로 꽃놀음을 가는 줄만 알고 지름길인 울음고개로 먼저 올라갔던 엿장수는 남이가 어떤 영감을 따라 마을을 떠나가는 낯선 광경을 수상쩍은 듯이 바라보고 있다.

이 작품에서 남이는 아버지로 대변되는 외적 환경 혹은 주어진 운명을 거부하지 못한다. 또한 엿장수에게 자신을 구원해 달라고 요청할 용기도 내지 못한다. 자신을 향한 엿장수의 사랑에 대해 심증은 있지만 확신이 없는 현실이 심리적 거리감으로 작용하고 있기 때문이다. 그러면서도 엿장수가 사줬을 것으로 짐작되는 새 옥색 고무신을 신고 마을을 떠남으로써 엿장수를 향한 자신의 사랑을 간접적으로 표현하고 있다. 남이의 이러한 대응방식은 일면 답답할 정도로 소극적이며 순종적으로 다가온다. 하지만 그녀는 이것만이 두 사람이 상처받거나 사랑의 진실을 훼손당하지 않을 수 있는 최선의 방법이라고 생각한 것이 아닐까. 결과적으로 그녀를 고향으로 내몰고 있는 것은 많이 좋아하면서도 고백할 용기를 내지 못했던 엿장수의 '머뭇거림'이다. 남이가 떠나는 모습을 엿장수가 "울음고개 위에서 멀거니 바라보고 있는 것을 남이 자신이야 알 리도 없었다."9)는 마지막 문장은 그의 소극적인 사랑법이 현실적으로 얼마나 무력한 것인가를 여실히 증명해 준다. 주목할 사실은 알 듯 알 수 없는 두 사람의 은근한 관계와, 활짝 펴보지도 못하고 다시 움츠러진 사랑이 자아내는 절대적 순수와 안타까움의 정서는 그대로 독자를 감염시키면서 오랜 여운과 감정의 순화를 낳고 있다는 점이다.

<머루>는 순박한 농촌 사람들이 자식들의 혼인이라는 소박한 꿈을 만들어가는 과정과 전쟁으로 인해 그 꿈이 한 순간에 허물어지는 비극을 그리고 있는 작품이다. 열여덟 살 동갑내기 석이와 분이는 양쪽 어른들까지 암묵적으로 결혼을 허락한 사이다. 분이는 석이를 위해 찐 고구마를 챙기고, 석이는 분이가 좋아하는 머루와 댕기를 선물하는 등 두 사람은 드러나지 않게 사랑을 키워간다. 물론 <머루>에서도 결혼을 약속한 사이임에도 불구하고 석이와 분이의 사랑방식은 대단히 소극적이다. 속으로는 살뜰히도 생각하고 가슴이 두근거릴망정 겉으로는 수줍고 쑥스러워 말과 행동으로 구체화되지 못한다.

> 석이는 연송 머뭇거리면서 한 자쯤 사이를 두고 분이 옆에 앉았다. 내려다보이는 석이네 보리밭에서는 아지랑이가 아물아물 피어올랐다. 분이도 석이도 말이 없었다. 분이는 분이대로 석이는 석이대로 안타까운 동안이 안타깝게 지나갔다. 분이는 재피(산초) 눈을 해 가지고 연신 입술에 침을 바르면서 가슴을 달막이는데, 석이는 낫끝으로 잔디 뿌리를 파고

---

9) 위의 소설, 26면.

있었다. 이때 보닥솔 밑에서 장끼가 까투리를 따르며 흘레를 꾀는데 까
투리는 자꾸만 달아나고 있었다. 이윽고 까투리는 다음 보닥솔 밑으로
숨어 버린다. 장끼는 한결같이 따라갔다. 분이는 밭은 침을 꿀깍 삼키고,
　"조놈에 까투리 소갈머리도 없이……"
　그러고는 손등으로 햇살을 가리고 반듯이 누워 버린다.
　골짜기에서 뻐꾸기가 자지러지게 울었다.10)

　이 장면은 사랑의 감정을 표현할 용기가 없어 속으로 애태우고 있는
석이와 분이의 모습과, 그들이 보는 앞에서 노골적인 구애의 행동을 연
출하고 있는 장끼와 까투리를 묘사하고 부분이다. 상황의 대비와 서정적
인 분위기, 묘사적 문체가 돋보인다. 이를 통해 작가는 수줍음과 성적
욕망 사이에서 갈등하는 두 사람의 심리상태를 시각적으로 이미지화하
고 있다. 이처럼 오영수는 청춘남녀의 사랑을 그림에 있어서도 열정적인
구애나 관능적인 욕망보다는 은근하면서도 애틋하게 정신적 교감이 이
루어지는 감정의 순수성에 초점을 맞춘다. 그 과정에서 인물과 자연이
동화된 서정적인 풍경, 내적 감정을 환기시키는 상징적인 자연물, 흡인
력 있는 짧고 감각적인 문체 등은 독자를 작중 분위기에 감염시키는 데
효과적으로 기능한다. 인용의 마지막 부분은 두 사람의 어색한 상황이
석이가 아닌, 분이의 용기를 낸 말과 행동에 의해 급전환되고 있음을 암
시한다.
　<머루>의 상당 부분은 연적도 없고 결혼을 반대하거나 훼방 놓는 사
람도 없이, 혼사비용을 마련할 요량으로 송아지를 사다 기르고, 방을 하
나 더 내기로 하는 등 양쪽 집안이 의기투합하여 두 사람의 혼사를 준비
하는 과정을 서술하는 데 할애된다. 그러던 어느 날, 느닷없이 빨치산

---

10) <머루>, 35면.

대원들이 내려와 마을의 양식과 가축들을 모두 빼앗아가는 사건이 일어나면서 그들의 사랑에 파국이 찾아온다. 끝까지 소를 지키려던 석이 어머니와 분이 아버지가 빨치산들에게 죽임을 당했기 때문이다. 이런 상황에서도 그들은 빨치산을 원망하거나 분노의 감정을 드러내지 않는다. 대신에 석이 남매는 마을에 남고, 분이와 분이 어머니는 마을을 떠날 결심을 함으로써 비극성을 극대화시킬 뿐이다. 그런데 독자를 더 안타깝게 하는 것은 떠나는 분이를 그저 바라만 보고 있는 석이와, "머루철에는 꼭 오께!"라는 말을 남긴 채 저항 없이 떠나가고 있는 분이의 태도이다.

이러한 결말 처리는 스토리 자체의 논리에 근거하기보다는 애련(哀戀)과 안타까움의 정서를 창출하려는 작가의 의도가 작용한 느낌이 강하다. 피는 나누지 않았지만 한 가족처럼 살았던 그들이 각각 아버지와 어머니를 잃은 지금, 남은 사람들끼리 서로 의지하며 살아가는 것이 작품 안에서의 현실적 대안일 것이기 때문이다. 이처럼 오영수의 소설은 미묘한 정서의 묘사나 애상적인 분위기의 조성, 개방적 결말을 지향하고 있다는 점에서 서정적 단편소설11)의 범주에 속한다고 할 수 있다. 갈등의 부재, 인물들의 적극적, 의지적 행동의 부재 역시 이와 무관하지 않다. 그런데 오영수 소설에서 더욱 문제적으로 다가오는 대상은 남성인물들이라는 점이다. 가부장제적 전통 속에서 남녀 간의 사랑을 주도하고 적극적으로 행동하는 주체는 남성이었기 때문이다. 특히 <남이와 엿장수>나 <머루>에서 여성들이 떠나가고, 남성들이 떠나는 그들을 무력하게 바라보고만 있는 상황도 흥미롭다. 한 마디로 역할이 전도된 것이다. 결국 사랑을 지키기 위한 모험적인 시도나 용기 있는 행동은커녕, 남성인물들의

---

11) 송하섭은 오영수를 이효석이나 김유정, 황순원, 김동리를 이어서 서정적인 소설을 창작하는 작가로 분류한 후 그의 소설에서 나타나는 서정성의 특질을 분석한 바 있다 (송하섭, 『한국현대소설의 서정성 연구』, 단국대학교출판부, 1989, 129~149면 참조).

머뭇거림과 소극적인 대응방식 속에서 이별의 아픔을 견디며 불투명한 미래, 낯선 세계로 떠밀려가는 운명은 여성들의 몫이 되고 있다.

위 두 작품과 창작 시기가 20년 가까이 나는 <실걸이꽃>은 고등학교 때의 은사였던 '그'와 학생이었던 해연 ― 파혼 후 고향인 제주도로 내려가 국민학교 교편을 잡고 있는 ― 이 제주도에서 만나 며칠 함께 보내는 사이 서로에 대한 감정이 미묘하게 부딪치고 엇갈리는 과정을 섬세하게 추적하고 있는 작품이다. 특히 이 작품은 두 사람의 사랑이 이루어지지 못하는 일차적 이유가 아버지나 전쟁 같은 외적 환경이 아니라 '그'의 미온적인 성격 때문이라는 점에서 <남이와 엿장수>나 <머루>보다 남자 주인공의 태도가 더 문제적으로 전경화되고 있다.

<실걸이꽃>의 표면적인 스토리는 제주도의 여러 관광지를 배경으로, 바다에서 막 건져낸 풍성한 먹거리와 순하고 인심 좋은 제주도 사람들, 그리고 해연의 융숭하고 정성어린 대접으로 꿈처럼 행복했던 '그'의 제주도 여행담이 되고 있다. 때문에 대부분의 사건은 자연적 시간순서로 전개되고, 관광지에 대한 묘사가 곧 공간적 배경을 이루고 있으며, 관광하면서 나누는 두 사람의 대화 ― 장면제시의 기법으로 직접 인용되고 있는 ― 가 스토리의 주된 내용을 이루고 있다.

문제는 함께 제주도 관광을 하는 동안 '그'와 해연의 대화나 속마음은 늘 조금씩 빗겨나 있다는 데 있다. 해연은 때로는 당돌하게, 때로는 간접적인 방법으로 자신의 연정을 지속적으로 드러낸다. 하지만 '그'는 늘 그녀의 마음을 모르는 척하거나 심리적 거리가 가까워지는 것에 방어적인 태도를 나타낸다. 여기에는 고교 은사에 대한 인간적인 접대와 사랑하는 사람을 위한 특별한 배려를 구별하지 못하는, 아니 구별하기를 두려워하는 '그'의 "흐리멍텅"한 성격이 한 몫을 하고 있다. 즉 해연이 직접 바다 속에 들어가 잡아온 해산물로 푸짐한 성찬을 대접하고, 하룻밤

만 자고 가겠다는 '그'를 설득하여 며칠 동안 제주도 관광을 시켜주는 지극 정성에 대해 '그'는 한편으론 감동하면서도, 한편으론 감정적인 긴장의 끈을 풀지 않는다. 홍미로운 것은 그가 생각하는 해연의 이미지는 귀엽고 건강하고 순박할 뿐 아니라 "행동거지가 어른스러워" 때론 "모성까지 느끼"[12]게 만드는 구체적인 특성을 지닌 반면에, 해연이 생각하는 선생님의 이미지는 "남의 말 잘 비꼬고, 농담인지 진담인지 알쏭달쏭하고, 어렵거나 귀찮은 질문을 하면 엉뚱한 말로 연막을 치"[13]는 모호한 인물로 그려지고 있다는 사실이다. 결국 두 사람의 어긋남은 해연의 매력에 이끌리면서도 사제지간이라는 사회적 통념에 갇혀서 자신의 감정을 솔직하게 인정하지 못하는 '그'의 애매모호한 태도에 기인한다.

이 작품에서 '그'의 거리두기는 해연으로 하여금 더욱 '그'에 집착하게 만드는 동인이 되고 있다. 잡힐 듯하면서도 잡히지 않는 그의 애매한 마음과 행동이 그녀에게 미련과 아쉬움, 안타까움을 키우고 있기 때문이다. 해연은 그를 향한 자신의 집착을 스스로 '실걸이꽃'에 비유한다. 바다에 빠져 죽은 "과부의 넋이 실걸이꽃이 돼서 낚시 바늘 같은 가시를 달고 사람만 얼씬하면 옷을 걸어 당기고 한번 걸면 가시가 부러지기 전에 놓아주지 않는다"[14]는 전설을 지닌 제주도의 꽃. 바로 해연으로 하여금 실걸이꽃처럼 계속 그를 끌어당기고 놓아주지 않는 여자로 만든 것은 흐리멍텅하고 알쏭달쏭하며 연막을 치기 잘하는 그의 용기 없는 성격이었던 셈이다. 아이러닉한 것은 그가 해연의 연정과 자신의 감정을 비로소 깨닫고 "그의 마음 한 가닥은 실걸이꽃 가시에 걸려 마치 고치에서 실이 뽑히듯 반대쪽으로만 풀려가고 있었"[15]던 때는 이미 서울로 가

---

12) <실걸이꽃>, 220면.
13) 위의 소설, 219면.
14) 위의 소설, 255면.
15) 위의 소설, 255면.

는 비행기에 오르고 난 뒤라는 사실이다. 이처럼 <실걸이꽃>에서도 문제적인 인물은 바로 사제지간이라는 자의식에서 벗어날 수 없었던 '그'이다. 상대방의 사랑을 받아들일 용기도, 자신의 감정에 대한 솔직성도 지니지 못한 채, '그'는 선생과 제자 사이도, 그렇다고 연인 사이도 아닌 애매한 관계만을 고집하다가 도망치듯 서울로 돌아오고 있기 때문이다. 그 결과 해연은 가시가 부러져나간 실걸이꽃처럼 모든 애착과 기대가 허물어져 버린 표정으로 비행기에 오르는 '그'를 쓸쓸하게 훔쳐보고 있다.

이처럼 <남이와 엿장수>, <머루>, <실걸이꽃>에서 인물들은 그들의 사랑을 위협하거나 방해하는 외적 환경이 존재한다는 사실 자체만으로 자신의 사랑을 비극적으로 인식한다. 즉 그들에게 그 외적 환경은 극복하거나 바꿀 수 있는 성질의 것이 아니다. 마치 거친 비, 바람을 거부할 수 없는 식물처럼. 한 마디로 오영수 소설의 인물들은 자신을 둘러싼 사회적 환경이나 윤리적 환경을 그대로 감내하는 현실 순응적이며 식물적인 삶을 변주한다. 그들은 세계와 대결하여 자신의 욕망이나 목표를 이루기보다는 그런 갈등 상황을 의도적으로 회피한다. 그러한 양상은 특히 남성인물들에게 두드러지면서 그들을 개성적인 인물로 만든다. 따라서 그들의 삶에는 갈등과 대립만 없는 것이 아니라 짜릿한 성취감도 없다. 대신에 독자가 예상한 행동의 부재가 낳은 아쉬움과 안타까움, 미련의 정서로 충만한 세계만이 존재한다. 그와 함께 오영수는 이들 작품에서 여성인물의 마음을 드러내는 객관적 상관물로서 각각 '옥색 고무신'과 '머루', '실걸이꽃'을 배치시킨다. 이는 비록 수동적일망정 상대를 향한 여성인물들의 순정을 돌올하게 강조하는 효과를 낳고 있다. 바로 그녀들의 순정을 지켜줄 용기가 없는 소극적인 남성들로 인해 스토리의 비극성이 강화되고 있는 것이다. 즉 오영수의 소설은 갈등구조가 배제된 결말의 비극성, 낭만적인 자연을 배경으로 한 서정적인 분위기, 작중인물들의 내성적인 사랑을 전경화하는 감각적인 묘사 등을 통해 안타까움과 애련(哀戀)의 정서를 창출하고 있다고 하겠다.

3. 원시적 생명력과 공동체의식 : 〈갯마을〉, 〈은냇골 이야기〉

〈갯마을〉(1953)과 〈은냇골 이야기〉(1961)는 외딴 갯마을과 깊은 산속마을이라는 토속적인 공간을 배경으로, 원시적인 공동체의식을 가지고 운명(환경)에 순응하며 살아가는 인물들의 삶을 그리고 있는 작품들이다. 인간은 "하나의 장소를 그 생태계 등의 자연환경뿐만이 아니라 그 역사와 문화까지를 포함하는 복합체로서"16) 이해한다. 그리고 이러한 '장소의 감각'을 통해 "추상적인 사고나 가족 등의 인간관계에 우선하는 '살고 있는 장소'와의 관계 속에서"17) 자신의 정체성을 수립하게 된다. 이 두 작품에서 작중인물들은 외형적으로는 전통적인 삶의 방식을 답습하고 있는 것처럼 보이지만, 실제로는 전통적, 유교적 가치관을 전복시키는 독특한 생존방식을 드러낸다. 즉 그들이 사는 공간에서는 바깥세상을 지배하는 법과 관습, 윤리적 질서 등이 힘을 잃고 있다. 대신에 그들은 자신들을 둘러싼 환경과 자연적 조건을 거부하지 않으면서 원시적인 생명력과 종족번식욕구를 바탕으로 공동체적 질서를 형성해 가는 독자적인 삶의 방식을 이어간다.

먼저 〈갯마을〉은 보재기(海女) 딸 해순이 첫 번째 남편 성구와 두 번

---

16) 장원철, 「자연, 생태 그리고 문학 : 생태비평의 가능성」, 경상대학교 인문학연구소 엮음, 『인문학과 생태학』, 백의, 2001, 155면.
17) 위의 논문, 156면.

째 남편 상수를 잃는 두 번의 생이별을 겪으면서, "바다를 사랑하고, 바다를 믿고, 바다에 기대어 살아"18)가는 갯마을 여인들의 숙명론적 삶의 방식을 내면화하는 과정을 그리고 있다. 해순은 사랑에는 소극적이고 삶의 태도에 있어서는 현실 순응적인 전통적인 여성이다. 해순이 첫 번째 남편 성구나 두 번째 남편 상수와 혼인에 이르는 과정이 이를 잘 대변한다. "해순이와 장가들기가 소원이던 성구"19)였기에, 그리고 한밤 중에 해순이의 방을 덮친 상수와는 "그저 남녀가 한번 관계를 맺으면 의례히 그렇게 해야"20) 되나 보다는 생각에서 혼인을 결심하고 있기 때문이다. 이는 성구가 원양출어를 나갔다가 영영 돌아오지 않았을 때도, 상수가 징용에 끌려가 산골에 혼자 남겨졌을 때도, 해순이 망부(亡夫)의 한과 설움을 토해내지 않는 태도와도 무관하지 않다.

반면에 해순은 해녀로서의 삶이나 바다에 대한 애착과 관련해서는 능동적이고 의지적인 인물로 변모하는 양상을 보인다. 성구가 죽었을 때 그녀는 남편을 잃은 슬픔에 젖기보다는 그의 만류 때문에 할 수 없었던 물일을 하러 바다로 나간다. 또 상수가 징용에 끌려간 후 산골에 홀로 남겨진 그녀를 괴롭힌 것도 상수에 대한 그리움이 아니라 "물옷을 입고 첨벙 뛰어들면…… 해순이는 못 견디게 바다가 아쉽고 그리웠다."21)는 내적 분석에서 알 수 있듯이 바다에 대한, 물일에 대한 그리움이다. 즉 그녀를 진정으로 불행하게 만드는 것은 남편을 잃은 상실감이 아니라 물일과 바다가 없는 세계에 놓이는 일이고, 그래서 해순은 갯마을로 돌아온다.

갯마을 사람들에게 바다는 노동하고 생활하는 현실적 공간이면서 동

---

18) <갯마을>, 59면.
19) 위의 소설, 58면.
20) 위의 소설, 67면.
21) 위의 소설, 68면.

시에 육체적 욕망과 원시적인 생명력을 불러일으키는 상징적 공간이다. 현실적 공간으로서의 바다는 한편으로는 생활의 터전이자 한편으로는 원양출어를 나간 남편을 앗아간 적대적인 존재다. 한 날 한 시에 남편을 잃고 과부가 된 여덟 명의 여인들이나, "남편 없는 며느리가 애처로웠고, 아들 없는 시어머니가 가엾어 친딸 친어머니 못지않게 정으로 살아가는 고부간"[22]이라는 화자의 설명에서 알 수 있듯이, 갯마을 여인들은 삶의 터전이자 불행의 근원인 '바다'라는 거부할 수 없는 환경 속에서 똑같은 운명을 되물림한다. 그 결과 갯마을을 이끌어가는 주체는 과부들로 대변되는 여성들이고, 그들의 연대의식과 공동체의식은 각별할 수밖에 없다. 즉 "서로의 과거와 현재와 미래를 공유하는 일체감"[23]을 형성하고 있을 뿐만 아니라 '너'와 '나', 자아와 세계의 구별이 무의미한 삶의 방식을 내면화하고 있다.

갯마을 여인들은 마을의 대를 잇고 바다에 의지한 삶을 지속하기 위하여 그들만의 문화, 그들만의 생존방식을 자연스럽게 터득한다. 그것이 바로 바다로 상징되는 원시적 생명력에 근거한 삶의 방식이다. 이 작품에서 바다에 대한 해순의 애착과 원시적 건강성은 바닷사내의 "억세디억센 손"[24]길이라는 촉각적, 관능적 이미지로 변주된다. 이는 남성들의 성적 본능을 자극하는 것이 시각적인 데 비하여 "여성들은 보다 '촉각적인' 정신적 작용에 의해서 그들의 성과 접촉한다"[25]는 주장을 상기시킨다. 실제로 바다 속으로 들어가 미역을 건져 올리는 물일이야말로 바다와 직접적으로 접촉하는 행위에 다름 아니다. 이는 갯마을 여인들(과부들)

---

22) 위의 소설, 57면.
23) 민현기, 「오영수의 <갯마을> : 자연과 인간의 융화」, 이재선·조동일 편, 『한국현대소설작품론』, 문장, 1981, 316면.
24) <갯마을>, 56면.
25) K. K. 루스벤, 『페미니스트 문학비평』, 김경수 옮김, 문학과비평사, 1989, 75면.

이 "사내들의 짓궂은 장난을 싫잖게 받아들이는"26) 반응과도 무관하지 않다. 바로 갯마을 여인들에게 있어서 바다에 대한 애착과 성적인 욕망, 끈질긴 생명력은 미분화된 상태로 그녀들의 삶을 지배하고 있다. 왜냐하면 바닷사내와 사랑을 하고 그 사내를 바다에 묻으면서 바다에 기대어 사는 일이야말로 갯마을 여인들의 숙명적인 삶의 방식이기 때문이다. 또한 그들에게 본능적인 욕망과 원시적인 생명력은 일부일처제의 유교적인 부부관이나 이별의 아픔보다 우위에 놓인다. 그 마을을 지켜갈 후손을 잇는 일 역시 그녀들의 몫이기 때문이다. 따라서 해순이 두 번째 남편 상수를 잃고 갯마을로 돌아온 후, 누군지 알 수 없는 사내의 억센 손길에 다시금 가슴 설레는 반응을 보이는 것은 '사랑'이라는 낭만적 감정이라기보다는 '종족번식'이라는 본능적 욕구에 더 가깝다. 이는 주어진 환경에 순응하며 생명의 뿌리는 내리는 식물적 삶이자 원시적 건강성에 다름 아니다.

<은냇골 이야기>는 "바깥세상에서는 의젓이 살아갈 수 없는 어떤 곡절이 있어 들어온 사람들"27)이 모여든 깊은 산 속의 은냇골을 배경으로 그곳 사람들만의 독자적인 삶의 방식을 그리고 있는 작품이다. 먼저 '은냇골'은 바깥세상과 완전히 단절된 공간이자 신성한 질서가 지배하는 공간이다. 이는 벼랑 아래 삼밭을 발견하고 밧줄을 타고 내려가 그것을 캐려던 두 형제가 왕거미가 밧줄을 끊는 바람에 다시는 집으로 돌아오지 못했다는 '은냇골'에 얽힌 전설을 통해 미리 암시되고 있다.

은냇골에는 두 대만에 손(孫)이 끊어지는 특이한 풍토 탓에 그들만의 묵계적인 생존방식이 존재한다. 대를 잇기 위해서 남편이 아닌 다른 남자의 씨를 받는 것을 허용하거나 어른들이 나서서 이를 조장하는 풍습

---

26) <갯마을>, 54면.
27) <은냇골 이야기>, 180면.

이 그것이다. 머슴이었던 김가가 이웃집 주인네 조카딸 덕이와 눈이 맞아 은냇골로 숨어들고, 박가가 형의 노름버릇을 고치려다가 잘못 실수를 하여 은냇골로 쫓겨 왔을 때도, 바깥세상에서는 한문 훈장이었으며 은냇골의 제일 어른인 양노인은 자식이 없는 아들 부부의 대를 잇기 위하여 자신의 며느리와 김가, 며느리와 박가의 잠자리를 은밀히 마련해 준다. 또 심한 가뭄과 흉년으로 사람들이 은냇골을 떠나거나 굶어죽은 뒤, 김가와 아내 덕이는 굶어죽은 문둥이의 아내였던 옥례와 함께 한 집에서 긴긴 겨울을 난다. 봄이 되어 바깥세상으로 나갔던 박가가 돌아오자 또 "누가 말한 것도 없이 박가는 옥례와 함께" 살기 시작한다. 한 마디로 은냇골에서는 유교적인 정조관념이나 일부일처제, 사랑의 감정과 같은 바깥세상의 질서나 가치관이 들어설 자리가 없다. 왜냐하면 그들에게는 사랑하는 사람끼리의 의리보다 종족보존의 욕구가 절박한 문제이기 때문이다. 그 결과 양노인의 며느리는 계집아이를 낳고, 옥례는 팔삭동이인 만이를 낳는다. 양노인의 며느리가 낳은 아이가 "그의 아버지를 닮았는지, 박가를 닮았는지, 아니면 김가를 닮았는지는 꼭이 알 수 없었다."는 서술이나 "만이는 아무래도 박가보다는 김가를 닮아갔다."28)는 화자의 논평은 양노인의 며느리나 옥례의 밭에 뿌려진 남정네의 씨가 누구 것인지 불확실함을 간접적으로 드러낸다. 중요한 사실은 마을사람들이 은냇골의 이런 풍습을 짐작하고 있으면서도 그것에 대하여 반발하거나 윤리적 잣대를 들이대지 않고 있다는 점이다. 이것이 은냇골 사람들이 대를 이을 수 있는 유일한 방식이자 공생 공존의 길임을 알고 있기 때문이다.

이 과정에서 부계혈통을 계승하는 바깥세상과는 달리, 은냇골은 사실

---

28) 위의 소설, 203면.

상 모계혈통을 중심으로 대가 이어지고 있음에 주목할 필요가 있다. 은냇골이라는 공간은 남자들이 주축이 되어 만들어낸 질서와 묵계에 따라 영위되는 것 같지만, 깊이 들여다보면 여성들의 강인한 생명력과 종족번식욕구가 주된 원동력으로 작용하고 있다. 이는 지독한 기아의 상황에서 갓 태어난 자신의 아이를 삶아 먹으려 할 정도로 강한 생존욕구를 보였던 김가의 아내 덕이나, 문둥이인 남편이 굶어 죽은 상황에서도 살아남은 옥례의 사례가 증명해 준다. 그렇게 살아남아 그녀들은 은냇골의 풍습을 거부감 없이 받아들이면서 자손을 번식시키고 있다.

이것은 다른 말로 식물적인 생존방식이라 할 수 있다. "아무리 좋은 밭을 가져도 씨가 없으면 묵밭이" 되고, 또 "내 집 씨가 충실치 않을 때는 남의 집 씨를 빌려다 심29)"어야 한다는 양노인의 말은 이를 잘 대변한다. 씨와 묵밭의 비유는 농경사회의 상호부조에 입각한 것으로 가부장적 이데올로기를 훌쩍 넘어서는 곳에서 새롭게 의미화된다.30) 이것은 냉혹한 은냇골의 풍토에 맞서 마을사람들이 종족을 보존하기 위한 공동체적 전략이기 때문이다. 더욱이 한문 훈장으로서 유교적 세계관을 내면화하고 있는 양노인이 이러한 풍습을 주도하고 있다는 것은 그들의 생존방식의 절박성을 그대로 대변한다. 다만 "그런데, 형. 씨야 어딜 갔던 이 밭 소출은 내 것이지, 응, 형?"31) 하고 김가에게 묻는 박가의 질문 속에는 친아버지로서의 정체성을 갖지 못하는 은냇골 남자들의 불안심리가 내재되어 있다. 결국 은냇골 사람들은 나와 남, 우리 가족과 다른 가족, 인간과 자연의 구별이 무의미한 삶의 환경 속에서 서로 돕고 포용하면서 공동체적 질서를 만들어가는 원시적 건강성의 세계를 실현시키고 있다.

---

29) 위의 소설, 189면.
30) 김주현, 「1960년대 소설의 토속성에 구현된 휴머니즘의 양상」, 『어문논집』 제36집, 중앙어문학회, 2007, 183면.
31) <은냇골 이야기>, 203면.

4. 결론 : 순응의 미학과 여성적 가치

지금까지 살펴본 것처럼 오영수의 소설은 일관되게 식물적 상상력에 근거한 창작방법을 보여준다. 그의 소설에는 사랑이나 어떤 목표를 이루기 위하여 자신을 둘러싼 세계와 적극적으로 대결하는 인물들이 거의 등장하지 않는다. 즉 작가는 생존경쟁에서 살아남기 위하여 힘과 능력, 용기와 공격성을 들이대는 동물적인 삶의 방식을 철저히 배제시킨다. 천이두가 오영수를 "선의(善意)의 세계를 추구하는 전형적인 작가"[32]로 지적한 것처럼, 그는 어느 누구와도 충돌하지 않고 주어진 환경에 순응하며 그에 따른 고통과 불행을 자신의 몫으로 감싸 안는 선량한 인물들만 등장시킨다. 이는 다른 대상과 경쟁하지 않은 채 자신이 뿌리내린 땅에서 어떤 외부의 시련이나 고통도 감내하며 끈질긴 생명력으로 살아가는 식물적 삶의 방식을 닮아 있다.

주목할 사실은 동물적인 삶이 지배적인 인간세계를 식물적인 삶의 방식으로 풀어내려 할 때 본래의 힘을 잃고 무력한 존재로 전락하고 있는 존재는 남성인물이라는 점이다. <남이와 엿장수>나 <머루>, <실걸이꽃> 등 남녀 간의 애틋한 사랑과 이별을 그리고 있는 작품에서 여성인물들은 소극적일망정 자신의 사랑을 지키거나 표현하는 일에 솔직하고 진정성을 보인다. <남이와 엿장수>에서 남이는 옥색 고무신을 통해, <머루>에서 분이는 풀밭에 먼저 눕는 적극성을 통해 자신의 욕망을 표현한다. 또 <실걸이꽃>에서의 해연은 용기 없는 '그'의 감정을 끌어내기 위해 지나칠 정도로 그에 대한 애착을 나타낸다. 그 과정에서 그녀들은 독자들에게 내성적이면서도 순정을 간직한 인물로 강렬하게 각인된

---

32) 천이두, 『한국현대소설론』, 형설출판사, 1983, 172면.

다. 반면에 가부장제적 전통 속에서 남녀 간의 사랑을 주도하고 적극적으로 행동하던 남성인물들은 오영수의 소설에서는 하염없는 머뭇거림과 행동의 부재, 소극적인 대응방식만을 변주한다. <남이와 엿장수>나 <머루>에서 남성들이 여성들을 무력하게 떠나보내는 태도나 <실걸이 꽃>에서 '그'가 해연의 마음만 혼란스럽게 한 채 비겁하게 비행기에 오르는 모습은 외적 갈등이나 충돌을 야기하는 상황보다도 더욱더 비극적으로 다가온다. 세계와의 대결을 무화시키는 남성인물들의 소극적인 태도가 결과적으로 사랑하는 여성들을 불투명한 미래, 외롭고 낯선 세계로 밀어내고 있기 때문이다.

작중인물들이 사는 세계가 도시적, 문명적 세계와 단절된 자연적, 반문명적 공간으로 설정될 때, 식물적 삶의 방식은 원시적인 생명력과 공동체의식이라는 독자적인 생존전략을 낳고 있다. <갯마을>에서 해순을 비롯하여 유독 과부가 많은 갯마을 여인들은 바다 없이는 살 수 없는 자신들의 숙명적인 삶을 수용하는 한편 그들만의 생존전략을 마련하고 있다. 바로 육체적 욕망과 원시적인 생명력에의 지향이다. 이를 통해 여성들은 남편을 사별한 아픔을 새로운 만남으로 극복하고, 종족 보존의 욕구를 충족시키면서 운명공동체로서의 일체감을 형성하며 살아간다. <은냇골 이야기>에서도 은냇골 사람들에게 절대 절명의 과제는 대대로 자손이 귀한 풍토적 특성을 극복하고 대를 이어갈 수 있는 방법을 모색하는 것이다. 그런 점에서 결혼한 여성들에게 마을 남자들의 씨를 은밀하게 제공하는 풍습은 전통 윤리의 파괴라기보다는 생존전략에 가깝다. 마을사람들이 반발하기는커녕 이것만이 대를 이을 수 있는 유일한 방식이자 공생 공존의 길이라는 공동체적 인식 속에서 모계혈통의 계승이라는 그들만의 질서와 원시적 건강성의 세계를 낳고 있다.

오영수의 소설에서 세계와 갈등하기보다는 자신에게 주어진 고통과 불행을 감수하는 순응의 미학은 이데올로기의 폭력성, 돈의 위력, 남성들의 권위 등을 모두 무장 해제시키는 놀라운 위력을 발휘한다. 소설 속 인물들이 갈등상황을 갈등으로 받아들이지 않고 비극적인 현실을 비극으로 받아들이지 않을 때 가해자도 승자도 존재할 수 없기 때문이다. 이러한 오영수의 작품세계는 남성들이 주도해온 사회적, 역사적 가치들을 전복하고 무화시킨다는 점에서 여성적 가치를 환기시킨다. 식물적 삶의 방식이나 공동체의식, 원시적 생명력이라는 요소들도 남성들이 구축해온 현대적 문화 이전의 여성적 가치와 미덕에 다름 아니다. 이러한 작품 세계는 정서의 환기에 치중한 감각적인 묘사와 상징적 매개물을 통한 감정의 간접적인 암시, 부드럽고 유연한 문체를 통해 빛을 발하고 있다. 리얼리즘 소설이 보여주는 갈등의 미학에서 잠시 벗어나, 오영수의 소설을 통해 순응과 상생이라는 식물적인 삶 혹은 여성적 가치를 사유해 보는 것도 의미 있는 일일 것 같다.

참고문헌

1. 기본 자료

오영수, <남이와 엿장수>·<머루>·<실걸이꽃>·<갯마을>·<은냇골 이야기>, 『한국문학전집』(25), 양우당, 1990.

2. 연구 논저

권영민, 『한국현대문학사』(1945~1990), 민음사, 2000.

김영화, 「한국적 정서의 재현」, 『한국문학전집(25)』, 양우당, 1990.

김인호, 「오영수 소설에 나타난 '향수'의 미학」, 『한민족어문학』 제39집, 한민족어문학회, 2001.

김주현, 「1960년대 소설의 토속성에 구현된 휴머니즘의 양상」, 『어문논집』 제36집, 중앙어문학회, 2007.

민현기, 「오영수의 <갯마을> : 자연과 인간의 융화」, 이재선·조동일 편, 『한국현대소설작품론』, 문장, 1981.

송명희, 「해녀의 체험공간으로서의 바다 : 김정한·오영수·심상대·이태준·강인수의 소설을 중심으로」, 『현대소설연구』 제8호, 한국현대소설학회, 1998.

송준호, 「오영수의 <갯마을> 연구」, 『한국언어문학』 제49집, 한국언어문학회, 2002.

송지현, 『다시 쓰는 여성과 문학』, 평민사, 1995.

송하섭, 『한국현대소설의 서정성 연구』, 단국대학교출판부, 1989.

신희교, 「신세대 소설의 구조와 의미 : 오영수론」, 송하춘·이남호 편, 『1950년대의 소설가들』, 나남, 1994.

심지현, 「오영수 초기소설에 나타난 토속의 양상」, 『국어국문학』 제145호, 국어국문학회, 2007.

염무웅, 「애환이 담긴 어촌풍경 : <갯마을>」, 『현대한국문학전집(1)』, 신구문화사, 1981.

오영수, 「변명」, 『현대한국문학전집(1)』, 신구문화사, 1981.

윤근섭 외 공저, 『여성과 사회』, 문음사, 1997.

이재인, 「오영수 문학 연구 : 삶과 문학의 일치」, 『한국문예비평연구』 제5집, 한국현대문예비평학회, 1999.

장사선, 「오영수의 작품세계」, 전광용 외, 『한국현대소설사연구』, 민음사, 1984.

장원철, 「자연, 생태 그리고 문학 : 생태비평의 가능성」, 경상대학교 인문학연구소 엮음, 『인문학과 생태학』, 백의, 2001.

천상병, 「선의의 문학 : 오영수론」, 『현대한국문학전집(1)』, 신구문화사, 1981.

＿＿＿, 「애증 없는 원시사회 : <은냇골 이야기>」, 『현대한국문학전집(1)』, 신구문화사, 1981.

천이두, 『한국현대소설론』, 형설출판사, 1983.

K. K. 루스벤, 『페미니스트 문학비평』, 김경수 옮김, 문학과비평사, 1989.

일레인 쇼왈터, 「여성의 시간, 여성의 공간」, 김성곤 편, 『소설의 죽음과 포스트모더니즘』, 글출판사, 1992.

챨즈 E. 메이 엮음, 『단편소설의 이론』, 최상규 옮김, 정음사, 1984.

소설과 영화의 매체적 표현방식 비교 연구
─이범선의 소설 〈오발탄〉과 유현목 감독의 영화 〈오발탄〉을 중심으로

1. 서론

본 연구는 이범선의 소설 〈오발탄〉(1959)과, 이를 영화화한 유현목 감독의 〈오발탄〉(1961)의 비교 분석을 통해 언어예술인 문학과 영상예술인 영화의 매체적 표현방식 및 미학적 특질을 고찰하는 데 목적을 두고 있다.

문학과 영화는 '스토리'를 '전달'하는 예술 양식이라는 공통점을 지닌다. 특히 문학이 "독자의 마음에 이미지와 소리를 창조하는 데 집중하는 서사 예술"[1]이라는 점에서, 실제 이미지와 소리를 관객에게 제시하는 영화를 기존의 서사예술의 확장 혹은 시청각 효과를 극대화한 문학으로 간주하기도 한다. 하지만 문학은 개인 창작의 산물이자 표현매체가 언어로 한정되어 있는 반면에, 영화는 영상·언어·음향 등 다양한 표현매체를 활용할 수 있을 뿐만 아니라 배우와 감독, 카메라맨, 음향 담당자

---

1) 로버트 리처드슨, 『영화와 문학』, 이형식 역, 동문선, 2000, 19면.

등 집단에 의한 창조된다. 또한 문학은 친절한 이야기꾼인 화자와 작가 전지적 시점이라는 유용한 서술방식을 통하여 작중인물의 심리 및 관념 세계를 독자에게 섬세하게 전달할 수 있는 반면에, 영화는 카메라라는 전달매체의 특성상 작중인물들의 말과 행동 등 외적 세계만을 통하여 스토리를 전달해야 하는 제약이 있다. 물론 영화는 현실세계의 영상을 사실적으로 재현하는 문제에 있어서는 어떤 예술과도 비교할 수 없는 "기술적 객관성"[2]을 확보하고 있다. 그래서 사실주의 미학을 강조하는 앙드레 바쟁은 "가장 뛰어난 영화란 영화예술가의 개인적 비전과 매체의 객관적 본성이 미묘하게 균형을 유지하는"[3] 영화라고 주장한다. 이처럼 소설이 지닌 총체성과 논리성, 영화가 지닌 사실성과 구체성은 두 예술양식이 각각 존재의의를 획득하는 주된 특질이다.

또한 문학은 영화적 소재의 풍부한 저장고라는 점에서, 영화는 가장 강력한 대중적 유통구조를 지니고 있다는 점에서, 소설의 영상화는 "문학적 주제의식을 대중적 공감대로 이끌어낼 수 있는 유효한 전략"[4]이 되고 있다. 그런데 원작으로서의 소설을 영상매체로 전환[5]할 때, 작가와 감독 간에 예술관 및 현실인식, 작품에 대한 해석상의 차이 등으로 인해 일정 부분의 변용과 굴절이 발생한다. 따라서 '전환된 영화가 원작과 어떤 관계를 보이는가?' 즉 원전의 충실한 재현과 "문학의 영화적 기호 체계로의 전환"[6]이라는 스펙트럼 속에서, 영화가 어느 지점에 위치하는가

---

2) L. 쟈네티, 『영화의 이해』, 김진해 옮김, 현암사, 1995, 164면.
3) 위의 책, 165면.
4) 김중철, 『소설과 영화』, 푸른사상, 2000, 133면.
5) 영어 'adaption'은 '각색' 혹은 '전환'으로 번역된다. 각색은 단순한 용도 변경 혹은 원전의 권위에 더 무게중심이 가 있는 반면, 전환은 상이한 매체 혹은 기호 체계 간의 고유성을 인정하면서도 무한한 상호 전환/변형 가능성을 열어주는 용어라는 점에서 '전환'을 사용하기로 한다(볼프강 가스트, 『영화』, 조길예 옮김, 문학과지성사, 1999, 126면 참조).
6) 위의 책, 137면.

를 고찰하는 일은 영화의 변용 양상 및 각 장르의 변별성을 밝히는 데 유용한 작업이다.

따라서 본 논문에서는 1950년대 월남민 가족의 비참한 생활상을 사실적으로 묘파하고 있는 이범선의 소설 <오발탄>과 유현목 감독의 영화 <오발탄>을 대상으로, 먼저 전후의 절망적 현실을 드러내기 위하여 어떤 문학적 혹은 영화적인 장치를 활용하고 있고, 그것이 구체적으로 어떤 미학적 효과를 창출하고 있는지를 밝히고자 한다. 아울러 소설이 영화화되는 과정에서 드러나는 변용의 양상을 분석함으로써 작가와 감독의 창작 의도 및 현실인식을 비교, 고찰하고자 한다. 이 작업은 특히 이범선 소설의 기법은 영화의 감각성과 구체성에, 유현목 영화의 기법은 소설의 상징성과 논리성에 다가가는 방향으로 나타나고 있음을 밝히는 데 초점을 맞추고 있다.

2. 전쟁이 낳은 총체적 불행과 전망 부재의 삶 : 소설 〈오발탄〉

1) 지각적 이미지를 통한 절망적 현실의 환기

1961년 제5회 동인문학상을 수상한 이범선의 <오발탄>(1959)은 물질적 가난과 정신적 상처를 안고 살아가는 월남민 가족을 통해 전후의 절망적인 분위기를 사실적으로 재현하고 있는 전후소설이다. 작가가 창작 동기를 "어디를 향해서 가야 할지 그 방향조차 모르면서도 오늘까지 살아서 여기까지 온 나 자신의 꼴을 그려본 데 불과하다."[7]고 말하고 있는 것처럼, 이 작품은 가난의 현실을 벗어날 방법도, 낙관적인 미래도 기대

---

7) 장용학 외 20인, 『한국전후문제작품집』, 신구문화사, 1996, 430면.

할 수 없는 전후 인물들의 절망감과 패배의식을 정공법으로 그려내고 있다.

단편소설임에도 불구하고 <오발탄>은 전쟁으로 인해 신체적, 정신적 상처를 입은 당대의 전형적 인물들을 한 가족 구성원 속에 담아내고 있다. 그 결과 개성적이고 입체적인 인물창조와 함께 전후의 비극적 현실을 총체적으로 보여준다. 돌아갈 수 없는 고향을 그리워하다 실성하여 "호흡처럼 생리화해"[8] 버린 "가자!" 소리만 반복하고 있는 어머니, 가장의 고통을 대변하는 전형적인 인물로서 계리사 사무실 서기로 일하고 있는 장남 철호, 대학교 3학년 때 어머니의 원수를 갚겠노라고 군에 자원했다가 배에 총상을 입고 상이군인이 되어 돌아온 둘째 아들 영호, 가난으로 인한 가족들의 고통을 외면할 수 없어 양공주가 된 여동생 명숙, 전쟁 전에는 명문 여자대학의 음대를 졸업한 미모의 여성이었지만 지금은 "만삭이 되어서 꼭 바가지를 엎어 놓은 것 같은 배를 안"고 "몽유병자"처럼 혹은 "둔한 동물처럼"[9] 말과 웃음을 잃어버린 철호의 아내, 영양실조로 노랗게 뜬 얼굴에 철호의 헌 셔츠를 잘라서 만든 치마를 입고 있는 다섯 살 난 딸 등이 그들이다. 이처럼 이범선의 소설 <오발탄>은 전쟁으로 인해 가난의 환경에로 내몰린 전후의 전형적인 인물들을 통해 삶의 기반을 뿌리 뽑는 이데올로기의 폭력성과 남한 현실의 정신적 황폐성을 사실적으로 고발하고 있다. 그 과정에서 전쟁 전의 풍요롭고 화목했던 삶과 전후의 비참하고 불행한 삶을 대비시킴으로써 전후의 비극적인 상황을 강렬하게 부각시킨다.

특히 이범선의 <오발탄>은 작중인물들의 비참하고 불행한 현실을 환

---

8) 이범선, <오발탄>, 『현대한국문학전집(6)』, 신구문화사, 1981, 367면. 이후 텍스트의 인용은 면수만 표시하기로 한다.
9) 359면.

기하기 위해서 지각적 혹은 상징적 이미지를 효과적으로 활용하고 있는 특성을 보인다. 즉 이 작품에서 각 인물들의 실존적 상황을 감각적으로 환기시키는 묘사적 문체는 비극적 결말로 치닫는 내러티브와 함께 주제의 전달에 강력한 힘을 발휘한다. 먼저 실성한 어머니가 하루 종일 반복하고 있는 "가자! 가자!"라는 독백은 청각적 이미지를 통해 비참한 현실과 가족들의 무력한 내면풍경을 함축적으로 드러내는 데 기여한다. 어머니의 반복된 부르짖음은 떠나온 고향, 행복했던 과거로 돌아가고 싶다는 바람과 함께, 결코 받아들이기 어려운 현 상황에 대한 거부 의지의 표현으로 읽힌다. 문제는 그녀의 외침이 해결의 가능성이 없는 상황에서의 비극적 절규라는 점에서 절망적인 분위기만 부각시키고 있다는 사실이다. 어머니의 이러한 특질은 "걸레 썩는 냄새", "솜 누더기에 싸 놓은 미이라"10) 등 후각적, 시각적 이미지에 의한 묘사를 통해 더욱 강화된다.

소설 <오발탄>은 전쟁을 겪은 각 세대의 총체적인 불행을 그리고 있지만, 그 중에서도 장남인 철호의 내적 갈등이 중심축을 이룬다. 즉 이 작품에서 가족들의 불행— 어머니의 실성과, 말과 웃음을 잃은 아내, 양공주로 전락한 여동생 명숙, 범죄를 저지른 남동생 영호 등— 은 철호로 하여금 자식, 남편, 가장으로서의 역할을 제대로 해내지 못하고 있다는 자의식적 고뇌와 내적 갈등을 증폭시키는 역할을 한다. 이때 철호가 장남이자 가장으로서 느끼는 무력감과 괴로움은 상징적, 시각적 이미지로 암시된다. 예를 들어 계리사 사무실에서 대얏물에 손을 씻던 철호가 손가락 끝에서 풀려 나가는 파란 잉크 물을 보며 "피! 이건 분명히 피다!"11)고 느끼는 주관적인 색채 이미지는 펜대로 해서 손가락에 못이 박힌 샐러리맨 가장의 고단한 삶을 암시한다. 아울러 가장으로서의 무력감은 무

---

10) 359면.
11) 357면.

능력한 원시인 가장에 대한 상상을 통해서 리얼하게 시각화되고 있다.

> 몽둥이 끝에 모난 돌을 하나 칡덩굴로 아무렇게나 잡아매서 들고, 동굴 속에 남겨 두고 나온 식구들을 위하여 온 종일 숲 속을 맨발로 헤매고 다니던 사나이.
>
> (…중략…)
>
> 무엇인가 때려잡은 모양이다. 곰? 멧돼지? 노루? 꿩? 토끼?
> 그런데 사나이가 들고 일어선 것은 그 어느 것도 아니었다. 보기에도 징그러운 내장. 그것이 무슨 짐승의 내장인지는 사나이 자신도 모른다. 사나이는 그 짐승의 머리도 꼬리도 못 보았다. 누군가가 숲속에 끌어내어 버린 것을 주워 오는 것이었다.[12]

곰을 잡을 용기도, 멧돼지를 잡을 힘도, 노루를 잡을 날쌤도 가지고 있지 못해 다른 사냥꾼이 버린 짐승의 내장이나 주워 오는 원시인 가장에 대한 묘사는 철호의 실존적 상황을 드러내는 상징적 이미지이다. 여기서는 가족의 생계를 책임져야 하는 가장으로서의 의무감과, 무능력한 가장으로서 느끼는 자괴감이 고스란히 전달된다.

또 밤낮 쑤시는 충치를 빼지 못한 채 통증에 시달리는 철호에 대한 묘사는 통각적 이미지를 통해 그의 현실을 환기시키는 주요한 모티프이다. 이 치통은 표면적으로는 가난으로 인한 신체적 고통을 의미하지만, 심층적으로는 가족을 위해 희생하며 살아야만 하는 정신적 부담감과 그에 따른 괴로움을 상징한다. 따라서 영호가 경찰서에 잡혀가고 아내가 병원에서 죽은 뒤, 철호가 치과에 가서 위험하다는 의사의 충고도 무시한 채 썩은 어금니를 모두 빼버리는 행위는 대단히 암시적이다. "속이 시꺼멓게 썩은 징그러운 이 뿌리에 뻘건 살점이 묻어"[13] 나오는 발치에

---

12) 358면.
13) 378면.

대한 시각적인 묘사는 가족에 대한 걱정과 의무감에서 해방되고 싶은 철호의 내적 열망을 드러내고 있는 것이다. 이 점은 아내가 죽은 사실을 확인한 뒤 "무엇인가 큰 일이 한 가지 끝났다는 그런 기분이었다."[14]고 느끼는 심경과 다르지 않다. 가족을 위해 아무리 노력해도 그들의 불행을 막을 능력이 없는 자신에 대한 뼈아픈 확인이 역설적으로 가장의 역할로부터의 심리적 해방 혹은 도피를 꿈꾸게 만들고 있는 것이다.

결국 이 작품은 철호의 절망적 상황을 통해 "물질적 기반이 없는 인간의 양심이 얼마나 허약한 것인가"[15]를 드러내고 있다. 하지만 이 작품이 철호의 자포자기적 현실도피로 끝을 맺고 있는 것은 아니다. 철호가 택시 안의 혼미한 의식 속에서도 "정말 갈 곳을 알 수가 없다. 그런데 지금 나는 어디건 가긴 가야 한다……"[16]고 내적 독백을 하고 있는 것이나 "가자!"라는 어머니의 집념어린 부르짖음을 환청으로 듣고 있는 것은, 삶을 포기하지 않고 살아내야 한다는, 미약하지만 분명한 의지를 보여준다. 이는 마지막 단락에서도 암시된다.

> 따르르륵 벨이 울렸다. 긴 자동차의 행렬이 움직이기 시작했다. 철호가 탄 차도 목적지를 모르는 대로 행렬에 끼어서 움직이는 수밖에 없었다. 철호의 입에서 흘러내린 선지피가 홍건히 그의 와이샤쓰 가슴을 적시고 있는 것은 아무도 모르는 채 교통 신호등의 파랑불 밑으로 차는 네거리를 지나갔다.[17]

즉 작가는 작중인물들이 어디를 향해서 가야 할지 그 지향성을 잃어

---

14) 378면.
15) 강현구, 「전흔과 좌절의 궤적 : 이범선론」, 송하춘·이남호 편, 『1950년대의 소설가들』, 나남, 1994, 234면.
16) 381면.
17) 381면.

버린 '오발탄' 같은 존재들이지만, 그럼에도 불구하고 어떤 방식으로든지 살아갈 수밖에 없다는 인간적인 성실성과 생에의 의지를 강조한다. 이러한 "사회적인 절망에의 역설"18)적인 태도 역시 앞으로 가기를 지시하는 벨소리와 파란 신호등이라는 청각적, 시각적 이미지를 통해 표현되고 있다.

2) 장면제시에 의한 양심과 저항 사이의 갈등

전지적 작가 시점으로 서술되고 있는 이범선의 <오발탄>은 특이하게도 화자의 설명이나 논평보다는 장면제시(showing)의 기법이 주제의 형상화에 효과적으로 활용되고 있는 작품이다. 가치관의 차이를 보이는 철호와 영호의 무려 6페이지에 이르는 긴 대화, 각자 자기 몫의 불행과 아픔을 안고 잠자리에 든 가족들에 대한 섬세한 묘사, 자다가 깨어 삼촌이 사온 새 신발을 보며 기쁨과 설렘을 드러내는 어린 딸의 천진한 행동의 묘사 등이 그것이다. 즉 작가는 전후의 불행한 현실을 고발함에 있어서 주관적으로 설명하거나 사건에 개입하기보다는 객관적이고 정치한 묘사를 통해 사건을 재현하는 데 초점을 맞추고 있다. 따라서 사건의 의미를 해독하는 것은 영화처럼 자연스럽게 독자의 몫이 되고 있다.

먼저 이 작품은 '철호와 영호의 대화'라는 장면제시의 기법을 통해 전후 가치관의 혼란과 전망 부재의 현실을 함축적으로 드러낸다. 즉 작가는 두 형제의 가치관의 대립을 통해 '과연 어떻게 사는 것이 옳은 방법인가?'에 대해 묻고 있다. 먼저 철호는 가난의 고통이 아무리 혹독하더라도 도덕적 양심을 지키며 깨끗하게 살고자 하는 인물이다. 자신의 적은 월급으로는 턱도 없이 부족한 생활비 때문에 여동생이 양공주가 되

---

18) 이재선, 『현대한국소설사(1945~1990)』, 민음사, 1997, 217면.

고 아내는 늘 삶에 지쳐 있으며 자신은 치통을 치료할 엄두도 못 내고
있음에도 불구하고, 철호는 그저 책임의식과 성실성으로 이 상황을 감당
하려 할 뿐이다. 반면에 동생 영호는 "형님 하나 깨끗하기 위하여 치르
는 식구들의 희생이 너무 어처구니없이 크고 많"[19]음을 강조한다. 최소
한의 삶을 위하여 필요한 돈은 어떻게든지 적극적으로 구해보려는 태도
가 필요하다는 것이다.

① "싫어도 살아야 하니까 문제지요. 사실이지 자살을 할 만치 소중한
인생도 아니고요. 살자니까 돈이 필요하구요. 필요한 돈이니까 구해야죠.
왜 우리라고 좀 더 넓은 테두리, 법률선(法律線)까지 못 나가란 법이 어
디 있어요? 아니, 남들은 다 벗어 던지구 법률선까지도 넘나들면서 사는
데 왜 우리만이 옹색한 양심의 울타리 안에서 숨이 막혀야 해요? 법률이
란 뭐야요? 우리들이 피차에 약속한 선이 아니야요?"[20]

② "글쎄요. 마음이 비틀렸다고요? 그건 아마 사실일는지 모르겠어요.
분명히 비틀렸어요. 그런데 그 비틀리기가 너무 늦었어요. 어머니가 저
렇게 미치기 전에 비틀렸어야 했지요. 한강 철교를 폭파하기 전에 말입
니다. 하나밖에 없는 누이동생 명숙이가 양공주가 되기 전에 비틀렸어야
했지요. 환도령(還都令)이 내리기 전에, 하다 못해 동대문 시장에 자리라
도 한 자리 비었을 때 말입니다. 그러구 이놈의 배때기에 지금도 무슨
내장이기나 한 것처럼 박혀 있는 파편이 터지기 전에 말입니다. 아니, 그
보다도 더 전에, 제가 뭐 무슨 애국자나처럼 남들은 다 기피하는 군대에
어머니의 원수를 갚겠노라고 자원하던 그 전에 말입니다."[21]

영호는 ①에서 양심과 윤리로는 가난의 불행을 해결할 수 없는 상황

---

19) 367면.
20) 368면.
21) 369면.

에서 선택할 수 있는 대안은 남들처럼 양심도 법도 포기하는 삶이라고 주장한다. 인간답게 사는 데 필요한 만큼의 돈을 마련하는 문제가 양심과 법보다 우위에 있다는 것이다. 또한 영호는 자신의 이런 가치관이 너무 늦게 정립되었음을 한탄한다. 가족들의 총체적 불행을 압축해서 표현하고 있는 ②에서 드러나듯이 가족들의 불행과 가난은 철호의 가치관을 좇는 사이 이미 돌이킬 수 없는 형국에 이르고 말았다는 것이다. 이처럼 두 사람의 대화는 주로 영호가 자기의 입장을 피력하고 철호는 대개 듣는 방식으로 전개된다. 바로 작가는 영호를 통해 '비참하고 불행한 현실 상황을 해결해 주지 못하는 인간의 양심이란 무슨 의미가 있는가?'를 되묻고 있다. 그리고 현실 타개의 방법으로 권총강도를 벌이는 영호의 대응방식에 주목하지만 그 시도를 실패로 마무리함으로써 현실적 대안이 될 수 없음을 보여준다. 두 사람의 대립된 가치관이 모두 현실세계와의 대결에서 패배하고 있는 것이다.

또한 소설 <오발탄>에는 한 공간에 있는 인물들이 각자 자기만의 방식으로 현실적 고통을 감당하는 모습을 순차적으로 묘사하는 서사기법이 많이 발견된다.

"가자!"

어머니의 그 소리가 또 들렸다. 어머니는 분명히 잠이 들어 있는 것이었다. 그러면서도 간간이 저렇게 가자 가자 소리를 지르는 것이었다. 그것은 어쩌면 어머니에게는 호흡처럼 생리화해 버린 것인지도 몰랐다.

철호는 비스듬히 모로 앉은 동생 영호의 옆얼굴을 한참이나 노려보고 있었다. 영호는 영호대로 퀭한 두 눈으로 깜박이기를 잊어버린 채 아까부터 앞으로 뻗친 자기의 발끝을 바라보고 있었다. 이윽고 철호는 영호에게서 눈을 돌려 버렸다. 그리고 아랫방과 웃방 사이 칸막이를 한 널쪽에 등을 기대며 모로 돌아앉았다. 희미한 등잔불 빛에 잠든 딸애의 조그

마한 얼굴이 애처로웠다. 그 어린것 옆에 앉은 <u>철호의 아내</u>는 무릎을 세
우고 그 위에 손을 펴 깔고 턱을 괴었다. 아까부터 철호와 영호 형제가
하는 말을 조용히 듣고만 있는 그네는 무엇을 생각하고 있는지 한쪽 손
끝으로, 거기 방바닥에 가지런히 놓은 빨간 어린애의 신발만 몇 번이고
쓸어보고 있었다.[22)

마치 카메라가 피사체를 옮겨가면서 찍어대듯이, 한 공간에 있는 각
인물들의 행동이나 상황을 섬세하게 묘사하는 이 기법은 집 안의 암울
한 분위기를 환기시키는 데 결정적인 역할을 한다. 위의 인용은 철호와
영호의 대립된 논쟁이 계속되는 동안, 집안에 있던 어머니, 철호, 영호,
철호의 딸, 철호의 아내의 모습을 마치 인물들의 행동을 지시하는 시나
리오의 지문처럼 생생하게 묘사하고 있는 부분이다. 이러한 묘사는 철호
에게는 자신의 삶의 방식에 대한 회의를, 영호에게는 자신의 논리에 대
한 확신을 강화하는 역할을 한다. 특히 영호가 사다준 딸애의 신발을 만
지작거리는 철호의 아내에 대한 묘사는 그녀가 철호보다는 영호의 가치
관에 더 기울어져 있음을 암시한다.

　형제 사이에 논쟁이 있던 날 밤, 잠자리에 든 가족들을 순차적으로 묘
사하고 있는 부분 역시 인상적이다. 어머니의 "가자!" 소리에 흠칫 눈을
떴다가 다시 잠 속으로 빠져드는 철호, 어머니 쪽을 향하여 돌아누워 어
머니의 손을 감싸쥔 채 "엄마!"라고 부르며 흐느끼기 시작하는 명숙, 다
음날의 강도행위에 대한 복선으로서 "겁내지 말라."는 잠꼬대를 하는 영
호의 묘사 등은 화자의 어떤 설명보다도 함축적으로 각 인물의 내적 상
황을 객관적으로 전달하고 있다. 특히 오줌이 마려워 깼다가 삼촌이 사
온 예쁜 신발을 발견하고 그것을 만지작거리다 끌어당기고, 무릎 위에

---

22) 367면.

올려놓았다가 마침내 신어보는, 그러다 할머니의 "가자!" 소리에 놀라 얼른 신발을 벗고 이불 속으로 기어들어가는 철호의 딸에 대한 정치한 묘사는 기쁨과 설렘으로 가득 찬 아이의 내적 상태를 시각적으로 형상화하며 어른들의 모습과 대비시키고 있다.

결론적으로 이범선의 소설 <오발탄>은 대화와 장면묘사를 통해 영호의 논리를 강화하고 행동의 당위성을 끌어내고 있지만, 결과적으로 영호의 계획 역시 실패로 돌아가고 있다는 점에서 전망 부재의 절망적인 현실인식을 보여준다. 영호는 부정한 방법으로 부패한 사회에 저항하려다가 실패하고, 철호는 자신의 양심적인 삶의 방식이 초래하는 불행의 악순환에 더 이상 버틸 힘을 상실하고 있기 때문이다. 그럼에도 불구하고 "가자!"라는 철호의 마지막 외침은 삶의 방향을 상실한 비극적 인간의 마지막 절규이자, 부조리한 현실을 인정하지 않는 어머니처럼 올바른 행방을 모색하기를 포기하지 않겠다는 의지의 표현으로 들린다. 이 작품이 절망적이면서도 절망적이지 않게 다가오는 이유는 여기에 있다.

3. 전후 젊은이들의 부정적 대결의식과 영상 미학 : 영화 〈오발탄〉

1) 젊은이들의 방황과 부정적 대결

유현목 감독의 흑백영화 <오발탄>(1961)은 전후의 부조리한 사회상을 비판, 고발한 리얼리즘 경향의 대표작으로서 당시로서는 드물게 제7회 샌프란시스코 영화제에 출품된 작품이다.

영화 <오발탄>은 이범선의 소설 <오발탄>의 주제와 분위기를 영상 언어와 문법으로 재현하기 위해 상당히 공을 들인 작품이다. 우선 영화

<오발탄>은 소설의 에피소드 및 인물들의 대화와 행동을 상당 부분 그대로 차용하고 있다. 소설에서 분석한 지각적 이미지에 의한 상황 창출, 인물들의 대화를 통한 갈등의 고조, 섬세한 행동 묘사 등의 특성이 영상 매체로의 전환을 용이하게 만들어 주고 있다. 하지만 소설이 장남이자 가장인 철호의 갈등과 고뇌에 초점이 맞추어 있다면, 영화는 상이군인이자 실업자인 차남 영호를 주축으로 당대 젊은이들의 절망과 사회에 대한 부정적인 대결에 초점을 맞추고 있다. 이는 서사적으로 빈약한 단편소설을 장편영화로 전환하면서 주로 영호를 중심으로 새로운 사건들과 인물들이 보완되었음을 의미한다. 그 과정에서 영호의 서사는 소설과는 달리 상당히 구체성과 개연성을 획득하고 있다. 따라서 소설에서 부각된 가족들의 고통과 불행은, 부조리한 현실을 감내하고 때로 저항하는 당대 젊은이들의 방황과 좌절로 무게 중심이 이동하고 있다.

영화 <오발탄>에 추가된 인물과 사건은 네 가지 유형으로 정리할 수 있다. 첫째, 제대 후 현실에 대한 분노와 열패감에 젖어 있는 상이군인들의 일상 — 영호와 경식으로 대표되는 — 이 주된 주변사건으로 등장한다. 그 결과 그들이 모여 시간을 보내는 다방과 술집 장면이 집보다 많이 나온다. 또한 영호와 영화배우 미리의 사랑, 한쪽 다리를 잃은 상이군인 경식과 명숙의 절망적 사랑, 야전병원의 간호장교였던 오설희와 영호의 애틋한 만남 등의 에피소드가 풍부하게 설정되고 있다. 둘째, 생존의 위협을 가하는 현실에 대응하는 젊은 여성들의 삶이 다각적으로 조명된다. 다방 종업원으로 있다가 신인 여배우로 신분 상승에 성공한 미리, 경식과의 결별로 인한 절망감으로 양공주의 길을 선택한 명숙,23)

---

23) 명숙이 양공주가 되기 전, 다방에서 만난 오빠 영호에게 "오빠! 어떡하면 미칠 수가 있어요?" 하고 절망적으로 외치는 대사는 경식과의 결별에서 받은 그녀의 충격을 짐작케 한다.

"가로막힌 운명의 장벽은 총으로도 어쩔 수 없"음을 한탄하는 고학생 오설희가 그들이다. 즉 영화는 젊은 남성들뿐만 아니라 연약한 몸 이외는 현실을 지탱할 수단을 갖지 못한 젊은 여성들의 무력한 삶에도 초점을 맞춘다. 셋째, 현실의 무게를 견디지 못하고 죽음을 선택하는 젊은이들의 에피소드가 보완되면서 당대의 절망적인 분위기를 강화하고 있다. 현실에 대한 절망감으로 자살하는 염세적인 시인 청년, 영호에게 사랑한다는 말을 남긴 채 자살한 오설희, 신체적 불구에 대한 자격지심과 명숙의 불행에 대한 자책감으로 종적을 감춰버린 경식 등이 그들이다. 즉 영화는 부조리한 전후 상황 속에서 삶의 목표를 잃어버린 젊은이들이 주체적인 죽음을 선택했던 당시의 실존주의적 분위기를 재현하고 있다. 마지막으로 소설에서는 존재하지 않았던 영호의 남동생 민호와, 엄마의 죽음에도 불구하고 기적적으로 세상의 빛을 보게 된 철호의 아기가 등장하고 있다. 어린 나이에 신문팔이를 하며 생계에 도움을 주고 있는 민호는 2년째 실업자로 전전하는 영호에게 자책감과 미안함을 불러일으키는 존재로, 새로 태어난 아기는 절망적 상황에서도 삶을 지속하게 만드는 상징적인 존재로 그려진다.

당연한 귀결로서 소설이 영화로 전환되는 과정에서 가족의 역할은 상대적으로 축소된다. 예를 들어 실성하기 전의 어머니에 대한 정보나 철호 아내의 전쟁 전의 행복했던 삶에 대한 정보는 상당 부분 묻힌다. 철호가 가장으로서 느끼는 고통과 무력감은 치통 때문에 괴로워하면서도 치료할 엄두조차 내지 못하는 모습으로 암시될 뿐이다. 반면에 경제적 궁핍으로 요약되는 가족들의 비극적인 삶은 영호에게 가치관의 혼란과 사회에 대한 분노를 부추기는 기제로 기능한다. 흥미로운 것은 소설에서 무능력한 가장의 상징적 이미지였던 원시인 이야기가, 영화에서는 2년째 취직도 못하고 사회 적응에도 실패한 영호의 참담한 심경을 대변하는 이야기로 바뀌고 있다. 즉 소설을 영화로 전환하는 과정에서 영호의 강도행위를 합리화하는 에피소드가 강화되고 있다. 사회적으로 소외당하는 상이군인들의 삶에서 느끼는 심정적 울분, 형 철호처럼 열심히 일을 해도 기본적인 생활조차 영위하기 어려운 현실에 대한 회의, 자살한 설희와는 달리 가로막힌 운명의 장벽을 총으로써 뚫어보겠다는 부정적 대결의지가 그것이다. 그 결과 영호가 강도행위를 벌이는 이유가 소설에서는 가족들을 경제적 궁핍에서 구제하기 위한 것이었다면, 영화에서는 현실에 대한 배신감과 사회적인 불신, 그리고 그에 대한 저항적 행동이라는 의미로 읽힌다.

이러한 차이에도 불구하고 영화는 소설의 결말을 반복한다. 영호는 숨막히는 도망과 추격 끝에 경찰에 체포되고, 철호 아내는 아이를 낳다가 죽으며, 철호는 오발탄 같은 존재가 되어 거리를 헤맨다. 어떻게 사는 것이 올바른 방식인지 질문만 반복되고 답은 제시되지 않고 있는 것이다. 다만 영화는 절망적 상황 속에서도 삶은 진행형이어야 함을 구체적으로 강조한다. 세상에 태어난 철호의 아이에 대한 설정이 그것이다.

> "오빠, 돌아오세요. 오빠는 늘 세상에서 아이들의 웃는 얼굴이 제일 좋다고 말씀하셨죠. 이 애는 곧 웃을 거예요. 방긋방긋 웃어야죠. 웃어야 하고말고요. 또 웃도록 우리가 만들어주어야 하지 않겠어요."[24]

위의 인용은 신생아실의 아이를 바라보며 오빠 철호가 돌아오기를 기도하고 있는 명숙의 내적 독백 부분이다. 바로 유현목 감독은 아이를 통해 우리가 겪고 있는 불행을 다음 세대에까지 물려주어서는 안 된다는 것, 다음 세대가 행복한 삶을 누릴 수 있는 환경을 만들어주는 일이야말

---

24) 유현목, 영화 <오발탄>, 1961.

로 전후 세대들의 몫임을 분명하게 강조한다. 때문에 신문을 팔며 바쁘게 뛰어가는 민호와, 신호등이 바뀌자 철호를 태운 택시가 불빛을 밝히며 어디론가 달려가는 마지막 장면은 운명의 장벽을 뚫고 어떻게든 앞으로 나아가겠다는 의지를 드러내고 있다.

2) 영상 미학을 통한 비극적 상황의 극대화

유현목 감독은 가난과 부정부패로 인한 당대의 비극적 현실을 고발하는 리얼리즘에 기반을 두면서도, 그것을 표현하는 방식에 있어서는 독자적인 영화문법을 지향함으로써 소설과는 차별화된 영상미학을 구현하고 있다.

첫째, 영화에서 보완된 핵심사건의 간접적인 재현방식을 들 수 있다. 먼저 고학생 설희와 시인 청년의 투신자살 사건의 경우, 감독은 이를 직접 관객에게 직접 보여주지 않은 채 주인집 노인의 목격담을 통해 결과만을 알 수 있게 처리한다. 대신에 감독은 영호가 충격을 받고 주인집 노인의 팔을 붙잡는 순간, 노인이 들고 있던 사기그릇이 허공에 새 모이를 흩뿌리며 4층 아래로 떨어져 산산조각이 나는 장면을 쨍그랑거리는 파열음과 함께 설정한다. 산산조각 난 사기그릇을 통해 4층에서 떨어져 죽은 두 사람의 비극성을 간접적·상징적으로 재현하고 있는 것이다. 이는 참혹한 자살 장면을 통해 관객을 정서적으로 자극하는 대신에 그들이 자살할 수밖에 없었던 내적 상황을 추측하고 해석하게 만드는 효과를 낳고 있다.

또 영호가 은행에서 권총강도 행위를 벌이는 장면 역시 은행 안의 상황을 직접 보여주는 대신에 은행 바깥 풍경의 몽타주와 사운드 몽타주 기법을 통해 간접적으로 암시하는 방식을 취하고 있다. 감독에 의해 섬세하게 배치되고 있는 쇼트들의 배열을 정리하면 다음과 같다.

[남대문 근처의 은행 / 오후 4시 30분] : 문 닫기 직전의 은행으로 혼자 들어가는 영호 → 지프차 안에서 기다리는 동료 → 영호차를 미행하여 은행 앞에 도착한 미리, 영호를 찾아 서성거림 → 손님이 없어 지게에 기대 졸고 있는 짐꾼 → 가판행상을 하는 소년이 허공에 날리는 비눗방울 → 찬송가를 부르며 지나가는 전도 행렬 → 길 가던 아이의 풍선이 터지는 소리[내재음] → 동시에 은행 안에서 들려오는 총소리와 전구 깨지는 소리[외재음] → 총소리에 놀라 고개를 돌리는 미리와 지프차 안의 동료 → 차를 몰고 도망치는 동료 → 은행으로 들어가려던 미리와 돈 자루를 들고 뛰어나오다 부딪치는 영호

이처럼 영화는 은행 밖의 정적인 풍경들의 배열로 시작하여 궁색한 차림의 짐꾼과 잘 차려 입은 전도 행렬의 대비, 차를 몰고 도망치는 영호의 동료와 은행 안으로 들어가 보려는 미리의 대비, 그리고 은행에서 뛰쳐나오는 영호의 손에 들려있는 돈 자루 등 여러 개의 쇼트와 쇼트의 연결을 통해 범행 상황이 보다 높은 차원에서 풍부하게 해석되도록 만든다. 특히 찬송가와 풍선 터지는 소리의 충돌적인 병치, 그리고 풍선 터지는 소리와 총소리의 동시적인 배치 등 이질적인 소리와 소리의 결합을 통해 새로운 의미를 창출하고 사건을 암시하는 사운드 몽타주 기법은 상당히 수준 높은 영화적 기교라 할 수 있다. 이는 "영화의 고유한 효과는 한 프레임이 다른 프레임과 대비되는 순간, 즉 스크린 위에서 이야기가 만들어지는 그 순간에 비로소 발생하는 것이"25)라는 몽타주 이론을 그대로 증명하고 있다. 이처럼 핵사건을 직접 보여주는 대신에 상징적, 간접적으로 암시하고 있는 기법은 관객의 궁금증을 자극하고 관객

---

25) 유리 로트만, 『영화기호학』, 박현섭 역, 민음사, 1994, 111면.

스스로 그 상황을 추측하고 상상하도록 유도한다. 아울러 자극적이고 충격적인 장면을 간접화하는 기법[26]은 대중적 호기심보다는 예술적 완성도를 고심하는 유현목 감독의 연출 태도를 엿보게 한다.

둘째, 쇼트와 쇼트의 의도적인 배치를 통해 정서적, 주제적 의미를 창출하는 몽타주 기법[27]이 적극적으로 시도되고 있다. 먼저 '철호와 영호의 논쟁 장면'의 경우, 카메라는 가치관의 대립과 갈등을 드러내는 두 인물의 대화 모습을 전경에, 그에 대한 다른 가족들의 반응을 후경에 배치하면서 한 프레임으로 잡아내고 있다. 이는 '어떻게 사는 것이 올바른 방법인가?'의 문제가 철호와 영호, 두 사람만의 고민이 아니라 가족 모두의 화두임을 간접적으로 시사한다. 몇 가지 대표적인 쇼트의 배치와 미장센[28]을 분석하면 다음과 같다.

① 침대에 누워 있는 영호, 손을 씻고 있는 철호, 부엌에서 일하는 아내를 한 프레임 안에 담아냄. 이때 침대 난간과 기둥에 의해 세 사람의 공간이 분할됨.

② 전경에는 마루에서 수건으로 손을 씻는 철호, 후경에는 자고 있는 딸 해옥의 모습을 미디엄 쇼트로 잡음.

26) 이외에도 철호가 치과에서 어금니를 뺀 후, 다른 치과에 가서 또 이를 빼는 사건은 이를 빼는 장면을 생략한 채 철호가 다른 치과에서 나와 피를 뱉는 짧은 쇼트를 통해 암시된다.

27) 몽타주의 개념을 "어떤 종류의 필름이라도 두 개를 연결시켜 놓으면 그 병치로부터 새로운 개념, 새로운 성질이 나온다는 사실"로 설명하고 있는 몽타주 이론가 에이젠슈테인은 모파상의 소설, 푸슈킨과 밀턴의 시를 예로 들면서 몽타주 기법이 실제로는 오래 전부터 문학이 사용해 오던 사물 배열의 기법이었음을 밝히고 있다(로버트 리처드슨, 앞의 책, 58~68면 참조).

28) 미장센은 영화의 화면 구성이나 연출을 설명하기 위해 사용되는 영화 비평 용어이다. 몽타주가 영상의 시간적 배열과 관련된 개념이라면 미장센은 영상에 담긴 인물이나 사물의 공간적 배치에 관한 개념이다. 미장센은 또한 연기 지도, 조명 배치, 카메라 작업 등을 포괄하는 개념이다(볼프강 가스트, 『영화』, 조길예 옮김, 문학과지성사, 1999, 87면).

③ "용기만 있으면 방법이 있다"는 영호의 말이 끝날 즈음, 신문배달하고 돌아온 민호가 형수가 있는 부엌에서 그들의 말을 듣는 모습 잡음.

④ 누운 채 "가자!"를 반복하는 어머니의 방 앞마루에 걸터앉은 철호, 그 좌측 후면으로 해옥의 자는 모습 보임. 간헐적으로 반복되는 어머니의 "가자!"는 대사라기보다는 음향 효과에 가까움. 사건 전개의 동기화 및 인물들의 심리적 파장을 암시하는 기능[29]을 하고 있음.

⑤ 와이셔츠를 입은 철호의 뒷모습(상체)만 밝게 비춰지고, 좌측에서 말하는 영호와 가족 등 주변이 진한 어두움에 싸인 쇼트. 이는 철호의 인생관을 비난하는 영호의 대사와 함께 철호를 심문당하는 입장으로 위치시킴. 영호가 철호를 몰아치는 동안 계속 뒷모습만 비침

⑥ 집 안으로 들어오던 명숙이 "그 비틀리기가 너무 늦었어요. 어머니가 저렇게 미치기 전에, 하나밖에 없는 명숙이가 양갈보가 되기 전에 말이죠."라고 말하는 영호의 말을 듣고 당황하는 표정 잡음.

⑦ 방에 가 모로 눕는 철호, 후면에 화려하고 행복한 표정의 결혼사진 보임.

위에서 볼 수 있듯이 이 장면은 깊은 심도 촬영(deep focus)[30]을 통해 전경의 인물과 후경의 인물들을 뚜렷하게 대비시키면서 입체감 있는 화면을 창출하고 있다. 또 침대 난간과 기둥, 방의 높낮이에 의해 각 인물들의 공간을 분할함으로써 인물들 간의 단절감 및 고립감을 강조할 뿐 아니라 명암의 대비를 통해 내적 정서를 환기하고 있다. 즉 카메라는 가난의 환경에 지친 가족들이 각자의 방식으로 드러내는 불행의 몸짓을 총체적으로 포착하며 탁월한 영상미를 창출한다. 예를 들어 영호가 가족

---

29) 조정래, 「소설과 영화의 서사론적 비교 연구」, 『현대문학의 연구』 제22호, 한국문학연구학회, 2004, 538면 참조.

30) 화면의 전경 부분에서부터 원경까지 모든 부분의 초점이 분명하게 맞도록 하는 촬영 기법으로, 입체적으로 공간적 거리감을 드러내는 데 유용하다(L. 쟈네티, 앞의 책, 21면 참조).

들의 참담한 실상을 적나라하게 토로하는 동안, 나머지 가족들은 자신의 마음을 대변하는 듯한 영호의 항변에 심정적으로 동조하는 듯이 혹은 자기 연민에 젖은 듯이 표정이 흔들린다. 반면에 철호는 논쟁이 길어질수록 동생의 주장에 반박하기를 포기한 채 침묵함으로써 무력감과 혼란스러움을 드러낸다.

또 ‘영호가 도망치는 시퀀스’는 영호의 도주와 경찰의 추격이 빚어내는 스릴과 서스펜스보다는 민중들의 비참하고 열악한 현실을 드러내기 위한 방식으로 쇼트들이 병치되고 있다. 즉 영호의 도주 장면과, 그를 쫓고 있는 경찰들에게 영호의 위치를 알려주는 경찰 상황실이 교차 편집되고 있는 이 시퀀스에서 관객의 눈길을 끄는 것은 영호가 지나치는 공간의 낯선 풍경들이다. 영호는 교회의 종소리가 들려오는 골목길에 널려 있는 가판행상들을, 목을 맨 아낙네의 시체에 업혀 울고 있는 아이 곁을, 회사를 상대로 항의시위를 벌이는 노동자들의 행렬을 가르며 달아난다. 이러한 쇼트들의 배열은 도망과정의 긴박감보다는 화려한 도시 풍경 너머에 존재하는 서민들의 불행한 실상을 고발하고 전경화하는 기능을 한다. 그 결과 영호의 강도행위를 그들의 고통과 분노를 대변하는 극단적인 저항, 절망적인 몸부림으로 해석하도록 유도하는 한편, 관객이 영호에게 도덕적 잣대를 들이대는 것을 유보시키고 있다. 마지막 부분의 ‘철호의 방황 시퀀스’ 역시 철호의 내적 혼란과 절망감이 몽타주 기법을 통해 효과적으로 드러나고 있다. 동생 영호는 경찰서에 잡혀가고, 아이를 낳던 아내마저 죽은 뒤, 이성을 잃고 방황하는 철호의 내적 상황은 ‘경찰서 앞[하이 앵글에 의한 롱 쇼트] → 계리사 사무실 앞[아래에서 위로 올려 찍는 Tilt Up] → 시끌벅적한 시장통[로우 앵글과 기울어진 시점에 의한 시점 쇼트]’ 등의 배열을 통해 암시된다. 즉 자신을 지탱해 온 양심적인 삶의 방식에 대한 회의와 그로 인한 방향감각의 상실이 거리를 헤매는 모습으로 극화되고 있다.

셋째, 상징적인 모티프 및 복선의 적절한 활용이다. 이 영화에는 유리 혹은 사기그릇이 깨지는 장면이 반복해서 등장한다. 경식이 술집의 문 유리를 깨뜨려 종업원과 시비가 붙는 영화의 첫 장면, 상이군인의 신체적 불구를 상업적으로 이용하려는 영화감독의 제의에 분노하며 영화사의 출입문 유리를 주먹으로 깨뜨리는 영호, 경식의 자격지심 때문에 명숙이만 현실의 제물이 되었다면서 술 사발을 땅에 팽개쳐 산산조각 내는 영호의 행동 등이 그것이다. "예술은 세계의 형상을 기호로 전환함으로써 그 세계를 의미로 충만케 한다."31)는 유리 로트만의 말처럼, 작중 인물들의 이러한 반복된 행동들은 때로는 부조리한 현실에 대한 분노와 저항을, 때로는 내적 진실과 순수성의 훼손 등을 상징하며 인물들의 정신적 분위기를 가시화하는 데 기여하고 있다. 또 영화 <오발탄>에서 오설희의 죽음은 그녀가 살고 있는 4층 옥탑방, 거기로 올라가는 44개의 계단, 그녀가 아르바이트를 하는 지하 4층의 공간 등 '4(死)'라는 숫자의 상징성을 통해 간접적으로 암시된다. 아울러 주요 장면에서 사이렌과 기적소리, 차단경보음, 자동차의 경적 등 거칠고 불안한 음향을 반복적으로 활용함으로써 막막하고 절망적인 작중 분위기를 청각적으로 환기시키는 기법을 보이고 있다.

결론적으로 영화 <오발탄>은 당대 젊은이들이 겪어야 했던 비극적인 삶의 풍경을 핵심 사건의 간접적인 재현, 이질적 쇼트의 병치를 통한 의미의 창출, 상징적 모티프와 복선의 적절한 배치 등을 통하여 독자적인 영상미학으로 창출하는 데 성공하고 있다.

---

31) 유리 로트만, 앞의 책, 34면.

4. 결론

본 연구는 이범선의 소설 <오발탄>과, 이를 영화화한 유현목 감독의 <오발탄>의 비교 분석을 통해 언어예술인 문학과 영상예술인 영화의 매체적 표현방식 및 미학적 특질을 고찰하는 데 목적을 두고 이루어졌다.

소설 <오발탄>과 영화 <오발탄>은 전쟁의 상처가 아물지 않은 1950년대의 실향민 가족을 통해 빈곤과 사회적 부조리로 점철된 당대의 현실을 사실적으로 그려내고 있다는 공통점을 보인다. 하지만 소설 <오발탄>은 전쟁이라는 과거의 재난으로 인한 정신적·육체적 후유증을 앓고 있는 전후의 인물들을 총체적으로 재현하는 데 초점이 맞추어진다. 따라서 철호의 가족들로 구성된 작중인물들은 행복했던 전쟁 전의 삶과 불행한 현재의 삶 사이에 놓인 괴리를 감당할 수 없어 심각한 좌절과 박탈감에 젖고 있다. 바로 어머니의 "가자!"라는 부르짖음은 가족들의 내적 혼란과 갈등을 함축적으로 드러내는 놀라운 상징적 기제이다. 작가 이범선은 전망부재의 현실에서 이들이 느끼는 절망감을 극대화하기 위해 전후의 사회상을 반영하는 전형적인 인물 창조, 지각적 이미지를 통한 절망적 분위기 조성, 대화에 의한 가치관의 대립의 형상화와 같은 서사기법을 활용하고 있다.

영화 <오발탄>은 전후의 전반적인 사회현실보다는 당대 젊은이들의 방황과 사회적인 저항에 초점을 맞추고 있다. 즉 소설이 장남 철호의 가장으로서의 책임감과 경제적 무능력에서 오는 내적 갈등에 초점이 맞추어져 있다면, 영화는 상이군인이자 실업자로 살고 있는 차남 영호와 주변 젊은이들의 절망과 사회적 울분, 부정적인 저항에 초점이 맞추어지고 있다. 또한 그들의 불행은 전쟁이라는 과거의 재난보다는 가난과 부정부패로 얼룩진 타락한 현실사회에서 비롯되는 것으로 읽힌다. 그 결과 당대의 젊은이들은 절망적인 현실에 대해 두 가지 방식으로 대응하고 있다. 설희나 시인 청년, 경식처럼 염세적인 죽음을 선택하거나 영호나 명숙처럼 현실 거부의 몸짓으로 범죄나 타락의 길을 선택하고 있는 것이 그것이다. 문제는 두 가지 모두 자포자기적인 부정적 저항이라는 점에서 절망적이다. 유현목 감독은 당대 젊은이들이 겪어야 했던 비극적인 삶의 풍경을 영상화하는 과정에서 핵심 사건의 간접적인 재현, 몽타주 기법을 통한 의미의 창출, 상징적인 모티프와 복선의 적절한 배치 등 독자적인 영화 문법을 추구함으로써 영화로의 매체적 전환에 성공하고 있다.

결론적으로 소설 <오발탄>은 구체적인 이미지와 장면 제시라는 영화적인 표현방식을 통해, 영화 <오발탄>은 핵사건의 간접적 제시 및 몽타주 기법, 상징적 모티프의 활용 등 문학적인 기호화 방식을 통해 예술적 형상화에 성공하고 있다. 그 결과 소설 <오발탄>은 전후의 비극적 현실을 구체적이고 감각적으로 형상화하는 데, 영화 <오발탄>은 주제적인 깊이와 쇼트의 병치를 통한 상징적 의미를 창출하는 데 성공하고 있다.

참고문헌

1. 기본 자료

이범선, <오발탄>, 『현대한국문학전집(6)』, 신구문화사, 1981.
유현목, 영화 <오발탄>, 1961.

2. 연구 논저

강현구, 「전혼과 좌절의 궤적 : 이범선론」, 송하춘・이남호 편, 『1950년대의 소설가들』,
　　　　나남, 1994.
권영민, 『한국현대문학사(1945~1990)』, 민음사, 2000.
김남석, 「1960년대 문예영화 시나리오의 각색 과정과 영상 미학 연구」, 『민족문화연
　　　　구』 제37호, 고려대학교 민족문화연구원, 2002.
김윤식, 『한국현대문학사』, 일지사, 1991.
김종완, 「<오발탄>의 서사 형식과 기능」, 『영화학보』 제2호, 동국대학교 연극영화학
　　　　과, 1990.
김중철, 『소설과 영화』, 푸른사상, 2000.
민병기 외, 『한국의 영상문학』, 문예마당, 1998.
박유희, 「1960년대 문예영화에 나타난 매체 전환의 구조와 의미」, 『현대소설연구』 제
　　　　32호, 현대소설학회, 2006.
오진곤, 『비주얼스토리텔링』, 한국방송영상산업진흥원, 2005.
윤정헌, 「소설의 영화화 방식에 대한 대비 고찰」, 『한국문예비평연구』 제17호, 한국
　　　　현대문예비평학회, 2005.
이영일, 「영화 <오발탄>의 재평가」, 『연극학보』 제16호, 1985.
이재선, 『현대한국소설사(1945~1990)』, 민음사. 1997.
장일구, 「영화 기법과 소설 기법의 함수」, 『한국문학이론과 비평』 제9호, 한국문학이
　　　　론과 비평학회, 2000.
조정래, 「소설과 영화의 서사론적 비교 연구」, 『현대문학의 연구』 제22호, 한국문학
　　　　연구학회, 2004.

조현일, 「소설의 영화화에 대한 미학적 고찰」, 『현대소설연구』 제21호, 한국현대소설
　　　학회, 2004.

천이두, 「오발탄의 행방」, 『현대한국문학전집(6)』, 신구문화사, 1981.

한점돌, 「전후소설의 현실인식」, 구인환 외 공저, 『한국전후문학연구』, 삼지원, 1995.

로버트 리처드슨, 『영화와 문학』, 이형식 역, 동문선, 2000.

루돌프 아른하임, 『예술로서의 영화』, 김방옥 역, 홍성사, 1986.

발터 벤야민, 『발터 벤야민의 문예이론』, 반성완 편·역, 민음사, 1988.

뱅상 아미엘, 『몽타주의 미학』, 곽동준·한지선 옮김, 동문선, 2009.

볼프강 가스트, 『영화』, 조길예 옮김, 문학과지성사, 1999.

요아힘 패히, 『영화와 문학에 대하여』, 임정택 옮김, 민음사, 1997.

유리 로트만, 『영화기호학』, 박현섭 역, 민음사, 1994.

L. 쟈네티, 『영화의 이해』, 김진해 역, 현암사, 1995.

조셉 보그스, 『영화보기와 영화읽기』, 이용관 역, 제3문학사, 1995.

제4부

존재의 탐색과 우회의 서사

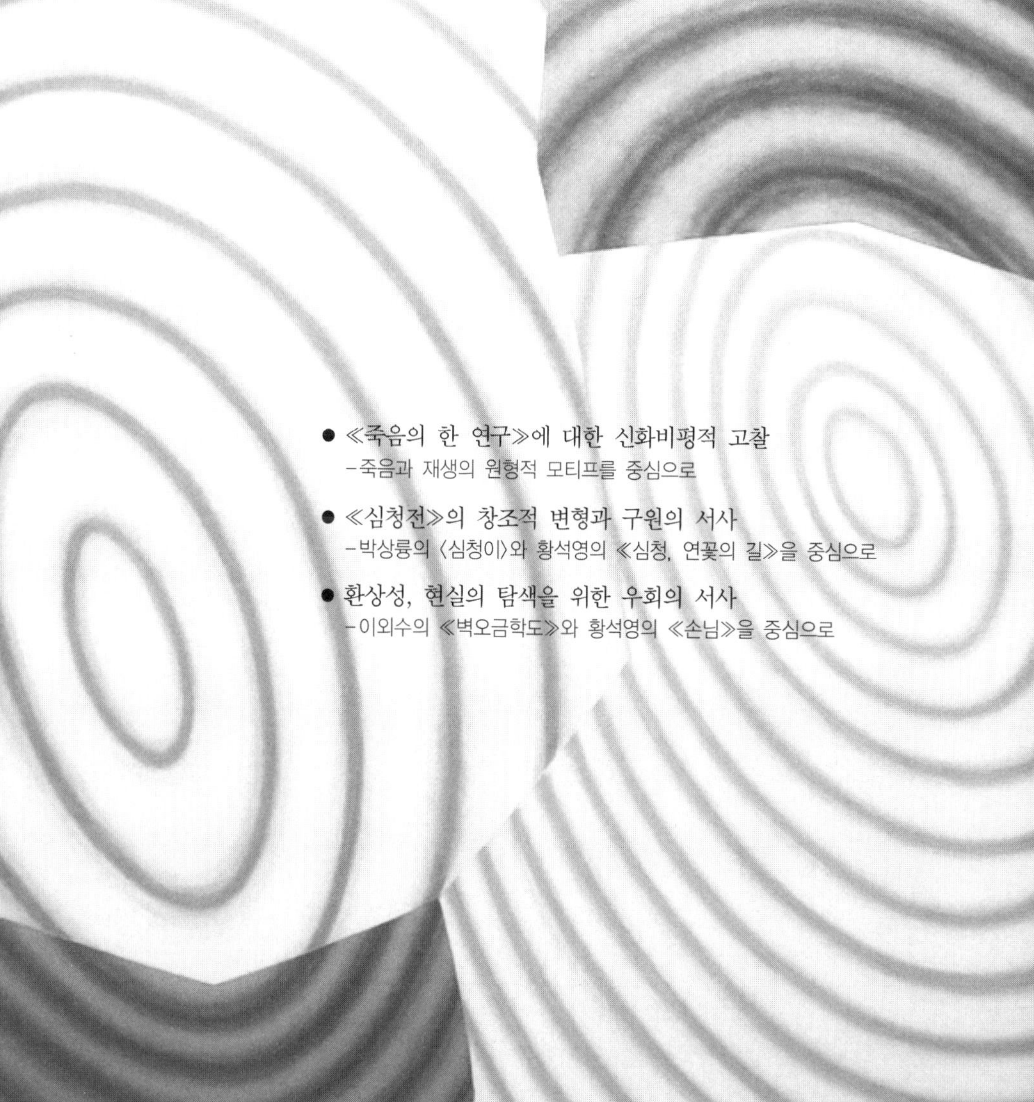

- 《죽음의 한 연구》에 대한 신화비평적 고찰
  - -죽음과 재생의 원형적 모티프를 중심으로

- 《심청전》의 창조적 변형과 구원의 서사
  - -박상륭의 〈심청이〉와 황석영의 《심청, 연꽃의 길》을 중심으로

- 환상성, 현실의 탐색을 위한 우회의 서사
  - -이외수의 《벽오금학도》와 황석영의 《손님》을 중심으로

≪죽음의 한 연구≫에 대한 신화비평적 고찰
― 죽음과 재생의 원형적 모티프를 중심으로

1. 서론

　인간은 시간과 공간의 좌표 안에서 조건 지워진 삶을 영위하고 있지
만, 한편으론 현실 초월이나 존재의 신비, 종교적 구원 등에 대한 열망
을 안고 살아가는 존재다. 다른 말로 인간은 역사적인 현실 세계와 주술
적·종교적 세계를 동시에 살고 있다. 현실 혹은 일상적 세계가 과학과
이성이 지배하는 현상적 세계라면, 주술적·종교적 세계는 감성적 체험
과 원시적 직관이 지배하는 현상 너머의 세계이다. 전자는 합리적 사고
에 바탕을 두고 있고, 후자는 신화적 상상력에 바탕을 두고 있다. 또 인
간의 일상적·실존적 상황을 다루는 전자가 俗의 세계라면, 비일상적·
탈현실적 존재 양태를 지향하는 후자는 聖의 세계로 범주화할 수 있다.
　주술적·종교적 세계를 다루는 신화는 "인간 존재의 근본을 다루며
또한 이 세계의 기원에 대한 가장 오래되고 본래의 설명 같은 말"[1]로

---

1) 윌레스 W. 더글라스, 「현대 문예비평의 신화」, 김병욱 외 3인 편역, 『문학과 신화』, 대
　방출판사, 1982, 51면.

되어 있다. 즉 신화에는 우주에 대한 통찰력, 그리고 공동체적 삶의 형태, 고대의 지혜, 세계 간의 신비한 교제의 내용 등이 들어 있다.

노드롭 프라이(N. Frye)는 인간의 삶과 관련하여 신화를 다음과 같이 설명한다.

> 신화는 그것이 속해 있는 사회가 지닌 특정한 특색을 설명하는 이야기이다. 신화는 왜 제의가 실연되었는지를 설명한다. 신화는 법, 금기, 권세 있는 사회계급, 일찍이 혁명이나 정복에서 비롯된 사회구조의 기원을 설명한다. 신화는 神과 인간의 교제를 표기하거나 또는 자연 현상이 어떻게 그렇게 존재하는가를 기술(記述)하고 있다.[2]

즉 신화는 인간을 설명하고 해석하는 하나의 시도이자 인간과 신 혹은 자연을 동일시하려는 상상력의 소산이다. 따라서 신화의 총체적인 시야 속에서는 "우주와 지상 세계, 자연과 인간, 영혼과 사물 사이에 하나의 언어, 동일한 어법이"[3] 존재하게 된다.

아울러 신들의 이야기인 신화는 인간들의 이야기인 문학과 긴밀한 연관관계를 맺고 있다. 먼저 모든 문학작품은 제각기 자신만의 고유한 세계를 창조한다. 이때 문학적 수단을 통한 상상적 세계의 창조는 신화의 창조 과정에 비견될 수 있다. 왜냐하면 문학과 신화는 모두 한 세계에 존재하는 모든 것 — 자연, 동물, 인간, 사회 제도, 관습 등 — 이 어떻게 생겨났는지를 알려 주는 창조 이야기를 포함하고 있기 때문이다. 아울러 문학은 신화가 속한 그 신비문자(神秘文字)의 차원, 혹은 계시와 같은 언어세계를 재해석하고자 한다. 전통적인 사회에서는 삶의 모든 중요한 행위가 이미 아득한 처음부터 신들이나 영웅들에 의해 시현(示顯)되었다고

---

2) 노드롭 프라이, 「문학과 신화」, 위의 책, 11면.
3) 김열규, 「신화비평론」, 신동욱 편, 『문예비평론』, 고려원, 1991, 211면.

생각한다. 인간은 다만 이들의 모범이 되고 본이 되는 행동을 "무한히" 반복할 뿐4)이라는 것이다. 이때 작가의 임무는 문학적 상상력을 통하여 그 원형적 행위를 새롭게 재현 또는 재창조하는 데 있다. 즉 과거의 옛 이야기를 현재의 이야기로, 과거로부터 물려받은 가치를 현실적 가치로 바꾸는 방식으로 그 원형을 모방하거나 반복하게 된다. 이러한 관점에 근거하여 융(G. G. Jung)은 '걸작(傑作)'이란 그 자료를 집단 무의식으로부터 모으고 의식적·문화적으로 이해될 수 있는 형태를 통해 종족의 경험과 개인의 경험을 혼용시키는 데 성공을 거둔 작품5)이라고 말한다. 또 카시러(Cassirer)는 신화의 언어가 "인간의 이성적이고 과학적인 이해에 선행하며 실재에 대한 인간 직관의 근본적인 형태"6)로서 인간의 본질을 파악하고 이해할 수 있는 원초적인 언어라고 말한다. 이들의 주장에 따르면, 신화는 문학의 언어, 구조, 관례, 장르, 그리고 재현되는 이미지의 상징성 등을 구명하는 근원적인 원천이다.

신화비평은 바로 "문학 그 자체의 구조적 원리, 특히 관례, 장르, 그리고 재현되는 이미지의 원형"7)에 대한 연구를 하는 비평방법이다. 즉 문학이 신화적 요소들을 변형된 형태로 끊임없이 반복, 재현하고 있다고 보고, 문학작품에 내재해 있는 신화적 요소들을 분석한다. 따라서 신화비평가는 문학이 다음의 두 가지 차원에 동시에 존재한다고 인식한다.

> (1) 문학은 어떤 특정기간의 순간에 역사적 사실로서 존재하고, (2) 문학은 원형적 인물, 이미지, 상징, 장면 구성의 영원하고 반복적인 표현으로서 역사적 시간의 차원 밖에서 하나의 연속체로서 존재한다.8)

---

4) M. 엘리아데, 『우주와 역사』, 정진홍 역, 현대사상사, 1984, 56면.
5) S. N. 그렙스타인, 「신화비평이란 무엇인가」, 김병욱 외 3인 편역, 앞의 책, 37면 참조.
6) 위의 글, 38면 참조.
7) 노드롭 프라이, 앞의 글, 29면.
8) S. N. 그렙스타인, 앞의 글, 32면.

즉 문학은 특정 시기, 특정 공간에서 창조되고, 따라서 그 시·공간을 반영한다. 그러나 각 시기의 문학작품에서 발견되는 내용 및 형식적 요소들은 신화 속에 내재해 있는 '原型'[9]을 지속적으로 반복, 재현하고 있는 것에 다름 아니다. 따라서 신화비평의 입장에서 보면, 문학은 원형을 모방하거나 반복하는 한에서 의미를 지닌다. 또 무한한 원형의 모방과 반복을 통해서 역사적 시간을 초월하여 영원한 신화적 시간으로 회귀하게 된다. 따라서 신화비평가의 임무는 문학의 역사성에서 문학의 영원한 원형을 분별해 내는 데서 시작된다.[10]

박상륭의 《죽음의 한 연구》는 낯선 서사방식과 집중하지 않으면 읽혀지지 않는 문체, 난해한 종교적·철학적 사유내용으로 인해 해독할 수 없는 하나의 암호뭉치처럼 다가온다. 특히 작가의 선불교, 기독교, 인도 밀교, 연금술 등을 망라한 종교 경전들에 대한 해박한 지식과, 종교적 상징들을 구체화하고 있는 탈현실적이고 부조리한 사건들은 과학적 사고와 합리주의의 세계에 길들여진 독자를 당혹감 속으로 몰아간다. 하지만 현대문학에서의 '신화 탐색'이 "초월적 세계와 현상 세계, 감각할 수 없는 것과 감각의 대상인 것, 그리고 원시적인 것과 오늘의 시대 사이에서 인간들이 잃어버렸거나 놓쳐 버린 매듭을 되찾음으로써 세계와 생을 총체적으로 보고자"[11] 하는 시도라고 할 때, 박상륭의 《죽음의 한 연구》만큼 내용과 형식면에서 철두철미하게 신화적 상상력에 기대고 있는 작품은 흔치 않다. 특히 이 작품은 전라도 사투리 혹은 독특한 말투를 통해 개성화되고 있는 작중인물들, 판소리 사설처럼 한없이 장거리 문장으

---

9) '原型'이란 근본적인 이미지, 집단적 무의식의 한 부분, 같은 종류의 무수한 경험의 심리적 잉여를 의미하고, 그리하여 인류의 상속받은 반응 유형의 한 부분을 의미한다(위의 글, 37면).
10) 이상섭, 『문학 연구의 방법』, 탐구당, 1980, 202면.
11) 김열규, 앞의 책, 210면.

로 이어지는 관념적 사유의 언어들, 한국의 단군신화에서부터 이상의 <오감도>에 이르기까지 운율적인 언어와 상징적 이미지를 융합하고 있는 서술 문장들, 그리고 탈역사적 시·공간이 창출하는 신비한 분위기를 통해 관념세계의 소설적 형상화에도 성공하고 있다. 한 마디로 이 작품은 소설의 방식으로 이루어낼 수 있는 최상의 구도소설로서, 마치 다양한 문양과 색채로 이루어진 만다라 그림을 보는 느낌이다.

구체적으로 ≪죽음의 한 연구≫는 인간의 숙명적 조건인 '죽음'에 대한 주인물 '나'의 치열한 정신적 탐색을 담고 있다. 작가 박상륭은 모든 종교가 신화적 상상력을 통하여 죽음에 대한 불안과 공포, 절망감에서 벗어날 수 있는 방법을 제시하고 있음에 주목한다. 해탈, 구원, 재생의 모티프가 바로 그것이다. 따라서 본고에서는 구도의 출발점이 되고 있는 원한 없는 살인에서 시작하여 구도의 완성을 보여주는 자신의 죽음에 이르기까지, '나'가 각 종교에 나타난 신화적·상징적 모티프의 해독을 통해 죽음의 재생적 의미를 깨달아가는 과정을 분석해 보고자 한다.

2. 구도의 출발점으로서의 살인

박상륭의 ≪죽음의 한 研究≫는 서른 세 살의 수행승인 '나'[12]가 스승의 유언에 따라 '유리(羑里)'라는 곳으로 와서 고행과 구도의 길을 걷는 40일 간의 이야기를 담고 있다. 그 구도의 여정은 원한도 증오도 없

---

12) 이 작품에서 '나'는 서른 세 살의 나이, 40일의 고행과 같은 정보에서는 예수의 이미지를, 신수(神秀)의 게송을 읊조리는 존자에게 혜능(慧能)의 게송으로 응수하는 것이나 유리의 6조 촌장이라는 사실에서는 혜능의 이미지를 상기시킨다. 요컨대 고행과 명상이라는 이성적인 통찰을 통한 구도의 과정은 불교적인 색채를, 희생적 죽음을 통한 구원을 지향하고 있는 점에서는 기독교적 색채를 띠고 있다.

는 세 번의 살인으로 시작하여, 하루 동안의 가사(假死) 체험과 사랑하는 여인의 죽음, 그리고 '나'의 죽음으로 끝이 난다. 다시 말해 이 소설은 죽음을 매개로 '인간'이라는 존재를 사유한다. '죽음'이라는 사건으로 인한 죄의식과 괴로움, 번뇌와 갈등, 집착과 분노를 통해 "<나의 신, 나의 마음, 나의 생각, 나의 영혼, 나의 몸>이라는 그것"[13]은 과연 무엇인가를 탐색하고 있는 것이다.

이 작품에서 가장 문제적이고 곤혹스럽게 다가오는 사건이자 구도의 출발점을 이루는 것은 납득하기 어려운 '나'의 살욕(殺慾)과 그에 따른 세 번의 살인이다. 유리로 들어온 이튿날 '나'는 증오나 분노도 없이 살이 퉁퉁한 존자라는 스님과 외눈 중, 그리고 자신의 스승 ― 유리의 5조 촌장이기도 한 ― 을 돌로 치거나 바위를 굴려 죽인다. 이에 대해 스승은 죽임을 당하기 전에, 그러한 행위가 현실적 살인이 아니라 구도적 살인임을 강조한다.

> "비계는 탐욕의 은유이며, 외눈이란 편견의 비유가 아니겠는가? 그래서 이제 저 두 적을 항복 받았으면, 거기 어디 번뇌 끼일 자리가 있을 것인가?"[14]

즉 존자는 탐욕, 외눈 중은 편견의 은유일진대, 아집에 따르는 두 병독을 없앴으면 자유를 느낄 일이지, 괴로워할 일이 아니라는 것이다. 이는 "눈에 보이는 현상은 환영이며, 실제가 아니"[15]라는 공(空)사상의 표현이다. 하지만 '나'는 "……색이 즉 공이니, 공으로 공을 덮쳐 누른다고

---

13) 박상륭, ≪죽음의 한 硏究≫, 문학과지성사, 1986, 20면.
　　앞으로 작품의 인용은 면수만 표시하기로 한다.
14) 67면.
15) 329면.

해서, 그것이 어째서 살육일 것인가?"[16]라고, 자신의 행위를 합리화하며 세 번째로 행한 살인의 대상이 자신의 스승이었음을 확인하자 심한 혼돈과 죄의식, 자기 환멸에 빠진다. 이처럼 이 작품은 '나'가 연루된 불화와 혼돈으로서의 사건이 먼저 제시되고, 그를 사유하는 과정에서 종교적·신화적 해석이 덧붙여지는 형식을 취하고 있다.

이러한 살해 모티프는 임제(臨濟) 대사가 설한 '오무간업(五無間業)'과 '봉착변살(逢着便殺)'의 내용을 연상시킨다. 다섯 가지의 무거운 업을 지칭하는 오무간업은 "아버지를 죽이고(殺父), 어머니를 해치는 것(害母), 부처의 몸에 피를 내는 것(出佛身血), 승단의 안정을 깨는 것(破和合僧), 경전과 성상을 불사르고 깨부수는 것(焚燒經等像)"[17]을 말한다. 임제 대사는 이것이 때로 구도적인 행위로 해석될 수 있다고 말한다. 예를 들어 아버지를 죽이는 것은 '무명(無明)'을 죽이는 행위이고, 어머니를 해치는 것은 '애착(愛着)'을 멸하는 행위라는 것이다. 하지만 현실적인 차원에서 오무간업을 범했을 경우, 그 악업은 오직 선정(禪定)[18]을 닦음으로써만 소멸할 수 있으며, 선정 이외에는 구원을 받을 수 없음을 또한 강조한다. 스스로 깨달음의 경지에 올랐을 때야 비로소 오무간의 악업은 소멸될 수 있다는 것이다.

덧붙여 임제 대사는 인간이 완전한 자유에 도달하기 위해서는 인혹(人惑)과 물혹(物惑)을 물리쳐야 함을 다음과 같이 설한다.

> 안으로나 밖으로나 만나는 것은 모두 죽여 버려라(逢着便殺). 부처를 만나면 부처를 죽이고, 조사를 만나면 조사를 죽이며, 나한을 만나면 나

---

16) 72면.
17) 일지(一指), 『달마에서 임제까지 : 선사(禪師)이야기』, 불일출판사, 1992, 207면.
18) 혜능의 설명에 따르면, 선정(禪定)은 밖으로는 모든 상(相)을 떠나고 안으로는 본성이 흔들리지 않는 상태이다(위의 책, 91면 참조).

한을 죽이고, 부모를 만나면 부모를 죽이며, 친척 권속을 만나면 친척 권
속을 죽여야만 비로소 해탈하여 어떠한 경계에서도 투탈자재(透脫自在)
하여 얽매이지 않고 인혹과 물혹을 꿰뚫어서 자유자재하게 된다.[19]

즉 인간의 삶을 구속하는 모든 유혹과 집착을 완전히 끊어버렸을 때,
진정한 해탈의 경지에 들 수 있다는 것이다. 이 경지는 '나'의 스승의 말
을 빌리면, "자네로 하여금, 어떤 교리교의, 또는 어떤 자들이 먹다 남긴
사상의 찌꺼기 같은 것에 집착하는 것 여의기를, 아집이나 오욕 여의기
를 치열히 하는 어떤 자들보다 더 치열히"[20] 했을 때야 맛볼 수 있는 근
원적인 자유와 깨달음의 세계이다.

이렇게 볼 때 살인이라는 행위는 '나'가 유리에서 행할 구도의 상황을
완벽하게 조성하는 역할을 한다. 먼저 세 명의 스님을 죽이는 오무간업
을 범했고, 그것이 구도적 살인이든, 현실적 살인이든 그로 인해 '나'가
괴로움을 느끼고 있다면, '나'가 구원될 수 있는 길은 오직 스스로 진리
를 깨치는 방법 외에는 없다. 이는 작품에서 형벌의 장소이자 어떤 종류
의 죄로부터도 구원되는 장소라는 "마른 늪"에서의 "고기 낚기"[21]라는
도(道) 닦기로 구체화되고 있다. 또한 스승의 살해는 일종의 "변절 개
종"[22]으로서, 어떤 기존의 교리나 스승의 가르침에도 기대지 않고 오직
혼자서 철저하고 치열하게 깨달음의 세계로 나아가겠다는 봉착변살의
행위이다. 오직 나 자신을 재료로 아집과 오욕, 집착에서 벗어나는 것,

---

19) 위의 책, 222면.
20) 20면.
21) 이것은 고대의 성배전설에 나오는 어부왕 이야기를 연상시킨다. 즉 어부왕이라는 통
　　치자가 노쇠한데다가 벌을 받아 성불구자가 되자 나라는 가뭄과 질병으로 불모의 황
　　무지로 변해 버린다. 그곳에 한 기사가 나타나 온갖 시련과 고생 끝에 성배를 찾아옴
　　으로써 저주가 풀리고 생명력을 회복한다는 이야기이다(J. 웨스턴, 『제식에서 로망스
　　로』, 정덕애 옮김, 문학과지성사, 1988 참조).
22) 21면.

그리고 그것을 그 누구보다도 치열하게 천착하는 것이 '나'에게 주어진 구도의 방식인 셈이다.

이를 위해 '나'는 현상적으로는 잔인한 살인과 성적인 향락, 육체적 고행을 통해 죄의식과 번뇌, 집착과 절망의 늪으로 자신을 깊숙이 밀어 넣는다. 구원이 차단된 절망 속에서 역설적으로 구원의 길을 모색하고 있는 것이다. 그것은 '있다'라는 허상과의 싸움이며, 따라서 '나'의 구도는 그 허상을 놓아버리거나 소멸시키는 과정이 되고 있다. 즉 모든 것이 생각하고 꾸미고 조작하고 욕망하는 마음의 움직임의 조화일 뿐이라는 사실을 깨닫는 것이다. 바로 혜능의 게송을 빌리면 "보리에 본래 나무가 없고 / 밝은 거울 또한 틀이 아닌데, / 본래 한 물건도 없는 터에 / 어디서 먼지며 티끌이며 앉을까"23)의 경지에 도달하기 위한 여정인 것이다.

반면에 '나'는 관념적 차원에서는 각 종교의 수행방법과 깨달음의 방식을 사유하고, 한 단계 높은 차원에서 그것들을 통합함으로써, 인간이 스스로 도달해야 할 구원(해탈)의 세계, 그 원형을 정립하고자 한다. 그것은 주로 "마른 늪에서의 고기 낚기"라는 정신적 고행을 감수하는 제4일부터 제13일까지의 명상과 사유 내용을 통해, 그리고 제17일에 읍내 장로 집에서 마을 사람들을 대상으로 설법한 내용— 그 분량은 무려 50페이지에 이른다— 을 통해 제시된다. 여기에서 '나'는 물에 의한 세례의식, 예수의 부활, 성교, 바르도24) 체험, 연금술의 과정, 불교의 해탈 등의 의미를 '죽음과 재생'이라는 상징 구조 속에서 일관되게 읽어내는 사

---

23) 264면.

24) 바르도(Bardo)는 티벳어로 '둘 사이'라는 뜻이다. 그것은 낮과 밤 사이, 곧 황혼녘의 중간 상태를 말한다. 이 세계와 저 세계 사이의 틈새다. 그래서 티벳에서는 사람이 죽은 다음에 다시 환생하기까지 머무는 사후의 중간 상태를 바르도라고 부른다. 인간이 그 상태에 머무는 기간은 49일로 알려져 있다(파드마삼바바 지음, 류시화 옮김, 『티벳 死者의 書』, 정신세계사, 1997, 11면).

유체계를 보인다. 죽음은 무아(無我)의 세계로 가기 위한 자아(自我)의 죽음을 의미하며, 죽음 너머에는 우리가 만날 수 있는 진리의 세계, 그 절대의 빛이 기다리고 있다는 것이다. 이는 육체의 죽음을 통하여 영적인 재생(부활)을 획득함을 말한다. 따라서 인간의 필멸성이나 죽음에의 공포에 사로잡혀 있기보다는 "자기의 불멸성 위에 명상하는 것", "자기를 그것 속에 끊임없이 귀의시켜 가려는 노력"25)을 하는 것이 신이 인간에게 부여한 원죄를 극복할 수 있는 방법임을 강조한다. 그 결과 '나'의 求道는 주체적인 죽음을 통해 자기 구원, 불멸의 생을 완성하는 데로 이어진다.

3. 주기적인 죽음과 재생으로의 윤회

고행승 '나'가 구도의 장소로서 찾아간 '유리'는 "소금에 찌들린 죽은 뻘만, 삼백 예순 날 삼백 예순 해 퍼붓는 햇볕 아래"26) 펼쳐 있어서, 수행승들만 여름 한 철 머물다가 떠나는 곳이다. 또한 그곳에는 고행과 성교라는 상반된 삶의 방식이 구도(求道)의 이름으로 공존하고 있다. 유리에는 수도부(修道婦)라는 비구니 중들이 있는데, 그들의 역할은 수행 중인 스님들에게 정기적으로 몸을 파는 일이다. '나'가 모든 집착에서 벗어나겠다는 일념으로, 입은 옷마저 벗어 던진 채 알몸으로 유리로 들어갔을 때, 제일 먼저 마주친 사람이 바로 한 수도부였고, '나'는 그녀와 육체적 관계를 가짐으로써 동정을 잃는다. 이후 '나'의 유리에서의 구도 과정 역시 정신적 고행과 그 수도부와의 사랑이라는 모순된 두 행위로써 전

---

25) 276면.
26) 14면.

개된다. 이때 한 남자에게 정을 주면 안 되는 수도부로서의 계율을 깨고 '나'에게 자신의 몸과 마음을 모두 바치기로 결심한 그녀와, 그녀에게 역시 애착을 느끼는 '나'의 사랑은 소유욕과 구속을 넘어선 절대적인 무욕(無慾)의 관계로서 그려진다.

이들의 사랑은 상대방의 죽음 앞에서 가장 강력하고 놀라운 에너지를 발휘한다. 떠나간 '나'의 혼을 다시 불러들이려는 그녀의 초혼(招魂)의 넋두리와, 죽은 그녀를 영적 자유의 길로 인도하는 '나'의 기도가 그것이다.

먼저 유리에 온 지 제12일째 날, '나'는 심한 오한과 정신적 착란에 시달리다가 일시적인 죽음을 체험한다. 이때 '나'가 다시 이생으로 돌아올 수 있었던 것은, "내 누이처럼만 여겨지는 여자가, 내 시체를 놓고 통곡하며, 초혼(招魂)하는 소리"27)에 이끌려서이다.

> 오씨요, 임자 오씨요, 돌아오씨요,
> 척진 일 없었을 임자, 집으로 오씨요.
> 오 끼끗허든 양반, 돌아오씨요, 날 보로 오씨요.
> 임자 기렸던 나는 임자 시악씨,
> 날 베리고 임자 참말이제 못 떠날 것이요이.
> 오 끼끗허든 서방님, 서방님 집우로 오씨요.
> 임자는 있음선도 안 뵈는디, 속으로 날 임자 원험시나
> 눈으로 나 임자 보기 바라요.
> 임자네 시악씨, 임자네 안댁헌티로 오씨요, 임자 제집헌티로
> 임자는 참말이제 고렇게 떠나던 못 헐 것이요.28)

'나'는 죽어 있는 사이 "드디어 업보의 무게로 무거운 곳 바르도"29)로

---

27) 159면.
28) 158~159면.

내려와 친구도, 인도해 주는 별도, 불빛 하나도, 위안될 아무 것도 없는 어둠 속을 외롭게 배회한다. 그때 "촛불을 한 구석에 켜놓고, 저 시체의 머리를 자기 무릎 위에 받쳐 놓은 채, 저 시체의 옛 주인 돌아오기를"[30] 간절히 빌고 있는 그녀의 음성을 듣는다. 그리고 '나'는 그녀의 초혼의 넋두리와 그녀가 켜 놓은 촛불의 빛에 의지하여 그 공포스럽고 낯선 바르도—죽어서 다시 환생하기까지 머무는 死後의 중간상태—의 공간에서 벗어나 이생으로 다시 돌아온다. 바로 우리의 전통적인 장례의식의 한 절차인 초혼의식(招魂儀式)이 육체를 떠난 망자의 혼을 실제로 다시 불러들이는 영적 힘으로 작용하고 있는 것이다.

그런데 '나'를 살리는 영적인 기적을 보여주었던 수도부의 절대적인 사랑은 다른 한편으론 자신을 죽이는 독(毒)으로 작용하고 있다. 유리를 떠난 '나'가 읍내에서 세속적인 삶이 주는 행복—장로의 손녀와의 사랑, 물질적 풍요가 주는 안락함, 노동의 대가로서 주어지는 임금을 사용하는 재미—에 젖어 있는 사이, 그녀는 촛불승에게 겁탈을 당한다. 그에 따른 '나'에 대한 죄책감 때문에 그녀는 비상을 먹고 죽는 길을 택한다. 읍내에서의 정착에 대한 유혹과 죽음에 대한 두려움을 떨치고 유리로 돌아온 날 새벽, '나'는 병들어 죽어 가는 수도부를 자신의 토굴에서 발견한다. 결국 그녀는 자신을 마른 늪의 낚시터에 묻어달라는 유언을 남기고 '나'와 정사를 나누는 마지막 순간에 숨을 거둔다. 그녀의 유언은 자신이 물고기가 되어 '마른 늪에서의 고기 낚기'라는 형벌에서 '나'를 구하고자 하는 소망을 담고 있다. 죽는 그 순간까지 '나'를 향한 利他的 사랑을 보여 주고 있는 것이다.

그녀가 죽자 '나'는 그녀의 죽음에 바칠 산 제물로서, 자신의 혀를 잘

---

29) 159면.
30) 159면.

라 그녀의 입에다 밀어 넣는다.

> 몸으로부터는 말[言語]이 떠나버렸고, 죽음은 그런 것이었다. 그러나 나는 울지는 않았다. 그 죽음에다 뭔지 수혈할 것이 있다면, 그리고 내 것의 무엇인지를 줄 수 있는 것이 있다면, 그것은 하직의 말[言語]뿐이었고, 그래서 그 말이 그녀의 저승방에 울려가기를 바랄 수뿐이었다. 그래서 나는, 내 혀 끝을 이빨로 물어끊어, 피와 함께 그 죽음의 깊은 목구멍에다, 깊이 깊이 밀어 넣어 주었다. 내가 애착하였던 것의 죽음에 바칠 산 희생, 산 제물이란 그것밖에 없던 것이다. 말을 나누는 것, 말을 저승 가운데로 울려 보내는 것, 그래서 이승에 앉아서도 그 혼령과 통화할 수 있는 것.
>
> 그것은 말뿐이었다.[31]

그리하여 말을 잃어버린 '나'는 그녀를 무릎에 괴어놓은 채 "그 죽음 속에 울려 보낸, 내 혀의 말로 하여, 몸 떠난 그녀"[32]를 영적 자유의 길로 인도하는 기도를 4일간 올린다. 이것은 "사후세계의 중간 상태에서 듣는 것만으로 영원한 자유에 이르는 가르침"[33]이라 일컬어지는 티베트의 경전 『티벳 死者의 書』의 기도문의 내용과 형식을 그대로 차용하고 있다. 이 경전에 따르면, 생전에 死者에게 영적인 가르침을 베푼 스승이 이 경전의 가르침을 반복해서 읽어주면 사자가 "존재의 근원에서 비쳐 나오는 투명한 빛을 깨달아 영원한 자유를 얻게"[34] 된다. 그런데, 死者가 현세에서 지은 업의 정도에 따라 그 기간은 편차를 보인다. 그리고 바르도의 세계에 머무는 49일 사이에 깨달음을 얻지 못하면, 여자의 자

---

31) 361면.
32) 362면.
33) 파드마삼바바, 앞의 책, 11면.
34) 위의 책, 240면.

궁문 속으로 들어가 다시 인간으로 태어나는 윤회의 굴레에 들게 된다. 죽은 수도부는 '나'의 간절한 인도와 바람에도 불구하고, "순전히 한 사내에의 애착"35)에 따른 업과(業果)와 아집으로 인하여 다시 태어나는 과정을 겪게 된다. 그럼에도 불구하고 '나'는 그녀가 좋은 자궁을 선택할 수 있도록 끝까지 간절한 기도로써 그녀를 인도한다.

그리고 마침내 그녀가 '나'와 장로의 손녀가 성적 결합을 한 순간에, 장로의 손녀의 자궁문으로 들어오는 모습을 본다.

> 그러나 나는, 나를 기다리는 두 여인을 동시에 사랑하고 있는 것이다. 전에 내 아낙이었던 여인은, 이제는 날 아버지라고 부르게 되리라. 갓 태어난 늙은 딸이, 만약에 전생을 기억해 내기만 한다면, 날 낭군이라고 다시 부르리라. (…중략…) 가장 깊숙이, 그리고 가장 치열하게 나는 하나의 환생을 위해서 나의 전 영육으로 방출하는 수분을 저 자궁에 바쳤고 그리하여 나도 또한, 우주적 작용의 중핵에 가담한 것이다.36)

한 사내에의 애착으로 해탈에 이르지 못한 그녀는, 결국 한때는 자신의 낭군이었던 남자를 아버지로, 자신의 연적이었던 여자를 어머니로 선택하여 다시 태어나고 있는 것이다. 이는 우주를 지배하는 원인과 결과 사이에 전혀 어긋남이 없는 카르마(業)의 법칙을 적나라하게 보여 준다. 이것이 윤회의 진실이라면, 이승에서의 애욕과 집착이란 얼마나 허망한 것인가를 이 작품은 가슴으로 깨우치고 있다.

---

35) 372면.
36) 407면.

4. 유리의 죽음, 자기 완성과 구원을 향한 투신

샤머니즘의 주술사(呪術師)인 샤먼(shaman)은 원시 종족의 의사이며 동시에 영혼의 인도자였다. 이 샤먼이 되기 위해서는 일종의 소명으로서의 고행을 치르지 않으면 안 된다. 그것은 원시 종족에 널리 인정되고 있는 성인과정(成人過程, initiation)에서 보는 세 가지 단계, 즉 고통과 죽음과 재생의 과정을 거치는 일이다.[37] 유리의 6祖 촌장인 '나'는 샤먼과 같은 존재이다. 더욱이 '나'의 40일간의 여정은 '시련(살인, 불화와 혼돈) — 제의적 죽음(형벌로서의 죽음) — 재생(자기 완성)'이라는 영웅 신화의 원형적 구조를 그대로 반복하고 있다.

읍내에 머물던 어느 날, '나'는 유리와 읍내에서의 삶을 돌아보면서, 자신은 곧 하나의 불화이자 혼돈 그 자체였음을 깨닫는다.

> (……) 나는 내가 불쾌해 견딜 수가 없는데, 스승이 나를, 저 높은 산막에서 밀어뜨려, 그 아래 세상으로 떨구어 버렸을 그때로부터 시작해, 내가 간 곳에선 왠지 불화가 끊이질 않고 있어 온 것이다. 심지어 나는, 그 스승까지도 짓찍어놓아 버린 것이다. 뭔지 내게는 독업(毒業)이 있고, 그것에 닿아지면, 뭔가가 상처를 입는 듯하다. 그러고 보니 나는, 하나의 불길함으로서, 저주의 덩이로서, 이 세상에 던져진 것 같기도 하다.[38]

즉 고행승이면서 살욕과 색욕에서 벗어나지 못하고, 또 끊임없이 우울한 사건에 휘말려 드는 자신의 생이 갑자기 불쾌하고 두려워진 것이다. 이러한 발견은 세속적인 행복을 보장하는 읍내에서의 생활에 대한 유혹을 떨치고, 자신의 죽음이 기다리고 있는 유리로 귀환하는 계기로서 작

---

37) 이부영, 『분석심리학 : C. G. Jung의 인간심성론』, 일조각, 2004, 339면.
38) 306면.

용한다. 자신에게 독업이 있고 불길함과 저주의 손길이 머물고 있다면, 자신의 영혼을 순화할 수 있는 해원(解冤)의 과정이 필요하기 때문이다. 그것이 바로 자신의 죽음이다. 이때 죽음은 우주 창생 이전의 부정형의 세계로의 혹은 모태로의 복귀를 의미한다. 영적으로 새롭게 태어나기 위해서는 육체의 죽음이라는 자기 해체를 통해 원초적인 통일성의 세계로 다시 돌아가지 않으면 안 되는 것이다. 즉 "카오스"에로(우주적인 차원에서), "오르지"에로(사회적인 차원에서), "어두움"에로(씨앗의 경우), "물(水)"로(인간적인 차원에서는 세례, 역사적인 차원에서는 아틀란티스 등) 되돌아가지 않으면 안 되는 것이다.[39]

수도부의 장례를 치르고 난 뒤, '나'는 세 번의 살인에 대한 형벌로서 주어진 자신의 죽음을 수락하고, 그 방법을 스스로 선택한다. 그러자 형을 집행하는 역할을 맡은 촛불승은 '나' — '나'는 형 집행을 위한 자술서에서 본적과 본명, 법명을 모두 '유리(羑里)'라고 쓴다 — 에게 예형(豫刑)으로서, 눈꺼풀을 뒤집어 한 눈에 오십 번씩의 촛농을 떨어뜨리는 형벌을 가한다. 이것은 수행승으로서, 그리고 수도부를 연모했던 연적으로서, '나'에게 느껴온 질투와 적대감의 표현이자 자신의 완전한 참패를 인정하는 촛불승의 구도적 가해에 다름 아니다. 그리하여 '나'는 혀를 잃어 말을 못하고, 눈을 잃어 보지 못하는 존재가 된다. 육체의 죽음이 이미 시작되고 있는 것이다.

유리로 자신을 찾아온 장로의 손녀와 우주적 음양의 화합이자 명상 행위로서의 성교를 치룬 뒤, '나'는 마침내 형장으로 가서 자신이 선택한 죽음의 방식을 받아들인다. 그것은 나무 관곽에 결가부좌의 자세로 앉은 채, 그 숲의 가장 우람한 나무의 동편 가지에 매달려 죽어가는 것

---

39) M. 엘리아데, 『우주와 역사』, 앞의 책, 128면.

이다. 높은 나무에 매달린다는 것은 '단절'과 '초월'이라는 이중적인 상징성을 지닌다. 그것은 곧 일상세계와의 단절이자 인간 상황을 넘어서서 초월과 자유를 획득하고자 하는 욕망의 표현이다. 즉 극단적인 '정신화'를 지향함으로써 몸의 양태를 영(靈)의 양태로 변형시키고자 하는 희원을 담고 있다.[40) 따라서 이후 7일간은 '나'가 "서서히 오는 죽음과의 밀회"[41)를 갖는 과정을 그리고 있다. 그것은 "육신에 억류돼 부달리는 혼을 육신으로부터 해방시키는 일"[42)이자 죽음의 수락을 통해 "삶에의 긴장을 완전무결하게 풀어버리는 것, 어떤 종류의 작은 집착이나 희망도 그 숨통을 욱죄어 버리는 것, 그래서 자기를 완전히 고립시키고 다른 개방을 위해 폐쇄시켜 버리는 것"[43)의 과정으로 이어진다. 그리고 마침내 우주적 에너지와의 합일을 이루는 소리이자 "울음의, 소리의, 언어의, 숨의, 존재의, 비존재의, 저 깊은 곳에 담긴"[44) 하나의 소리인 " ─ 옴"을 발음하며, '나'는 죽음을 받아들인다.

이때 '나'의 죽음은 육신의 해체를 통해 영적 초월 혹은 자기 완성에 도달하기 위한 求道의 행위이자, 유리라는 공간을 구원하기 위한 제의(祭儀)적 행위이기도 하다. 제의(祭儀)가 "인간의 에너지와 자연의 에너지를 일치시키려는 의지의 명확한 표현"[45)이라 할 때, '나'의 죽음은 불모와 저주의 공간인 유리에 생명력과 생식력을 불어넣기 위한 공희(供犧)의 의미를 띠고 있다. 이것은 촛불승의 다음과 같은 말에서 암시된다.

---

40) M. 엘리아데, 『상징, 신성, 예술』, 박규태 역, 서광사, 1991, 34면 참조.
41) 450면.
42) 460면.
43) 461면.
44) 462면.
45) 노드롭 프라이, 「문학의 原型」, 김병욱 외 3인 편역, 『문학과 신화』, 대방출판사, 1982, 68면.

> "그러나 우리는입지, 지금 한 촌장의 죽음을 필요로 하고, 그래서 그
> 죽음이 저 흩어진 촌민들에게 나뉘어지기를 바랍지. 그래서 이제는입지,
> 유리가 황폐를 극복하고 말입지, 흩어진 촌민들이 다시 돌아와 오손도손
> 이 살게 되기를 바랍지."[46]

실제로 나무에 매달려 죽어가는 '나'의 모습은 십자가에 매달려 죽은 예수의 모습을 연상시키면서 희생과 구원의 상징으로서 읽혀진다. 더욱이 예수를 밤을 깨뜨린 <새벽별>[47] 혹은 새벽빛에 비유했던 것처럼, '나' 역시 마지막 <이삭줍기 얘기> 부분에서 '새벽별 나으리'로 불려지고 있다. 요컨대 유리에서의 '나'의 40일간의 수행은 인간의 내면에 도사리고 있는 근원적 공포이자 원죄인 '죽음'에 관한 종교적 탐색에 바쳐지고 있다. 그리고 스스로 육체적 죽음을 통해 영적인 재생 혹은 구원에 이르는 과정을 증명해 보임으로써 '나'의 구도는 완성되고 있다.

5. 양극의 합일체로서의 궁극적 실재

이 작품의 구조는 공간과 인물적 특성, 행동의 양상 등에서 양극을 이루는 대립적 요소들의 무한한 변주로 이루어져 있다. 또한 그것들은 양극성을 지니면서 역설적으로 공존하거나 합일되는 특질을 보인다. 종교적 이미지나 상징에서 나타나는 이와 같은 '역(逆)의 합일'은 궁극적 실재 또는 신격의 존재 양식을 드러내고 있다.[48] 이는 또한 음과 양, 성과 속, 영혼과 육체가 공존하면서 궁극적으로 변증법적 합일을 지향하는 인

---

46) 450면.
47) 271면.
48) M. 엘리아데, 앞의 책, 35면 참조.

간의 삶의 방식을 의미한다. 바로 ≪죽음의 한 연구≫는 양극성을 동시에 지닌 인간이 역의 합일 혹은 '대극의 합일'[49]을 통해 궁극적 실재 혹은 진리를 깨달아가는 구도로 이루어져 있다.

먼저 유리와 읍내라는 공간의 양극성이다. 유리는 수행승들만 여름 한철 머물다가 떠나는 수행의 공간이다. 한때는 바다가 넘실대던 곳이었으나 어느 날 물이 떠나더니 "소금에 찌들린 죽은 뻘만, 삼백 예순 날 삼백 예순 해 퍼붓는 햇볕 아래"[50] 펼쳐져 있는 곳이다. 한 마디로 "하나의 해골"이자 "임신할 수 없는 자궁"[51]과 같은 공간인데, 사람들은 그 원인을 늙은 데다 창병까지 들었던 1祖 촌장 탓으로 돌리고 있다. 기독교의 세례 성사에서 물이 원죄의 때를 씻어주고, 영적으로 새롭게 태어나는 과정을 상징하고 있듯이, 물은 淨化 기능과 새 생명을 상징한다.[52] 그런데 그러한 물이 모두 빠져나가고 메마른 늪만 펼쳐져 있다는 것은 지금의 유리가 죄와 죽음의 공간으로 전락했음을 암시한다. 이는 색욕을 수행의 한 방법으로 합리화하는 수도승들의 타락한 정신과도 관련된다. 반면에 읍내는 저급한 문화와 고상한 문화가 공존하는 일상적 삶의 공간이다. 외형적으로는 물질적 풍요와 정신적 여유, 따뜻한 가족애를 보여주고 있으나 속으로는 창기와 아편과 독주로 병들어가고 있는 공간이기도 하다. 특히 15년 동안 폐허로 남아 있던 교회 — 굶어 죽은 목사의 시체가 15년 동안 방치되어 있었다 — 를 통해 알 수 있듯이 그들을 정신적으로 구원할 존재가 사라진 지 오래된 곳이다. 그런 점에서 읍내는

---

49) C. G. Jung은 이를 '대극의 합일'로 표현하고 있는데, "의식 — 무의식을 통튼 전체로서의 그 사람의 전체 성품" 즉 그 사람의 '본성'인 자기원형(self archetype)은 두 가지 대척적인 요소의 합일로 표현된다고 설명한다(이부영, 앞의 책, 113~117면 참조).
50) 14면.
51) 89면.
52) 필립 윌라이트, 『은유와 실재』, 김태옥 역, 문학과지성사, 1983. 126면 참조.

정신적 가치가 부재하는 육체적 타락의 공간이다. 결과적으로 두 공간은 대조적인 특질과 분위기를 드러내고 있지만 현재 생명력을 상실한 불모의 공간이라는 것, 따라서 그 공간을 정화하고 구원할 구세주를 기다리고 있다는 점에서는 공통된 양상을 보인다.

또 이 작품에는 '나'와 촛불승, 장로의 손녀와 유리의 수도부, 장로와 스승 등 대비되는 인물쌍이 많이 나타난다. 그러나 외적인 정보나 행동의 대조와는 달리 그들의 이미지가 종국에는 "한 곬에 선 두 나무", "한 뿌리에서 갈라진 두 줄기"[53]와 같은 존재로 그려지는 일관된 양상을 보인다. 먼저 '나'와 촛불승은 유리에서 구도 생활을 하는 수행승이라는 점에서는 같으나 그 방법에 있어서는 차이를 보인다. '나'는 자신을 살인과 불화, 혼돈이라는 극한 상황 속에 몰아넣는 정신적 고행을 통해 자기 구원의 방식을 천착한다. 엘리아데는 이러한 수행방식을 대립적인 것의 통합, 모든 속성의 초월을 통해 신격(神格)에 도달하려는 과정으로 해석한다.

> 苦行이나 명상에 의하여 극단적인 것을 초월하는 것은 또한 <反對의 一致>로 귀결한다. 이 같은 인간의 의식은 갈등이라는 것을 알지 못한다. 쾌락과 고뇌, 욕구와 혐오, 추위와 더위, 쾌와 불쾌와 같은 對가 되는 反對物은 그들의 경험에서 소멸하고 동시에 그들 가운데서 <통합화>가 생겨지는데, 그것은 神 가운데서의 극단적인 것의 <통합화>와 對를 이루고 있다.[54]

반면에 촛불승은 종교적 지도자로서의 부와 명예를 누리면서, 촛불이나 아편에 의하여 흔들리는 마음을 한 점에 붙들어 매는 수행방법을 취

---

53) 117면, 118면.
54) 멜시아 엘리아데, 『종교형태론』, 이은봉 역, 형설출판사, 1982, 454~455면)

하고 있다. 하지만 촛불승 역시 십여 년 전, 장가든 계집의 방에 친구를 들여보내고 그 둘은 살해한 뒤 유리로 들어온 부조리한 인물로, 구도에의 강한 열망을 안으로 감추고 있는 존재다. 그래서 그는 같은 수행승으로서 또는 한 수도부를 동시에 사랑했던 연적으로서, '나'에 대한 연모와 질투, 적대감이라는 복합적인 심리적 반응을 보인다. 그리고 마침내 '나'에게 죽음의 형벌을 가하는 역할을 맡게 되는데, 이것은 '나'가 유리의 5祖 촌장이었던 스승을 죽이고 6祖 촌장이 되었듯이, 유리의 7祖 촌장이 되기 위한 통과제의의 행위[55]이다. '나'가 죽기 직전, 촛불승에게 자신의 분신 같은 친밀감을 느끼며, 스승에게서 물려받은 해골을 건네주는 행위는 촛불승이 유리를 정화할 7祖 촌장으로 거듭날 것임을 암시하고 있다.

수도부(修道婦)와 장로의 손녀 역시 '나'를 사랑하는 여인들이라는 점에서는 공통점을 보이나 그 신분이나 삶의 방식에 있어서는 판이하게 다른 모습을 그려진다. 먼저 수도부는 유리라는 천형의 공간에서 수행 중인 스님들께 몸을 팔며 살아가는 비천한 여성이다. 반면에 장로의 손녀는 빈곤과 고통의 흔적이 없이 맑고 고상한 자태를 지닌 여인으로, 모든 남자의 선망의 대상이다. 소설에서는 유리의 수도부는 "머리 없는 여자"[56]로, 장로의 손녀는 "몸이 없는 여자"[57]로 표현되고 있다. 하지만 그들의 이미지는 스토리가 전개될수록 역전되는 양상을 보인다. 수도부는 자신의 죽음을 통해 '나'를 향한 지고지순한 사랑을 증명할 정도로

---

55) 제임스 G. 프레이저의 『황금가지』에는 숲의 왕이라 알려진 사제들이 정규적으로 후계자의 칼에 의해 살해된 내용을 다루고 있다. 그 책에 따르면 "인간신은 그 능력이 쇠약해지는 징후가 보이는 즉시 살해되어야 하며, 그의 영혼은 사체의 부패로 심각한 손상을 입기 전에 원기왕성한 후계자에게 이전되어야 한다."(제임스 조지 프레이저, 『황금가지』, 이용대 옮김, 한겨레신문사, 2003, 297면)
56) 290면.
57) 288면.

희생과 정절의 여인으로 변모한다. 반면에 정신적 사랑의 대상이었던 장로의 손녀는 '나'와 하룻밤에 28회의 정사를 치르는 육체적인 화합을 통해 자신의 사랑을 증명하고 있다. 더욱이 그 행위는 수도부의 환생―두 사람의 딸로 태어나는―을 위한 의식이 되고 있다. 결국 그녀들의 '나'와의 관계방식은 賤하면서 貴하고, 俗이면서 聖인 일원론적 구도를 이루고 있다.

그런가 하면 장로와 그의 친구였던 '나'의 스승 역시 동전의 양면과 같은 존재들이다. 그들은 한 사람은 읍내의 정신적 지도자로서, 한 사람은 유리라는 구도적 공간의 5祖 촌장으로서, 사람들을 구원할 수 있는 길을 준비하는 요한과 같은 존재들이다. 또한 '나'가 "세상살이에 집착하고 있는 것이 너무도 뚜렷이 보이는데도 집착을 떠나 있고, 글쎄 번뇌하고 고통하고 있으며 혼신으로 통곡하고 있어 보이는데도 맑은"58) 경지에 도달한, 구세주의 역할을 맡을 재목임을 알아챈 인물들이다. 따라서 스승은 '나'에게 저주받은 유리를, 장로는 타락한 읍내를 구원해 주기를 기대하고 있다. 읍내를 떠나기 전에 '나'가 자신의 행적과 그 상징적 의미를 설파하는 장로의 말을 들으며, "그의 얼굴과, 그의 친구였던 내 스승의 얼굴이 서로 겹쳐지며, 하나의 얼굴로 변해지고 있"59)는 느낌에 젖는 것은 그들의 정신적 경지와 '나'를 향한 기대감이 동일한 양상을 띠고 있음을 암시한다.

그리고 무엇보다도 '나'의 수행은 苦行과 性交라는 상반된 행위를 통해 진행된다. 특히 '나'가 '죽음'에 대한 이승에서의 마지막 연구로서 선택한 수행방법이 영적인 사랑의 대상이었던 장로의 손녀와의 성교60)이

---

58) 325면.
59) 325면.
60) 이것은 농경의 의례(儀禮)에서 행해지는 우주적 성혼(聖婚)을 상징하고 있기도 하다. 즉 곡물류가 발아하여 열매를 맺기 위한, 여성이 자식을 낳기 위한, 또 死者가 그 공

다. 바로 "성교란 하나의, 명상법으로도 던져진 것이며, 우주를 이해해
보기 위한 수단으로 놓여진 것"[61]이기 때문이다.

> 한번의 잠입을 위해, 전심전력으로 명상하여야 하며, 한번의 사정을
> 하나의 죽음으로 치르지 않으면 안 되는 것이다. 하나의 자세에서 다음
> 자세로 바꿔나가는 것을, 한번의 가사(假死), 한 선(禪)에서 차선으로 넘
> 어가는 것으로 어렵게 쳐, 어렵게 치러야 하며, 그러기 위해 단 한 순간
> 단 한 올의 스치는 아픔도 놓쳐서는 안 되는 것이다. 그 감촉의 색깔과,
> 소리와, 맛과, 냄새와, 그 느낌의 대소, 원근을 살피고 종합하여, 하나의
> 금을 얻어내지 않으면 안 되는 것이다.[62]

이렇게 그들은 28회의 성교, 84가지의 체위를 시험하며 하룻밤을 보
낸다. 이때 그들의 성적 결합은 죽음에 대한 명상이자 정진 그 자체의
성격을 띤다. 그것은 우주적 음양의 화합 상태를 매순간 경험하는 일이
며, 육체의 죽음과 영적인 재생을 반복적으로 경험하는 일이다. 이것은
'나'가 기독교의 <해골의 골짜기에 세워진 십자가>나 불교의 만트라
<연(蓮) 속에 담긴 보석(옴마니 팟메훔)>을, 남근(男根)과 여근(女根)이 화합
된 음양일체(陰陽一體)의 性的 상징[63]으로 해석한 내용의 구체적인 탐구
라 할 수 있다. 또한 '마른 늪에서의 고기 낚기'라는 구도의 과정에서 물
고기를 "양극을 갖는 타원형"으로 정의하고, 그것은 바로 남근을 싸안은

허를 생명력으로 채우기 위한 제의적 행위이다. 특히 종자가 땅 속에서 그 외형을 완
전히 용해시키고 분해하며 별개의 것(發芽)이 되는 것과 같이, 인간은 오르기에서 개
성을 상실하고 유일한 살아있는 통일체로 결합되는 정서의 완전한 융합을 경험한다는
점에서 유사성을 보인다. 바로 죽음과 재생을 반복하고 있는 것이다(멜시아 엘리아데,
『종교형태론』, 앞의 책, 392~395면 참조).

61) 420면.
62) 421~422면.
63) '나'는 설교 과정에서 '해골의 골짜기'와 '연(蓮)'은 여근(女根)을 상징하고, '십자가'와
　　'보석'은 남근(男根)을 상징하는 것으로 해석하고 있다(236~237면 참조).

여근의 모습이자 '생명'이며, "팔만 유정(有情)의 원형(原型)"[64]을 상징하고 있는 것으로 읽어내고 있는 부분 역시 동일한 맥락을 지닌다. 그에 따라 '마른 늪에서의 고기 낚기'는 곧 '죽음의 바다에서 생명 혹은 깨달음을 낚기'[65]임을 알 수 있으며, 이는 또한 연금술(鍊金術)의 과정으로 설명되고 있다.

> "어쨌든 저 <부활>의 의미는, 그들에게 있어 <금(金)>의 뜻입니다. 어떤 질료든, 가령 수은이라거나 유황이라거나, 그것이 금으로 가기 위해서는, 일차적으로 죽어야 수은이나 유황인 것의 성질을 잃은 바, 그러한 죽음을 가능시키는 것이 독(毒)인 것입니다. 그 독이 없이는, 수은은 여전히 수은이며, 유황 또한 그러하며, 금으로의 변질을 도모할 수가 없는 것입니다."[66]

결국 '나'는 불교, 기독교, 연금술, 『티벳 死者의 서』, 인도 밀교인 탄트라 등을 통해 '재생을 위한 죽음'을 일관되게 천착하고 있는 통종교적 성격을 보인다. 구체적으로 "그의 물리적인 삶은 신비주의에, 그가 사는 고장은 주술적인 것에, 그의 신체적 삶은 예수의 그것에, 그의 득도는 선(禪)적인"[67] 양상을 띤다. 그리고 삶과 사유의 전 과정을 통해 '나'가 발견한 것은 고통의 전 장소이자 죄업의 현실태인 '육신'을 가지고 태어나 그 육신의 죽음을 경험하지 않고서는, 영혼을 정화하고 영생을 얻을 수 없다는 깨달음이었던 것이다.

---

64) 139면.
65) 143~144면 참조.
66) 268면.
67) 김치수, 「人神의 고뇌와 방황」, 박상륭, 앞의 책, 478면.

6. 결론

모든 종교는 인간이 유한성(필멸성)이라는 존재 조건을 극복하고, 神과 같은 영생(불멸성)을 얻기 위한 방법을 다양한 신화적 모티프와 상징을 통해 드러낸다. 그것은 죽음에 대한 공포와 死後의 세계에 대한 두려움에서 벗어나고자 하는 인간의 욕망을 대변한다.

박상륭의 ≪죽음의 한 研究≫는 모든 종교와 신화가 죽음의 재생적 의미를 강조함으로써 죽음으로 인한 인간의 한계와 절망적 인식을 극복하고 있음을 천착하고 있는 소설이다. 바로 수행승 '나'의 유리에서의 40일 간의 구도는 불교, 기독교, 연금술, 『티벳 死者의 서』, 인도 밀교인 탄트라, 인류학, 원시신화 등에서 발견되는 종교적·신화적 모티프와 상징물들을 탐색하고, 그것들을 '죽음과 재생의 상징'이라는 일관된 시각에서 통합하고, 질서화하는 사유의 과정으로 이루어져 있다. 아울러 스스로 영생과 구원, 자기실현을 위한 죽음의 제의를 행함으로써 자신이 터득한 깨달음의 세계를 증명하고 있다.

따라서 인간이 필멸성이나 죽음에의 공포에 사로잡혀 있기보다는 자기의 불멸성을 확신하고, "자기를 그것 속에 끊임없이 귀의시켜 가려는 노력"[68]을 하는 것이야말로 神이 인간에게 부여한 원죄를 극복할 수 있는 방법임을 강조한다. 그것이 바로 이 현세, 이 현장, 이 순간 육신이라는 고통의 몸을 갖고 살아가는 이유이다. 바로 우리는 "우리 마음의 향방(向方), 우리 마음의 정처(定處)를 잘 살피고 깨달아, 자기 속으로 이주해 온 하나님, 자기 속의 중생(重生), 자기 속의 천국을 불씨 가꾸듯"[69] 가꾸기 위한, 영혼을 맑히기 위한, 구도의 시, 공간을 살고 있는 것이다.

---

68) 276면.
69) 276면.

참고문헌

1. 기본 자료
박상륭, 《죽음의 한 研究》, 문학과지성사, 1986,

2. 연구 논저

김명신, 「말씀의 우주에서 마음의 우주로의 편력」, 『작가세계』, 1997년 가을호.
김병욱 외 3인 편역, 『문학과 신화』, 대방출판사, 1982.
김열규, 『신화비평론』, 신동욱 편, 『문예비평론』, 고려원, 1991.
김치수, 「人神의 고뇌와 방황」, 박상륭, 『죽음의 한 연구』, 문학과지성사, 1986.
이경호 · 한이각, 「제4장 신화비평」, 최동호 편, 『새로운 비평 논리를 찾아서』, 나남, 1990.
이부영, 『분석심리학 : C. G. Jung의 인간심성론』, 일조각, 2004.
이상섭, 『문학 연구의 방법』, 탐구당, 1980.
일지(一指), 『달마에서 임제까지 : 禪師이야기』, 불일출판사, 1992.
S. N. 그렙스타인, 「신화학적 방법」, 박철희 · 김시태, 『문학의 이론과 방법』, 이우출판사, 1984.
노스럽 프라이, 「문학의 원형들」, 데이비드 로지 엮음, 윤지관 · 이동하 · 김영희 옮김, 『20세기 문학비평』, 까치, 1984.
_____, 『비평의 해부』, 한길사, 임철규 역, 1985.
M. 엘리아데, 『종교형태론』, 이은봉 역, 형설출판사, 1982.
_____, 『우주와 역사』, 현대사상사, 정진홍 역, 1984.
_____, 『상징, 신성, 예술』, 박규태 역, 서광사, 1991.
J. 웨스턴, 『제식에서 로망스로』, 정덕애 옮김, 문학과지성사, 1988
윌리엄 라이터, 『신화와 문학』, 이경식 역, 전망사, 1981.
제임스 조지 프레이저, 『황금가지』, 로버트 프레이저 편, 이용대 역, 한겨레신문사, 2003.
조세프 L. 헨더슨, 「고대 신화와 현대인」, 카알 G. 융 편, 설영환 역, 『존재와 상징』,

동천사, 1984.

조셉 캠벨·빌 모이어스 대담, 『신화의 힘』, 이윤기 옮김, 이끌리오, 2004.

파드마삼바바, 『티벳 死者의 書』, 류시화 옮김, 정신세계사, 1997.

필립 윌라이트, 『은유와 실재』, 김태옥 역, 문학과지성사, 1983.

≪심청전≫의 창조적 변형과 구원의 서사
─박상륭의 〈심청이〉와 황석영의 ≪심청, 연꽃의 길≫을 중심으로

1. 소설 창작 기법으로서의 패러디

본 논문의 목적은 고전소설 ≪심청전≫을 패러디하고 있는 박상륭의 〈심청이〉(1973)와 황석영의 ≪심청, 연꽃의 길≫(2003)[1]을 대상으로, 원 텍스트의 모방과 재창조, 반복과 변형의 양상이 소설의 형식 및 주제 면에서 어떻게 나타나고 있는지를 고찰하는 데 있다.

의식적이든, 무의식적이든 작가들은 언어적, 예술적, 그리고 문화적 관습들에 기대어 작품을 창작한다. 또한 문학적 전통과 관습에서 완벽하게 탈피한, 순수하게 독창적인 작품은 존재하지 않는다. 문학도 역사적 산물로서 이전의 정신적, 예술적 유산과의 영향관계 속에서 창조될 수밖에 없기 때문이다. 다시 말해 새로운 문학 혹은 예술적 양식은 기존 작품 혹은 문학적 전통에 대한 모방에서 출발하여 그를 넘어서려는 차별

---

1) 이 작품은 2003년 ≪심청≫ 1, 2권으로 출판되었다가, 2007년 제목을 ≪심청, 연꽃의 길≫로 바꾸어 한 권으로 된 개정판이 나왔다. 작가의 말에 의하면 원 제목이 '심청, 연꽃의 길'이었으나 자신의 의견과는 다르게 '심청'으로 출판되었다가 이번에 원상복구 된 것이라고 한다(황석영, ≪심청, 연꽃의 길≫, 문학동네, 2007, 694면 참조).

화 전략, 의도적인 변형의 과정 속에서 탄생한다.

'패러디(parody)'는 문학적 전통에 대한 의도적인 모방행위를 통해 실험적이고 차별화된 문학의 형식 및 내용을 지향하는 역설적인 창작기법이다. 그것은 "이전의 예술작품을 재편집하고 재구성하고 전도시키고 '초맥락화(trans-contextualizing)'하는 통합된 구조적 모방의 과정"[2]을 포괄하는 개념이다. 다른 말로 패러디는 "보수적 힘과 혁명적 힘의 이중적 충동"에 의해 과거의 문학적 전통에 대한 "정당화된 위반"[3]을 감행한다. 한편으로는 기존 작품의 가치나 형식을 모방하고 반복한다는 점에서 보수적 힘에 이끌리지만, 다른 한편으로는 끊임없이 차이와 변형, 위반을 지향한다는 점에서 혁명적, 실험적 충동의 산물인 것이다. 따라서 패러디는 지속과 변화라는 이중적 서사전략을 담고 있다. 원작에 대한 공인된 모방인용의 기법이라는 점에서 전통의 계승이라는 지속성을 보이면서도, 그것은 "비평적 거리를 둔 반복"[4]으로서 궁극적으로는 유사성보다는 상이성, 변화와 해체의 양상이 부각되고 있는 것이다. 한 마디로 패러디는 전통의 창조적 변용을 통해 "원텍스트와 패러디 텍스트간의 차이에 의한 대화적 문맥을 구축"[5]한다는 점에서 이중의 목소리를 내포하고 있다.

패러디를 중요한 창작원리로 내세우는 작가들은 과거와 전통이 부여하는 효과에 주목한다. 즉 기존의 작품에서 그려지고 있는 역사적, 문화적, 사회적 맥락이 현재의 삶을 해석하는 데에도 유용한 기준과 가치를 지니고 있음을 강조한다. 그 결과 패러디는 과거를 비판적 시각에서 재해석하고, 변화한 현재의 삶을 전경화하기 위한 서사전략으로서 효과적

---

2) 린다 허천, 『패로디 이론』, 김상구·윤여복 역, 문예출판사, 1993, 23면.
3) 위의 책, 46면.
4) 위의 책, 15면.
5) 정끝별, 『패러디 시학』, 문학세계사, 1997, 43면 참조.

으로 기능한다. 다시 말해 패러디 기법은 문학적 전통뿐만 아니라 당대의 사회적 담론, 이데올로기 등에 이르기까지 모방과 변형을 반복하는, 텍스트의 형식적·주제적 구성의 양식이자 텍스트와 텍스트간의 상호텍스트성을 드러내는 효과적인 문학적 장치이다.

본고는 고전소설 《심청전》을 패러디한 현대소설인 박상륭의 <심청이>와 황석영의 《심청, 연꽃의 길》의 분석을 통해 패러디 기법이 각 작가의 창작기법으로서, 주제를 구현하는 문학적 장치로서 어떻게 기능하는지를 분석하고자 한다. 사실 박상륭은 《죽음의 한 연구》나 《칠조어론》 등의 소설을 통해 낯선 서사방식과 집중하지 않으면 읽혀지지 않는 문체, 어려운 종교적·철학적 사유내용으로 한국 작가 중 가장 난해한 글쓰기를 보여주는 작가로 알려져 있다. 반면에 황석영은 <객지>, <한씨연대기>, 《장길산》 등을 통해 노동자 혹은 민중들의 거칠고 남성적인 삶을 사실적으로 그렸던 대표적인 리얼리즘 작가이다. 이처럼 이질적인 작품경향을 보여주는 두 작가가 《심청전》을 패러디한 소설을 창작하고 있는 점은 의외의 사실로 다가온다. 난해한 소설가 박상륭에게는 《심청전》이 '효 이데올로기'라는 지나치게 단조로운 주제를 담고 있다는 점에서, 리얼리즘 소설가 황석영에게는 인당수에 몸을 던진 심청이 연꽃에서 다시 살아나는 비현실적이고 신화적인 사건을 다루고 있다는 점에서 결코 매력적인 과거의 문학으로 간주될 것 같지 않기 때문이다. 본 논문은 바로 이런 의문에서 출발하여 원텍스트인 고전소설 《심청전》과 두 작가의 패러디 소설 사이에서 나타나고 있는 모방과 변형의 양상을 고찰하고, 아울러 두 작가의 기존의 작품 경향과 《심청전》을 패러디한 소설 사이의 상관관계도 구명해 보고자 한다.

패러디 문학을 분석한다는 것은 크게 두 단계의 소통과정6)을 분석하는 것에 다름 아니다. 먼저 원텍스트와 패러디 텍스트 사이의 소통과정의 분석이다. 패러디 작가는 사실상 "원텍스트의 해독자이면서 동시에 패러디 텍스트의 새로운 약호자"[7]이다. 따라서 패러디 기법을 차용한 작가가 원텍스트를 어떻게 이해하고 있으며, 어떤 의도와 목적으로 모방 혹은 재구성을 하고 있는가를 분석할 것이다. 다음으로 패러디 텍스트와 독자 사이의 소통과정에 대한 분석이다. 이때 독자는 "원텍스트와 패러디 텍스트를 비교함으로써 그 대화성을 감지할 수 있는 해독능력"[8]을 갖추고 있어야 한다. 사실상 "패러디의 아이러니가 주는 즐거움은 특별한 유머로부터 생겨나는 것이 아니라 연루와 거리 간의 상호텍스트적 (intertextual) '도약'에 독자가 개입하는 정도"[9]로부터 생겨난다. 따라서 독자의 시각에서 패러디 텍스트가 원텍스트와는 차별화된 어떠한 미학을 구현하고 있으며, 이것은 주제를 드러내는 데 어떻게 기능하는가를 구명하게 될 것이다.

2. 자기희생을 통한 구원의 탐색 : 박상륭의 〈심청이 : '南道' 基三〉

박상륭의 〈심청이 : '南道' 基三〉(1973)은 부제에서도 알 수 있듯이, 〈南道〉(현대문학, 1969. 11), 〈늙은 것은 죽었네라우 : '南道' 基二〉(월간문학, 1970. 6)에 이은 〈南道〉 연작의 세 번째 작품이다. 이 세 작품은 작중인물이나 사건에 있어서 연관성을 보이고 있지는 않다. 다만 첫 번째 작품인 〈南道〉는 바다로 나갔다가 돌아오지 않는 남편을 평생 기다리던 과부 덕산댁의 죽음을, 〈늙은 것은 죽었네라우 : '南道' 基二〉는 자

---

6) 정끝별, 『패러디 시학』, 문학세계사, 1997, 63~64면 참조.
7) 위의 책, 63면.
8) 위의 책, 63면.
9) 린다 허천, 앞의 책, 56면.

기 곁에 두기 위해 손주의 눈을 훑어 실명시키는 할매와, 그와 한 몸이 되기 위해 할매를 살해하는 손주를 그리고 있다는 점에서, 세 작품 모두 한 많은 여성인물의 죽음이 초점화 대상이 되고 있다는 공통점을 보인다.

박상륭의 <南道> 연작 세 번째 작품인 <심청이>는 고전소설 ≪심청전≫의 인물이나 배경, 사건들을 거의 차용하고 있지 않다. '심청이'란 제목이 없었다면 이 작품을 읽으면서 ≪심청전≫을 떠올릴 사람은 거의 없을 정도이다. 그럼에도 불구하고 '심청이'란 제목은 작가가 이 작품을 창작하면서 고전소설 ≪심청전≫을 의식하고 있었음을 짐작하게 만든다. 이것은 박상륭의 방식으로 표현하면 "'집단적 꿈'이라는 들판에 나가, 전대인들이 흘린, 그 이삭"10)을 줍는 과정에서 ≪심청전≫으로부터 창작의 모티프를 얻게 된 것으로 짐작된다. 그렇다면 박상륭의 <심청이>와 고전소설 ≪심청전≫이 만나는 지점은 과연 어디일까.

먼저 박상륭의 <심청이>는 "우리말의 섬세한 결과 리듬"11)을 놀라울 만치 아름답게 구사하고 있는 작품이다. 전라도 사투리의 짙은 억양과 톤이 거의 완벽하게 구사되고 있을 뿐만 아니라 그로 인해 조성되는 토속적인 가락은 이 작품에 "육화되어 있는 범신론적 생명 세계 또는 한국적 샤머니즘의 세계를 더욱 주술적 환상의 공간"12)으로 끌어올리는 데 기여하고 있다. 더욱이 '魂處'·'混處'·'婚處' 등 동음이의어를 통해 각 장의 주제를 암시하고 있는 소제목과, 소설 전반에서 발견되는 은유와 상징으로 가득 찬 문장들은 이 작품의 문체가 일상을 재현하기보다는

---

10) 박상륭·김사인 인터뷰, 「누가 저 공주를 구할 것인가」, 김사인 엮음, 『박상륭 깊이 읽기』, 문학과지성사, 2001, 30면.
11) 김명신, 「식물적 순환과 회귀의 서사 : 박상륭의 <남도> 연작을 중심으로」, 위의 책, 229면.
12) 임우기, 「죽음의 현실과 생명성에의 회원 1」, 위의 책, 225면.

주술적, 신화적 공간을 형상화하기에 적합한 것임을 짐작케 한다. 특히 '지나감시나' '자꼬 자나감시나' '자꼬 자꼬 감시나' '자꼬 또 자꼬 감시나' '지나가고 또 감시나' '또 지나가고 또 감시나'로 이루어진 '魂處'의 장처럼, 유사한 표현의 변주로 이루어진 하위제목들을 통해 상황의 점층적인 변화를 암시하고 있는 기법이나, 하위제목이 끝날 때마다 '엔니 엔니 엔니' '멩년 봄끄장 멩년 봄끄장 멩년 봄끄장' '그저 떠돌구로 그저 떠돌구로 그저 떠돌구로' 등 마치 불교에서 만트라를 세 번 음송하듯이 마지막 어휘를 세 번 반복함으로써 시적인 리듬과 주술적인 분위기를 형성하고 있는 기법 등은 문체의 아름다움을 배가시키고 있다. 한 마디로 <심청이>는 '희생과 구원'이라는 깊이 있는 주제와 함께 토속적인 언어, 시적인 비유와 가락 등으로 한국 소설의 경지를 한 단계 높여주고 있다.

앞서 언급했듯이, 이 소설은 크게 '혼처(魂處)'·'혼처(混處)'·'혼처(婚處)'의 세 장으로 구성되어 있는데, 깊은 산 속에 살던 엔니가 과부 어머니와 자식을 산 속에 버려두고 '실한 뱃사람'이었던 아버지를 찾아 갯가로, 갯가로 내려가면서 겪게 되는 이야기를 담고 있다. 이때 스토리는 엔니의 넋두리와 그녀를 만나 신비한 체험을 한 사람들의 목격담이 교차하면서 완성된다. 그녀가 깊은 산 속에서 갯가로 나아가는 행위는 욕망이 거세된 세계에서 욕망의 세계로, 저주도 구원도 없는 세계에서 저주의 공간이자 구원의 공간인 세계로 나아가는 과정에 다름 아니다. 또한 그녀가 깊은 산 속에서 내려와 바다에 이르는 과정은 다른 사람들의 한을 풀어주고 넋을 위로함으로써 타인을 구원하는 이타행(利他行)의 길이자 궁극적으로 자기 구원을 향한 탐색의 여정이 되고 있다.

먼저 소제목 '魂處'·'混處'·'婚處'는 각각 '산 속' '갯가' '바다'에서의 그녀의 행위를 상징적으로 드러내는 공간적 이미지이다. 먼저 깊은 산 속에서 나와 갯가로 가기 위해 산 속 마을을 지나오는 여정을 다루고 있는 '魂處'는 옌니가 다른 사람들의 한을 위로하고 악업을 풀어주는 과정을, 다른 한편으로는 이생에서 지은 자신의 업을 자각하는 과정을 그리고 있다. 먼저 그녀는 삼사십 년 전 남사당패와 눈이 맞아 집을 나간 마누라를 기다리며 평생을 살아온 산속 영감과 석 달을 살면서 정성껏 받든다. 이것은 마누라가 이미 그 사당패에게 목 졸려 죽임을 당했음에도 불구하고 그녀를 기다리며 외롭게 살아온 산 영감의 한과 순정을 보상해 주려는 보살의 자비심에서 비롯된다. 산 영감의 말을 빌리면 마누라의 혼이 옌니의 몸을 빌려 자신을 찾아온 것이다.

> 내 마누라, 참 한시럽게 죽었던 넋, 워디 갈 고지(곳) 없어, 떠돌아댕기고 또 댕기다가시나는, 산에서 와서나 갯갓으로 간담시나 나허고 석 달 몸붙이 살았던 조 옌니 몸 석 달 빌려, 나헌티 곌국 돌아왔었다는 요것 말이요.13)

이렇게 옌니가 죽은 마누라의 '혼처(魂處)'로서 자신의 몸을 빌려주면서까지 산 영감의 한을 풀어주는 것은 떠나간 아버지와 남편을 기다리며 한평생을 살아온 어머니와 자신과의 동일시에서 비롯된다. 한편 산 영감의 기다림은 옌니를 기다리며 울고 있을 깊은 산속의 어머니와 자식에 대한 미안함과 죄의식을 일깨우는 기제로 작용하고 있다.14) 그녀가 산 영감을 떠나게 된 계기도 옆집 아기의 우는 소리가 버리고 온 자식을 끊임없이 환기시키며 모성애를 자극했기 때문이다. 바로 이 작품은 바닷사내였던 아버지·낭군에 대한 그리움(욕망)과 산에 두고 온 자식에 대한

---

13) 박상륭, <심청이 : '南道' 基三>, 『아겔다마』, 문학과지성사, 2003, 458면.
14) 실제로 작가는 죽은 아내를 기다리는 산 영감의 이미지를 어미를 기다리고 있는 산속의 옌니의 아이의 이미지와 겹치면서 산 영감을 '늙은 兒'로 지칭하기도 한다.

그리움(모성애)이 팽팽한 줄다리기를 하며 그녀의 내적 갈등을 고조시키고 있다. 육체적 욕망에 대한 집착과 그 욕망의 산물인 자식에 대한 애착이 그녀의 죄의식과 고통의 뿌리로서 작용하며 저주스런 운명을 낳고 있는 것이다.

또 산에서 갯가로 내려가는 과정에서 옌니는 삼사십 년 전 산 영감의 마누라를 꾀여서 같이 도망쳤다가 그녀를 목 졸라 죽인 판쇠 영감을 찾아가 영감의 남근을 외로 꼰 삼실에 열두 매로 칭칭 묶은 뒤 육체적 관계를 허락한다. 이것은 "죄 많은 뿌렝이 열두 매 염히여서 쥑"이는 상징적인 단죄의 행위로서, 한편으론 집 나갔다가 죽임을 당한 산 영감의 아내의 한을 풀어주는 의미를 띤다. 그러나 상징적인 단죄의 의식은 무엇보다 판쇠 영감을 구원하고 있는데, 이승에 대한 미련이 사라지고 죽음에 대한 애착을 보이는 판쇠 영감의 심적 변화가 이를 암시해 준다.

이후 옌니는 갯가에서 산 사람한테로 시집갔다가 처녀과부가 되어 모진 시집살이를 하며 욕망을 거세당한 삶을 살고 있는 여인15)을 만나고, 그녀는 옌니의 몸에 자신의 욕망과 한을 실어보낸다. 즉 바닷사내에 대한 욕망과 풍진 세상에 대한 집착으로 갯가를 찾아가는 옌니의 여행에 그녀의 넋이 동참하고 있는 것이다.

결국 제1장에 해당하는 '魂處'에서 옌니는 불행하고 저주받은 생을 살고 있는 사람들이 묵은 한과 죄의식에서 벗어나 영적인 자유와 평온을 회복할 수 있도록 도와주는 구원자로서 그려진다. 하지만 정작 본인의 업과 한은 아직 해결하지 못하고 있다. 그녀를 죄의식으로 몰아넣는 아이에게도 가지 못하고, 또 애타게 그리워하는 아버지도 찾지 못했기 때문이다.

---

15) 그녀는 갯가에서 태어나 산으로 왔다는 점, 아버지가 뱃사람이었다는 점, 아버지 얼굴도 못보고 자랐다는 점 등에서 옌니와 공통점을 보인다.

2장의 '混處'는 산으로 들어가기 전, 어미와 함께 몸을 팔며 대대로 아비 없는 자식을 낳았던 갯가에서 자신의 죄와 업에 대한 형벌을 받게 되는 고통과 불화의 상황을 다루고 있다. 갯가로 내려온 옌니는 다시 몸을 파는 창부생활을 하며 남자들의 인기를 독차지한다. 하지만 문둥이 계집의 아이가 우는 소리를 들은 밤, 그녀는 같이 자던 사내의 남근을 물어뜯어 심한 상처를 낸다. 아이의 울음소리가 그녀의 모성애를 자극하면서 욕망지향적인 삶의 뒷덜미를 잡아챈 것이다. 그 결과 약값을 크게 뜯기고 손님도 잃게 된 주모는 그녀를 광 속에 가둔 뒤, 뜨겁게 달군 인두로 젖가슴과 허벅지를 지지고 나중에는 그 인두를 여근에 찔러두는 형벌을 가한다.

주목할 사실은 옌니에게 잔인한 형벌을 가한 주모가 죄의식이나 미안함은커녕 오히려 속이 개운해지는 낯선 내적 경험을 하고 있다는 점이다. 바로 그녀의 가학적 행위는 옌니를 이생에서의 악업과 죄의식에서 해방시키기 위한 구도적 형벌이다. 이는 김현이 박상륭의 소설이 지닌 역설을 지적하고 있는 다음의 진술과도 맥이 닿아 있다.

> 박상륭의 세계는 화해의 세계다. 그 세계 속에서는 죽음마저도 화해의 형태를 취한다. 남을 죽이는 것, 남에게 욕하는 것, 남을 괴롭히는 것, 흔히 도덕적인 면에서 악이라고 알려져 온 모든 것이 그의 세계 속에서는 "당연하고, 의심의 여지가 없는" 것으로 받아들여진다. 다시 말하면 불화마저도 그의 세계 속에서는 화해의 형태로서 존재한다.[16]

주모의 구도적 형벌을 통해 그녀는 욕망의 뿌리를 태워 없앰으로써 더 이상 임신이 불가능한 불모의 여성이 되어버린다. 다시 말해 이생에

---

16) 김현, 「세 개의 산문」, 김사인 엮음, 앞의 책, 96면.

서 그녀를 집착과 욕망의 세계로 떠돌게 만들던, 그로 인해 아비 없는 자식을 낳고 또 버림으로써 죄의식만 키워온 악업의 근원을 끊어낸 것이다. 이로써 그녀는 풍더분하고 탐스런 계집에서 뼈만 남은 앙상한 여인으로, 어미이자 화냥년에서 모든 것을 잃어버린 계집 아닌 계집으로, 나이로는 젊어도 이미 병들고 늙어버린 계집으로 변모하고 있다.

그럼에도 불구하고 옌니는 "아무껏도 바랠 것도 없는 고 뼈마른 심정으로서나 아부지 얼굴 한번만 보기"[17]를 간절하게 기도하는 마음을 버리지 않는다. 여기서 아버지는 그녀의 탄생의 연원이면서 불행[恨]의 시발점이고 죄의 뿌리이다. 결국 애타게 아버지를 찾아 갯가로 나아가는 옌니의 여행은 모든 여성의 욕망과 불행의 근원을 찾아가는 행위인 동시에 남성들을 구원하기 위한 탐색의 과정이 되고 있다. 따라서 그녀가 때때로 아버지를 "우리 아부들 얼굴 비돌라고, 워디 있는지 갈치돌라고"[18] 하며 복수로 지칭하거나, 찾고 있는 바닷사내를 아버지로 혹은 남편으로 부르는 호칭의 모호성은 중요한 의미를 함축한다.

> 고 '아부'란 말이 참말이제 요상시러요. 글씨, 저를 지 에미헌티나 배 주게 헌 뱃놈허고, 지 새끼를 지 뱃속에다 넣어준 뱃놈허고가 겹치 갖고, 이치로는 두 뱃놈이야 될 성싶은디도, 똑 한 뱃놈맹이 알고, 또 고렇게 말헌단 말이랑개요.[19]

즉 그녀가 찾고 있는 아버지의 복수성·익명성·모호성은 현실적으로는 창녀의 딸로서 아버지가 누군지 분명하게 규명할 수 없는 탄생의 비극성을, 상징적으로는 여성의 삶을 불행 속으로 몰아넣거나 한을 품게

---

17) 박상륭, 앞의 소설, 477면.
18) 위의 소설, 470면.
19) 위의 소설, 470면.

만든 불특정 다수의 남성들을 지칭한다. 다시 말해 옌네가 찾아 떠도는 "아버지이자 아들이자 남편인 '바닷사내'는, 세월 속에 각기 다르게 발현한 존재이며 동일한"[20) 의미를 띠는 존재인 것이다.

마지막 '婚處'는 옌니가 스스로 바다에 빠져 죽는 행위를 통해 아버지/낭군과 합일에 이루는 신화적 사건을 그리고 있다. 바로 바다가 곧 두 사람을 결합시켜주는 '婚處'인 셈이다. 작가는 가을에서 겨울로 가는 계절적 배경, 석양이 물든 바다에 대한 상징적 묘사를 통해 옌니의 죽음을 신비화시킨다. 그녀의 죽음을 목격한 할매의 증언에 의하면, 입은 옷 다 벗어버리고 이승에서 저승으로 노래하면서 날아가듯이 바다 속으로 들어가더라는 것이다. 바다에 빠져 죽는 행위는 이승에서의 한을 풀고, 죄 많은 인생을 정화하기 위한 육체의 해체과정을 의미한다. 영혼의 치유와 자기구원이라는 코스모스 세계로의 재생은 육체적 죽음과 혼돈(chaos)의 과정을 거쳐야만 가능하기 때문이다. 즉 俗의 세계에서 벗어나 聖의 세계 속으로 들어가기 위한 일종의 통과제의(rite of the passage)의 과정[21)인 것이다. 이는 욕망의 도구였던 육체의 죽음을 통해서 영혼의 구원을 기도하고 있음을 암시한다.

이 작품에서 옌니의 죽음은 자신의 영혼을 구원하는 데 그치지 않고 다른 사람들의 한과 고통, 업보까지 껴안고 죽음으로써 그들을 구원에 이르게 하는 놀라운 기적을 보이고 있다. 그녀의 죽음은 사흘만에 떠오른 시체의 묘사에서부터 신비화되고 있다.

> 고 제집은 글씨, 하늘을 보고 누워 있었는디, 꾸둥꾸둥 솔아진 젖가심부텀 머리 끄뎅이는 출렉이는 바댓물에 쟁겨 있고, 허리하고 궁뎅이는,

---

20) 김명신, 앞의 논문, 241면.
21) M. 엘리아데, 『우주의 역사』, 현대사상사, 1984, 35~36면 참조.

바다 끝하고 땅 시작이 닿는 디, 거그 걸치 있었고 말이제, 고 아랫동니
는 모랫뻘에 묻히있었더라고.22)

　목격자이자 작가의 해석을 대변하고 있는 여인은 그러한 형국을 하고
있는 그녀의 시체를 "바다허고 산하고, 그라고 고 연놈들이 야합허는 고
처용네[處容的] 방의 한가운디" 그리고 "삼세(三世)의 가운"23)데에 서 있
었다고 다시 설명하고 있다. 바로 옌네의 죽음의 장소와 방식은 작가가
이 작품에서 구현하고자 했던 주제의식을 압축해서 보여준다. '바다'와
'땅'이 만나는 지점에서의 죽음은 갯가와 산 혹은 바다와 땅의 합일, 음
력(陰力)과 양력(陽力)의 합일을 의미한다.24) 즉 옌니가 바다와 땅의 결합
이 이루어지는 '처용네 방 한가운데' 서 있었다는 것은 "모든 극단의 경
계와 그 사이에서 인간은 끊임없는 진동과 승강을 통해 비로소 너무도
인간적인 자신의 운명을 확인"25)하게 된다는 인식을 보여주고 있다. 또
한 바다・산・처용네 방을 '삼세(三世)'로 표현함으로써 공간을 시간화하
고 있는 것은 시간의 선조성을 무시하거나 역사적인 시간적 배경을 밝
히지 않는 박상륭 특유의 창작방식을 대변한다. 바로 그가 소설에서 다
루고 있는 사건은 역사적인 "시간을 초월하여 영구히 인간 의식 속에 재
현되고 있는 원형들의 표현"26)이자 인간 구원에 대한 종교적 탐색의 방
편들이기 때문이다.
　이 소설의 마지막 부분은 마포건에 상복 입고, 짚세기에 주렁막대 짚
은 젊은 얼굴에 늙은네가 요령을 울리며 어두운 언덕에서 내려와 옌니

22) 박상륭, 앞의 소설, 481면.
23) 위의 소설, 481면.
24) 김명신, 앞의 논문, 244면.
25) M. 엘리아데, 『상징, 신성, 예술』, 박규태 역, 서광사, 1991, 312면.
26) 이상섭, 『문학 연구의 방법』, 탐구당, 1980, 202면.

의 시체를 내려다보더니, "아가, 너 본개 내 눈이 뜨이네. 너는 한숭어리 연꽃이여."[27]라고 조용히 읊조린 뒤 사라지는 장면을 묘사하고 있다. 봉사 늙은네는 죽은 아버지의 넋으로서, 그녀의 죽음이 마침내 그를 구원과 평화의 세계로 이끌고 있음을 암시한다. 또한 바로 이 부분에 와서야 우리는 옌니가 고전소설 '심청'을 패러디한 여성임을 확인하게 된다. 바로 작가는 고전소설 ≪심청전≫에서 비극적 현실의 정화와 종교적 구원이라는 일관된 주제를 위한 모티프, 그리고 판소리의 사설투의 문체를 발견하고 있다. 박상륭은 여성은 남성을 구원하기 위해 자기희생을 자초하는 보살들이며, 이러한 자기희생이 궁극적으로 여성의 구원마저 성취하게 만든다고 본다.[28] 이렇게 볼 때 고전소설 ≪심청전≫에서 심청이 아버지의 개안을 위해 자신의 몸을 바치는 행위는 그대로 박상륭의 여성관과 구원관을 대변하는 모티프였던 것이다.

하지만 박상륭은 <심청이>에서 옌니에게 완전한 구원을 예비하고 있지는 않다. 아버지가 사라진 자리에 누런 구렁이가 그녀를 여전히 휘감고 있기 때문이다.

> 런 구렝이 한 마리 남아 있어갖고는, 조 제집의 왼 몸뎅이를 휘감아 틈선, 조 제집의 헌데마동 핧고 있드란 말여. 그라고 모도 마지막으로 본 것은, 고 누런 구렝이가 애기 얼굴을 하고시나, 저 옌니의 바닷물 괴인, 기중 깊은 속으로 쑥 들어가뻐린 고것이었제. 고것이었어.[29]

박상륭에 의하면 이 작품에서 '누런 구렝이'는 업(業)을 상징한다. 구렁이가 애기 얼굴을 하고 그녀의 깊은 속으로 들어가 버렸다는 것은 그

---

27) 박상륭, 앞의 소설, 482면.
28) 박상륭·김사인 인터뷰, 앞의 책, 28면 참조.
29) 박상륭, 앞의 소설, 482~483면.

녀가 다음 생에 다시 태어나는 윤회의 길을 걷게 됨을 암시한다. 즉 옌니는 자신의 몸을 단죄하는 죽음을 통하여 다른 사람들의 한과 업을 풀어주고 앞으로 자신이 짓게 될 죄와 업의 뿌리를 끊어버렸지만, 아비를 모르는 자식을 낳고 그 자식을 버린 이생에서의 자신의 업만은 지우지는 못했던 것이다. 바로 여자로서는 구원을 받았으나 어미로서의 악업을 지우지 못함30)으로써 옌니의 구원을 향한 여정이 다음 생에서 계속될 것으로 이 작품은 결말을 맺고 있다.

다시 말해 고전소설 ≪심청전≫의 효 이데올로기가 낳은 자기희생을 통한 부모의 구원과 자기 구원의 모티프를, 박상륭은 여성의 희생을 통한 남성의 구원으로 <심청이>에서 창조적으로 변형시키고 있다. 또한 ≪심청전≫의 모방보다는 지나친 전복과 해체에 가까운 작품임에도 불구하고 판소리 사설처럼 이어지는 장거리 문장과 초현실적 시·공간에서 일어나는 신화적인 사건, 그리고 신비한 분위기는 고전소설의 특질을 계승하고 있는 부분이라 할 수 있다.

3. 지혜와 자비를 지닌 大母의 여성상 : 황석영의 ≪심청, 연꽃의 길≫

≪심청, 연꽃의 길≫(2003)은 작가 황석영이 최근 창작한 ≪손님≫(2001), ≪바리데기≫(2007)와 함께 한국적인 소재와 형식을 방편으로 세계적 보편성을 추구한 독창적인 글쓰기 전략의 산물이다. 작가는 ≪손님≫에서는 황해도 진지노귀굿 열두 마당을 소설의 얼개로 사용하고 있고,

---

30) 그녀가 죽기 전 병들고 실성한 상태로 구멍 뚫린 돌을 젖에 물린 채 돌아다녔다는 증언이나 떠오른 시체에 구멍 뚫린 돌은 없고 얼굴에 눈물이 괴어 있었다는 목격담은 옌니가 어미로서 지은 악업을 풀지 못했음을 암시한다.

≪심청, 연꽃의 길≫은 고전소설 ≪심청전≫의 모티프를 차용하고 있으며, ≪바리데기≫에서는 바리공주에 관한 무속신화와 전통적인 굿의 양식을 현대적으로 재해석하고 있다. 그 과정에서 소설은 현실세계의 충실한 재현뿐 아니라 환상과 꿈, 넋의 여행과 같은 초현실세계를 자유롭게 넘나듦으로써 기존의 리얼리즘적인 창작방식을 탈피하고 있다. 작가는 이러한 창작방식의 변화에 대해 "세계가 직면한 현실 서사를 우리 형식에 담겠다는 생각"에서 비롯됐으며, 이것은 서구의 작가와는 "다르게 얘기하는 방식", "동아시아에서 보는 세계"[31]를 그리기 위한 방법의 모색이라고 말하고 있다.

총 669면의 긴 장편소설인 ≪심청, 연꽃의 길≫은 박상륭의 <심청이>와는 달리 고전소설 ≪심청전≫의 내러티브를 적극적으로 활용하고 있다. 심청이 아버지의 개안을 위해 스스로 몸을 판 것이 아니라 뺑덕어미에 속아 팔려가는 것으로 변용되고 있지만, 해상 길의 안전을 위한 제물로 팔려가는 인신공희(人身供犧) 모티프는 그대로 차용되고 있다. 또한 심청이 관음보살의 현신임을 암시하는 태몽담, 그녀가 류큐에서 차린 요정의 이름이 '용궁(龍宮)'이고 거기에서 미야코의 왕자 가즈토시를 만나 결혼을 하는 것 등은 고전소설에서 인당수에 빠졌던 심청이 용궁에 머물렀다가 연꽃으로 떠올라 천자와 결혼하고 황후가 된 사건을 그대로 현실적으로 재현한 것이다. 또한 가즈토시 영주가 심청의 제안으로 섬의 사정을 파악하기 위해 마을 노인들을 초대하여 잔치를 벌이는 에피소드는 고전소설에서 아버지를 찾기 위해 맹인연을 벌이는 사건의 변형이라 할 수 있다.

하지만 ≪심청, 연꽃의 길≫의 매력은 고전소설이 지닌 신화적이고

---

31) www.yes24.com, 「≪바리데기≫의 저자 황석영과 독자의 만남」, 2007. 9. 3 게재.

비현실적인 이야기를 역사적이고 현대적인 이야기로 너무도 정교하게 변형, 재구성하고 있는 작가의 놀라운 상상력과 창조력에 있다. 이 작품에서 심청은 15세에 고향 황주에서 뱃사람에게 팔려가 80세에 인천의 연화암에서 생을 마감할 때까지 난징(중국) → 진장(중국) → 지룽(대만) → 싱가포르 → 류큐(일본) → 나가사키(일본) 등으로 전전하며 때로는 첩으로, 때로는 왕족의 아내로, 그리고 대부분은 창녀 또는 예기(藝妓)로서의 삶을 살고 있다. 이때 그녀의 공간 이동은 1850년대를 전후한 동아시아 정세 및 서구 제국주의 정책의 진행과정과 그대로 일치한다. 즉 작가는 공간적, 시간적 배경이 모호했던 고전소설 ≪심청전≫에 역사적인 시간과 공간의 옷을 입혀 리얼리즘 소설로 재탄생시키고 있다. 구체적으로 시간적 배경은 아편전쟁(1840), 난징조약(1842), 애로호 사건(1856) 등이 일어났던 19세기 중반이고, 공간적 배경은 전근대에서 근대로의 이행과정에서 서구의 침략과 개방 압력에 시달려야 했던 동아시아의 국가들이다. 바로 ≪심청, 연꽃의 길≫은 타의적인 근대화 과정에서 동아시아의 하층민 남성들은 외국의 노동자로, 하층민 여성들은 심청처럼 외국인들에게 매춘을 하면서 인간 이하의 삶을 살아야 했던 역사적 비극을 여성의 시각에서, 그리고 약소국의 입장에서 새롭게 조명하고 있다.

≪심청, 연꽃의 길≫은 19세기 동아시아의 문화사, 풍속사에 대한 풍부한 자료 수집을 통해 당대의 모습을 놀라울 만치 구체적으로 복원해내고 있다는 점에서도 주목에 값하는 작품이다. 작가는 당시의 도박장과 유곽의 구조 및 위계질서, 경제적 분배의 과정 등은 물론이고 방중술이나 매춘의 은밀한 과정까지 세밀하게 묘사한다. 또한 각 나라의 결혼 및 명절의 풍습, 광대패의 악기와 춤에 대한 풍속사적 고찰, 그리고 민중의 정서와 여성들의 한을 함축하고 있는 각 나라의 민요와 속요에 대한 풍부한 소개는 매춘 여성들의 내면풍경을 간접적으로 드러내는 문학적 장

치로서 효과적으로 기능하고 있다. 하지만 무엇보다도 순진하고 어린 여성들이 가난 혹은 거짓 꾐에 빠져 다른 나라에 첩이나 창녀로 팔려나가는 경로에 대한 다양한 묘사와, 아편·시계·철갑화륜선 등 서구적인 것, 근대적인 문물이 들어오면서 전통적인 것, 전근대적인 문물이 밀려나는 과정을 허구적 사건을 통해 구체적으로 형상화시키고 있는 점은 당시의 세계 질서의 흐름을 적확하게 읽어내는 작가의 안목을 느끼게 한다. 그러나 무엇보다도 이 작품의 미덕은 효의 상징이자 희생양이라는 고전적 이미지에서 벗어나 '심청'을 대모(大母)의 면모를 지닌 지혜와 자비의 여성상으로 재창조하고 있다는 데 있다. 즉 작가는 심청이라는 인물을 통해 노예처럼 팔려가고, 잡초처럼 짓밟히며, 동물처럼 학대당하는 매춘 여성의 피해의식과 비극성을 극대화하는 데 초점을 두고 있지 않다. 대신에 그런 환경 속에서도 진정한 '자유'를 갈망하고 역경을 지혜롭게 극복하며 이타적(利他的) 삶을 실천하는 주체적인 여성상으로 심청의 이미지를 새롭게 창조하고 있다.

구체적으로 심청은 비인간적인 삶의 공간이자 저주의 공간인 유곽에서 창녀로 살아가는 현실에 대해서 낙담하거나 피해의식에만 젖어 있지 않다.

> 키우는 청이에게서 다른 창기들과는 남다른 것을 느끼고 있었다. 이 아이에게는 어떤 긍지와 목적이 있는 듯했다. 그네는 다른 창기들의 영업에 대해서도 곱다거나 추하다든가 하는 느낌은 없었고 강렬한 호기심을 보이고 있었다. 청이는 세상에 벌어진 남자와 여자의 서로 다른 관계에 대해서 눈치를 채고 있는 것처럼 보였다.[32]

---

32) 황석영, ≪심청, 연꽃의 길≫, 문학동네, 2007, 112면.

심청은 "자본주의가 만들어놓은 욕망 모델이 사실은 인간 자체의 자존과 위엄을 근본적으로 부정하는 것"[33]임을 목격하고 주어진 현실을 이겨내는 길은 힘 있는 남자를 꾀어서 힘을 갖는 것임을 깨닫고 있다. 그래서 그녀는 남자를 유혹할 수 있는 방중술이나 잠자리에서의 몸가짐에 대해 적극적으로 배우려 하는가 하면, 각 나라로 전전하는 절망적인 상황을 십분 활용하여 그 나라의 언어를 익히고 전통 악기와 민요 등을 배움으로써 재색과 지적 능력을 고루 갖춘 국제적인 예기로 거듭나고 있다. 또한 당시 고급 요정은 대외무역협상이나 국제적인 협상이 이루어지는 비공식적인 외교의 핵심 공간이기도 했다. 그래서 그녀는 무역상, 해군장교, 외국사절단, 고급관리 등을 접대하면서 동아시아 국가들이 처한 정치적, 경제적 위기는 물론 서구 열강들의 욕망과 허위의식을 직접 목격하게 되고 세계 질서의 변화를 읽어내는 안목도 갖추게 된다.

아울러 작가는 육체적으로 만신창이가 되고 인격적으로 매도되는 불행한 상황의 연속에도 불구하고 그녀의 순결한 영혼과 내면의 자존감만은 결코 훼손시킬 수 없음을 다양한 문학적 장치를 통하여 강조하고 있다. 그녀가 평범한 인간이 아니라 관음보살의 현신임을 암시하는 태몽담, 본래 이름인 '심청'이 아니라 다른 이름으로 불리도록 함으로써 그녀의 시련이 그녀의 참된 본질마저 파괴하는 것을 막고 있는 호명의 방식, 그리고 무당의 몸을 빌려 찾아온 어머니가 심청을 위로하고 축원을 내려주는 류카에서의 굿판 등은 작가 황석영이 심청을 얼마나 소중한 영혼으로 감싸 안으려 했는지를 짐작하게 만든다.

이 소설에서 심청은 기녀로서 여러 나라를 전전해야 했던 변화무쌍한 삶 덕택에 '심청 → 렌화 → 로터스 → 렌카 → 렌카 마마상 → 연화보살'

---

33) 류보선, 「모성의 시간, 혹은 모더니티의 거울」, 위의 책, 684~685면.

등 다양하게 호명된다. 이러한 호칭의 변화는 현실적인 차원에서는 몸 파는 창녀에서 예기로, 요정의 주인으로, 사회봉사자로 사회적 위치가 변모하는 과정과 맞물리고 있다. 그리고 정신적인 차원에서는 무력한 소녀에서 지혜와 힘을 지닌 여성으로, 더 나아가 가난하고 힘없는 사람들에게 이타행(利他行)을 실천하는 관음보살 같은 존재로 변모하는 과정을 암시하고 있다. 결국 그녀에게 닥친 현실적 불행과 시련은 영적으로 성장하기 위한 일종의 통과의례였던 것이다.

이 소설에서 영국인 제임스의 첩으로 있던 심청이 정실부인이 되게 해줄 테니 결혼해서 함께 상하이로 가자는 그의 청을 거절하고 다시 기녀로서의 삶을 선택하는 장면은 대단히 인상적이다.

> "남편감은 내 자신이 고를 거예요. 마치 복이라도 내려주듯이 나를 뽑아주는 걸 참을 수가 없어요. 존슨 댁의 얘기 못 들었어요? 저치들은 아직도 그 짓을 할 때마다 소독수로 우리 아랫도리를 씻게 한다구요. 요즈음 제임스는 안 그러지만 처음 두 해 동안은 언제나 그랬어요. 그리고 아직두 우린 서양인들 앞에 나서질 못해요."[34]

바로 심청은 물질적 안정과 개인적 행복을 추구하는 여성이 아니다. 서양인들이 정치력과 경제력을 이용하여 아시아의 여성들을 노예처럼 팔고 사는 현실에 대해서 강한 반발과 분노를 드러낼 줄 아는 주체적이고 현실인식을 지닌 여성이다. 더욱이 그녀는 남성들에 대한 피해의식에 사로잡혀 있지 않다. 남자들은 "세상 모르는 철부지들 같애. 수염 기르구 옷 잘 입구 점잔을 빼지만 다들 불안한 돈벌이에 몰두하구, 그 짓밖에 모르잖아."[35]라고 말할 때, 그녀는 이미 남성을 원망과 분노의 대상

---

34) 위의 소설, 400~401면.
35) 위의 소설, 405면.

이 아니라 어리석은 중생이자 연민의 대상으로 바라보는 성숙한 시각을 드러낸다. 결국 그녀는 가장 타락하고 비도덕적인 공간인 유곽에 머물면서 그곳을 자아실현의 공간, 이타적 삶을 실천하는 공간으로 변화시키고 있다.

그녀가 싱가포르에서는 창녀가 낳은 아이들을 돌보는 소보원을 운영하고, 나가사키에서는 거리에 버려진 아이들, 혼혈아들을 돌보는 기아보호소를 운영하고 있는 것은 고전소설 ≪심청전≫의 주제에 대한 혁명적인 전복이다. 아버지의 개안을 위해 자신의 몸을 바치는 '효 이데올로기'가, 국적을 불문하고 힘없고 소외된 아이들을 위해 헌신하는 모성애적 이타행으로 바뀌고 있기 때문이다. 바로 작가는 가족 혹은 민족 이기주의에서 벗어나 "더 낮고, 더 소외되고, 그래서 아무도 호명해주고 말을 들어주지 않는 존재들"36)의 불행을 직시하고, 그들을 공동운명체로서 포용하는 태도야말로 진정한 사랑과 구원의 모습임을 강조하고 있다.

나가사키에서 '렌카 마마상'으로 존경을 받으며 60세까지 요정과 기아보호소를 운영하던 심청은 인천으로 돌아와 연화암(蓮花庵)이란 암자를 짓고 '연화보살'이라 불리며 조용히 말년을 보낸다. 오랜 유랑을 끝내고 비로소 참된 휴식, 깊은 평화의 세계로 회향(回向)하고 있는 것이다. 그리고 팔순이 된 어느 겨울날, 심청은 옛날이야기37)를 들려준 뒤 빙긋이 웃으며 생을 마친다.

---

36) 류보선, 앞의 글, 685면.

37) 황석영은 역시 고전소설 ≪심청전≫을 패러디하고 있는 최인훈의 희곡 ≪달아 달아 밝은 달아≫에서도 많은 모티프를 차용하고 있다. 심청이 중국에 창녀로 팔려간 것, '용궁'이라는 색주가에서 매춘생활을 하는 것, 그리고 고향으로 돌아와 아이들에게 옛날이야기를 들려주면서 결말을 맺고 있는 것 등이 그것이다. 따라서 고전소설과 최인훈의 희곡, 황석영의 소설 사이의 패러디 양상을 비교, 분석하는 것도 의미 있는 작업일 것 같다.

"예전 어느 강변 마을에 아름다운 여인 하나가 나타났더란다. 나는 부모형제가 없는 사람으로 재물도 영화도 원치 않으나 내가 가진 경전을 외우는 이에게 시집을 가련다구 그랬다지. 여러 사내들이 다투어 그네와 정분을 나누었으나 마지막에 마씨 댁 총각이 경전을 외워 장가를 들게 되었구나. 혼인을 하자마자 몸이 아프다며 방에 들어가 쉬던 여인이 죽더니 삽시간에 육신이 재처럼 흩어져 금색 뼛가루가 되고 말았다더라. 며칠 후에 한 선승이 지나다가 보고 그이는 관음의 화신이었다고 그러더란다. 정분의 허망함과 살림의 덧없음을 깨우치려고 잠깐 보이셨다는구나."38)

결국 그녀가 파란만장한 인생길을 걸어온 뒤 깨달은 것은 '정분의 허망함과 살림의 덧없음'이다. 이 세상에서 탐할 것도, 집착할 것도 아무 것도 없다는 것이다. 그리고 심청은 "눈을 감고는 한번 빙긋이 웃었다. 오물조물한 입이 조금 움직였을 뿐, 실컷 울고 난 사람의 웃음처럼 그건 아주 희미"39)한 웃음을 지으며 생을 마치고 있다. 심청의 마지막 모습은 실로 험난하고 고된 인생길을 감당하면서 진리와 자비를 내면화한 자만이 지을 수 있는 표정으로 관음보살의 미소, 그 자체라고 할 수 있다.

요컨대 황석영은 ≪심청, 연꽃의 길≫에서 무력한 동아시아의 국가들이 서구 열강에 의해 강제적으로 근대화와 자본주의 체제에 편입되는 양상을 배경으로 하여, 심청을 통해 외국으로 나가 자신의 몸과 인격을 팔아야 했던 매춘 여성들의 비극적인 삶을 전경화시킴으로써 19세기 중반의 동아시아의 지형도를 생생하게 복원시키고 있다. 특히 남성들에 의해 소유당하지 않는 여인, 자신의 인생을 스스로 개척하는 여인, 힘없고 불행한 사람들에게 자비와 사랑을 베푸는 대모의 풍모를 지닌 '심

---

38) 황석영, 앞의 소설, 668~669면.
39) 위의 소설, 669면.

청'이라는 여성 캐릭터를 창조함으로써 남성적인, 서구적인 폭력성을 폭로하고 약자들의 상처와 아픔을 위로하고 감싸 안는 구원의 서사를 낳고 있다.

4. 맺는 말

지금까지 고전소설 ≪심청전≫을 패러디하고 있는 박상륭의<심청이>(1973)와 황석영의 ≪심청, 연꽃의 길≫을 대상으로 모방과 변형의 양상이 형식 및 주제 면에서 어떻게 나타나고 있는지를 고찰해 보았다.

두 작가의 작품들은 고전소설 ≪심청전≫을 여성의 희생을 통한 구원의 서사로 읽어내고 있다는 점에서는 공통점을 보인다. 다만 고전소설에서 심청의 죽음을 효행으로서의 자기희생으로 범주화하고 있는 반면에 박상륭은 인류의 역사상 여성의 자기희생이 남성들을 정화하고 남성들의 구원을 성취하는 방편이 되어 왔음에 주목하면서, 그렇다면 "여성의 구원은 대체 어떻게 이뤄지는가"[40]를 탐색하고 있다. 그 결과 여성의 구원은 여성이 짊어져 온 딸과 어미와 아내로서의 숙명이 빚어내는 무량한 한과 업을 조금씩 지워가는 구도의 과정을 통해서 이루어질 수 있음을 암시하고 있다. 이때 작가는 이러한 철학적, 종교적인 주제를 토속적인 사투리와 전통적인 가락, 상징적인 소제목, 시적인 문장, 역설적인 사건들을 통해 문학적으로 아름답게 형상화하고 있다.

황석영은 변형과 재창조에 치우쳐 있는 박상륭보다는 고전소설 ≪심청전≫의 차용과 재구성에 있어서 절충적인 창작태도를 보여준다. 기본

---

40) 박상륭, 앞의 소설, 485면.

적인 이야기의 뼈대를 그대로 수용하고 있는 점, 꿈 및 무당의 말의 예언적 기능, 핵심사건의 사실적 재구성 등은 차용의 특징에 가깝다. 하지만 황석영은 모호한 시, 공간적 배경과 비현실적인 사건을 특징으로 하는 ≪심청전≫을 역사적인 시, 공간에서 일어난 근대적인 개념의 허구 세계로 새롭게 재창조하는 데 성공하고 있다. 그것도 19세기 중엽의 동아시아 여러 국가라는 광활한 배경 속에서 기녀 심청의 파란만장한 삶의 역정을 당대사회에 대한 풍부한 고증을 바탕으로 재창조하고 있는 것이다. 따라서 독자는 심청을 중심으로 한 허구적 스토리와 함께 아시아인의 시각에서 그려내고 있는 19세기 중엽 동아시아에서 벌어진 타의적인 근대화 과정을 생생하게 목격하는 이중의 즐거움을 누리게 된다. 또한 이 소설은 '심청'을 가부장제사회의 효 이데올로기의 희생양이 아니라 힘없는 자, 소외된 자들에 대한 모성애적 사랑과, 지혜와 용기를 지닌 대모의 이미지로 재창조함으로써 놀라운 발상의 전환을 보여준다.

결국 ≪심청전≫은 박상륭에게는 그가 일관되게 추구하고 있는 '인간 구원의 문제'를, 황석영에게는 '아시아인의 시각에서 세계 질서를 다시 읽고 약소국의 불행을 해소할 수 있는 해법'을 탐색하기 위한 창작의 모티프를 제공하고 있다. 이를 통해 두 작가는 전혀 다르면서도 지향점이 통하는 완성도 높은 현대소설을 탄생시켰던 것이다.

참고문헌

1. 기본 자료

≪심청전≫, 장덕순·김기동 공편, 『고전국문소설선』, 정음문화사, 1984.
박상륭, <심청이 : '南道' 基三>, 박상륭 소설집, ≪아겔다마≫, 문학과지성사, 2003.
황석영, ≪심청, 연꽃의 길≫, 문학동네, 2007.

2. 연구 논저

김명신, 「말씀의 우주에서 마음의 우주로의 편력」, 『작가세계』, 1997년 가을호.
_____, 「식물적 순환과 회귀의 서사 : 박상륭의 <남도> 연작을 중심으로」, 김사인
　　　엮음, 『박상륭 깊이 읽기』, 문학과지성사, 2001.
김병욱 외 3인 편역, 『문학과 신화』, 대방출판사, 1982.
김치수, 「人神의 고뇌와 방황」, 박상륭, 『죽음의 한 연구』, 문학과지성사, 1986.
김　현, 「세 개의 산문」, 김사인 엮음, 『박상륭 깊이 읽기』, 문학과지성사, 2001.
박상륭·김사인 인터뷰, 「누가 저 공주를 구할 것인가」, 김사인 엮음, 『박상륭 깊이
　　　읽기』, 문학과지성사, 2001.
성현경, 「심청은 효녀인가」, 장덕순 외, 『한국문학사의 쟁점』, 집문당, 1987.
송경빈, 『패로디와 현대소설의 세계』, 국학자료원, 1999.
신선희, 『우리 고전 다시 쓰기 : 고전 서사의 현대적 계승과 장르적 변용』, 삼영사,
　　　2005.
이상섭, 『문학 연구의 방법』, 탐구당, 1980.
인권환, 「≪심청전≫ 研究史와 그 問題點」, 이상택·성현경 편, 『한국고전소설연구』,
　　　새문사, 1983.
임우기, 「죽음의 현실과 생명성에의 회원 1」, 김사인 엮음, 『박상륭 깊이 읽기』, 문학
　　　과지성사, 2001.
정끝별, 『패러디 시학』, 문학세계사, 1997.
정하영, 「≪심청전≫의 主題考」, 이상택·성현경 편, 『한국고전소설연구』, 새문사,
　　　1983.

노스럽 프라이, 『비평의 해부』, 한길사, 임철규 역, 1985.

린다 허천, 『패로디 이론』, 김상구·윤여복 역, 문예출판사, 1993.

M. 엘리아데, 『종교형태론』, 이은봉 역, 형설출판사, 1982.

__________, 『우주와 역사』, 현대사상사, 정진홍 역, 1984.

윌리엄 라이터, 『신화와 문학』, 이경식 역, 전망사, 1981.

조셉 캠벨·빌 모이어스 대담, 『신화의 힘』, 이윤기 옮김, 이끌리오, 2004.

조세프 L. 헨더슨, 「고대 신화와 현대인」, 카알 G. 융 편, 설영환 역, 『존재와 상징』,
　　　　동천사, 1984.

퍼트리샤 워, 『메타픽션』, 김상구 역, 열음사, 1992.

필립 윌라이트, 『은유와 실재』, 김태옥 역, 문학과지성사, 1983.

환상성, 현실의 탐색을 위한 우회의 서사
―이외수의 ≪벽오금학도≫와 황석영의 ≪손님≫을 중심으로

1. 서론

  본고는 이외수의 ≪벽오금학도≫(1992)와 황석영의 ≪손님≫(2001)에 나타난 환상적인 요소들의 분석을 통해 현대소설에서 환상성의 기능과 그 의미를 고찰하는 데 목적이 있다. 인간은 시간과 공간의 좌표 안에서 조건 지워진 삶을 살아가지만, 동시에 초월이라든가 존재의 신비 혹은 현실 너머의 세계에 대한 관심에서 완전히 벗어나지 못하는 존재다. 그러면서도 현실세계의 법칙과 질서 안에서 살아가는 인물들을 통해 외적 리얼리티와 구조적 통일성을 지향하는 사실주의 소설에 익숙한 독자들은 비현실적이고 환상적인 요소가 들어 있는 소설을 접하면 일단 당혹감을 나타낸다. 인물들의 행동은 예기치 못한 상황 속에 놓이고, 시·공간적 배경은 우리가 알지 못하는, 아니 경험할 수 없는 영역으로 확장되고 있기 때문이다. 그런 점에서 환상적인 것을 도입하는 일은 사실주의 소설에서 느끼는 친숙함과 안락함과 편안함을, 낯섦과 불안함과 기괴함으로 대체하는 것이다. 즉 그것은 "'인간적이고' '현실적인' 것에 대한

한정된 틀을 벗어나고 '언어(word)'와 '시선(look)'의 통제에서 벗어난 공간"[1])으로 독자를 끌어들인다.

현대문학에서의 환상적인 양식은 '현실'과 '문학' 중 어느 하나만 받아들이지 못한 채 그 양자 사이에 불안하게 위치해 있는 양상을 보인다. 즉 '사실주의적인 것'과 신화나 공상소설 같은 '경이로운 것' 사이에 위치하며, 이 세계와 저 세계 사이에서 머뭇거린다. 로즈메리 잭슨은 환상의 이러한 특성이 현실에 대한 전복적인 기능을 한다고 주장한다.

> 자본주의에 의해 생산된 세속문화 속에서 문학적인 환상형식으로 나타난 현대의 환상물은 전복적인 문학이다. 그것은 '현실 세계'의 곁에, 지배적인 문화의 중심축의 또 다른 측면에, 말없는 현존으로, 침묵하고 있는 상상적인 타자로 존재한다. 환상적인 것은 억압적이고 불충분한 것으로 경험된 질서를 구조적이고 의미론적으로 해체시키는 것을 목적으로 삼는다.[2]

비이성과 욕망의 예술적 표현인 환상은 현실세계의 문화적 안정성을 전복하고 해체한다. 즉 환상은 문화의 말해지지 않은 부분, 보이지 않는 것, 지금까지 침묵당해 왔거나 은폐되고 '부재하는' 것으로 취급되어온 것들을 추적한다. 그런 점에서 "환상의 영역은 현실 너머에 존재하는 공간이라기보다는 현실 이면에 감춰진 틈새 공간"[3])이라 할 수 있다. 실제로 행복한 사람은 환상을 갖지 않는다. 현실에 대해 불만족한 상태에 있는 사람만이 환상을 만들어낸다. 따라서 환상의 원동력은 충족되지 않은 소망이다. 즉, "모든 개개의 환상은 소망의 충족이요 불만족스러운 현실

---

1) 로즈메리 잭슨, 『환상성 : 전복의 문학』, 서강여성문학연구회 옮김, 문학동네, 2001, 235~236면.
2) 위의 책, 237면.
3) 위의 책, 241면.

의 교정"4)이란 의미를 띤다. 이를 통해 현실세계에 대한 불만을 해소하고 결핍이 채워지는 보상과 위안을 받게 되는 것이다.

사실상 예술의 창조과정은 상상력을 통해 '환상을 만들어내는' 행위라 말할 수 있다. 예술은 "현실적인 것을 다루는 것이 아니라, 상상 가능한 것"5)을 다루는 영역이기 때문이다. 따라서 환상적인 양식은 우주와 지상, 자연과 인간, 영혼과 물질, 삶과 죽음 사이에 인간 혹은 과학이 인위적으로 갈라놓았거나 혹은 감추어놓은 연결고리를 찾아냄으로써 세계와 생을 다성적으로 해석하려는 예술적 욕망의 산물이다.

이외수와 황석영은 현대사회의 불행한 양상들의 심각성을 여느 작가보다도 민감하게 읽어내고 있는 작가들이다. 주로 이외수가 한국 현대사회가 안고 있는 물질만능주의와 정신적 가치의 상실에 초점을 맞추고 있다면, 황석영은 전쟁과 테러, 인종 차별과 빈부 갈등이 난무하는 세계 현실에 초점을 맞추고 있는 점이 다를 뿐이다. 또 이외수는 ≪벽오금학도≫, ≪괴물≫, ≪장외인간≫ 등의 장편소설들을 통해서 현실세계 너머에 영혼이 맑은 사람들만이 들어갈 수 있는 선계 혹은 초월의 세계가 존재한다는 믿음을 지속적으로 드러낸다. 절망적이고 타락한 현대사회에서 벗어나는 길은 진리에 대한 열렬한 탐색 혹은 영적 능력의 계발을 통해 선계의 일원으로 초대되는 일이라는 것이다. 따라서 이외수의 창작원리는 본질적으로 환상성에 기대고 있다. 반면에 전형적인 리얼리즘 소설가였던 황석영은 최근의 소설들에서 환상적인 요소를 적극적으로 수용하고 있다. ≪손님≫, ≪심청, 연꽃의 길≫, ≪바리데기≫ 등의 장편소설에서 황해도 진지노귀굿, 고전소설 ≪심청전≫, 바리공주에 관한 무

---

4) 위의 책, 171면.

5) 노스럽 프라이, 「문학의 원형들」, 데이비드 로지 편, 윤지관·이동하·김영희 역, 『20세기 문학비평』, 까치, 1984, 237면.

속신화 등 전통적인 소재와 형식을 차용하면서 이를 통해 불행한 세계 현실을 구원할 수 있는 방법을 탐색하고 있는 것이다. 그 과정에서 현실 세계의 충실한 재현과 함께 환상과 꿈, 넋의 여행과 같은 비현실적인 모티프를 적극적으로 수용함으로써 리얼리즘적인 창작방식에서 벗어나고 있다.

따라서 본 논문에서는 이외수의 《벽오금학도》와 황석영의 《손님》의 분석을 통해 현실 초월과 인간 구원의 주제를 드러내는 데 환상적인 요소들이 어떻게 기능하고 있는지를 고찰하고자 한다.

2. 예술적 감성이 빚어낸 영적 초월의 세계 : 이외수의 《벽오금학도》

작가 이외수는 《벽오금학도》, 《괴물》, 《장외인간》 등 대부분의 작품에서 때로는 환상적인 사건을 통해, 때로는 작가적 논평을 통해 세상이 얼마나 잘못된 방향으로 치닫고 있는가를 일관되게 반복해서 일깨운다. 낭만도 예술도 힘을 잃고 양심도 전통도 죽었으며 마음도 영혼도 메말라버린 세상에서, 거짓과 폭력, 몰염치와 도덕적 타락만이 난무하고 있다는 것이다. 그가 이 병든 세상을 구할 수 있는 방법으로 제안하고 있는 것이 시적 감성과 초월적 상상력, 순수한 영혼의 회복이라는 반근대적인(?) 정신혁명이다. 한 사람의 상상적 인식력을 확대할 수 있는 가능성은 실로 무한하다. "지적 감수성이 예민한 사람은 실제로 그가 알고 지각할 수 있는 것을 초월해 어떤 영원한 피안의 존재에 대한 의식에 사로잡혀 있다."6) 바로 이외수의 소설세계는 예술적 상상력을 통해 영적

---

6) 필립 윌라이트, 『은유와 실재』, 김태옥 역, 문학과지성사, 1983, 174면.

초월의 가능성을 끊임없이 탐색하고 있다.

≪벽오금학도≫는 작가의 이러한 노력의 아름다운 결정체라고 할 수 있다. 이 작품은 작가가 제2장의 서두에서 던지고 있는 질문인 "지금 우리가 살고 있는 이 공간 어딘가에 정말로 우리가 전혀 의식할 수 없는 또 다른 차원의 공간이 존재하고 있는 것은 아닐까."[7]에 대한 문학적 탐색이다. 즉 "경험적으로 '실재적인' 세계를 문제적으로 재현함으로써" 환상성을 통해 "실재와 비실재의 본질에 문제를 제기하고 그들 사이의 관계를 중심적인 관심사로 전경화"[8]하고 있다. 그 결과 그가 작품에서 주장하는 풍류도가 "깨달음을 얻어 생사를 초월하고 온 우주를 벗 삼아 즐겁게 노니는"[9] 것이듯이, 이외수는 현실세계와 신화적 공간을 자유롭게 넘나들며, 인간이 스스로 다다를 수 있는 영적 초월의 경지를 신비롭게 형상화한다.

이 작품의 주인물은 명문대 국문과를 중퇴한 이십 대 초반의 강은백이다. 그는 얼굴은 귀공자처럼 해맑은데 머리카락은 고희를 넘긴 노인처럼 온통 하얀 백발동안(白髮童顔)의 모습을 하고 있다. 아홉 살 때 오학동이라는 仙界마을에 다녀온 후 머리가 세어버렸다는데, 그곳에서 가져온 '벽오금학도(碧梧金鶴圖)'란 그림이 든 금빛 비단통을 메고서 탑골공원에 나와 자신을 오학동으로 데려다 줄 사람을 기다리는 것이 매일의 일과이다. 그 그림 속을 자유자재로 드나들 수 있는 사람을 만나게 되면 다시 오학동으로 들어갈 수 있다는 것이다. 아홉 살 때 강은백이 체험한 오학동이라는 선계는 인간과 자연, 우주가 교감하고, 진리가 춤과 그림, 음악 등 예술적 아름다움으로 표현되는 말 그대로 에코토피아(ecotopia)[10]

---

7) 이외수, ≪벽오금학도≫, 동문선, 1992, 136면.
8) 로즈메리 잭슨, 앞의 책, 54면.
9) 위의 책, 61면.
10) 에코토피아는 생태주의에서 사용되는 개념으로 "자연과 인간의 공생공존 및 상호의존

의 세계다. 또 그곳에 사는 묵림소선(墨林素仙)의 설명에 의하면 오학동은
'편재'가 가능한 세계이기도 하다.

> 이쪽 세상에서는 자신이 아름답다고 느끼기만 하면 그 어떤 대상이든
> 완전합일이 가능한데 우리는 그것을 편재(遍在)라고 일컫느니라. 두루 퍼
> 져 있다는 뜻이지. 우주만물 중에서 아무리 하찮은 것이라 하더라도 각
> 기 나름대로 마음이라는 것을 가지고 있는데 이는 곧 우주를 비추는 거
> 울이며 우리가 태어난 곳으로 되돌아갈 통로이니라.[11]

실제로 강은백은 오학동에서 무선낭(舞仙娘)의 춤사위를 보며 그녀의
아름다움에 빠져든 순간 춤을 추는 무선낭과 자신이 합일되었을 뿐만
아니라 "만월 속에도 호수 속에도 풀꽃 속에도 자신이 편재되"[12]는 놀
라운 경험을 한다. 바로 그때의 황홀감이야말로 강은백이 오학동을 잊지
못하고 간절하게 그리워하게 된 결정적인 계기라고 할 수 있다. 바로 이
소설은 주인물 강은백이 편재불능의 시공 속에서 투쟁과 음모의 칼날만
번득거리는 현실세계를 떠나 다시 오학동이라는 선계로 들어가는 과정
을 탐색하고 있다. 그 과정은 모든 사물은 인연(因緣)에 의해 생멸한다는
연기설처럼 연관이 없는 듯 하면서도 운명처럼 엮이는 인물들과 사건들
을 통해 절묘하게 직조된다.

먼저 강은백은 어머니는 죽고 아버지는 생사가 묘연한 상황에서 할머
니로부터 수묵화와 거문고, 시에 능했으며 그가 태어나던 해에 집을 나

이 실현되는 낙원"을 말한다. '유토피아'가 인간만의 행복과 풍요를 실현하는 인간중
심주의에 정신적 근간을 두고 있다면, 에코토피아는 생명중심주의에 그 뿌리를 두고
있다고 할 수 있다(송용구, 「새로운 문학운동으로서의 생태시」, 『시문학』, 99년 6월호,
110~111면 참조).
11) 이외수, 앞의 책, 104면.
12) 위의 책, 110면.

가서는 돌아오지 않고 있다는 풍류도인(風流道人)인 할아버지 이야기를 들으며 자란다. 그러나 할머니가 돌아가시고, 또 그가 오학동을 다녀온 직후 갑자기 아버지가 그를 데리러 와서 서울로 가게 된다. 하지만 서울에서의 생활은 강은백으로 하여금 세상에 대해 흥미를 잃고 오학동으로 돌아갈 방도만 몰두하게 만든다. 집에는 출세와 돈만을 좇는 아버지와 새 엄마, 냉소적인 이복 여동생이 있고, 힘들게 진학한 대학 국문과에서는 "누구의 작품이든지 삽시간에 뼈를 발라내고 토막을 쳐서 해부도를 작성할 수 있는 방법"13)이나 가르치고 있었기 때문이다. 또 강의실 밖에서는 독재정치에 반대하는 데모와 휴교령이 이어졌고, 온 나라는 자본주의와 서양문화에 잠식당하고 있는 것이다.

> 날이 완전히 어두워져 있었다. 휘황한 간판들이 울긋불긋 되살아나고 있었다. 대부분이 서양식 간판이었다. 이제 온 나라가 서양화되고 있었다. 의식주도 서양화되었고 사고방식도 서양화되어 있었다. 서양에서 공부를 하지 못한 학자들은 학계에서조차도 별로 인정을 못 받을 지경이었다. 서양의 이름난 가수들이 내한공연을 하면 감동이 극에 달해서 까무러쳐 버리거나 무대 위로 팬티를 벗어던지며 울부짖는 여자들까지 있었다.14)

즉 이 작품에서 강은백이 서울생활에서 느끼는 불행과 절망은 개인적인 차원이 아니라 현대 한국사회 전반이 앓고 있는 병적 징후의 환유(換喩)로 읽힌다. 즉 현대 물질문명사회의 병폐와 부조리가, 그리고 한국사회가 안고 있는 정치적 타락과 도덕적 불감증이 개인의 진정성을 위협하고 있는 것이다. 실제로 이 작품에서 부와 권력의 추구, 물질만능주의

---

13) 위의 책, 40면.
14) 위의 책, 150면.

와 한탕주의, 예술적 감성과 정신적 가치의 상실 등 현대사회를 비판하고 풍자하는 일반화된 논평들은 비유와 상징, 대구와 아이러니 등을 활용한 공들인 문장들을 통해 강한 톤으로 제시된다. 이런 허구외적인 논평들은 현실적인 리얼리티를 확보하는 데 효과적으로 기능한다. 이 작품이 도인과 선계 등 다소 비현실적인 인물, 초자연적인 에피소드들로 이루어져 있음에도 불구하고 소설적 배경이 현대적 시, 공간임을 분명하게 환기시키고 있기 때문이다. 바로 이외수는 현대사회의 병적인 징후들이 초래할 미래의 비극을 막고 인간을 구원할 수 있는 방안으로서, 욕망을 버리고 영적인 초월을 추구하는 삶을 살라는 정신요법을 처방하고 있는 것이다.

이외수는 강은백의 입을 빌려 이 세상에는 두 부류의 인간이 있다고 말한다. 하나는 현실의 경쟁논리에 따라 세속적인 행복을 좇는 사람들이고, 다른 하나는 부조리한 현실에 대한 부정정신과 용기 있는 일탈을 감행하는 사람들이다. 작가는 이 두 부류를 '금 안에 사는 사람들'과 '금밖에 사는 사람들', '육안(肉眼)과 뇌안(腦眼)으로 살고 있는 인간'과 '심안(心眼)과 영안(靈眼)으로 살고 있는 인간'으로 다양하게 표현한다.[15]

> 강은백은 그들을 금 안에 사는 사람들이라고 규정했다. 금 안에는 신화가 죽어 있었다. 금 안에는 전설도 죽어 있었다. 모든 사물들의 가슴에도 자물쇠가 걸려 있었다. 그 어떤 것에도 편재가 되지 않았다.[16]

즉 전자가 도덕적 타락과 폭력, 이기심과 물질욕이 난무하는 세계이자 육안과 뇌안으로 살아가는 세계라면, 후자는 예술적인 감성, 진리에 대

---

15) 이외수 소설 ≪장외인간≫(해냄, 2005)에서는 그들이 '장내인간'과 '장외인간'으로 표현되고 있기도 하다.
16) 이외수, ≪벽오금학도≫, 164면.

한 열망, 영적 에너지로 충만한 세계이자 심안과 영안으로 살아가는 세계이다. 바로 이외수 소설의 기본적인 이야기 구조는 다수의 현대인에 해당하는 '금 안에 사는 사람들'의 삶을 구원하기 위해, 강은백과 같이 소수의 깨어 있는 '금 밖의 사람들'이 참된 삶의 방식을 찾아가는 구도(求道)의 여정으로 이루어져 있다.

그런데 이 소설에서 '금 밖의 사람들'은 '금 안의 사람들'의 시각에서 보면 현실의 중심에서 밀려난 아웃사이더이자 현대사회의 낙오자들이다. 그들은 바보이거나 거지, 정신병자로 비춰진다. 하지만 '금 밖의 시각'에서 보면, 그들은 예술적 감성과 영적 능력, 풍류의 멋을 지닌 비범한 존재들이다. 예를 들어 현실세계에서 고향사람들이 남녀노소를 막론하고 반말로 상대하고 바보로 취급하던 머슴 삼룡이는 기실 아홉 살의 강은백을 선계인 오학동으로 인도했다가 데려온 무덕선인(無德仙人)으로, 그는 수많은 우주 공간을 자유자재로 넘나들 수 있는 도인 중의 도인이다. 또한 강은백이 탑골공원에서 만난 이백 살을 넘게 먹었다는 백발의 거지 노파는 단학을 익혀 불로장생의 경지에 이른 도인으로, 나중에 강은백에게 오학동으로 가는 길을 열어줄 뿐만 아니라 자신도 함께 오학동으로 들어간다. 그런가 하면 그들과 함께 오학동으로 들어가는 나머지 한 사람인 고산묵월(孤山墨月)은 속세와 인연을 끊고 백봉산 깊은 곳에 살면서 수묵화 '외엽일란(外葉一蘭)'의 창작에만 심취해 있는 화단에서의 전설적인 화가이다. 바로 이외수는 바보로 천대받거나 행려병자처럼 떠돌아다니는 이상한 노인, 돈과 명예를 포기한 채 예술적 완성에만 몰두하는 은둔의 화가 등을 통해 세상 사람들의 편견과 속물근성, 근시안적인 차별심을 통쾌하게 전복시킨다. 그들은 '사실'이 아니라 '진실'을 바라보고 있으며 세속적 욕망 충족이 아니라 정신적 초월을 꿈꾼다. 육안과 뇌안으로 보면 볼품없는 존재들이지만, 심안과 영안으로 보면 순수한 영혼을 알아보는 안목과 연륜, 신비한 정신적 경지에 도달한 도인 혹은 선인 같은 존재들인 것이다. 다시 말해 신선사상으로 상징되는 전통적 가치와 선인들의 지혜, 품격 있는 풍류문화를 외면한다면, 성숙한 삶에도 진리의 세계에도 다가갈 수 없음을 작가는 완곡하게 강조한다. 아울러 무한 경쟁과 물질만능주의 사회에서 상대적인 빈곤감과 초라함을 느껴야 했던 독자들은 작중인물들의 이미지의 극적인 반전에서 묘한 카타르시스를 느낀다.

또한 강은백은 오학동을 갔었다는 주장이 너무 비과학적이고 비합리적이라는 이유로 정신병자로 간주되어 정신병원에 입원하게 된다. "현실적으로는 도저히 일어날 수 없는 일들을 자신이 직접 체험한 것처럼 착각하는"[17] 망상증 환자라는 것이다. 아이러닉한 것은 정신병원에 입원하게 된 사실에 대해 강은백이 거부하거나 반항하기는커녕 그 생활을 오히려 즐기고 있다는 사실이다. 대부분의 환자들이 그를 좋아하고, 또 그가 입원한 후부터 환자들의 상태가 호전되는 현상이 나타날 정도이다. 기실 정신병원의 환자들은 바깥세상에서 받은 마음의 상처가 너무 깊거나 자기만의 내적 진실에 맹목적이어서 현실과 환상을 구별하지 못하는 사람들이다. 하지만 누구보다도 순수하고 여린 마음과 따뜻한 영혼을 지니고 있어서 타인과 마음의 빛깔을 맞추는 일, 정서적 교감을 이루는 데 있어서는 탁월한 능력을 보인다. 한 마디로 육안과 뇌안보다는 심안과 영안이 발달한 사람들이다. 그렇다면 바깥세상이야말로 생존경쟁에서 살아남기 위해 서로를 짓밟거나 속이면서도, 양심도 죄의식도 없이 살아가는 사람들로 넘쳐난다는 점에서 거대한 정신병원이 아니고 무엇이겠는가?

---

17) 위의 책, 42면.

강은백이 국문과를 자퇴한 문학도라는 사실도 소설의 주제와 무관하지 않다.18) 작가가 자신의 분신처럼 여겨지는 인물들을 고집스럽게 창조하고 있는 데는 몇 가지 의도성이 엿보인다. 우선 대학의 획일적인 문학교육에 대한 비판이다. 문학 혹은 예술은 대학에서 가르치는 구조주의처럼 "이해함으로써 접근되어질 수 있는 영역이 아니라 감동받음으로써 합일되어질 수 있는 영역"19)이라는 것이다. 그와 함께 작가는 예술가의 자질이라 할 수 있는 순수한 영혼과 자유로운 상상력이야말로 초현실적인 세계, 신화적인 공간을 넘나들 수 있는 놀라운 정신 능력임을 암암리에 강조한다. 바로 현실 너머의 환상세계를 창조하고, '금 안의 질서' 너머의 우주적 질서를 드러내며, 육안과 뇌안 너머의 심안과 영안의 세계를 그려내는 것은 문학적 상상력을 통해서만 가능한 일이라는 것이다. 그와 함께 작가는 예술적 완성을 통해 선계로 들어간 고산묵월의 경우에서 볼 수 있듯이, 구도자의 정신적 완성과 아름다운 예술의 창조과정이 다르지 않음을, 진리는 곧 아름다움이라는 인식에 도달하고 있다.

이외수의 소설이 마니아 독자층을 매료시키는 한편 리얼리즘 평론가들을 당혹스럽게 만들고 있는 지점이 바로 초현실적이고 신비한 영적 초월로 마무리되는 결말처리이다. 이러한 환상적인 에피소드는 "무질서하고 불충분한 것으로 인식되는 현실 세계에 대한 불안을 해소시키면서 결핍을 채워주는 보상적인"20) 의미를 지닌다. ≪벽오금학도≫에서 정신이 아니라 물질이 점령하는 삶, 자연과의 소통이 단절된 편재불능의 현

---

18) 이외수 소설의 주인공은 대부분이 국문과를 자퇴했거나 무명시인으로 그려진다. ≪괴물≫의 윤나연은 명문대 국문과를 수석 입학했으나 자퇴하고 기생이 되었으며, 한길서 역시 국문과를 자퇴한 무명 서정시인이다. 그런가 하면 ≪장외인간≫의 이헌수는 닭갈비집을 운영하며 시를 쓰는 무명시인이다.
19) 이외수, 앞의 책, 244면.
20) 로즈메리 잭슨, 앞의 책, 229면.

실에 절망한 주인물들은 마침내 이 세상을 버리고 신선들이 사는 선계로 들어간다. 거지노파의 우연을 가장한 주선으로 강은백, 고산묵월과 그 제자, 침한 스님, 그리고 거지 노파 등 다섯 사람이 팔월 보름달이 뜬 밤 태함산 정상에 모인다. 이들 중 강은백과 거지노파는 '벽오금학도'라는 그림을 통해, 고산묵월은 자신의 예술적 완성을 통해 오학동으로 들어가고 있다. 여기서 독자가 당혹감을 느끼게 되는 것은 현실에서 이상향인 선계로 넘어가는 과정이 너무나 신비롭고 아름다우며 섬세하게 묘사되고 있기 때문이다.

> 그때였다. 사방에서 아름다운 방울 소리가 들려오기 시작했다. 처음에는 아련히 먼 곳에서 들려오는 방울 소리 같았으나 시간이 지나면서 차츰 가까이로 다가오고 있는 것 같았다. 소리가 가까워짐에 따라 달빛이 점차로 밝아지는 듯하더니 주변의 풍경들이 햇빛이 비치는 스크린 속의 풍경들처럼 하얗게 지워지기 시작했다.
>
> 빛은 점차로 강렬해지고 있었다. 그런데도 눈은 부시지 않았다. 모든 사물들의 형태가 빛 속에서 하얗게 사위어 가고 있었다. 잠시 후 주위의 풍경들은 모두 빛 속으로 녹아 들어가 그 흔적이 보이지 않았다. 풍경들뿐만 아니라 사람과 사물들도 마찬가지였다. 우주 전체가 빛 속으로 녹아 들어가 그 흔적이 보이지 않았다. 오직 빛과 방울 소리만 존재하고 있었다. 방울 소리는 이제 곁에서 들리는 것 같았다. 그러나 잠시 후 그 방울 소리조차도 불시에 뚝 끊어져 버렸다. 그 순간 한 번 더 천지가 극명한 빛으로 확산되어지더니 갑자기 일체의 생각들이 끊어져 버렸다. 존재하는 것은 아무것도 없었다. 시간도 없고 공간도 없었다. 무(無)도 없고 공(空)도 없었다. 적멸의 상태만 거기 있었다. 상당히 오래도록 그러한 상태가 계속되어졌다.[21]

---

21) 이외수, 앞의 책, 290~291면.

가스똥 바슐라르는 "우주적 몽상의 정점에 있는 시인의 공훈은 말의 우주를 구축한 것이다"[22]라고 말한 바 있다. 위의 인용은 노파와 강은백이 '벽오금학도'를 통해 선계인 오학동으로 들어갈 때 일어난 신비한 자연 현상을 묘사하고 있는 부분이다. 일체의 사물과 생각, 시간과 공간이 사라진 순간, 눈부신 빛의 덩어리로 화한 두 사람은 침한 스님과 고묵 선생, 아이가 지켜보는 가운데 아름다운 방울 소리와 함께 선계로 사라져버린 것이다. 이때 세 사람의 목격과 놀라운 체험에 동화된 독자들은 방금 자신이 읽은 내용이 비현실적인 허구인지, 허구 같은 현실인지 혼란에 젖는다. 그만큼 이외수의 소설에서 주인물이 속계를 떠나 선계로 진입하는 과정에 대한 아름다운 묘사는 진정성과 주술성을 지닌다. 그 결과 오학동은 '존재하지 않는 세계'가 아니라 '가보지 못한 혹은 갈 수 없는 세계'가 된다. 즉 육안과 뇌안으로 살아가는 우리들은 갈 수 없지만 심안과 영안으로 살아가는 소수의 사람들은 갈 수 있는 현실적 공간인 셈이다. 따라서 선계나 도인의 실재를 믿고 싶은, 아니 믿어야만 될 것 같은 고양된 마음과 신비한 이끌림은 이외수 소설만이 끌어낼 수 있는 강력한 감화력이다.

그러나 놀라운 신비체험에서 깨어난 뒤 독자에게 다가오는 감정은 허망함과 자기 연민이다. 주인공들은 선계로 갔지만 우리들은 여전히 불행한 속계의 삶을 계속해야 한다는 사실을 자각하게 되기 때문이다. 바로 작가는 인간 구원이나 정신적 깨달음은 메시아나 특별한 존재에 의해 이루어지는 것이 아님을 강조한다. 이 세계에 남겨진 침한 스님과 고산묵월의 제자가 "태함산 전체를 암자로 삼아 불법을 공부"하겠다는 초발심을 다시 내고 있듯이, 각자가 비본질적인 삶으로 인해 잃어버린 순수

---

22) 가스똥 바슐라르, 『몽상의 시학』, 김현 옮김, 홍성사, 1986, 208면.

가치와 예술적 감성, 영적인 능력을 되살리려 노력할 때 자기 구원이 가능함을 강조한다. 따라서 작가는 독자들이 심안과 영안을 맑히고 영적인 초월에 대한 믿음을 통해 자기 구원 혹은 진리를 깨닫게 되기를 진심으로 소망하고 있는 것 같다.

결론적으로 이외수 소설의 주제는 상처받은 인간의 영혼을 위무하고 황폐해진 감성을 깨우며 퇴화된 정신능력을 회복하길 바라는 구원의 문학이다. 인간이 초래한 불행을 인간 스스로 행복으로 되돌려놓는 일이야말로 작가가 지향하는 소설세계다. 작가는 특히 과학만능주의와 개발논리에 젖어 자연을 파괴하고, 자연과의 소통을 포기한 현대인의 삶에 심각한 위기감을 보인다. 자연과 교감하는 삶을 지향하는 작가의 세계관은 묘사적 문체에서 빛을 발한다. 이것은 혹독한 문체 훈련과 철저한 장인정신이 개척한 경지이기도 한데, 이외수의 소설은 마치 살아있는 생명체처럼 신선하고 생동감이 있으며, 대상과 언어가 합일된 경지를 보여주는 묘사적 문장들을 통해 읽는 즐거움을 안겨준다.

> 잠시 후 갑자기 공원에 모여 있던 사람들이 심하게 재채기를 해대기 시작했다. 어디선가 또 데모가 시작된 모양이었다. 대학에만 휴교령이 내려져 있고 최루탄에는 아무런 금지조치가 내려져 있지 않은 상태였다. 시간이 지날수록 눈이 쓰리고 목구멍이 아파왔다. 공원의 모든 시설물들도 눈물을 흘리면서 재채기를 해대고 있었다. 팔각정이 재채기를 해대고 원각사지십층석탑이 재채기를 해대고 손병희 선생 동상이 재채기를 해대고 한용운 선생 기념비가 재채기를 해대고 있었다.
> 서울이 폐렴을 앓고 있었다. 가을이 각혈을 하고 있었다.[23]

위에서도 느껴지듯이 이외수에게 있어서 은유나 활유, 의인법과 같은

---

23) 이외수, 앞의 책, 17면.

수사는 단순하게 예술적 기교 차원을 넘어선다. 작가 자신이 다른 사물이 되어 그의 감정을 느껴보는 것, 즉 감정이입을 통해서 그 사물과 하나가 되는 합일의 체험을 거치지 않았다면 결코 나올 수 없는 진정성과 내면적 동일성이 느껴진다. 이것은 "그대의 글이 오래도록 생명을 유지하기를 바란다면 심안과 영안으로 세상을 바라보라."[24]라고 이외수가 글쓰기의 비법으로 제안한 내용과도 일맥상통한다. 즉 사물에 대한 편견 없는 시선을 가지고 사물과의 대화적 감각을 개발하는 정신적 훈련의 과정을 거친 후에야 자연스럽게 표현될 수 있는 묘사의 경지이다. 더욱이 이외수의 묘사적 문체는 소설을 난해하게 만들지 않는다. 오히려 감각적인 묘사와 시적인 표현기교가 사물과 소통하고 교감하는 멋진 소통 수단임을 발견하고 언어의 매력에 새삼 빠져들게 만드는 역할을 하고 있다. 바로 예술이란 이해하는 것이 아니라 그저 감상하고 느끼는 것임을 이외수는 작품을 통해 그대로 확인시키고 있다.

3. 산 자와 망자가 벌이는 해원(解寃)의 굿판 : 황석영의 ≪손님≫

황석영의 ≪손님≫(2001)은 작가가 방북 당시, 황해도 신천에 있는 '미제 양민학살 기념관'을 관람했던 경험이 계기가 된 작품이다. 그 기념관은 6·25 한국전쟁 때 신천군민의 4분의 1에 해당하는 3만 5천여 명이 학살된 역사적 참상을 생생하게 증언하고 있었다. 그런데 북한측은 그 만행이 미군에 의해 행해진 것으로 주장하고 있었지만, 사실은 빈농이나 머슴이었던 공산당원들과 지주나 지식인이 대부분이었던 기독교도들 사

---

24) 이외수, 『글쓰기의 공중부양』, 해냄, 2007, 152면.

이에 신천군민들끼리 45일 동안 행해졌던 보복 학살극이었던 것이다. 바로 작가는 소설의 형식을 빌려 살육의 광기와 분노, 원한의 아수라장이었던 그 끔찍한 학살의 현장에 참여했던 사람들, 거기서 죽임을 당했거나 용케 살아남아 평생 죄책감에 시달려 온 사람들을 한 자리로 불러들여 서로에 대한 원한을 풀고 혼을 위로함으로써 각자의 길을 갈 수 있도록 한 판 씻김굿을 펼쳐 보인다. 실제로 이 작품은 장(章) 구분에서도 드러나듯이 망자를 저승으로 천도하는 황해도 진지노귀굿 열두 마당의 기본 얼개를 서사구조로 차용하고 있다. 즉 한반도에 남아 있는 전쟁의 상흔과 비참하게 죽은 넋들의 한을 풀어놓는 과정을 재현함으로써 용서와 구원을 얻도록 의도하고 있다.

이 소설의 스토리 현재시간은 미국에 사는 류요섭 목사가 고향방문단의 일원으로 50년 만에 북한으로 가서, 죽었을 것으로 생각했던 형수와 조카 단열, 외삼촌을 만나 가족의 정을 확인하는 내용으로 되어 있다. 하지만 그 여행은 며칠 전 죽은 형 요한의 영혼과 함께, 50년 전에 죽은 머슴 이찌로, 순남 아저씨, 그리고 마을 사람들의 넋(헛것)들과 만나고 각자의 시각에서 목격한 살육의 참상을 듣게 되는 낯설고 기이한 세계로의 여행이기도 하다.

따라서 이 소설은 객관적 현실세계와 '헛것'과의 만남이라는 비현실적인 세계가 교차되고, 고향방문이라는 현재의 사건과 공산당과 기독교 청년간의 대립이라는 50년 전의 사건이 교차되며, 산 자와 죽은 자의 대화 혹은 가해자와 피해자의 증언이 다성적으로 제시되는 등 내용적, 형식적으로 상당히 실험적인 서사방식을 보여 준다.

그럼에도 불구하고 이 소설이 황당하거나 괴기스럽게 느껴지지 않는 것은 '북한'이라는 공간의 상징성과 현실에서 비현실의 세계로 넘어가는 과정에 대한 섬세한 분위기 조성에서 비롯된다. 먼저 북한은 남한 혹은

교포들에게 있어서 쉽게 갈 수도 없고 실체를 정확하게 파악할 수도 없
는 대상이라는 점에서 비현실적인 세계처럼 느껴진다. 더욱이 사회주의
이데올로기가 종교적 진리처럼 절대적 힘을 발휘하는 모습은 마치 왜곡
된 진실을 유포하고 맹신만을 강요하는 거대한 괴물이 살고 있는 공간
처럼 보인다. 따라서 그곳은 실향민들에게는 50여 년 전의 추억과 기억
을 통해서만 그 실체를 증명할 수 있는 과거의 공간이다. 바로 ≪손님≫
의 주인물들에게 있어서도 북한은 결코 떠올리고 싶지 않은, 그래서 50
년 동안 오직 잊기 위해 살았던 광기와 상처, 죄의식의 공간이다. 또한
그곳은 억울하게 죽은 원혼들이 저승으로 가지 못한 채 이승 주변을 떠
돌고 있는 한이 서린 공간이기도 하다. 그런 점에서 이 소설에서 헛것들
의 출현은 죽은 자의 부활이 아니라 죽은 자의 반란과 같은 의미를 띤
다. 따라서 작가는 황해도 신천마을에서 벌어진 동족상잔의 비극에 연루
된 사람들은 산 자이든 망자이든 모두 역사의 현장으로 불러들여 참회
와 용서, 화해의 오구굿25)을 벌인다. 이것은 산 자들은 죄의식에서 벗어
나고, 망자들은 이승에 대한 한과 미련을 털어내고 평안하게 저승으로
가기를 희구하는 마음의 소설적 형상화라 할 수 있다.

  산 자로서 유일하게 재미고향방문단의 일행으로 50년 만에 북한을 방
문하고 있는 류요섭 목사는 며칠 전에 죽은 형 류요한의 혼령이 50년

---

25) 오구굿은 다음과 같은 의미가 있다. 첫째, 죽음에서 발생한 부정을 가시는 의례의 성
　격이 있다. 죽음은 살아 있는 사람뿐만 아니라 죽은 당사자까지 부정하게 만든다. 이
　부정은 일정 기간을 거치면 정화되는 속성이 있기는 하지만 빨리 씻고 탈리할 수 있
　는 의미에서 오구굿을 하는 것이다. (…) 둘째, 죽은 영혼을 이승과 분리시키고 저승이
　나 극락으로 보내서 빨리 안주시키는 의미가 있다. 죽은 자는 정도의 차이는 있으나
　이 세상에 대하여 미련을 가지고 있고 그것이 한이 되어 살아 있는 사람에게 탈이 나
　는 경우가 있다. 따라서 죽은 자의 이승에 대한 관심은 오히려 살아 있는 사람들에게
　부담이 된다. 이를 저승으로 안주시켜 죽은 자 자신으로 하여금 안정할 뿐만 아니라
　산 사람에게 해가 되지 않게 하고자 오구굿을 행하는 것이다(『한국민족문화대백과사
　전(15)』, 한국정신문화연구원, 1995, 837면).

전에 죽은 망자들과 함께 평안하게 저승으로 갈 수 있도록 인도하는 역할을 맡고 있다. 왜냐하면 류요한은 기독청년회의 주동인물로서 당시 공산당원이었던 마을사람들을 집단적으로 학살했던 핵심인물로, 망자들이 저승으로 가지 못하고 이승 주변을 떠돌게 만든 장본인이기 때문이다. 그래서 류요섭은 형을 화장한 잿더미에서 골라낸 작은 뼈다귀 하나를 모피 주머니에 넣어 여행길에 가져감으로써 마치 "형님이 그와 한 몸이 된 것만 같"[26]은 기분으로 북한으로 떠나고 있다. 그리고 형(혼령)과 함께 가는 북한 여행은 이승 주변을 떠돌고 있는 '티끌처럼 많은 망자들'을 불러내어 억울한 사연과 묵은 원한, 이승에 대한 미련을 털어내기 위한 씻김굿과 같은 의미를 지닌다. 즉 현실적인 존재에서 일탈하여 신천 사건이 일어났던 과거의 시간 속으로 들어가 죄를 고백하고 용서를 빌고 한을 풀어내는 해원의 굿판을 벌이게 되는 것이다.

류요섭이 형 요한을 비롯하여 망자들과 대면하는 초현실적이고 기괴한 체험은 자연의 미묘한 변화, 실체를 명확히 확인할 수 없는 어둠 등 낯선 배경 속에서 이루어진다.

① 극장의 커다란 유리가 달린 현관문을 밀고 거리에 나서자마자 서늘한 바람 한줄기가 내 몸을 감싸며 지나갔다. 나는 비탈진 시멘트 도로를 허청허청 내려가기 시작했다. 어둠속에서 누군가 내 곁으로 다가서며 말을 걸었다.[27]

② 깊은 밤인지 새벽인지 분간할 수 없는 어둠 가운데서 요섭은 귓전에 어슴푸레하게 들리는 소리에 잠이 깨기 시작했다. 비는 아직도 내리고 있는지 홈통에서 떨어지는 물소리가 끊임없이 들려왔다.[28]

---

26) 황석영, ≪손님≫, 창작과비평사, 2001, 38면.
27) 위의 책, 75면.
28) 위의 책, 158면.

③ 열어둔 창문으로 소슬바람이 불어들어오더니 방문이 덜컹대면서 열렸다. 요섭은 어렴풋이 잠에서 깨어났다.[29]

이처럼 망자들이 요섭을 찾아오는 순간은 깊은 밤이거나 아직 어둠이 가시지 않은 새벽이며, 으레 서늘한 바람이나 물소리 등 촉각과 청각을 깨우는 자연의 조화가 함께 제시된다. 그 결과 요섭은 꿈인지 현실인지 분간하기 어려운 혼미한 상태에서 망자들과 만나 그들의 이야기를 듣게 된다. 이러한 초현실적인 분위기 조성은 류요섭이 고향방문을 위해 비행기를 타고 경유지로서 중국에 도착한 상황을 "하룻밤 사이에 요섭은 전설에 나오는 모험가와 같이 큰 새처럼 생긴 보잉비행기를 타고 바다 건너 다른 세계로 왔다."[30]고 신화적 상징으로 표현하는 부분에서부터 감지된다. '비행'의 신화적 상징은 "인간의 육체가 '영(靈)'처럼 행동할 수 있다고 여기는 향수"로서, "몸의 양태를 영의 양태로 변형시키고자 하는"[31] 욕망의 표현이기 때문이다. 바로 미국에서 북한으로의 여행은 현실적 공간을 떠나 환상적 혹은 신화적 세계로 들어가는 낯설고도 신비한 체험인 것이다. 결국 북한은 현실적 시, 공간으로서보다는 과거의 기억과 상처와 죄의식이 생명체처럼 꿈틀대고 망자들이 떠돌고 있는 기괴한 공간으로 그려진다.

'헛것들'의 출현에 당혹해 하던 류요섭이 그들의 방문을 마음으로 받아들이고 그들의 말에 귀를 기울이게 되는 것은 고향 신천에서 역사 왜곡의 현장을 목격하게 되면서부터이다. 즉 50년 전 기독청년들이 주축이 된 치안대와 청년단에 의해 행해진 잔인하고 야만적인 대규모의 신천 군민 학살사건이 미제침략자들의 만행으로 각색되어 신천박물관에

---

29) 위의 책, 193면.
30) 위의 책, 60면.
31) M. 엘리아데, 『상징, 신성, 예술』, 박규태 역, 서광사, 1991, 34면.

전시되고 있었던 것이다. 이것은 민족의 분열을 야기한 것이 원천적으로 미국 때문이라는 북한의 논리를 강화하고 반미의식을 부추기기 위한 정치적 목적 때문이다. 문제는 이러한 북한의 역사 왜곡이 그 사건에 연루된 사람들을 다시 한 번 기만하고 있었다는 사실이다. 죽임을 당한 사람은 원망과 증오의 대상을, 끔찍한 살육에 참여했던 사람은 죄의식에서 벗어날 기회를 박탈당하게 되기 때문이다. 그래서 류요섭 목사는 살아 있는 사람들이 왜곡한 진실을 망자들의 증언을 통해서 바로 잡고, 그 결과 그들이 오해와 한을 풀고 편안하게 저승으로 갈 길을 열어놓고 있는 것이다. 이때 공간·시간·인물의 고전적 통일성은 해체되고, "과거·현재·미래의 시간은 역사적 연쇄성을 상실하고 일종의 중지라 할 수 있는 영원한 현재를 지향"[32]하게 된다.

> 그가 소파에 앉아 있는데 맞은편 자리에 두 사람이 쓱 나타나 마주앉는 것이었다. 요섭은 이젠 놀라지 않는다. 하나는 백발의 늙은 요한 형이고 다른 하나는 중년의 순남이 아저씨다.
> 어떻게…… 이젠 두 분이 사이좋게 떠나려고 그러는 거요?
> 한복 수의를 입은 요한 형의 헛것이 고개를 끄덕였다.
> 그래. 그전에 옛말이나 한번 따져보자구 해서 왔다.
> 목까지 단추를 잠근 인민복 차림의 순남이 아저씨는 눈을 가늘게 뜨고 웃으면서 말했다.
> 떠나구 보니 벨루 끔찍하디 않두만. 공평하게 얘기해봐야 되디 않가서. 한이 없이 가야 떠돌디 않구.[33]

이제 류요섭 목사는 그들의 증언을 살아 있는 자에게 전해 주어야 하는 역할과 함께, 해원(解寃)의 굿판을 인도하는 무당의 역할을 맡게 된다.

---

32) 로즈메리 잭슨, 앞의 책, 67면.
33) 황석영, 앞의 책. 118~119면.

앞서 언급했듯이 이 소설은 진지노귀굿에 기초해 죽음 앞에 평등해진 망자의 혼들이 맺힌 한을 풀어놓는 과정을 재현하는 구조를 보인다. 그런데 목사인 류요섭에게 그 굿판을 인도하도록 설정하고 있는 것은 동, 서양의 종교적 경계를 초월하여 진정으로 화해와 용서, 구원이 이루어지기를 바라는 작가의 중도적이고 열린 시각에서 비롯된다. 아울러 "떠나구 보니 벨루 끔찍하디 않두만."이라는 순남이 아저씨의 말에서 전달되듯이, 망자들의 대화는 상대방의 죄를 들추고 원망하는 방식보다는 당시에 왜 자신들이 그러한 생각과 행동을 취하게 되었는가를 이해시키는 방식으로 진행된다. 물론 이러한 망자들의 증언은 산 자들의 증언과는 달리 진정성을 담고 있다. 거짓 증언과 자기변명은 현실세계의 화법이기 때문이다.

또한 작가는 망자들의 증언이 적과 동지 혹은 가해자와 피해자로 나뉘는 양민학살사건 자체에만 초점이 맞춰지는 것을 경계한다. 그래서 기독교와 사회주의가 들어오기 전, 마을사람들이 서로 의지하며 갈등 없이 살던 시절에 대해서도 상세하게 서술한다. 뿐만 아니라 그들이 각각 기독교 혹은 사회주의를 자신의 이데올로기로 내면화하게 되는 과정, 그로 인해 갈등과 적대감이 심화되는 과정을 몇몇 에피소드의 소급제시를 통해 구체적으로 보여준다. 바로 신천사건은 기독교인들에게는 하나님의 성전을 지키기 위한 싸움이자 순교였고, 공산당원들에게는 불평등한 삶을 살아온 인민을 위한 계급투쟁이었다는 것이다. 이러한 서술방식은 그들이 지주와 소작인, 상전과 머슴이라는 계급적 관계로 비록 엮여 있었지만, 각각의 이데올로기를 받아들이기 전에는 서로 받들고 돌봐주는 상생의 관계였음을 환기시키는 역할을 한다. 즉 한국 근대화의 과정에서 들어온 기독교와 사회주의가 마을사람들을 분열시키고 마침내는 서로 죽고 죽이는 광기와 패륜을 불러왔다는 것이다. 이것은 형수의 표현을 빌리면 믿음이 비뚤어졌던 때문이고, 고메 삼촌에 따르면 "야소교나 사회주의를 신학문이라고 받아 배운 지 한 세대도 못 되어 서로가 열심당만 되어 있었지 예전부터 살아오던 사람살이의 일은 잊어버리고 만"[34] 어리석음이 빚어낸 비극인 셈이다. 그럼 점에서 신천 사건은 그 이전과도, 그 이후와도 연결고리를 결코 찾을 수 없는 고립된 지옥이자 저주의 시간이었다고 할 수 있다.

《손님》에서 900여 명을 휘발유를 뿌려 한꺼번에 태워 죽이고 600여 명을 방공호에 생매장할 정도로 끔찍했던 신천 양민 학살사건은 환영들과의 마지막 만남에서 구체적으로 서술되고 있다. 주목할 사실은 산 자들과 망자들이 함께 모여 사건을 증언하는 공간이 요섭이 자는 방과 고메 삼촌이 자는 방 사이에 있는 고메 삼촌[35]네 '이층 거실'이라는 점이다. 즉 수직적으로는 지상과 천상의 중간지대요, 수평적으로는 공산당원인 고메 삼촌과 목사인 류요섭의 중간지대에 해당하는 공간이다. 바로 그 지점에서 그들은 자신의 악몽 같은 기억을 들춰내고 있는 것이다. 또한 그들의 이야기 방식은 분노나 억울함의 감정을 말끔히 덜어낸 채 당시에 겪었거나 목격한 사실만을 담담하게 진술한다. 더욱이 작가는 요한과 그에게 죽임을 당한 동네 머슴 일랑이, 순남이 아저씨, 목격자이자 산 자인 고메 삼촌과 요섭이로 하여금 각각 1인칭 서술자가 되어 각자의 입장에서 당시의 상황을 묘사하도록 설정하고 있다. 말 그대로 어느 누구도 억울하지 않도록 자신의 진실을 말할 기회를 공평하게 주고 있

---

34) 위의 책, 176면.

35) 이 작품에서 고메 삼촌은 50년 전에도 기독교인이자 자작농이며 야학에서 민중들을 가르쳤던 초이데올로기적인 인물로 그려진다. 현재도 그는 농장을 돌보는 공산당원이자 회개하는 기독교으로 북한에 살고 있다. 그는 자신에게도 헛것이 보임을 고백한 뒤, 이것은 살아 있는 자들의 가책 때문이 아니라 구원의 때가 되었기 때문이라고 류요섭에게 설명하고 있다.

는 것이다. 증언의 마지막은 요한에 의해 이루어지는데, 거기서 아무도 몰랐던 충격적인 사실이 밝혀진다. 바로 같은 기독교인이자 절친한 청년 단원이었던 상호가 매부가 당원 자작농이라는 이유로 요한의 큰 누이를 죽였다는 것, 그에 대한 복수로서 요한은 상호와 정혼한 사이인 명선네 집으로 가서 네 명의 여동생을 죽였고, 그러자 상호는 요한의 작은 누이까지 해치운 뒤 월남했다는 것이다. 결국 기독교인들과 공산당원 사이에 벌어진 집단적인 보복살인이 나중에는 기독교인들 사이의 보복살인으로 변질되는 아이러닉하고 광란의 양상으로 치달았음이 밝혀지고 있다. 결국 사건의 전말을 복원하는 망자들의 증언 과정은 엄밀한 의미에서 가해자와 피해자가 따로 있는 것이 아니라는 진실을 확인하는 과정에 다름 아니다.

이렇게 하고 싶은 말을 다 풀어낸 망자들은 마침내 저승으로 떠나기 시작한다. "다른 남녀 헛것들도 벽에서 스르르 일어나 바람에 너울대는 헝겊처럼 어둠속으로" 사라지기 시작한다. 요한이 아우에게 "이제야 고향땅에 와서 원 풀고 한 풀고 동무들두 만나고 낯설고 어두운 데 떠돌지 않게 되었다. 간다. 잘들 있으라."[36]는 말을 남긴 것을 끝으로 모두 사라진다. 다음 날 요섭은 고향의 언덕바지에 형의 뼛조각을 묻고 흙을 덮으며 "아기를 잠재울 때처럼 손바닥으로 땅 위를 토닥이며 두드려주었다." 마치 이제야 고향에 돌아와 묻힌 요한 형의 영혼을 위로하고 평안히 저승으로 떠나기를 격려하는 것처럼.

---

36) 황석영, 앞의 책, 250면.

4. 결론

이상으로 이외수와 황석영의 소설에 나타난 환상성의 특질을 살펴보았다. 한 마디로 두 작가에게 있어서 환상적인 요소는 과학적 합리주의와 물질만능주의, 이데올로기의 폭력성으로 대표되는 현대사회의 병적이고 비극적인 실상을 전경화하기 위한 역설적인 장치들이라 할 수 있다. 즉 현실세계의 법칙이나 질서로는 해결할 수 없는 소망이나 구원을 '환상'이라는 문학적인 상상력을 통하여 구체화하는 표현 형식인 것이다.

이외수는 ≪벽오금학도≫에서 육안과 뇌안으로 살아가는 현실세계를 거부하고, 심안과 영안으로 살아가는 선계를 꿈꾸는 주인물들의 삶의 방식을 통해 '어떻게 살아가는 것이 참다운 행복인가'에 대한 질문을 던지고 있다. 실상 이외수가 아름답게 형상화하고 있는 선계라는 공간은 실재하는 공간이라기보다는 우리의 마음과 영혼이 한없이 맑고 순수한 경지에 도달했을 때 맛보는 내면적 행복감의 감각적 형상화라고 할 수 있다. 그런 점에서 비합리적이고 낭만적 감성에 의해 창조된 환상세계는 사실의 진술이 아니라 가치의 진술로서 이해해야 한다. 선계로 가는 것이 중요한 것이 아니라 물질과 욕망만을 좇고 자연과의 소통이 단절된 현대인들의 삶이 얼마나 삭막하고 어리석은 삶인가를 깨닫는 것이 중요하다는 것이다. 바로 이외수는 환상적 공간의 창조와 아름다운 묘사적 문체, 소설문법의 틀에서 벗어난 자유로운 글쓰기 전략을 통해 전방위적으로 이러한 진실을 일깨우고 있다.

황석영의 ≪손님≫은 한국전쟁 당시 동족 간의 잔인한 보복 학살극으로 인해 죽은 원혼들을 불러내어 그들의 한을 풀고 영혼을 위로함으로써 화해와 용서의 길을 열어 주기 위하여 환상적인 요소를 수용하고 있다. 이는 이승 주변을 떠돌고 있는 망자들에게는 편안히 저승으로 떠날 수 있는 길을, 산 자들에게는 왜곡된 역사를 바로 잡고 참회와 속죄를 통해 가슴 깊이 뿌리내린 죄의식에서 벗어나는 길을 열어놓고 있다. 결국 황석영은 세계가 직면한 불행한 현실에서 벗어나는 방법은 국가 간 혹은 동족 간에 행해진 전쟁과 폭력으로 인해 쌓인 상흔과 분노, 한을 수면 위로 끌어내어 해소하는 과정을 거치지 않고서는 진정한 용서도, 화해와 구원도 이루어질 수 없다고 생각하는 것 같다. 따라서 산 자들의 죄의식의 원천이자 한맺힌 원혼인 망자들까지 이승으로 불러들여 집단적인 씻김굿을 벌이고 있는 것이다. 이는 서구중심적인 세계 질서가 야기한 불행과 아픔을 치유하는 방법으로 동양적인 용서와 구원의 방식을 선택하고 있다는 점에서 황석영의 범세계적인 시각을 엿보게 만든다.

결국 이외수와 황석영의 작품세계는 불행한 현실을 비판하거나 고발하는 차원에 머무는 것이 아니라 인간이 초래한 비극을 인간의 힘으로 변화시킬 수 있는 방법을 탐색하고 있다는 점에서 공통점을 보인다. 바로 '환상성'은 그 탐색의 과정에서 그들이 선택한 문학적인 양식이라 할 수 있다. 그 결과 두 작가는 인간의 미래에 대한 낙관적인 전망을 보여준다. 즉 우주와 교감하고 예술적 감성을 잃지 말며 진정한 아름다움을 추구하는 마음을 가질 때, 그리고 누구도 억울하지 않은 세상, 자신의 죄에 대해서는 정직하게 반성하고, 타인의 불행에 대해서는 진정으로 아파하는 삶을 지향할 때 진정한 인간 구원이 성취될 수 있음을 작품을 통해 강조하고 있는 것이다. 그리고 무엇보다 다행스러운 것은 두 작가 모두 아직 때가 늦지 않았음을 암시하고 있다는 사실이다.

참고문헌

1. 기본 자료

이외수, ≪벽오금학도≫, 동문선, 1992.
황석영, ≪손님≫, 창작과비평사, 2001.

2. 연구 논저

김욱동, 『문학 생태학을 위하여』, 민음사, 1998.
박이문, 『老莊思想』, 문학과지성사, 1994.
______, 『문명의 미래와 생태학적 상상력』, 당대, 1997.
반성완, 「발터 벤야민의 비평개념과 예술개념」, 발터 벤야민, 반성완 편·역, 『발터
　　　　벤야민의 문예이론』, 민음사, 1988.
송용구, 「새로운 문학운동으로서의 생태시」, 『시문학』, 99년 6월호.
이외수, ≪괴물≫, 해냄, 2002.
______, ≪장외인간≫, 해냄, 2005.
______, 『글쓰기의 공중부양』, 해냄, 2007.
조동일, 『한국문학통사(3)』, 지식산업사, 1984.
황석영, ≪심청, 연꽃의 길≫, 문학동네, 2007.
______, ≪바리데기≫, 창작과비평사, 2007.
『한국민족문화대백과사전(15)』, 한국정신문화연구원, 1995.
가스똥 바슐라르, 『몽상의 시학』, 김현 옮김, 홍성사, 1986.
노스럽 프라이, 「문학의 원형들」, 데이비드 로지 엮음, 윤지관·이동하·김영희 옮김,
　　　　『20세기 문학비평』, 까치, 1984.
로즈메리 잭슨, 『환상성 : 전복의 문학』, 서강여성문학연구회 옮김, 문학동네, 2001.
린다 허천, 『패로디 이론』, 김상구·윤여복 역, 문예출판사, 1993.
모리스 블량쇼, 『문학의 공간』, 박혜영 옮김, 책세상, 1998.
M. 엘리아데, 『상징, 신성, 예술』, 박규태 역, 서광사, 1991.
C. G. 융, 「심리학과 문학」, 데이비드 로지 엮음, 윤지관·이동하·김영희 옮김, 『20

세기 문학비평』, 까치, 1984.

윌리엄 라이터, 『신화와 문학』, 이경식 역, 전망사, 1981.

지그문트 프로이트, 「창조적 작가들과 백일몽」, 데이비드 로지 엮음, 윤지관·이동하·김영희 옮김, 『20세기 문학비평』, 까치, 1984.

E. M. 포스터, 『소설의 이해』, 이성호 역, 문예출판사, 1985.

필립 윌라이트, 『은유와 실재』, 김태옥 역, 문학과지성사, 1983.

저자 구수경

1961년 대전에서 태어났으며, 경희대학교 영어교육학과를 졸업한 뒤, 충남대학교 대학
원 국어국문학과에서 문학 석사·박사학위를 받았다. 저서에는 『한국소설과 시점』
(1996), 『1930년대 소설의 서사기법과 근대성』(2003)이, 번역서에는 『딜타이 시학』(공역,
1998)이 있다. 1991년부터 건양대학교 디지털콘텐츠학과(전 문학영상학과) 교수로 재직
하면서 문학과 스토리텔링을 가르치고 있다.

한국 전후소설의 서사기법과 주제론

초판 인쇄 2013년 12월 10일
초판 발행 2013년 12월 20일

지은이 구수경
펴낸이 이대현
편 집 권분옥
펴낸곳 도서출판 역락
　　　　　서울 서초구 반포4동 577-25 문창빌딩 2층
　　　　　전화 02-3409-2058(영업부), 2060(편집부)
　　　　　팩시밀리 02-3409-2059
　　　　　이메일 youkrack@hanmail.net
　　　　　등록 1999년 4월 19일 제303-2002-000014호

ISBN 978-89-5556-684-0 93810
정 가 28,000원

* 잘못된 책은 교환해 드립니다.

이 도서의 국립중앙도서관 출판시도서목록(CIP)은 서지정보유통지원시스템 홈페이지(http://seoji.nl.go.kr)와 국
가자료공동목록시스템(http://www.nl.go.kr/kolisnet)에서 이용하실 수 있습니다.(CIP제어번호: CIP2013026511)